城事 | 扬州
City Legend | Yangzhou

帘卷芜城

韦明铧 著

上海三联书店

目录

辑二 〰〰 岁时

辑三 〰 市廛

辑四 〰〰〰 歌吹

序

　　原来是想把百花文艺旧版的《广陵绝唱》重印一下的，后来梁由之兄提出，最好把文字和书名都调整一下，以便成为一本新的书。我同意他的意见，就把书名改了，内容也全部更新。新书的内容，大约包括美人、岁时、市廛、歌吹几部分，大体合乎江南风月之意。因此，原来那本《广陵绝唱》与本书除了文字皆出于我手之外，其他没有什么相干。

　　书名稍费踌躇。先改为《烟花扬州》，出自李白名句"烟花三月下扬州"。但是"烟花"到底指什么，历来并无定论。有人把它理解为"烟花女子"之"烟花"，显然不对，唐人并无称妓女为"烟花"的习惯。李白送孟浩然之广陵，时在古历三月，正是春机勃发之际。"烟花"不是一种花，而是诗人想象的烟雾迷蒙、繁花似锦、柳絮纷飞、春意荡漾的景色。它使人联想到开元天宝盛世之时，扬州城一派花团锦簇、人烟麇集的景象。但是，"烟花"二字会发生歧义。

现在改成《帘卷芜城》，"帘卷"二字出自诗人杜牧《赠别二首》："娉娉袅袅十三余，豆蔻梢头二月初。春风十里扬州路，卷上珠帘总不如。"十三岁的轻盈女孩，美得如同二月初的豆蔻骨朵。春风吹过扬州十里长街，把所有的珠帘卷起来，也没人能比得上她的美丽。"芜城"出自鲍照《芜城赋》，作者因见战后的广陵城池荒芜，乃作歌云："边风急兮城上寒，井径灭兮丘陇残。千龄兮万代，共尽兮何言。"自称是"芜城之歌"，扬州从此别称"芜城"。

《帘卷芜城》不过是为了追求别致，不与人同而已。就字面而论，犹言掀起扬州城的盖头来。

本书首先谈的是美人，古代扬州曾经以此出名过。但是扬州美女不像秦淮八艳那样，有董小宛、柳如是、李香君等江南粉黛，个个有名有姓有故事。扬州美女几乎是一群模糊的影子，名声虽大，却面貌不清。我陆续做过一些考证，想在历代扬州美女中遴选一些历史人物，一一加以梳理。书中的李端端、毛惜惜、薛琼琼、柳依依、陈素素、卞毛毛诸佳丽，就是梳理的结果。

其次是岁时，扬州在传统节气方面也有独特的地方。过年，对联、游艺、灯火、清明、端午、七夕、中秋、重阳，都是一些提起来就触动儿时记忆闸门的词。其中既有甜蜜，也有苦涩。在一年四季各种岁时之外，扬州人文化生活的精粹，大概就包含在对琴棋书画、花鸟虫鱼等等的玩味之中了。风月二字，也是断断离不开它们的。

再次是市廛，无非是些与扬州有关的名人、商人、诗人，以及商贸、交通、手艺等方面的逸事。扬州的富庶与风雅，在于它的舟楫之利和丝绸之路的枢纽地位，说到底，在于扬州的经济方面的重要位置。有了庞大的市民阶层和雄厚的经济基础，扬州八怪和扬州学派的产生如同瓜熟蒂落，水到渠成。扬州八怪与四君子画，扬州学派与鲁迅先生，乃至《红楼梦》与扬州，都是我喜欢的话题。

最后是歌吹，具体说就是音乐，这也是"谁知竹西路，歌吹是扬州"（唐人杜牧句）的题中应有之意。2016年扬州曾评出扬州清曲的十大名曲，其实就是十首最流行的扬州小调——《鲜花调》《孟姜女》《粉红莲》《虞美人》《耍孩儿》《四季游春》《侉侉调》《杨柳青》《知心客》《哭七七》。我将这十首俗曲的前世今生，一一拈出，娓娓道来，权当此书的压轴。

书稿既成，移目窗外，正是莺歌蝶舞、姹紫嫣红的世界。吟风弄月，此其时乎？

二〇一七年四月十日扬州醒堂

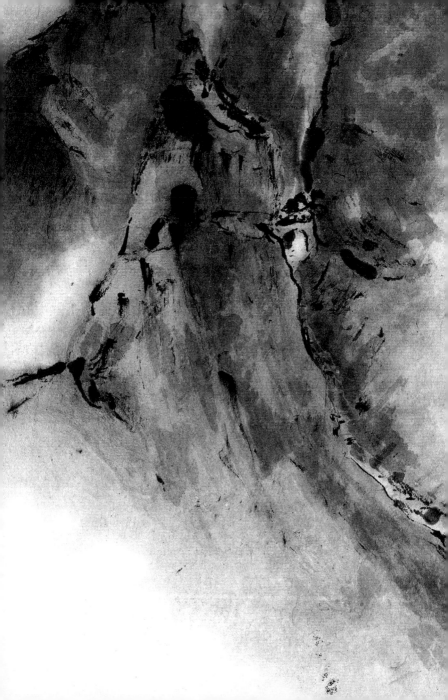

美人

李端端

　　古代女子喜用叠字作名，如苏小小、李师师、陈圆圆之类，令人生爱怜之心。据考，至迟到唐代，女人用叠字作名已很普遍。明人郎瑛《七修类稿》卷二十四《唐双名美人》条云："元稹妾名莺莺，张祜妾名燕燕，柳将军爱妓名真真，张建封舞妓名盼盼，又善歌之妓曰好好、端端、灼灼、惜惜。钱唐杨氏曰爱爱，武氏曰赛赛，范氏曰燕燕。天宝中贵人妾曰盈盈，大历中才人张红红、薛琼琼，杨虞卿妾英英。不知唐时何以要取双名耶？"也许叠字最初不过是她们的闺中小名，因人们叫惯了，又含亲昵之意，便不再改。

　　扬州以美女出名，也有过李端端、薛琼琼、毛惜惜、柳依依、陈素素、卞毛毛等美人。我常想钩沉她们的事迹，无奈记载零碎而稀罕。但今天我还是想谈一个人，她就是唐代扬州名妓李端端。谈李端端，可以让我们了解在传媒非常不发达的古代，一个歌妓是怎样出名的。

唐代扬州繁华，谚称"扬一益二"，天下二分明月、十里春风，均为扬州独占。当时扬州善和坊里有位美人李端端，声名甚炽。但因为狂生崔涯写了一首诗，嘲笑她肤黑如烟囱，竟然顿使李端端门可罗雀。端端因此忧虑成病，恳请崔涯高抬贵手，怜花惜玉。崔涯为之感动，重写了一首诗赞美她肤白如牡丹，于是李端端又立马门庭若市。当时扬州人讥讽此事说："李家娘子，才出墨池，便登雪岭，何期一日，黑白不均？"可见唐代都市风气之一斑。这就是关于唐代李端端的一段有名的掌故。

这段掌故出自唐人范摅《云溪友议》卷五：

> 崔涯者，吴楚之狂生也，与张祜齐名。每题一诗于倡肆，无不诵之于衢路。誉之则车马继来，毁之则杯盘失错。嘲一妓曰："虽得苏方木，犹贪玳瑁皮。怀胎十个月，生下昆仑儿。"又曰："布袍披袄火烧毡，纸补篷篷麻接弦。更着一双皮屐子，纻梯纻榻出门前。"又嘲李端端诗曰："黄昏不语不知行，鼻似烟囱耳似铛。独把象牙梳插鬓，昆仑山上月初生。"端端得此诗，忧心如病。使院饮回，

遥见女子，躞屧而行，于道旁再拜，兢惕曰："端端只候三郎、六郎，伏望哀之。"又重赠一绝句粉饰之，于是大贾巨豪，竞臻其户。或戏之曰："李家娘子，才出墨池，便登雪岭，何期一日，黑白不均？"红楼以为倡乐，无不畏其嘲谑。祜、涯久在维扬，天下晏清，篇词纵逸，贵达钦惮，呼吸风生，颇畅此时之意也！《赠端端》诗曰："觅得黄骝鞍绣鞍，善和坊里取端端。扬州近日浑相诧，一朵能行白牡丹。"

这节文字是说，崔涯本是吴楚间的狂人，与张祜齐名。他常题诗于妓院，每成一诗，市井间便争相传诵。受到他称赞的就门庭若市，遭到他批评的就不知所措。他曾嘲弄一个妓女说："虽得到了苏方木，还贪图玳瑁皮。怀胎了十个月，却生下个昆仑儿。"又讽刺说："穿布袍披小袄铺着红毡，用纸张和麻绳修补筌篓。脚上登着一双皮拖鞋，咯噔咯噔地走出门来。"他嘲笑李端端的皮肤黑："晚上若不说话别人不知道她走路，鼻子像个烟筒耳朵像铃铛。唯独把一只象牙梳子插于鬓角时，好似昆仑山上初出的月牙。"李端端得到这首诗后，心中忧郁得像生了病一样。有一次崔涯和张祜从外边饮酒回家，远远看见有个女子小心翼翼过来，在路边一拜再拜，战战兢兢地恳求道："端端在这里恭候二位了，希望三郎和六郎能够可怜可怜我。"崔涯于是重新赠给她一首绝句，对她大大夸饰了一番。这一来，富豪阔少又争相上门。有人戏言李端端，才出了墨池，便登上雪岭，何以一天之内，如此黑白不均？其实当时的红楼都是经营娼乐的，没有一家不怕崔涯题诗嘲谑。张祜、崔涯久住扬州，诗篇写得恣纵放荡，显贵们对他们是又钦服又惧怕，他们喘口气都觉得像是要刮大风。崔涯的《赠端端》是这样写的：你若是一匹好马想找到好鞍，那就到善和坊里去找李端端吧。近来扬州城人人感到惊诧，竟有一朵能够行走的白牡丹！"白牡丹"从此成为美人的雅称。

中国文学中的女性形象，历来多是美人。从宋玉、司马相如开始，历代文人不知讴歌过多少佳丽，而刻画丑妇的作品却不多。在文人笔下，女人的肤色又似乎是最被重视的。宋玉《登徒子好色赋》写美人"眉如翠羽，肌如白雪"，刘向《新序·杂事》写丑妇"折腰出胸，皮肤若漆"，白行简《天地阴阳交欢大乐赋》则写丑女"丑黑短肥，臀高面歓"。妓女的肤色，好像一直是文人嘲笑的对象。据说明末有妓女李三，姿色出众，才艺超人，唯肤色鳌黑，而她喜欢的扬州富豪也生得很黑。有人便填了一首《黄莺儿》词嘲笑道："木墨李三娘，黑旋风兄妹行，张飞昔日同鸳帐。才别霸王，又接周仓，钟馗也在门前闯。尉迟帮温将军卖俏，勾搭了灶君王。"又有诗云："黑有几般黑，唯君黑得全。熟藕为双臂，烧梨作两拳。泪流如墨渖，放屁似窑烟。夜眠漆凳上，秋水共长天。"因为王勃《滕王阁序》有"秋水共长天一色"之句，所以这里用"秋水共长天"形容黑女与漆凳一色。这些诗都有些下作，但也都是李端端故事的余风，只不过没有李端端那样喜剧的结局。

李端端虽然为狂生崔涯所嘲弄，但也正是由于崔涯的诗，才使得李端端的名字流传至今。诗人，竟然可以毁坏一个人的名声，也可以成就一个人的名声。

关于崔涯其人，一般的书上只介绍他是吴楚间人，与张祜齐名，其诗风清丽雅秀，语言超逸。他的诗作，以《别妻》《咏春风》《杂嘲二首》等为佳，又尤以《别妻》为最善。崔涯的《别妻》，其实也是一段和扬州有关的故事。《云溪友议》卷五云："崔生之妻雍氏者，乃扬州总戎之女也。仪质闲雅，夫妇甚睦。雍族以崔郎甚有才名，资赠每厚。崔生常于饮食之处，略无惮敬之颜，但呼妻父雍老而已。雍久之而不能容，勃然仗剑，呼女而出，谓崔秀才曰：'某河朔之人，唯习弓马，养女合嫁军门，徒慕士流之德。小女违公，不可别醮，便令出家。立令涯妻剃发为尼，女若不从，吾当挥剑！'涯方悲泣悔过，雍亦不听分诉，亲戚挥恸，别易会难。涯不得已，裁诗留赠，至今江浦离愁，莫不吟讽是诗而惜别也。"崔涯的《别妻》诗曰："陇上泉流陇下分，断肠呜咽不堪闻。嫦娥一入月中去，巫峡千秋空白云。"诗中写夫妻之别，接连用了两个比喻，一是断肠泪水如同分流陇泉，二是妻子离去宛如嫦娥入月，设喻十分巧妙。关于崔涯别妻一事，《古今诗话》卷三二七《韦皋赠玉箫诗》条也有记载，但是与韦皋玉箫的故事混为一谈了。

崔涯的好友张祜，字承吉，小名冬瓜，清河人，一说南阳人，生卒年不详。约生于德宗贞元初，宣宗大中间弃世。《新唐书·艺文志》载《张祜诗》一卷。事迹见《唐诗纪事》《唐才子传》。张祜三十岁以前的生活与杜牧颇为相近。早年寓居苏州，由于江南的富庶与当时的风尚，加上年少气盛，他和中晚唐的许多年轻诗人一样，喜欢浪迹江湖，纵情声色。张祜最有名的诗作是《宫词二首》之一："故国三千里，深宫二十年。一声何满子，双泪落君前。"据说杜牧特别欣赏这首怨词，作诗道："可怜故国三千里，虚唱歌词满六宫。"这首宫词后来传入宫禁。传说唐武宗病重时，有孟才人恳请为上歌一曲，唱到"一声何满子"时武宗肠断而死。张祜晚年在嘉兴遇见新进士高璩，谈到孟才人之事，还专门作了首《孟才人叹及序》感叹此事。

关于张祜和崔涯戏弄李端端的荒唐事，虽不可尽信，但张祜在纵游淮南时与一名妓崔荆相恋，还生了一个儿子叫把儿，却是事实。张祜的早年生活，有他自己的《到广陵》一诗为证："一年江海恣狂游，夜宿倡家晓上楼。嗜酒几曾群众小，为文多是讽诸侯。逢人说剑三攘臂，对镜吟诗一掉头。

今日更来憔悴意，不堪风月满扬州。"那么，诗人戏弄妓女的事，大抵是有的。

关于张祜和崔涯的逸事，另据《太平广记》卷第二百三十八记载：

　　进士崔涯、张祜下第后，多游江淮。常嗜酒，侮谑时辈。或乘其饮兴，即自称豪侠。二子好尚既同，相与甚洽。崔尝作《侠士诗》云："太行岭上三尺雪，崔涯袖中三尺铁。一朝若遇有心人，出门便与妻儿别。"由是往往传于人口曰："崔、张真侠士也。"是此人多设酒馔待之，得以互相推许。后张以诗上盐铁使，授其子漕渠小职，得堰名冬瓜。或戏之曰："贤郎不宜作此职。"张曰："冬瓜合出祜子。"戏者相与大哂。岁余，薄有资力。一夕，有非常人，妆束甚武，腰剑手囊。囊中贮一物，流血殷于外。入门谓曰："此非张侠士居也？"曰："然。"揖客甚谨。既坐，客曰："有一仇人之恨，十年矣，今夜获之。"喜不能已，因指囊曰："此其首也。"问张曰："有酒店否？"命酒饮之。饮讫曰："去此三四里，有一义士，予欲报之。若济此夕，则平生恩仇毕矣。闻公气义，能假予十万缗否？立欲酬之。是予愿毕，此后赴蹈汤火，誓无所惮。"

张深喜其说，且不吝啬。即倾囊烛下，筹其缣素
中品之物，量而与焉。客曰："快哉，无所恨也！"
遂留囊首而去，期以却回。既去，及期不至。五鼓
绝声，杳无踪迹。又虑囊首彰露，以为己累。客
且不来，计无所出，乃遣家人开囊视之，乃豕首也。
由是，豪侠之气顿衰矣。（出自《桂苑丛谈》）

　　原来，崔涯、张祜落第后，经常游于江淮一带。他们好
饮酒，喝过酒就谩骂当时的名人，自称为江湖豪侠。崔涯曾
经写诗赞颂侠士，说一旦遇到有心之人，他可以立即告别妻
儿而去。从此，人们都认为崔涯、张祜是真正的豪侠。具有
戏剧性的是，某天晚上来了一位不速之客，全身武侠打扮，
手中拎着一只行囊，囊里盛着一件东西，有血洇出囊外。来
人进屋后问："这儿不是张侠士的住处吗？"张祜回答说：
"是的。"来人又说："我有一个仇家，结仇已结十年了。今
夜我将他杀死了，报了这段怨仇。"他边说边高兴得不能自
已，指着行囊接着说："这里装的就是仇人的首级！"又问
张祜："这儿有酒店吗？"于是张祜请他喝酒，来人又说："离
这儿三四里地有一位义士，我想报答他对我的大恩。如果今
晚能报答这位恩人，那么我平生恩仇大事就都算完结了。听
说张大侠非常讲义气，能不能借我十万缗钱？我用完之后
马上还给你。我的两件夙愿都完成后，今后张大侠就是让我

赴汤蹈火，我也绝无顾忌。"张祜听来人这样说，大喜过望，马上将家中的一切值钱的物品都拿出来，计算好相当于十万缗的价值，给了来客。来人高兴地赞扬说："痛快！我平生再没有遗憾的事情啦！"于是将行囊连同里面的人头留下，便离开了张祜家，约定好报完恩后马上返回来。但是这位侠客离开张家后，到了约定的时间却没有回来。张祜一直等到外面报夜的敲完五鼓了，还是一点踪影也没有。张祜生怕行囊中的首级被人发现会连累自己，只好让家中的仆人将行囊打开看看，原来里面装的是一只猪头。从此以后，张祜的豪侠精神立时化为云烟！张祜与猪头的诙谐故事，后来被吴敬梓写进了《儒林外史》。

李端端的故事发生在唐代，之后不断有人提起。元代夏庭芝《青楼集》记维扬名妓李楚仪时写道：

> 李楚仪，维扬名妓也。工小唱，尤善慢词。王继学中丞甚爱之，赠以诗序。余记其一联云："善和坊里，骅骝构出绣鞍来；钱塘江边，燕子衔将春色去。"

所谓"善和坊里，骅骝构出绣鞍来"，就是用的崔涯"觅得骅骝被绣鞍，善和坊里取端端"之典。李楚仪和李端端，两人都姓李，都在风尘中，都是扬州人，所以有此联想。

明代唐寅画过一幅有名的《李端端落籍图》或《李端端乞诗图》，她的故事再次引起世人注意。值得注意的是，《李端端图》描写的是文人与妓女之间的关系，唐寅当时也许想以此嘲弄和渎犯封建的等级观念。在画风上，他继承了南宋仕女画明眸粉颊的院体传统，但又具有自己飘逸淡雅的风格。他笔下的李端端细眉小眼，面颊清瘦，两手纤细，面色白皙，也反映了他所追求的风姿嫣然的美学趣味和那个时代的审美风尚。唐寅的《李端端图》上有诗题道：

善和坊里李端端，信是能行白牡丹。
谁信扬州金满市，胭脂价到属穷酸。

画中李端端娇小端丽，傲然玉立于崔家客堂，表情从容大方，又稍露不安和期待。崔涯凝神谛听，折服之情溢于眉目间，手按着卷纸正拟书写他的新诗。

清初烟水散人的小说《合浦珠》第五回也曾用李端端典故：

常不欺道："从来佳丽出在扬州，今见赵娘，果然名称其实。"憨公子默坐了一会，忽然问得："我小弟幼时，尝闻家祖先尚书说，扬州有一个名妓，叫作李端端。今友老也是扬州人，可曾相熟么？"友梅不睬。常不欺便插口道："说起那李端端，真真美貌非常，前年在下曾到扬州去，与她相好之极。"

这大约是清代以来，在小说中运用李端端典故的滥觞。

近人吴越的长篇小说《括苍山恩仇记》里，写到"善和坊里的花魁，姓郝，小名儿叫端端，杭州城里红出了名儿的"。其实也是用的李端端故事，不过作者移花接木，把扬州写成杭州了。书中第七十一回写道：

倒是有条像女人似的尖细嗓子憋不住了，替东道主揭穿谜底说：

"大官人还自吹是老杭州哩，怎么连这样有名的典故都不知道？三年前老六还是清倌人的时候，就是个出了名儿的小美人儿，又弹得一手好琵琶，唱得一口好曲子。在善和坊里，是个数一数二的行首。本地有个大才子，名叫崔涯，是咱们张二爷的诗友，一心想要梳拢她。她妈咬死了一定要收三百两财礼，崔才子出不起，就作了一首诗，叫作《赠端端女校书》，用大字写在宣纸上，装裱了，给她妈送了去。她妈不识字，只知道崔才子的诗是很难求的，也是很值钱的，赶紧拿到厅堂上张挂了起来。不料从此之后，过往客商一进门儿，看到了这首诗，一提起端端的名字，就都摇头，连点都没人点，谁还肯花三百两银子梳拢她？这样过了半年，端端连一个客人也接不着，她妈也就不死咬住那三百两的价码不松口了。崔才子见火候已到，不费什么力气，只花了一百两银子，就给端端点了大蜡烛。喜事办过以后，崔相公又作了一首诗，把先头那首诗换了下来。从此以后，过往客商一进门儿，看见这首诗，就都抢着要点她。这不是，才两年工夫，就攒下了不少私房钱，自己把自己的身子赎出来了。眼下她还在善和坊里搭班儿自混儿，正在慧眼识英雄，给自己找主儿从良呢！大官人刚跟她见面，就能叫出她的小名儿来，这不是有姻缘又是什么？贺三杯喜酒，还算多吗？话说清楚了，别慎着，快喝，快喝！"

这一情节，完全出自唐代扬州李端端的故事。

李端端的名字，钱锺书先生在《读〈拉奥孔〉》里谈到用图画表现诗意的"滑稽手法"时，曾在注解中提及："普拉兹（M.Praz）《美与怪》（*Bellezza e bizzarria*）一〇四页举了些例，像：把自行车画成牛头，车上把手是两只角；把女明星的脸画成一间屋子，嘴唇是沙发椅，鼻子是烟囡——末一形象当然使我们想起崔涯《嘲李端端》：'鼻似烟窗耳似铛'。"钱先生的意思是，像鼻似烟窗耳似铛"这样的形容，用诗句来表达没有问题，如果用图画出来就非常滑稽了。

李端端也许没有苏小小、李师师、陈圆圆的名气大，但是她在诗歌、绘画与小说史上的影响却未可小觑。李端端的故事，显示了唐代诗人左右舆情的力量。

薛琼琼

　　参加过几次古筝界的聚会，深感扬州的古筝制作业方兴未艾。同时想到扬州筝艺有着悠久的历史，最有名的掌故是，被称为"第一筝手"的唐代古筝艺术家——薛琼琼，就是扬州人。

　　不过，关于薛琼琼的故事有两个版本。

　　一个版本说，薛琼琼是唐代中叶的人，具体地说，是唐玄宗时人。据宋人张君房《丽情集》载，薛琼琼为开元中第一筝手。天宝十三载（754）清明，玄宗下旨让宫娥出东门赏春踏青。有个叫崔怀宝的书生避让不及，退到路旁的树下，恰见车中一个宫女美丽端庄，而眼睛却深情地望着崔生。两人正在对望，忽然教坊供奉杨羔走来，崔生大为惶骇。

杨羔笑曰："你这呆书生，认识此女否？她是教坊第一筝手。你如真对她有心，我当为你作计，把她嫁给你，你今晚可来永康坊杨将军宅找我。"崔生拜谢而去，当晚来到杨宅拜见。杨羔对崔生说："你能作一首小词，方得相见。"崔生脱口吟道：

> 平生无所愿，愿作乐中筝。
> 得近佳人纤手子，砑罗裙上放娇声。
> 便死也为荣。

这首诗后来收入《全唐诗》，作者署名崔怀宝。《全唐诗》所收《忆江南》，有一两处略有不同：

> 平生愿，愿作乐中筝。
> 得近玉人纤手子，砑罗裙上放娇声。
> 便死也为荣。

杨羔见词大喜，便遣宫女来与崔生相见，并介绍说："美人姓薛，名琼琼，本良家女，选入宫中为筝长。今就嫁给崔郎吧！"于是将两人匿于府中。是日，宫中不见筝手，于是报告玄宗，玄宗下旨四处寻求不得。不久，崔生因调补荆南司录，临行前，杨羔叮嘱薛琼琼说："琼琼好事崔郎，勿再为本艺，恐被人听见筝声而发觉。"来到任所后，琼琼便以唱和为乐，不再弹筝。后因中秋赏月，琼琼取筝弹之，筝声非同寻常，同僚们十分惊异，暗想："近来朝廷寻索筝手甚切，崔生又自京城来，莫非此女便是宫中所要找的筝手？"便向上告发。朝廷将崔生召回京师讯问，崔生据实以告，谓此女是杨羔所赐。杨羔连忙求救于贵妃，贵妃乞求玄宗开恩。最后玄宗赦免了崔生与杨羔，将薛琼琼赐予崔生为妻。据说崔怀宝赠给薛琼琼的那首词，乃是《忆江南》词调的始作俑者。所以任半塘先生在《教坊记笺订》中说："天宝十三载崔怀宝赠薛琼琼一首《望江南》，只首句衬二字，其余句法、叶韵、平仄和《忆江南》相同。可见此词不始于李德裕。"

但是，这首《望江南》在《词统》和《本事词》中都署名为黄损。据《全唐诗》说："黄损，字益之，连州人。梁龙德二年（922）登进士第，仕南汉刘龑，累官尚书仆射。有《桂香集》，今存诗四首。"

《丽情集》全书已佚，但薛琼琼故事经辑佚者钩沉如下：

明皇时，乐供奉杨羔，以贵妃同姓，宠幸殊常，或谓之"羔舅"。天宝十三载，节届清明，敕诸宫娥监出东门恣游，赏踏青。有狂生崔怀宝，伴以避道不及，映身树下，睹车中一宫嫔，敛容端坐，流眄于生。忽见一人重戴黄绿衫，乃羔舅也，斥生曰：

"何人在此？"生惶骇，告以窃窥之罪。羔笑曰："尔是大憨汉，识此女否？乃教坊第一筝手。尔实有心，当为尔作狂计。今晚可来永康坊东，问杨将军宅。"生拜谢而去。晚诣之，羔曰："君能作小词，方得相见。"生吟曰："平生无所愿，愿作乐中筝。得近玉人纤纤手，砑罗裙上放娇声。便死也为荣。"羔喜，俄而延美人相见，曰："美人姓薛，名琼琼，本良家女，选入宫为筝长。今与崔郎永奉箕帚。"因各赐熏肌酒一杯曰："此酒千岁藕所造，饮之白发变黑，致长生之道。"是日宫中失筝手，敕诸道寻求之不得。后旬日，崔因调补荆南司录，即事行李。羔曰："琼琼好事，崔郎勿更为本艺，恐惊人闻听也。"遂感咽叙别。自是，常日唱和为乐。琼有诗云："黄鸟翻红树，青牛卧绿苔。诸宫歌舞地，轻雾锁楼台。"后因中秋赏月，琼琼理筝弹之，声韵不常，吏辈异之曰："近来索筝手甚切，宫人又自京来。"遂闻监军，即收崔赴阙，事属内侍司。生状云："杨羔所赐。"羔求救贵妃。妃告云："是杨二舅与他，乞陛下留恩。"上赦之，下制赐琼琼与崔怀宝为妻。

另一个版本说，薛琼琼是唐代末年的人，也即唐僖宗时人。唐僖宗时，连州秀才黄损游扬州，结识了当时的第一筝手薛琼琼。琼琼本是蜀人，战乱中流离失所，为薛小娟带到扬州收养。薛小娟是薛涛孙女，长于百艺。她把琼琼调教得歌、诗、乐、舞样样出色，尤擅古筝，指法得著名筝家郝善素真传，于是成为抚筝国手。黄郎和琼琼一见钟情，誓共生死。不料权臣吕用之任扬州刺史，得知薛琼琼艺高色艳，有霸占之意，而琼琼誓死不从。吕用之衔恨，上表朝廷，把薛琼琼送入官中，成为长安教坊的抚筝供奉。黄郎在扬州痛不欲生，这时荆襄节度使刘守道久慕才名，聘请他到襄阳做幕宾。黄郎行至江州，夜听邻船有人抚筝，韵调酷似薛琼琼，遂作词赠之，也即那首《望江南》。后来知道筝手叫韩玉娥，也是薛小娟收养的义女。黄郎在襄阳苦读，来年一举高中，任刑部官职，申奏朝廷，控告吕用之在扬州弄权害民之罪。这时吕用之也调为京官，反告黄损与官中抚筝供奉有私，冒犯圣驾。僖宗御前亲审，明白了来龙去脉，将薛琼琼赐予黄损为妻，削了吕用之官职。吕用之恨极黄损，忽听人说官中薛琼琼是假的，真琼琼还在扬州。他在扬州访得韩玉娥，意欲向朝廷告发。这时有道士说玉娥是妖女，吕用之听了，就着人把她送去陷害黄损。这样，黄损与琼琼、玉娥遂团聚于长安。这一情节，大致见于明人冯梦龙《醒世恒言》。

《醒世恒言》只是小说而已，不是信史，但其中一些篇章亦可作兴味之谈。书中《黄秀才徼灵玉马坠》一回有这样一些描写，撮抄如下：

　　话说唐乾符年间，扬州有一秀士，姓黄名损，字益之，年方二十一岁，生得丰姿韵秀，一表人才。兼之学富五车，才倾八斗，同辈之中，推为才子。

　　黄生收拾衣装，别过亲友，一路搭船。行至江州，忽见巨舟泊岸，篷窗雅洁，朱栏油幕，甚是整齐。黄生想道："我若趁得此船，何愁江中波浪之险乎！"……是夜，黄生在后火舱中坐了一回，方欲解衣就寝，忽闻筝声凄婉，其声自中舱而出。黄生披衣起坐，侧耳听之：乍雄乍细，若沉若浮。或如雁语长空，或如鹤鸣旷野。或如清泉赴壑，或如乱雨洒窗。汉宫初奏《明妃曲》，唐家新谱《雨淋铃》。

　　唐时第一琵琶手是康昆仑，第一筝手是郝善素。扬州妓女薛琼琼，独得郝善素指法。琼琼与黄生最相契厚。僖宗皇帝妙选天下知音女子，入宫供奉，扬州刺史以琼琼应选。黄生思之不置，遂不忍复听弹筝。今日所闻筝声，宛似琼琼所弹。黄生暗暗称奇。时夜深人静，舟中俱已睡熟。黄生推篷而起，悄然从窗隙中窥之，见舱中一幼女年未及笄，身穿杏红轻绡，云鬟半军，娇艳非常。

燃兰膏，焚凤脑，纤手如玉，抚筝而弹。须臾曲罢，兰销篆灭，杳无所闻矣。那时黄生神魂俱荡，如逢神女仙妃，薛琼琼辈又不足道也！在舱中展转不寐，吟成小词一首。词云：

生平无所愿，愿伴乐中筝。

得近佳人纤手子，研罗裙上放娇声。

便死也为荣。

再说扬州妓女薛琼琼鸨儿叫作薛媪，为女儿琼琼以弹筝充选，入宫供奉，已及二载。薛媪自去了这女儿，门户萧条，乃买舟欲往长安探女，希求天子恩泽。……不一日，行到长安，薛媪赁了小小一所房子，同玉娥住下。其时琼琼入宫进御，宠幸无比。晓得假母到来，无由相会。但遣人不时馈送些东西候问。玉娥又局户深藏，终日针指，以助薪水之费。所以薛媪日用宽然有徐。光阴似箭，不觉岁尽春来。怎见得？有诗为证：爆竹声中一岁除，春风送暖入屠苏。千门万户瞳瞳日，总把新桃换旧符。

两个版本都以薛琼琼的筝艺为依托，敷衍了一段香艳曲折的故事。千百年来，薛琼琼的名字不胫而走，成为文学中的经典。

以词曲为例，宋人晁元礼《浣溪沙》云："瑶珮空传张好好，钿筝谁继薛琼琼。"刘过《浣溪沙》云："标格胜如张好好，情怀浓似薛琼琼。"元人无名氏《中吕·十二月过尧民歌》云："一扇儿桃源仙子遇刘晨，一扇儿崔怀宝逢着薛琼琼。"薛琼琼俨然是美好爱情的象征。

以戏文为例，宋元间有《崔怀宝月夜闻筝》戏文，全剧虽佚，但《九宫大成》《南词定律》《南曲九宫正始》等尚引录佚曲十支。元人曾瑞《王月英元夜留鞋记》中有"薛琼琼有宿缘仙世期，崔怀宝花园中成匹配"之句。据《录鬼簿》著录，元杂剧大家白朴也作过《薛琼琼月夜银筝怨》。此外，明代王元寿的《玉马坠》、明末刘方的《天马媒》、清人路术淳的《玉马珮》等传奇，都是写薛琼琼的故事。薛琼琼不但是爱情的主角，也始终和筝艺密切联系着。

再以小说为例，明人笑笑生《金瓶梅》第三十七回云："枪来牌架，崔郎相供薛琼琼；炮打刀迎，双渐并连苏小小。"冯梦龙的《醒世恒言》第三十二卷《黄秀才徼灵玉马坠》演绎黄损与薛琼琼的故事，并且明白写道："唐时第一琵琶手是康昆仑，第一筝手是郝善素，扬州妓女薛琼琼独得郝善素指法。"《情史类略》说得更明白："薛琼琼……筝得郝善素遗法，为当时第一。"

薛琼琼是历史人物还是文学人物，薛琼琼故事里的男主角究竟是崔生还是黄郎，自然见仁见智。我们不能不承认的是，在历代文学作品中，薛琼琼已经成了一个多情、美丽而且擅长筝艺的永恒的女性形象。扬州筝艺流传已久，但像薛琼琼这样在历代文学作品产生如此广泛影响的，可谓古今第一人。

毛惜惜

　　"高邮人黑屁股"这句话流传很广。它的另一个说法是"高邮大姐黑屁股"。说"高邮出女人"，没有多少人相信，但是高邮自古属于扬州，既然"扬州出女人"，高邮自然也出女人。高邮历史上最有名的女人有两个，一个是露筋娘娘，一个是英烈夫人。露筋娘娘宁可被蚊子叮死，也不与男子共帐，看重的是个人的贞洁。英烈夫人宁可被杀，也绝不向敌人投降，保全的是自己的气节。露筋娘娘似乎是传说中人物，姑且不谈，英烈夫人却史书有传，实有其人。

　　《宋史·列传》卷二百一十九《列女》记载：

　　　　毛惜惜者，高邮妓女也。端平二年（1235），别将荣全率众据城以畔，制置使遣人以武翼郎招之。全伪降，欲杀使者，方与同党王安等宴饮，惜惜耻于供给，安斥责之，惜惜曰："初谓太尉降，为太尉更生贺。今乃闭门不纳使者，纵酒不法，乃畔逆耳。妾虽贱妓，不能事畔臣。"全怒，遂杀之。越三日，李虎破关，擒全斩之，并其妻子及王安以下预畔者百有余人，悉傅以法。

据说，因出于孝义而为父夫报仇的女性事迹，在辽、金、宋三史《列女传》中不复见，仅有忠义类的事迹在史书里有载。而妓女毛惜惜与另一位林氏，为仅有的两例。

关于毛惜惜的故事，在元人韦居安的《梅磵诗话》卷中有更为详细的记载：

嘉熙间，高沙卒荣全据城叛，郡守马公光祖闻变逃匿，仅以身免。有营妓毛惜惜者，全召之佐酒，惜惜怒之曰："汝本朝廷健儿，何敢反耶？惟有死耳，不能为反贼行酒。"全以刀裂其口，立命脔之，骂至死不绝声。时临川陈藏一在城中，目击其事，作诗有"食禄为臣无国士，捐身骂贼有官奴"之句。三山潘庭坚闻之，谓天壤间有如此奇特事，亦有诗云："恨无匕首学秦女，向使褰头真呆卿。"见潘公吟稿。余谓自《周南》之诗熄，为女妇者懵不知彤管之为何物，旷二三百年得一人，史氏必谨志之曰烈女。今毛惜惜出于妓籍中，耳目见闻，无非皆淫亵之事，非有则范取以自厉也，一旦叱詈叛卒，至死不绝声，视古烈女无少愧，可不谓之难得乎？一时诗人皆壮此妇之节，见之歌咏，亦以有关于世教故也。

其后，明人梅鼎祚著有《青泥莲花记》，卷三《毛惜惜》条在抄了《宋史》毛惜惜传后，又有这样一段文字：

> 高沙容全据城叛，召官妓毛惜惜佐酒。骂曰："汝本健儿，官家何负于汝而反？吾有死耳，不能为反贼行酒！"全以刃裂口，立命腐之。骂至死不绝。阃臣以闻，特封"英烈夫人"，且赐庙。潘紫岩有诗云：
> 淮海艳姬毛惜惜，蛾眉有此万人英。
> 恨无匕首学秦女，香使裹头真杲卿。
> 玉骨花颜城下土，冰魂雪魄史间名。
> 古今无限腰金者，歌舞筵中过一生。

此外《高邮县志》附录第三章《名人轶事》里，也有《英

烈夫人毛惜惜》条:

> 毛惜惜,官妓,淮安人。宋端平二年,别将荣全据高邮叛宋降蒙古。宋置使派人用武翼郎官职招降荣全,荣全伪降,并想杀死使者。一日与同党王安等宴饮,派人叫毛惜惜陪饮,惜惜不从。后被强拉而来,但不肯强作欢颜,背对荣全。荣全很难堪,斥责毛惜惜道:"我是太尉,能与我亲近乃是你的荣幸。"毛惜惜反斥道:"当初说太尉要重新降宋,我还为太尉获得新生而高兴,但现在你闭门不纳使者,且纵酒不法,这是叛臣逆子的行为。朝廷何处对不起你?我身虽贱但怎能侍奉你们这些叛臣呢?"荣全大怒,命人以刀割其口,并碎剐至死。
>
> 三天后,宋将李虎攻克高邮,荣全被处死,其妻子及王安等叛贼百余人均被绳之以法。毛惜惜的事迹上报朝廷后,皇上封她为"英烈夫人",高邮人为她在南门外城墙根下建庙祠一座,名英烈祠。

从以上记载,大致可以了解毛惜惜其人其事。毛惜惜作为一个妓女,不以香艳闻名,却以英烈传世,这在中国娼妓史上,称得上是个异数。也可见一个"妓"字,看起来不雅,但其中也有如杜十娘、羊脂球一类的人物。

毛惜惜的名字，在历史上成了气节的一种象征。清人魏秀仁《花月痕》第十九回《送远行赋诵哀江南　忆旧梦歌成秋子夜》写道：

> 这一晚，痴珠心上总把《金络索》两支填词反复吟咏。不想秋痕另有无数的话要向痴珠讲，却灯下踌躇，枕边吐茹，总不好自己直说出来，忽然问着痴珠道："妓女不受人污辱，算得是节不算是节？"痴珠道："怎么不算得是节？元末毛惜惜，明末葛嫩、楚云、琼枝，那个敢说他不是节！"

在这里，毛惜惜俨然是"节"的代表。不过书中把她的时代弄错了，她不是元末人，而是南宋人。

弄错了毛惜惜时代的，还有现代人。有一个电影文学剧本叫《官妓毛惜惜》，它的剧情简介是这样的：明朝嘉靖年间，倭寇肆虐。东南秦邮县汉存镇，一次遭倭寇烧杀奸掠，毛惜惜父母身亡，兄妹三人成了孤儿。惜惜被卖到官妓场所秦香楼，从此开始了青楼生涯。惜惜十六岁那年，按秦香楼的规矩得破瓜，由卫指挥使荣全来破。荣全对惜惜一见倾心，惜惜对这位抗倭名将也很仰慕，从此惜惜被荣全包了下来。有一次荣全带惜惜回乡祭祖，惜惜得以回故居看看。家乡的生活情景，使她开始厌恶风尘生活，向往良家妇女的正常生活。荣全驻守镇江后，惜惜邂逅了秦邮知州叶春发。叶年轻英俊，温文尔雅，与惜惜共坠爱河。荣全在镇江因同情叛将李全而叛乱，被镇压后逃回秦邮，被叶拒之门外，并得知将荣全祖坟掘毁。荣全恨得咬牙切齿，发誓要回来报仇。走投无路之下，荣全投靠了倭寇，成了倭人的帮凶，连克十多个州县。不久，荣全借倭兵攻打秦邮城，既克，生擒叶春发。某夜，惜惜刺杀了荣全，不料事败，被擒。在一次宴会上，荣全让惜惜弹唱助兴，惜惜不从，并痛骂这帮卖国贼，激怒了荣全，大打出手。毛虎（惜惜二哥）参加了抗倭军队，并升任参将。他率兵攻打被荣全盘踞的秦邮城，就在即将攻克时，荣全挟持惜惜作人质，要挟毛虎撤兵，惜惜忍住情人遭戮的悲伤，主动投缳，以除毛虎进攻的心理障碍。毛虎率军猛攻，荣全节节败退，率残部向城北逃窜，终于陷进沼泽，被生擒活捉。毛虎杀了荣全，以祭英灵。世宗皇帝封毛惜惜为英烈夫人。秦邮人为她修建英烈墓，并建祠纪念。从剧情简介来看，女主人公毛惜惜就是《宋史》所载的毛惜惜，可是作者却把南宋端平年间说成是明朝嘉靖年间，显然错了。毛惜惜是历史人物，不该张冠李戴。

清人李修行《如此京华》下卷第二回《金榜亲题姓名有价　玉郎艳唱本事成诗》提到历史上许多著名的妓女，毛惜惜是其中第一个：

　　丁卯笑着不语，只将扇面展开看时，见齐齐整整密如蝇头的写着一首长歌道："既幸非毛惜惜，又幸非邵飞飞，美人不畏将军威。既免作陈圆圆，又免作关盼盼，美人肯附尚书传。既耻为苏小小，又耻为李师师，美人岂愿天子知。既懒嫁赵闲闲，又懒嫁王保保，美人甘作女伶好。女伶者谁刘喜奎，或言沧州或南皮。似把喜神呼小字，宜为奎宿作旁妻。女伶三绝声艺色，声艺易得色难得……"

　　我们切不可小觑了这一段话。文中的长歌，列数了一批古代名女与名士的名字。其中，除了扬州毛惜惜之外，邵飞飞是三山西河赋诗自尽的烈女，陈圆圆是名列清初秦淮八艳的传奇人物，关盼盼是唐代徐州殉情而死的舞妓，苏小小是南齐钱塘名娼，李师师是北宋汴京徽宗宠爱的名妓，赵闲闲是金代历官五朝的翰林学士，王保保是明初被朱元璋誉为天下第一奇男子的武将，刘喜奎则是近代京津一带的名伶。虽是小说家言，毛惜惜的影响由此可知。

　　近人樊增祥先生有《后彩云曲并序》，讽刺名妓赛金花是"一泓祸水，害及中外文武大臣，究其实一寻常荡妇而已"。其中说到赛金花成为八国联军总司令瓦德西的座上客："因思庚子拳董之乱，彩侍德帅瓦尔德西，居仪鸾殿。尔时联军驻京，惟德军最酷。留守王大臣，皆森目结舌，赖彩言于所欢，稍止淫掠，此一事足述也。仪鸾殿灾，瓦抱之穿窗而出。当其秽乱宫禁，招摇市廛，昼入歌楼，夜侍夷寝，视从某侍郎使英、德时，尤极烜赫。"据说，八国联军进入北京后，赛金花因为通欧语，得到西人宠幸，而且她在西洋时就与联军总司令瓦德西相识，所以旧情复燃。就凭借这层特殊关系，赛金花曾劝瓦德西少侵扰百姓，故京城人对她多有感激。从史实来看，出生于1832年的瓦德西时年已六十八岁，似乎不可能与赛金花有什么私情。不过，在京城妓女中，精通欧语的确可以使赛金花脱颖而出。赛金花的公案给小说家提供了足够的想象空间，清末小说《九尾龟》是这样叙述此事的：赛金花到紫禁城与瓦德西叙旧，看到皇家宫苑被联军占领，面目全非，本能的爱国心由此被唤起："我虽然是个妓女，却究竟是中国人，遇着可以帮助中国的地方，自然要出力相助。"赛金花面对的是八国联军，毛惜惜面对的是宋朝叛臣，她们的身份又都是妓女，因此多少有可比之处。樊增祥因此在《后彩云曲》中有这样的句子：

徐娘虽老犹风致，巧换西妆称人意。

百环螺髻满簪花，全匹鲛绡长拂地。

鸦娘催上七香车，豹尾银枪两行侍。

细马遥遥辇路来，袜罗果踏金莲至。

历乱宫帷飞野鸡，荒唐御座拥狐狸。

　　将军携手瑶阶下，未上迷楼意已迷。

　　骂贼翻嗤毛惜惜，入宫自诩李师师。

　　显然，"骂贼翻嗤毛惜惜，入宫自诩李师师"的赛金花只配和向宋徽宗献媚的李师师同流合污，与痛骂贼子而死的毛惜惜是有着霄壤之别了。

　　关于毛惜惜的故事，最详尽的莫过于一本《青楼秘典》对她的描述。书中说，毛惜惜是南宋时扬州名妓，祖居高邮，出身仕宦之家，自幼学书学剑，多才多艺。她十二岁那年，金兵南犯，高邮沦落，父母双亡，与乳母李氏逃至扬州。因为生计无着，李氏不得已将自己的女儿静静和惜惜一起送入妓院。因为毛惜惜懂得琴棋书画，再加上歌舞弹唱的训练，她很快在扬州城里有了名气。李氏是个有见地的女人，劝她趁自己年轻，物色一个好人，以便及早脱离风尘。毛惜惜在众多的狎客中，结识了秦汉光，两人一见如故。秦汉光是个热血男子，同情毛惜惜的遭遇，赋诗云："不堪回首望关河，如此萧条奈若何。北望燕云尽膻草，南来壮士废干戈。一池春水悲鱼腥，阆夜秋涛叹逝波。多少苍生多少恨，请谁重谱大风歌？"毛惜惜由是爱上了秦汉光。此后，两人常常见面。一日，秦汉光前来辞行，说他已决定投笔从戎，奔赴沙场。毛惜惜为秦汉光的报国之志所感动，赋诗赠别："暂将慧剑斩情丝，起舞闻鸡正此时。且待胡尘驱散后，蛾眉淡扫慰相思。"秦汉光向毛惜惜约定，他日一有所成，便为惜惜赎身，结为夫妻。秦汉光一别三年，两次立功，荣任守备之职。一天，秦汉光请假回乡看望毛惜惜，不料惜惜已被高邮总兵荣全强行纳为小妾，并筑"丽园"，金屋藏娇。秦汉光一听，勃然大怒，想要带兵夺妻。李氏劝阻他不可强行动武，汉光无计可施，恨恨离去。再说毛惜惜被荣全霸占后，心中一直思念情人，整日郁郁寡欢。一次，她从荣全的密信中，发现荣全与元兵勾结，便怀疑他有投降之心。她欲除掉荣全，却又无从下手。一天，李氏女儿静静来至丽园，悄悄告诉毛惜惜，秦汉光已经到扬州找过她。毛惜惜当即请静静约汉光在北郊荷花池见面。毛惜惜把荣全通敌之事告诉秦汉光，并商议对付荣全的办法。宋理宗端平元年（1234），元兵步步逼近，高邮岌岌可危，荣全叛心已决。一次，元兵特使进高邮城，荣全设盛宴款待，并让毛惜惜为元使敬酒。毛惜惜视而不见，被荣全狠狠打了一记耳光。事后，荣全对于自己的失态有些歉意，毛惜惜趁机劝诫荣全要做岳飞和辛弃疾，不要做秦桧。但是，荣全听不进去。端平二年春，元军兵临城下，荣全开门揖盗，把不肯投降的高邮知府杀头示众。就在荣全公开投降当天，荣全在府中举行庆筵。元军将领拔都鲁听说荣全有美妾，擅长剑术，要让她来献舞助兴。荣全受宠若惊，立即表示，若是拔都鲁喜欢，可以将妾相赠。此时毛惜惜在帐后，愤然而出，手指荣全，大骂他叛国献妾，卑劣无耻。

荣全恼羞成怒，下令左右把毛惜惜推出帐外斩首。拔都鲁见毛惜惜如花似玉，貌若天仙，心生怜意，叫荣全不要杀她，把毛惜惜交给他处理。荣全趁机将毛惜惜拱手送予拔都鲁，并命毛惜惜向拔都鲁谢恩。毛惜惜毫无感恩之意，又指着荣全，严辞斥责他厚颜无耻，背叛社稷，甚至连爱妾都被用来当作献敌的贡品。荣全又要杀她，拔都鲁却说，想不到宋朝的女子比男人的骨头更硬，如果宋朝男人全都如此，宋朝焉得灭亡？言罢，与毛惜惜痛饮三杯，请毛惜惜舞剑佐酒。毛惜惜并不推辞，持剑作舞，始则蹁跹清缓，如白鹤展翅，继则雷厉风行，似雏燕临空。到后来，恰似风扫垂柳，雨洒梨花，只见剑光，不辨人影。说时迟，那时快，毛惜惜忽然逼进荣全，一剑劈向荣全，却被荣全闪让一旁，将一只耳朵生生割了下来。荣全气急败坏，慌忙用剑还击。几个回合之后，毛惜惜终于气力不敌，被刺身亡。秦汉光此时正在节度使李虎麾下，奉命讨伐叛将荣全。当他得知毛惜惜被害消息后，恨不能马上赶到扬州，食荣全之肉，寝荣全之皮。不日，秦汉光率部攻克高邮，生擒荣全，割其首级，以祭英烈。端平三年，李虎将毛惜惜事迹上奏朝廷，宋理宗赠封毛惜惜为"英烈夫人"，并为之建祠，以祭香火。秦汉光有诗吊之云："昭君慷慨沉河日，红玉从容破敌时。君已成仁千古颂，愿驱胡虏寄相思。"又撰挽联云："千古仰忠魂，堪与三娘相比美；一生抒悲愤，长留正气耀人间。"故事虽然多有增饰，但是基本情节却没有虚构。

毛惜惜死后，高邮人将她下葬于城南。据《高邮县志》第十九篇第七章记载，高邮至今有"英烈夫人墓"：

> 在高邮城南门外东侧城脚下，俗称"毛惜惜姑娘坟"。南宋端平二年，高邮守将荣全叛乱，毛惜惜宴前斥责荣全，被碎割杀死。乱平后，宋理宗封毛惜惜为英烈夫人。南宋著名诗人方岳为毛惜惜写《后义娼传》，《宋史》有记载，明李长祥为毛惜惜作墓记。今墓不存。

毛惜惜墓是高邮市文物保护单位，位于高邮南城根。原有墓碑，现已不存。

柳依依

　　柳依依这个名字，听起来有些古典、妙曼、蕴藉的样子，我一直以为这是明代扬州城里的识字女子才会有的名字。经上网搜索才发现，许多小说家早已经钟情于"柳依依"三个字，把她打扮成了清宫里的女官，江湖上的女侠，甚至歌坛上的女星。世间有那么多女人叫作柳依依，真是始料未及。

　　柳树的垂枝，太像女人的长发，而它的袅娜，又像女人的腰肢。风摆杨柳，千丝万缕，不要说男人的心旌会随之荡漾，寻常妇人也因杨柳的存在多少变得风情万种。

　　但是我断定，柳依依这个名字除了小说中或者演艺界偶尔借用之外，把它作为真实名字的不会多。但在明代的扬州，却出现过两个真实的柳依依！

一个柳依依，我们姑且称她"柳依依（甲）"，她的生平见于明人田艺蘅《留青日札》卷三十九《依依传》：

> 依依姓柳氏，字倚玉，扬州二十四桥人也。年减桥数之零，种出章台之秀。腰不堪束，甚于柔条；眉不假描，浑如初叶。娟娟可爱，袅袅无双。辞翰逸群，舞歌独步。性耽浮浪，志脱嚣埃。孰是赏心，谁知税驾。辛丑之岁，盍簪京口，绾带石头。嬿婉及春，绸缪连理。信娉婷而隈璧，真袅娜以含金。游子将归，好遂远别。怅短亭之供帐，攀垂杨以系缰。鸳鸯分飞，骊歌互答，柳子为我歌《阳关》第一叠焉。

由文中可知，柳依依（甲）是扬州人，当时年龄不过二十岁（"年减桥数之零"），是风尘中人物（"种出章台之秀"）。她生得极为美丽，腰身极细，眉毛很淡，会写诗章，擅场歌舞。《依依传》的作者田艺蘅是在"辛丑之岁"出游镇江、南京途中，结识柳依依（甲）的，两人感情甚笃。现在的关键是要弄清"辛丑之岁"，究竟是何年。据考，《留青日札》作者田艺蘅，字子艺，浙江钱塘人，约生活在明嘉靖、隆庆和万历之间。《明史》卷二八七《文苑传》（附见其父田汝成传）载：田艺蘅"性放诞不羁，嗜酒任侠。以岁贡生为徽州训导，罢归。作诗有才调，为人所称"。但其举业偃蹇，"七举不遇"，遂放浪西湖，优游山林。他著有《大明同文集》《田子艺集》《留青日记》等。《留青日札》书前有万历元年（1573）序，按此推算，"辛丑之岁"应是嘉靖二十年（1541）。这一年，如果柳依依（甲）正好二十岁，她的生年就应是正德十六年（1521）。田艺蘅既然是在游历镇江、南京时认识柳依依（甲）的，那么柳依依（甲）的活动范围也就不限于扬州，而在江南一带。

田艺蘅写的《依依传》又名《阳关依依三叠》，可见最令田艺蘅感到钦佩的，是柳依依（甲）演唱的古曲《阳关三叠》。

据《依依传》说，柳依依（甲）唱的第一叠，词为："渭城朝雨浥轻尘，客舍青青柳色新。劝君更尽一杯酒，西出阳关无故人。"唱罢，田艺蘅心驰神往，慷慨浮白，此时和风徐来，片云飘去。柳依依（甲）接着唱第二叠，词为："朝雨浥轻尘，青青柳色新。更尽一杯酒，阳关无故人。"歌声停歇后，田艺蘅心中凄怆，恍然若失，手持酒杯，不知所措，只觉得江水无情，仆夫变色。最后，柳依依（甲）唱第三叠，词为："浥轻尘，柳色新。一杯酒，无故人。"歌词短促，曲调悲伤，惊心动魄，声泪俱下，田艺蘅觉得古人断肠之喻，不过如此！于是，他也跟着唱了一曲："马蹄车辙欲生尘，无那盈盈柳眼新。何事阳关方拼醉，江南江北未归人。"不料歌声刚落，柳依依（甲）以翠袖支颐，凤鞋按拍，接着唱道："悲歌遮莫动梁尘，叠破阳关恨转新。看取柳条和泪饮，今宵定是梦中人。"田艺蘅听罢大惊，他想不到面前的娼女柳依依（甲），能够即兴唱出这般风雅的歌词来。于是又唱一曲相答："一声一叠一翻新，君是扬州第一人。醉里莫教憔悴尽，浮生何处不风尘。"他想稍稍安慰一下眼前的这位风尘女子，然后趁着斜阳，随着归鸦，解缆而去。船到了京口的时候，他的心还留在金陵。细玩文意，可知柳依依（甲）送别田艺蘅的地方是在南京。

　　田艺蘅在镇江时，难忘柳依依（甲）送别之情，于是作《车儿投东马儿向西赋》。他挥笔写道："悲莫悲兮生别离，车轮东去马西驰。穷途有酒无人劝，忍见风前弱柳垂。悲莫悲兮生别离，飞花如絮雨晴时。何由得似嘤嘤鸟，双掷金梭织柳丝。悲莫悲兮生别离，暮春不见以秋期。归来四六桥头月，断续箫声听与谁。"苏州有一位"采莲子"听到田艺蘅的歌声，十分赏识，请他一起喝酒，并且作歌相和："悲莫悲兮生别离，伯劳东去燕西飞。多情化作鹣鹣侣，烟水云休愿不违。"歌罢，相与抵掌而笑："此真扬州柳枝词也！"又有一位"五湖载月人"，得知此事后，一定要让田艺蘅写一篇《阳关依依三叠记》，并且对田艺蘅说："辋川送客之作，议者以为妙绝古今，诚哉是言也。独《三叠》之旨，秘而不传，或传而不精，协律者遗恨焉。乃今依依特娼家妇耳，调结回风，才凌咏雪，悟连环之隐诀，解织锦之玄机，近与吾子连衡，远俾右丞增价。谓之光分柳宿而誉掩隋堤也，不亦宜乎？章句学士有深惭矣。"

柳依依（甲）的事迹，又见清人李澄《梦花杂志》卷四《柳依依》条。《梦花杂志》所写的柳依依传，文字多有因袭《留青日札》之处，如叙述柳依依（甲）的籍贯云："依依姓柳氏，不知何时人，扬州廿四桥边，其家也。"除了几个字不同而外，其余几乎脱胎于田艺蘅之手。但此书也有重要的异文，尤其是说柳依依（甲）歌唱《阳关三叠》的一段经历：

> 依依姓柳氏，不知何时人，扬州廿四桥边，其家也。……偶于石城艇子，邂逅陶生，一见同心，三生订约。偕来邗上，听玉人箫声者三匝月。春江水暖，游子将归，痛鸳鸯之分飞，唱骊歌而互答，依依翻《阳关》第一叠焉。

这里忽然出现了一个"陶生"，并且双方有扬州之游，这都是与《留青日札》不同的地方。后文还有柳依依（甲）被强人欺凌的事，也是《留青日札》所没有的：

> 相隔经年，方拟再访芜城，重赓旧曲，而依

依以见凌强暴，遂致夭殂。生凄怆江潭，攀条自法。

信矣哉，情竭为知音也！

　　文章最后有一段惋惜柳依依（甲）的话，说："依依特娼家妇耳，独能悟连环之诀，解织锦之机，出以歌喉，被之弦索，岂非风尘中异才欤？不惟其艳也，乃卒以青眼寥寥，夭折于狂夫之手，悲夫！"但是，柳依依（甲）最终经历了怎样的悲剧，她的遭遇和结局究竟是怎么一回事，文章都闪烁其词，一笔带过。在文章末尾，作者以"梦花生"的名义进一步评道："依依色艺俱绝，终为身累。岂天下负才色者，皆不祥之物乎？无怪鸠盘荼乃自夸福泽也。"这倒是一段有所感的议论。《梦花杂志》的作者李澄，是清代扬州人。《续纂扬州府志》卷十三《人物·文苑》有他的小传："李澄，字练江，号梦花，员生，书法魏晋，文精唐宋人格律。著有《春秋左氏全书》《人鉴》《淮鹾备要》《梦花诗集文集》若干卷。"

　　综合《留青日札》和《梦花杂志》两书所述，我们知道这位柳依依（甲）的生平是这样的：柳依依（甲），字倚玉，扬州妓女，才貌双全，尤其善于歌唱古曲《阳关三叠》。她在南京时认识陶生（也许就是田生，即田艺蘅），后来二人游历扬州。三个月后，二人分别，依依（甲）唱《阳关三叠》送行，歌声极为动人。这时依依（甲）二十岁。一年后，陶生想再访扬州，依依（甲）却已经死于强人之手，年方二十一岁。这是一个典型的红颜薄命的扬州女性。

我们如果拟一份《柳依依（甲）年表》，应是这样的：

柳依依（甲），字倚玉，嘉靖元年（1522）生于扬州，后堕入风尘；

嘉靖二十年（1541），在南京结识陶生，并赴扬州作三月之游；

嘉靖二十一年（1542），因遭强人而死，享年二十一岁。

另一个柳依依，我们姑且称她"柳依依（乙）"，她的故事见于清人袁枚《随园诗话补遗》卷五：

> 柳依依者，乩仙也。自言维扬女子，归方氏，年才十八，遇乱被虏，绝水浆七日，誓死全贞，竟得脱免。书《黄金缕》一阕云："身裹絮棉难着枕，淡月补窗，乱写飞花影。莫怪青春归步紧，枝头杜宇声声请。"又书一绝云："归去虚空踏月行，五铢衣重白云轻。自从饮得银河水，吐向毫端一色清。"

根据袁枚的记载，这一位柳依依（乙）不是风尘中人，而是良家女子，嫁与方氏为妻。她十八岁时遇到战乱，成为俘虏，为了不受侮辱，绝食而死。她究竟遇到了怎样的战乱呢？

好在柳依依（乙）的事迹，又见于晚清俞樾《茶香室续钞》卷五《柳依依》条：

> 国朝女史汪端《自然好学斋集》有《山塘新建柳依依祠诗》，序云："依依字灵和，广陵女子，年十六，适方氏，十八而寡。越三载，值乙酉之变，被掠不食死。"乾隆乙巳，降卟海门厅署，乞建祠以栖贞魂。二诗六词，语极酸楚，《随园诗话》载其诗。道光乙酉，吴中好事者为建祠山塘清节堂左。
>
> 按诗有云："两点金焦千里梦，伤心更有卫琴娘。"注云："琴娘与依依同时，亦以被掠不辱死。"
>
> 《自然好学斋集》又有《虎丘吊刘碧霞墓诗》，序云："吴人为柳依依建祠，翁大人谓碧霞宜附祀。碧霞亦广陵人，乾隆中，随父戍辽东，为某贵人爱妾。贵人赴江南，命掌笺奏，因疑见害，殁后，降卟赋诗甚夥。"

我们从"乙酉之变"得知，柳依依（乙）遇到的战乱就是清兵南下。"乙酉"是南明弘光元年、清朝顺治二年（1645），"扬州十日""嘉定三屠"都在这一年。清兵南下时，一路掳掠妇女，柳依依（乙）亦在此列。她大概是被掳至苏州后，绝食而死的。与她同时被掳并不屈身亡的还有很多人，琴娘也是其中一个，她好像是镇江人。那位名叫碧霞的扬州女子的死，另有缘故。按照《自然好学斋集》所载，他是乾隆时人，父亲是武官，因为父亲在辽东戍边，她随父亲在辽东生活，就成了某个贵人的妾。她是有文化的女子，知书识礼，谙熟翰墨，所以贵人到江南做官时才让她掌管文牍之事。她是因为被怀疑而被害的，究竟为了什么事被害，不得而知，也许永远是谜了。但是她的怨魂，也和依依、琴娘一样，永世不能安息。《自然好学斋集》的作者汪端是清代女作家，字允庄，号小韫，浙江钱塘人。陈文述之媳，陈裴之之妻。能诗，有《自然好学斋诗钞》，并编有《明三十家诗选》初、二两集，又有小说《元明佚史》。她如此关注女性的命运，自己又是女性，真实难能可贵。

现在综合《随园诗话》和《茶香室续钞》两书所述，我们知道柳依依（乙）的生平是这样的：柳依依（乙），字灵和，扬州女子。她在十六岁时嫁给方氏为妻，十八岁时丈夫去世而守寡。三年后扬州沦陷于清兵之手，她被掳至苏州，绝食七天而死。乾隆乙巳年（1785），柳依依（乙）降卟于海门厅署，乞求为之建祠。道光乙酉年（1825），苏州人在山塘为柳依依（乙）建祠，时人建议以碧霞附祀。

我们如果同样拟一份《柳依依（乙）年表》，应是这样的：

柳依依（乙），字灵和，明代天启五年（1625）生于扬州；

　　崇祯十三年（1640）嫁与方氏；

　　崇祯十五年（1642）丧夫；

　　南明弘光元年、清朝顺治二年（1645）被掳至苏州，绝食七日而死，享年二十一岁。

　　两个扬州柳依依，前后相距一百年。一在风尘，一在良家，一擅音乐，一擅诗词，最终却都未能安享天年，而死于妙龄。其中的千古遗恨，是绵绵难消的。

　　"柳依依"的名字，出自成语"杨柳依依"。而"杨柳依依"又来自《诗经·采薇》：

　　　　昔我往矣，杨柳依依；

　　　　今我来思，雨雪霏霏。

　　从此，"杨柳依依"就成为一个形容杨柳或者女性姿态的经典句式，其中又包含着婀娜、飘逸、柔弱、易逝等等寓意。南北朝时庾信写的《枯树赋》中，有句云：

　　　　昔年种柳，依依汉南。

　　　　今看摇落，凄怆江潭。

　　　　树犹如此，人何以堪。

　　因为词中含蓄着今非昔比、人生易老等感伤的情绪，常常为后人吟用。在《全唐诗》里，李嘉祐《伤吴中》有"覆见花开人又老，横塘寂寂柳依依"之句，贾至《对酒曲二首》有"梅发柳依依，黄鹂历乱飞"之句，我们已经看到"柳依依"三字连用成为习惯。宋人寇准《江南春》又云：

　　　波渺渺，柳依依。
　　　孤村芳草远，
　　　斜日杏花飞。
　　　江南春尽离肠断，
　　　苹满汀洲人未归。

　　词中又一次提到"柳依依"。这是一首写女子怀人伤春的词。南宋胡仔在《苕溪渔隐丛话》中评此词云："观此语意，疑若优柔无断者；至其端委庙堂，决澶渊之策，其气锐然，奋仁者之勇，全与此诗意不相类。盖人之难知也如此。"词作者寇准，字平仲，陕西渭南人。太宗太平兴国五年（980）进士，授大理评事，知巴东县。累迁枢密院直学士，判吏部东铨。为官敢直言。景德初，同中书门下平章事，反对王钦若等南迁主张，力主抵抗辽军进攻，促使真宗往澶州前线亲自抗敌，与辽订立澶渊之盟。后为王钦若所谮，罢知陕州。天禧三年（1019）再相。真宗病，刘皇后预朝政，寇准密奏请太子监国，事泄，为丁谓排挤，罢相，封莱国公。后贬道州司马，再贬雷州司户参军。天圣元年（1023）卒于贬所，年六十三，谥忠愍。著有《寇莱公集》七卷。《全宋词》录其词四首，《全宋词补辑》另从《诗渊》辑得一首。寇准词的起首四句勾勒出一幅江南暮春图景，烟波渺渺，杨柳依依，绵绵不尽的萋萋芳草蔓伸到天涯。在夕阳之下，孤零零的村落阒寂无人，只见纷纷凋谢的杏花飘落满地。词中的"波渺渺"应是佳人望穿秋水的深情，"柳依依"则是当年长亭惜别的时分。女主人公的离愁比柳丝更长，而她的青春正在孤寂的等待中流逝。

我们不知道，明代扬州的两位柳依依是否了解她们名字的来历？但是她们催人泪下的身世，和她们令人伤感的名字，竟然是这般契合。几百年之后，当我们看到依依的柳树，就会想起她们柔弱的身躯，和坚贞的魂魄。

陈素素

　　皓月当空，告诉人们一年一度的中秋节来到了。在这个观赏月亮的佳节，不禁使人想起扬州历史上有过一位以"二分明月"自诩的女子。她的名字叫作陈素素。

　　陈素素生活于清初的扬州，工诗，善画，能度曲。唐人徐凝《忆扬州》诗云："天下三分明月夜，二分无赖是扬州。"大概受到徐凝诗句的影响，她给自己起了一个极富诗意的号，叫"二分明月女子"。她的诗集，也就题作《二分明月集》。

　　陈素素是一个名妓，也是一个才女，她经历过一段曲折坎坷的爱情。

　　起初，有一个莱阳书生姜仲子，爱上了陈素素。陈素素对姜仲子也有感情，姜仲子就把她携回了故里。不久，有扬州豪强看上了素素，将素素强行从姜家夺走，并带回扬州。姜仲子失去了陈素素，为之寝食俱废。他于是暗中修书，遣人潜往扬州，送给素素。信中大意是，此生非素素不娶，希望素素能够明白他的心。陈素素见信，肝肠寸断，立即咬断自己所戴的黄金指环，请来者捎给姜仲子。"环"音同"还"，素素以此表示自己一定要回到仲子身边之意。仲子得信，感泣不已，将此事告诉他的扬州朋友吴寿潜，请吴寿潜填词咏叹此事。吴寿潜于是赋得《醉春风》一阕，一时传为韵事。

陈素素的故事，见于清人徐釚《词苑丛谈》卷九：

> 莱阳姜仲子，嬖所欢广陵妓陈素素，号"二分明月女子"。后为豪家携归广陵，姜为之废寝食。遣人密致书，通终身之订。陈对使悲痛，断所带金指环寄姜，以示必还之意。姜得之，感泣不胜，出索其友吴彤本题词。吴为赋《醉春风》一阕，其词曰："玉甲传芳信，金镂和香褪。悬知掩泪诉东风，问问问。明月谁怜？二分无赖，锁人方寸。情与长江并，梦向巫山近。好将环字证团圆，认认认。有结都开，留丝不断，些些相印。"

作《醉春风》的吴寿潜，字彤本，号西瀛，扬州人。他与妻子贺氏恩爱甚笃，贺氏死后有《无梦词》吊之，自称"毕竟是多情，怕添离恨生"。姜仲子请他题咏与陈素素的一段情缘，也算是找对了人。

陈素素的韵事，感动过清初许多舞文弄墨之士。

例如有一位扬州文人吴薗次，为陈素素的遭遇所感动，将《二分明月集》和《鹃红夫人集》一并寄给弟弟玉川。后来，玉川请小畹夫人在诗集上面题写绝句二首，云：

> 邮筒才到一缄开，明月鹃红寄集来。
> 闺阁文人应下拜，吴兴太守总怜才。

> 朝来窗阁晓妆迟，小婢研朱滴露时。
> 歌吹竹西明月满，清辉多半在君时。

诗中的"吴兴太守"即吴绮。吴绮是清代词人，字薗次，一字丰南，号绮园，又号听翁，扬州人。顺治十一年（1654）贡生，荐授弘文院中书舍人，升兵部主事、武选司员外郎。又任湖州知府，以多风力，尚风节，饶风雅，时人称之为"三风太守"。后失官，再未出仕。吴绮以词著名，小令多描写风月艳情，笔调秀媚，多有佳句。如《醉花间·春闺》上阕："思时候，忆时候，时与春相凑。把酒祝东风，种出双红豆。"颇为时人传诵，因有"红豆词人"之称。他的《浣

溪沙·有感》"南浦轻烟蘸碧波""吴苑青苔锁画廊"两首，
被人认为是"含凄古淡，乃为不负"之作（谭献《箧中词》）。
长调如《满江红·岳坟次武穆原韵》《金山》和《沁园春·述
怀》等，意境和格调甚高。吴绮也能诗，模仿徐陵、庾信，
以清新为尚。他的骈文，学李商隐，以秀逸见胜，比诗名更
著。他还著有传奇《忠愍记》《啸秋风》和《绣平原》等三种，
当时多被管弦，惜今均无存。著有《林蕙堂集》二十六卷，
有康熙刻本、乾隆刻本。他向弟弟推荐陈素素的诗集，表明
他对同乡女子陈素素的人品、才情、遭遇，是十分钦敬和同
情的。

　　几乎同时，另有一位苏州文人朱素臣，平生爱好词曲，
曾经写过《一著先》《十五贯》《未央天》诸剧。他听说扬
州陈素素的哀怨传说后，便根据这一实事，加以发挥，谱写
了著名传奇《秦楼月》。据庄一拂先生《古典戏曲存目汇考》
卷十一介绍：

　　此戏未见著录。康熙文喜堂刊本，武进涉园
陶氏影印本，《古本戏曲丛刊三集》本。《新传奇品》
《曲考》《曲海目》《今乐考证》《曲录》俱列入李
玉名下。或与李氏合作，亦属可能。《曲录》并著
录吴绮一本，吴乃题词，非传奇，误。此剧凡二
卷，二十八出。演吕贯于虎丘见陈素素题真娘《秦

楼月》词，心仪其人。后为匪徒劫陷贼寨，触石
毁容，以死自誓。由吕友刘岳破贼救出，几经波折，
始得娶归。

《秦楼月》剧中写一个名叫吕贯的书生，同妓女陈素素
的坚贞不渝的爱情。书生吕贯在苏州虎丘游玩，偶然看见扬
州女子陈素素题真娘墓的一阕《秦楼月》词，心仪其人，于
是到处寻访。不料素素为匪徒劫掠，押至贼巢，强迫其做压
寨夫人。素素宁死不从，触石毁容。吕贯得悉，请友人刘岳
破贼，救出素素，经过数番波折，始得团圆。庄一拂先生认
为，《秦楼月》中的陈素素和《词苑丛谈》中的陈素素，是
同一人。同样，《秦楼月》中的吕贯和《词苑丛谈》中的姜
仲子，也是同一人。他还引用《多罗艳屑》一书记载说，宣
义窑所产脂粉箱，本是进献宫廷的贡品，价格极其昂贵。莱
阳书生姜学在，不惜花费重金，购买这种贡品脂粉箱赠送给
他的爱姬陈素素。"素素，江都人，美而艳，能画，又善度曲。
好事者谱为《秦楼月》传奇。"据此，《秦楼月》传奇中的
男主人公吕贯，其实就是莱阳书生姜仲子、姜学在的影子。
吕姓出于姜氏，故吕贯、姜仲子、姜学在，当为同一人。

朱素臣名雤，号笙庵，苏州人，清初剧作家。他与李
玉友善，为李玉校订《北词广正谱》，又与扬州人李书云合
编《音韵须知》。他和兄弟朱佐朝，合称"二朱"。作有传

奇《十五贯》《秦楼月》《翡翠园》《未央天》《锦衣归》《聚宝盆》《文星现》《朝阳凤》《万年觞》《龙凤钱》《四大庆》《四奇观》《清忠谱》等，有些作品与人合写。其中，《十五贯》的影响最大。

在近代越剧里，也演出过《秦楼月》一剧。越剧著名演员尹桂芳女士主演的剧目中，就有一种是《秦楼月》。但不知越剧《秦楼月》，是否改编自朱素臣的同名戏曲。

《秦楼月》这个名字，最初来自唐人李白的作品《忆秦娥》，其词云：

> 箫声咽，秦娥梦断秦楼月。
> 秦楼月，年年柳色，灞陵伤别。
>
> 乐游原上清秋节，咸阳古道音尘绝。
> 音尘绝，西风残照，汉家陵阙。

万籁俱寂，唯有一缕箫声，幽幽咽咽，飘至耳际。秦娥的梦被这游丝似的箫声惊破，正待张目追寻，却只见满楼月色，空无一人。想这清冷的明月，曾经照着灞陵泣别，离人背影。而夜夜月光，年年柳色，总来织梦。算起来，咸阳道上音尘已绝，物是人非。今日登原，入人目者，独有汉家陵阙，苍苍莽莽而已。这首词伤今怀古，托兴深远。开头以月下箫声引起，已见当年繁华梦断，不堪回首。接着更从月色之外，添出柳色与离情，将情景融为一片，可以想见惨淡迷离之概。最后一笔宕开，摹写登原所见，西风残照，汉家陵阙，生死兴衰，都寓其中。其气魄之雄伟，情感之浑厚，实冠今古。北宋李之仪曾和此词。据说李白的原词，是写一京城女子，对出门远行的良人的思念。在思念的痛苦中对乐游原、汉陵墓的好景色都感到一派凄凉。全词借闺怨之情，发兴衰之叹。

　　李白的诗歌，多以奔放的激情表达对理想政治的追求，对建功立业的渴望，具有强烈的浪漫主义色彩。但是李白也有《菩萨蛮》"平林漠漠烟如织"和《忆秦娥》"秦娥梦断秦楼月"这样婉约的词，故宋人又尊他为词的始祖。据考证，词有五种来源：一是边疆曲调或域外音乐传入内地的；二是内地民歌曲调；三是乐工歌妓们创制或改制的曲调；四是官廷音乐机构或词曲家根据古曲、大曲改制的；五是文人创作的曲子。正因为词调来源广泛，所以词牌的意思也很复杂。如《苏幕遮》原是从新疆吐鲁番古高昌传来的"浑脱"舞曲，舞者用水互相泼洒，高昌语称遮水的帽子为"苏幕遮"，因而后来依曲填出的词就被称为《苏幕遮》。《菩萨蛮》原是今缅甸境内古代罗摩国的乐曲，后经汉族乐工改制而来的，词牌的意思是"像菩萨似的蛮国人"。《念奴娇》中的念奴为唐玄宗天宝年间一著名歌妓，玄宗时常诏见命歌，曲名本此。《临江仙》乍一看以为是说江畔的仙人，其实它是唐代教坊曲，原为赋水仙花而作，故名"临江仙"。《鹊桥仙》以牛郎织女鹊桥相会的神话得名，故此曲亦常咏牛郎织女之事。《破阵子》为唐教坊曲，多写豪壮之情，因截取龟兹部大型舞曲《秦王破阵乐》片段而成，故名。《忆秦娥》则始自传为李白所作之"秦娥梦断秦楼月"词，故名《忆秦娥》。词中的"秦娥"，指的是古代秦国的女子弄玉。传说她是秦穆公的女儿，爱吹箫，嫁给仙人萧史。汉刘向《列仙传》卷上《萧史》中说，萧史善吹箫，作凤鸣，秦穆公以女弄玉妻之，作凤楼，教弄玉吹箫，感凤来集，弄玉乘凤、萧史乘龙，夫妇同仙去。在李白词中，"秦娥"指的是秦地也即今陕西一带的女子。词中写当时一个京城里的女子，自从丈夫出了远门，她夜里睡不安稳，从春到秋，年复一年，总是音信杳然。在失望和痛苦中，什么乐游原、汉陵墓之类的好景致，她都感到一派凄凉。有人将它译成 *Dream of A Palace Maid*，但 Palace Maid 是官女的意思，尤其是 Maid 表示少女、未婚女子或处女，与李白的原词意思相去甚远。那也许是将"秦娥"误当成了"宫娥"吧，应该译成 *Dream of A Qin Woman*。

值得注意的是，李白词中的"乐游原"，却是一个真实的古代地名。

乐游原在大雁塔东北，青龙寺即在其上。这里曾经高冈耸立，川洼萦纡。早在汉代就是宜春苑北边的皇家园林，叫"宜春下苑"。汉武帝曾游此地，司马相如随从，他在赋中写到这里有茂密的竹林。汉宣帝在此修"乐游苑"，后来他的庙立于此，叫"乐游庙"。隋唐时长安城南移，东南角半包围曲江池，乐游原坐落在城内偏东南部，为唐长安城制高点。《长安志》曰："升平坊东北隅汉乐游庙，汉宣帝所立，因'乐游苑'为名，在高原上，余址尚有。长安（701—704）中，太平公主于原上置亭游赏。后赐宁、申、岐、薛王，其地居京城之最高，四望宽敞，京城之内俯视指掌。"张九龄《登乐游原春望》诗云："城隅有乐游，表里见皇州。策马既长远，云山亦悠悠。"李商隐《登乐游原》诗云："向晚意不适，驱车登古原。夕阳无限好，只是近黄昏。"均表达了诗人登乐游原所产生的不同情愫。李白《忆秦娥》中的"乐游原上清秋节，咸阳古道音尘绝"，写长安女子在清凉的秋日登上乐游原，远望征戍西北的咸阳古道，丈夫的音讯断绝，萧瑟的秋风吹来，夕阳西下，汉陵凄凉——这就写出了一个古代思夫女性的内在感情。一千年前长安女子的落寞情怀，与一千年后扬州女子的坎坷遭遇，不无相通之处。

　　无论从才艺、从容貌，乃至从其哀艳的人生际遇来看，陈素素显然都是清初扬州青楼女子的代表。她的《二分明月集》，共收录她所写的诗词六十余首，内容多抒写女子的孤愤之情，词句情丽，情义真切。其《述怀》云：

妾非农家女，少小在芜城。

十三学刺绣，十五学弹筝。

乱离不自持，非意失吾贞。

百年一遭玷，谁复怜我诚？

伤哉何所道，弃掷鸿毛轻。

从诗中可以知道，陈素素自幼生长在扬州城里，从小就受到了女红、文艺等严格的训练。她是在明末清初的社会动荡中沦落风尘，失去贞洁的。作为一个弱女子，她无法在明清交替的乱世中保全自己。她对自己的前途充满了悲愤的情绪，认为自己的被遗弃如同鸿毛一般微不足道，这实际上是对当时不平等社会制度的抗争与呐喊。她还有一些诗，如《题古绣镜囊》云：

镜囊出自何人手，陆离彩色非常有。

盘龙倒凤在香奁，一片清辉玉指拈。

莫恨光明为君掩，团团许共佳人见。

请君休买五色丝，天上月明心自知。

她从古人留下的绣花镜囊，想到镜子曾经照过的佳人，以及人间夫妇"盘龙倒凤"的世俗幸福。这里面应当寄寓着陈素素对人生的希冀。

《病中自订诗稿》云：

> 寒蛩不自觉，秋到偶成吟。
> 的的弹红泪，萧萧写素襟。
> 谁怜离后意，都作梦中音。
> 相赏知谁是？难为千古心。

又是秋后，又是病中，陈素素自己整理自己的诗稿，别有一番凄婉之情在心头。可是，自古以来，知音难求，所以她发出了"相赏知谁是"的感叹。

《送天水先生游西湖》云：

> 离心一片逐扁舟，送别宁如往日愁。
> 见说西陵有苏小，劝君莫过六桥头。

苏小小是杭州西湖的名妓，人称"西陵苏小小"。陈素素送别客人时，不忘告诫客人莫要到苏堤六桥去，亦可见她作为女人的机心。

《秋思》云：

> 白露下庭砌，蛩声不可闻。
> 东家有少妇，经岁婿从军。

邻居家的少妇，虽有丈夫，却去从军了，如同没有丈夫一样。此情此景，应当引起了沦落风尘的陈素素的无限伤感吧？

陈素素的生卒年不可考。她的诗集刻于康熙年间，她的诗中又有"乱离不自持"之句，那么她一定是由明入清的。

可喜的是，现在我们还能看到一幅由顾云臣摹绘的《二分明月女子小照》版画，是清代徽派木刻版画代表作之一。如果将此画与陈素素的《二分明月集》一同再版，也许可以为扬州增添一份饶有兴味的历史文化读物。

卞毛毛

　　电视连续剧《走向共和》热播的时候，辫帅张勋又勾起了人们尘封的记忆。提到大清王朝最后的这位忠臣，我们不能不想到一个早就被人遗忘了的扬州女人——卞金红，或者卞毛毛，她更为人所知的名字是小毛子。

　　小毛子是何许人？辫帅张勋之宠姜也。

　　早在民国初年，好事者中间就广泛流行一种说法，说清朝的兴起和灭亡都因于一个女人的丢失：起初，吴三桂起兵叛明投清，不过是为了美人陈圆圆的丢失，才导致清兵入关，入主中华；到最后，张勋起兵救清，反对共和，同样是为了美人小毛子的丢失，从而让逊清的"宣统皇帝"演出了一出复辟闹剧。此说虽然未免荒唐，细细想来却也不无由来。张勋的效忠清室，顽固保皇，固然与小毛子没有直接关系，而扬州美女小毛子的确是张勋在保皇活动期间最宠爱的枕边人。

张勋共有一妻五妾。元配曹琴，出身贫苦，为人正直，她对张勋的复辟是极不赞成的。在张勋复辟前夕，曹氏曾率子女跪求张勋勿取灭门之祸，张勋自然不会听她的话而悬崖勒马。事后，曹氏暗嘱堂侄潜往南方拜谒革命党领袖孙中山，献上三十万两银票，表示家人皆拥护共和，为后代留下了一条退路，也可见曹氏的远见卓识。张勋的大妾叫邵雯，天津人，大约为袁世凯小站营中某裨将之女，因得宠而有"二夫人"之称。二妾叫傅筱翠，原是河北梆子名伶，也颇为张勋所喜。三妾即小毛子，名叫卞金红，扬州人，曾在南京秦淮河院中沦落风尘，在所有妻妾中最为张勋所宠。四妾叫王克琴，乃民初在沪津等地红艳一时的名伶，张勋复辟失败后，她不安于室，与情人逃走，不知所终。五妾叫吕茶香，原为大妾邵雯使女，后为张勋收房，籍贯身世皆不详。

在张勋诸妾中，三妾小毛子显然是特别受宠的一个，也是在近代野史中留下传闻与逸事最多的一个。张伯驹先生《春游社琐谈》卷五《张勋轶事》云：

> 张（勋）贪财好色，挥金如土，倡优杂进，妾侍成行，有所谓小毛子、王克琴，皆其金屋中人。

在张勋诸妾之中，单单点出小毛子、王克琴二人，可知她们一时之红。

刘成禺先生《洪宪纪事诗本事簿注》卷二引《琐园杂记》，称小毛子、王克琴二人为"辫帅二美"。书中言其二人争风吃醋诸般情状，虽未必尽合事实，也不妨权作谈助：

> 辫帅张勋，清末在南京，以八千金买秦淮名妓小毛子，筑别室于松涛巷口，楼下守兵荷枪，行人不得驻足。辛亥事起，张勋败走，挟小毛子过江。后在天津，又纳女伶王克琴。克琴工媚术，尽夺小毛子之宠，小毛子愤郁自尽。克琴随张生一子，贺仪极盛。及复辟事败，张遁入荷兰使馆，克琴席卷所有逃遁。时人以二妾名字赠长联云：
>
> 往事溯从头，深入不毛，子夜凄凉常独宿；
> 大功成复辟，我战则克，琴心挑动又私奔。

联中巧嵌"毛子""克琴"字样，乃是旧时文人当行本领。不过，文中有两点不确：第一，张勋从南京败走江北时，其实未能带走小毛子，小毛子落入了革命党人之手，后来又被送还张勋；第二，小毛子死于徐州，并非死于天津。

关于小毛子的身世，有许多扑朔迷离的说法。据潘荣、魏又行先生所著《张勋真传》记载，小毛子身世大致是这样的：她姓卞，籍贯身世不详，人称小毛子。小毛子原是南京秦淮名妓，因在同行姐妹中行四，故在秦淮青楼中被称为"四姑娘"。又因其擅长昆曲，另有艺名叫"小金红"。小毛子在清末秦淮河妓院中颇有名气，张勋在浦口任江南提督时看中了她，遂纳为妾。1911年12月，革命党人光复南京，张勋仓皇逃窜，未及将小毛子带走。此时张勋虽有一妻二妾，但最宠爱小毛子，因此他逃到徐州后懊恼不已。而小毛子在南京下关欲乘火车逃跑时，恰好被江浙革命联军捕获。有革命党人建议乘机羞辱清将张勋一番，将小毛子公开卖票展览，还可为革命军筹集军饷。但联军首领未纳此言，却遣人将小毛子护送到徐州，交还张勋。张勋为报此恩，将劫走的火车若干交还联军。张勋视若掌上明珠的长女梦缃，即为小毛子所生。1914年底，张勋纳四妾王克琴。其时小毛子因心情郁闷，致患眼疾，于1915年春天病故徐州，张勋将其安葬于赤田村社公垴坡上。

另据聂冷先生所著《辫子大帅张勋》记载，小毛子却是一个苏州评弹艺人。张勋在南京认识她时，她约摸十七八岁，鹅蛋脸儿白里透红，水灵灵一双单眼皮的杏儿眼，薄薄的嘴皮，精致的下巴，长得活脱脱似一支出水芙蓉。据说她自幼父母双亡，为苏州一个评弹艺人收养，因聪明绝顶，弹唱双佳，在苏州已名满闾巷。革命党攻克南京时，张勋命部下先将他的诸妾撤到江北，不料大妾邵雯、二妾傅筱翠故意撤下了小毛子，致使怀孕在身的小毛子在下关的储娇金屋里成为革命党的战利品。因为革命党以"仁者之师"自命，所以毅然派人把小毛子送还张勋。而小毛子的死，是由于得了产后褥热，张勋于1913年初将她的灵柩送至江西奉新老家安葬。

这些记载互相出入，都没有交待出小毛子的真正籍贯。其实，近人刘体智先生《异辞录》卷四《张勋弃妾》条明确记载了小毛子是扬州人：

> 军门初至金陵，游秦淮河，眷扬妓小毛子，纳之为妾。距革命未久，小毛子以目盲，失宠遭去。扬州妓女多住乡间，乱中投奔亲族，道出淮上，扼于兵。从者呼曰："张军门之夫人也！"时军门守金陵不下，适为众矢之的。淮上军得此奇货，欲挟以为质，迫军门献城投降。上海报馆更造出一种谣言，谓军门本无斗志，以失小毛子，老羞成怒，忿而出于一战。无识之徒轰然和之，众口一词，遂有以吴三桂之圆圆为比例，言清得天下、失天下，恰有一被掠妇人，为之渲染生色。嗣知为弃妾，谣风乃息。

《异辞录》所载，与他书容有异同，但指明小毛子籍贯为扬州，应当可信。晚清时期，所谓秦淮粉黛，其实主要是扬州、苏州二地所产。包天笑先生在《钏影楼回忆录》中说过，"秦淮的妓女，十之八九为扬州一带的人，他们称之为'扬帮'；与苏州、上海的妓女，称之为'苏帮'的，实为东南妓女中的两大势力"。则小毛子虽是扬人，而寄身秦淮，乃是极为平常的事。

关于江浙联军捕获小毛子，并将小毛子护送到徐州交还张勋一节，实为近代史上极为有趣的掌故。当时的情形是，革命潮流势不可当，清军官兵多已倾向党人，唯有张勋的辫子军冥顽不化，而将截发革履之士一律视为乱党。江浙联军攻打南京后，张勋见势不妙，慌忙逃向江北，仓促间却未能将爱妾小毛子一起带走。小毛子打算逃出南京，却在下关被党人擒获。于是一时之间，革命党人围绕如何处置小毛子产生种种分歧意见，有人主张将小毛子示众以羞辱张勋，有人高呼把小毛子枪毙以表示革命，有人假借在宁公审小毛子之名以便一饱自己眼福，有人提议把小毛子解沪公展出卖门票以筹集联军军饷，意见纷纷，不一而足。但是这一切意见，最终都未得到江浙联军总司令徐绍桢的采纳。徐绍桢另有一套解决小毛子的办法，是：先把她看管起来，加以优待，然后派人把她送还退守徐州的张勋，从张勋手中换取了他从南京掠夺去的机车与客车。

这一段经过，陶菊隐先生《政海轶闻》中的《徐绍桢》条言之甚详。徐绍桢，字固卿，时为革命党方面的江浙联军总司令，攻克南京一役就是他指挥的。书中写道：

一日，徐（绍桢）得急足报，张勋宠妾小毛子匿迹下关，将乔装渡江，已被宪兵拘获。小毛子艳事流传，宁人耳之熟矣，骤闻娇鸟入笼，靡不摭为谈助。

傀薄者流主张陈之闹市，任人观览，以辱清廷鹰犬。徐不许，为粪除门帘桥陈善（候补道，湘人）公馆居之。小毛子殊无戚容，靓妆如故，时向侍者索铅膏、菱镜，求必应乃已，否则啼痕界面，如带雨梨花，侍者不敢忤其意。徐部某上书请审之，盖某君久钦艳色，欲一饱馋目也。徐作书报之曰："小毛子一妇人耳，无被拘之价值，既拘之矣，又不宜轻纵。为今之计，惟有两策：其一，派人送之归；其二，函知张勋遣人来迎耳。吾弟以为然否？"某君乃不敢复请。事为沪上某公所闻，来电曰："军饷匮乏，罗掘俱穷，小毛子奇货可居，请即解来沪上，陈列张园，入场券每人四角。沪人士炫于新奇，届时必空巷往观，十万军饷不难立致也！"徐览电笑曰："某公工谑浪，今又与我打趣矣。"即婉函却之，将派员送之北上。师长陈某进言曰："张勋为虎作伥，革命军恨不食肉寝皮。

今得其妾，而纵之，纵之不足，又遣人为卫。人将谓我畏张勋，士气索然矣！"徐曰："罪人不孥，杀之徒污刀耳。矧君等之于张勋，爱之欲其生耶，抑恶之欲其死耶？如欲其死，则不必以弹洞其胸。小毛子，优为之，渠祸水也，近之必不祥。"陈唯唯而退。

津浦路南段局长陶逊闻之，愿为专使，许之。小毛子得脱樊笼，靦然曰："人谓革命军杀人不眨眼，今视之，亦平易近人耳。"先是，张勋之北溃也，路局机车悉被攫去，陶逊虚拥局长之名，路局员司饱食无事。陶欲以小毛子易机车，欣然就道。张勋失姬后，郁郁无以自遣，闻明珠复投怀抱，大喜过望，命辫兵列队迎陶，珠烹玉馔，尽地主之谊，宴饮间盛赞徐德不已。陶得间以交还机车、利便商旅为请，张拍胸曰："此而不允，将谓张某人人头畜鸣者耶？"遽命以机车十四辆、客车八十辆交陶领归。小毛子代价固不菲矣！

小毛子乃青楼中人，无论是党人之革命，还是辫帅之保皇，对于她其实都是身外之事，她对那些事情是并不很明白的。三百年前明清易代之际，在秦淮河边固然出现过像柳如是、李香君那样忧国忧民、有才有貌的名妓，可惜三百年后秦淮河边已无此人。小毛子在被革命党拘禁期间，仍然不忘描眉点唇，稍不如愿就大哭大闹，这正是她的本色流露。她被释后，曾经赞叹革命军并非杀人不眨眼的魔鬼，表示由衷感激之意，也不是想讨好革命党而捞取什么，否则她就不是妓女而是政客了。在"捉放小毛子"这出戏中，小毛子本人似乎并没有多少好看的戏，围绕着小毛子的革命党和辫子军两边倒是表演了不少好看的戏。

　　据《政海轶闻》所说，小毛子是由津浦路南段局长陶逊亲自送还张勋的。但另据民国间李伯通先生《丛菊泪》小说第十五回描写，在1913年张勋为镇压孙中山二次革命路过扬州时，曾向扬州人打听送还小毛子的那位"义士"的近况，"义士"的名字却叫王二潭，而不是陶逊。书中辫帅向扬州士绅东方训说道："我要问你一个人。这人也是贵地扬州人，他却家住瓜洲，大号我记不清楚，人称他作王二潭——不知是潭水之潭，风痰之痰。这人很豪侠尚义，莫瞧不起他。他与我那小毛子……"提到"小毛子"三个字，这位扬州士绅暗自吃惊，因为他的内人小名就叫"小毛子"，闺阁小名岂能让他人叫唤？听到后来，才知道"这狸奴不是那狸奴"。原来，"光复的当儿，二潭先生跑到南京，不免秦淮勾当，下关流连。传闻辫帅于去宁时，把个爱妾小毛子不曾携带，他先生是好奇心重，特地专诚访艳。见着小毛姑娘，问一问落花踪迹，探一探流水心情。妇人家岂有不想旧梦重寻、珠还合浦的？难得二潭向伊兜搭，便开篇清账，只须三百洋钱还债。好个二潭，爽撒非常，一面兑银，一面即携小毛姑娘一路妥妥帖帖，送至徐州，交给辫帅。辫帅留他在军营盘桓，欲加以相当酬报，二潭竟不辞而别，仍回到他的瓜洲。如今辫帅来扬，总以为二潭声名籍籍，人所共知，问到东方，东方一时对答不上"。关于那位王二潭的情况究竟如何，东方训支吾了半天也未说出个子丑寅卯来。还是辫帅心中明白，并不追问，笑道："老兄既不很清楚，想这王二潭的交游方面、乡望方面，也就足见了。我们且撂过不谈，且谈一谈时局……"于是，究竟是谁将小毛子从南京送到徐州的疑案，好像也还是一个谜。

至于小毛子和王克琴的争宠，前文说是因为张勋新纳王克琴而冷落了小毛子，致使小毛子郁闷失明而死。但陈灏一先生《睇向斋秘录》之《张勋轶事》条，又完全是另一说：

　　张君静澜，久客徐州，言张绍轩之爱妾小毛子者，癸丑春诞一雌，不三月而殇。小毛子哭之恸，致双目失明。时张方新纳王克琴，热度弥高，于诸妾皆无暇顾及，惟小毛子室日必数至，对之曰："卿之抑郁愁思，予五内殊不安耳！"越岁，小毛子卒，厚葬之。

由此可知小毛子之双目失明，乃至客死异乡，并非因王克琴故，而因丧女故。张勋新纳王克琴后，其他诸妾可以不问，唯有小毛子处日必数至，亦可见其对小毛子宠爱之深。故小毛子死后，张勋为之厚葬就不奇怪了。

小毛子曾为张勋生过一女，名张梦缃，这是张勋诸多子女中的最长者，也是最为张勋所疼爱的女儿。在张勋复辟前那几年，他常把女儿梦缃带在身边。据说有一次，他从天津返回徐州，车已过德州数十里，梦缃忽然要吃烧鸡，张勋二话不说即命司机调转车头回到德州，为女儿买烧鸡吃。梦缃长大后，同北洋政府代理财政总长潘复之子潘耀襄结婚，此时张勋虽已故世，但婚礼极为隆重。完婚之日，送亲队伍从天津奥租界的张公馆，一直延绵到英租界的潘公馆。嫁妆中，除了一般常见的绫罗绸缎、金玉首饰之外，还有一辆进口轿车，一时轰动了天津城。潘耀襄曾任天津禁烟局局长，建国后以教书为生，"文化大革命"中不知所终。小毛子唯一存世之女儿梦缃，则在二十世纪八十年代初病逝。

小毛子的生年不详。她的卒年据《张勋真传》所附《传主家族及现实情况》载，在1915年春。这时，留着长辫子的张勋正驻军于徐州，谋划着他的"复辟"大业。爱妾之死，也许给这位誓死效忠于清室的冥顽人物带来了几丝悲怆。

在一本署名为"费只园原著"的野史《清朝艳史演义》的第三十五回中，写到晚清北京八大胡同里有个名妓毛子，

"老家在江苏扬州",与内务府大臣英文要好。当其他妓女遭到取缔的时候,"偏是有一个著名的南妓,小名叫作毛子,她仗着内务府大臣英文的势力,不但仍旧干着老营生,还接纳了许多被驱逐的南妓"。这个"毛子"与本文的主人"小毛子"是否同一人呢?如果是,则小毛子非但是秦淮名妓,而且是京师名妓,可谓南北驰名;如果不是,则扬州妓女之取名"小毛子"者,又何其多也!

又见徐珂《清稗类钞·诙谐类·毛子水子》云,南昌有妓二,一名毛子,一名水子。看来,"毛子"又并非是某地妓女专用之名了。

又曾见网上拍卖一本线装书,书名《色界趣史:张勋爱妾小毛子传》,作者作英,有小毛子照片一幅,光汉书社1911年出版,计四十面。不知此书竟为谁人所得?

写此文时,我一直想找一幅小毛子的照片作为文章附图,我想她一定长得十分风骚和妩媚。后来果然找到了小毛子的玉照,果然生得十分清秀标致。同时找到张勋和他的元配曹琴的照片,以及小毛子曾经沦落风尘的销金之窟——秦淮河的一幅清代版画。在秦淮河鳞次栉比的河房中,应该有一间是来自扬州的风尘女子小毛子栖身过的。

赢得青楼薄幸名

　　关于扬州这个地方，自古以来流传着不少赞颂它繁华的俗语。像"腰缠十万贯，骑鹤上扬州""扬一益二"等，早在唐宋时期就已经有口皆碑了。到明清时期，又产生了一些新的俗语。例如《金瓶梅》就用了当时的一句俗语，是"扬州虽好，不是久恋之家"，《雅俗稽言》也引了当时的一句俗语，是"有钱到处是扬州"。区区俗语原算不得什么，但这些俗语折射出的，却是一座古城在历史上的富庶与奢华。

　　扬州的富庶，是建立在交通便利的基础之上的。东西流向的长江，和南北走向的运河，恰好在扬州交汇。四面八方的货物交流，旅人来往，使得扬州成为东南第一大都市。冯梦龙《醒世恒言》这样形容扬州：那扬州隋时谓之江都，是江淮要冲，南北襟喉之地，往来樯橹如麻。岸上居民稠密，做买做卖的，挨挤不开，真好个繁华去处。交通的便利带来了商业的发达，商业的发达又刺激了文化的繁荣。所以，木兰寺里的钟声，二十四桥的月影，芍药栏前的美女，琼花台下的仙人，都是历代骚人墨客吟诵不完的诗料。难怪《石点头》感叹说：那扬州枕江臂淮，滨海跨徐，乃南北要区，东南都会，真好景致！

商人的追求享乐，文人的放荡不羁，使扬州成了一个灯红酒绿、纸醉金迷的销金锅子。吴承恩《德寿齐荣颂》中把它称为"邗江福地"，汤显祖《南柯记》里把它称为"维扬花月之区"。这两位明代的大文士，用点睛之笔刻画出了扬州风情之所在。

关于扬州的得名，有一种说法是由于风俗轻扬。这大概没有什么道理。但用轻扬两个字来形容扬州古代风俗的一个侧面，似乎未尝不可。《绿野仙踪》写书中人从淮安府搭了一只船，到了扬州，看了看平山堂、法海寺，逐日家士女纷纭，笙歌来往，非不繁华。但他志在修行，以清高为主，也觉得无甚趣味。像这样的人可能是个例外，他的性格正如他的名字显示的一样，是"冷于冰"。其实冷于冰在扬州看到的士女纷纭，笙歌来往，正是很多人所艳羡的。《梼杌闲评》里周老三所说扬州是个花锦地方，道出了扬州在一般人心目中的形象。《娱目醒心编》所谓久闻扬州地方，乃六朝花锦之声，衣冠文物往来都会，刘鹗《老残游记续集遗稿》所谓扬州是好地方，六朝金粉，自古繁华，可以看作是扬州风俗轻扬的注脚。

历代都有扬州艳事流传。唐代名诗人杜牧在扬州时，日日秦楼，夜夜楚馆，一天不空，以至牛僧孺怕他出事，派人暗中保护。宋代大学士秦少游在扬州刘太尉家喝酒，席上看中一个弹筝篌的姑娘，居然趁狂风灭烛之机，与女子行仓猝之欢。元代散曲家乔吉喜爱扬州名妓李楚仪，一连写了七首散曲相赠，最后斗不过一个豪强，李楚仪被人抢去。

到了明清时代，人性的觉醒与物欲的横流，往往密不可分。这在经济发达、商贾聚集的都市里，表现得尤为突出。《阅微草堂笔记》说，在淮扬富家的园林里，男主人与众美姬们公然寻欢作乐，这些美姬至少在五人以上，被称为"活秘戏图"。《水窗春呓》载，扬州有个富人拥资百万，园林规模宛如皇宫，其美姬十二人各居一室，而卧床皆相通，有宵寝于此晨兴于彼者，淫纵不待言。

过着这种奢华生活的，尽管只是小部分人，但追求安逸与享乐在扬州市民中蔚然成风。否则我们便无法解释，为什么在扬州会有那么多的茶馆和浴堂，以至于"早上皮包水，晚上水包皮"（即上午泡茶馆，下午泡浴堂）会成为普通扬州人的生活方式。

这种追逐声色犬马、耽于淫逸享受的奢靡之风，必然影响到女性。她们或者是这种风气的追随者，或者是这种风气的牺牲者。郑板桥诗云："千家养女先教曲，十里栽花算种田。"应该说是对当时扬州穷奢极欲风气的沉痛慨叹。而易哭庵《贾郎曲》诗云："广陵一片繁华土，不重生男重生女。"固然是写实，却流露出了一种名士式的轻薄。

问题在于，在那个时代，女性比男性更加不能掌握自己的命运。当我们看到《续金瓶梅》写扬州妇女出游，俱要鲜妆丽服，轻车宝马，满城中花柳争妍，笙歌杂奏的时候，我们明白这些打扮得花枝招展的扬州佳丽，只是他人刀俎上的鱼肉而已。这种贫富的两极分化，是连做过扬州知府的伊秉绶也能够看得出的。他用异常率直的笔触写道："扬州绿杨郭，十室九歌舞。""岂知郭外民，避荒饱风雨！"其鲜明的对比手法，恰似杜甫的名句"朱门酒肉臭，路有冻死骨"。

从某种角度看，扬州社会的繁华是与扬州女性的血泪紧密依存的。清人胡式钰说："扬州，烟花之地也。"在这句轻描淡写的话背后，是无数沉重的事实。明人买妾多在扬州，所以《金瓶梅》中的苗青要从扬州买一个十六岁的女孩楚云，作为礼物送给西门庆。值得注意的是当时人身的价格，苗青买楚云只花了十两银子。此外，李娇儿买十二岁的丫头费银五两；西门庆买十五岁的夏花儿讨价七两五实付银七两，买如意儿仅费银六两；赵嫂家十三岁孩子卖银只四两；王六儿买大丫头春香则花银子十六两。人命之贱，于此可见。

扬州的繁华，在很大程度上表现为秦楼楚馆之多。仍以《金瓶梅》为例，这部书共写妓女数十名，扬州妓女就有刁七儿、王玉枝、林彩虹、林小虹、王一妈等。其中林彩虹、林小虹是姐妹。如果不是万般无奈，谁家舍得让自己的亲骨肉堕入风尘呢？

扬州的风俗还有些特别。为了让女孩子卖更多的钱，社会上越来越注重对她们施行各种艺术的、文学的训练。《两交婚》谈到这种风俗的形成过程，说娶小置妾，皆以扬州为渊薮。开始不过以容貌妍媸为贵贱，到后来又以能吹箫、善度曲为贵。等到吹箫度曲者多，则又以读得几首诗、写得几个字儿为贵了，一时成为风俗。据说旧时扬州仕宦人家的小姐，都不习女红，而专学诗赋，就是受此风俗的影响。至于一般小户人家，只要是有些能力的，也都教女读书。《扬州梦》说，扬州土著小家，亦有女师教读，否亦从男师多识字，有机会即卖为官宦大家妾，亦能借索多金。后面这句话，尤为让人酸鼻。

风俗的力量是强大的。当沦落风尘的女子想逃离苦海时，竟也有良家女子羡慕那种穿红戴翠的生涯。"去船尽是良家女，来船杂坐娼妇。来船心里愿从良，去船心已随娼去。"这首《广陵古竹枝词》就是写此情景。汪坤描绘了扬州妇女每年六月十九上功德山拜香的风俗。据他说，那些虔诚的拜香妇竟然也"夜度还疑北里娘"。

扬州女性就是这样无法超脱于自己赖以生存的社会环境。

旧时妓院集中之地，北京在八大胡同，南京在秦淮河，上海在四马路，苏州在阊门，扬州则在钞关。《扬州竹枝词》云："钞关门外狭邪家，向晚争催绾髻丫。"《广陵竹枝词》云："秦楼夹道钞关南，是处人家外宅男。"在扬州钞关一带，妓院鳞次栉比，外屋为男仆所栖，内屋为女妓所居，每到天黑上灯，无数娼家倚门卖笑——这就是上面两首竹枝词所写的扬州风情。

钞关位于扬州城南，即扬州新城挹江门。明初只收商税，宣德年间始收船税，在河西务、临清、九江、浒墅、淮安、扬州、杭州设置了七所钞关。钞关实为水上税务衙门。《履园丛话》载扬州钞关官署东隅，有银杏树一株，其大数围，直干凌霄，春花秋实。可见其排场。扬州钞关为南北交通必经之地，所以极其繁忙。《风月梦》写钞关门城门那里是水马头，来往行人拥挤不开。这里有各种店铺、市肆，又有各色旅人、客商，所谓"十省通衢人辏集，两江名地俗繁华"。《续金瓶梅》写玉卿、银瓶、樱桃一行从汴梁来到扬州关上，看到这里的山水人烟、鲜鱼美酒，竟然觉得"强似那汴梁风景"。《嘉官捷径》说有个官员到扬州来查办赈情，居然舟驻扬州南门外两月有余，而百姓浑然不觉。《蒹葭堂杂钞》记一苏州名士落第回乡，归过扬州钞关，有部官司关，欲税其舟，但名士吟了一首诗而得以免税。能在扬州钞关立稳足跟，并非易事。《八段锦》记一破落子弟现在扬州钞关上，帮个公子的闲，终日骑马出入，好不阔绰。扬州钞关就是这样一个混杂着商人、官员、士子与各色人等的地方。

扬州钞关因妓院多而享有盛名，这里甚至成了扬州风月繁华的一个缩影。宗元鼎就说："邗关辐辏，竹西歌吹、青楼红粉之地。"钞关岸上有许多深巷，妓院就设在这些深巷里。《杏花天》写一个风流少年封悦生蹚出维扬南城口外，早至钞关河南岸，已到平康第五巷宅。收伞震雪，立于廊侧，用手击户数下，小鸨儿闻敲门，问道是何人？这里提到平康第五巷宅，而实际上钞关附近这样深藏着妓院的大巷子有九条，每条大巷子里又密布着百十条小巷子，每条小巷子里又都紧挨着一家家精致的秦楼楚馆。《陶庵梦忆》描写广陵二十四桥风月，说邗沟尚存其意。渡钞关后，横亘半里许，为巷者九条。巷故九，凡周旋、折旋于巷之左右前后者十百之。巷口狭而肠曲，寸寸节节有精房密户，名妓、歪妓杂处之。名妓匿不见人，非向导莫得入。歪妓多可五六百人，每日傍晚，膏沐熏烧，出巷口倚徙盘礴于茶馆，酒肆之前，谓之站关。此时茶馆、酒肆都燃起了纱灯，妓女们一个个涂脂抹粉，掩映在灯光之下。往来客人，如同穿梭，都睁大眼睛寻找当意者，一旦寻着便牵手而去。妓女往往请客人先行，自己尾随着，到门口，有仆人高喊某姐有客了，里面便有人立刻出来接应。这样，站关的妓女一个个随客而去，最后还剩下二三十人未接到客，等待她们的只能是受饿受笞了。

钞关妓女的美貌与名声，是扬州历史上的一道畸形的风景。有意思的是，许多人艳羡钞关妓女而欲一亲芳泽，同时又顾惜自己的名誉而不敢公然行事。《雨花香》记一个汉口商人到扬州来做川货生意，赚了一笔钱，因钞关门外板场美妓甚多，想去私向青楼买笑，又恐仆人碍眼，只得先把仆人打发回汉口。《赛花铃》写一个苏州公子和两个朋友来到扬州关上，因想着扬州名妓最多，思欲前去一访，但又要瞒着朋友，只带两个仆从，只说去望朋友，悄悄地竟自蹚到院中来。不过，那汉口商人和苏州公子其实都是没有见过世面的少年。那些见过世面的好色之徒，则是毫无忌惮地在扬州钞关招摇过市的。据《续金瓶梅》说，遇着贵官公子到了扬州关上，一定要找寻个上好小妈妈子。所谓小妈妈子，在扬州方言里就是小老婆的意思。花一千五百两银子，可以在钞关买到一个善于弹琴、绘画的才貌双全的姑娘。而这姑娘的父母，只能得到一二十两，其余的都归收养之家了。另据《平山冷燕》说：到钞关埂子上顽耍，见各处士大夫都到扬州来，或是娶妾，或是买婢，来往媒人，纷纷不已。这种专做人口生意的媒人，在明清之际扬州全城有数百人之多。她们每人都有一本美人册子，记录着一批姑娘的姓名、妍媸、特长、地址和价格。

扬州钞关可以称得上是名副其实的美女如云的地方。以至于人们要形容一个女人的美丽，可以用"钞关数第一"的说法。如李渔在《无声戏》中描写雪娘的美丽时，就说崇祯末年，扬州有个妓妇叫作雪娘，生得态似轻云，腰同细柳，虽不是朵无赛的琼花，钞关上的姊妹也要数她第一。扬州有"琼花无二朵"的谚语，极言琼花之美。"钞关数第一"，则是极言女人之美。

扬州妓院集中的地方，除了钞关，还有好几处。

金庸在《鹿鼎记》里写到清朝康熙初年，扬州瘦西湖畔的鸣玉坊乃青楼名妓汇聚之所。这只是小说家言，其实在康熙初年尚无瘦西湖之名。但瘦西湖北面的平山堂，倒一直是妓女流连之所。《广陵古竹枝词》有"太守堂前妓女多"之句，太守堂即平山堂。《扬州风土记略》说平山一带，四时游人，络绎不绝，而夏时为盛。每于夕阳西下，人多乘小舫徜徉其间，衣香鬓影，舞扇歌衫，掩映斜阳，宛如画境。即是写此情景。

新盛街和粉妆巷也是士女云集之处。石涛有《写兰册》十二帧，系绘于扬州。其四题诗云："新盛街头花满地，粉妆巷口数花钱。"孔尚任在《享金簿》中说，他曾见到陈老莲画的唐代仕女图，妆束古雅，眉目端凝，"售之广陵新胜街"。新胜街即新盛街。更有趣的是，《仙卜奇缘》还写到粉妆巷有一个老媒婆，姓高，年纪五十余岁，扬州城人，熟悉而且靠得住。凡托他买人，从无差错。由此亦可窥见扬州街巷风情之一斑。

石牌楼与多宝巷相距不远，都是流莺出没之地。《续扬州竹枝词》模仿妓女的口气写道："石牌楼畔是儿家，出局归来满鬓花。"倒也惟妙惟肖。芬利它行者是个经常冶游于扬州青楼的文人，他自述游踪所及，唯新城东南隅石牌楼为麕集之所，数家比栉，粉黛成群，尽日看花，如行山阴道上，应接不暇。多宝巷在石牌楼西北，妓女也甚多。李涵秋笔下的光棍饶二对兄弟饶三说："我一到扬州，上了岸，我便跑到多宝巷一带地方，拣好的玩好的。年纪大些的就是你的老嫂子，年纪轻些的就是你的小嫂子，年纪不大不小的就是你的中等嫂子。高兴的时候，就同他们玩玩，不高兴的时候，我便撒开手丢掉了。"活脱脱的一副流氓腔。

扬州有过多少妓院呢？扬州十日后有《邗关竹枝词》云："而今烽火销脂粉，剩倚朱门三两家。"此后复盛，韦小宝说扬州有九大名院、九小名院，不知有无根据。晚清时则相传扬州女闾极盛，号为八大家，主人分别是高二、陈四、高麻子、蒋和尚、小高二、刘三娘、蒋桂珠、熊氏，当为可信。至于周生所说自盐务改票，裁汰冗费，城内外为娼者，约添三千余家，未免语涉夸张，或者千字为十字之误亦未可知。

扬州妓家原分官妓与私妓。康熙年间取消官妓，便只剩下了私妓。李斗说官妓既革，土娼潜出，如私窠子、半开门之属，有司禁之。可见私窠子和半开门都属于私妓。私窠子的意思就是暗娼，明代已有此说法，如《喻世明言》："原来这人家是隐名的娼妓，又叫作私窠子。"半开门的说法也见于元明，如《野获编》："今两京教坊诸妓家，门多设半扉。"《扬州竹枝词》和《扬州梦香词》都提到半开门："识得儿家夫婿小，半开门是一新生。""斜抱琵琶新格调，半开门扇懒梳妆。"半开门大约是半为良家、半为娼家的意思，《沪江商业市景词》说得最清楚："生计艰难兼卖笑，时人唤作半开门。"《雅观楼》写到的那个扬州陈一娘，就是一个半开门：姓陈，系有夫之妇，因夫行一，呼他为陈一娘，系本地人氏，约年十六七岁，已在风尘三年，虽不十分姿色，却有一段迷人伎俩。这位陈一娘有丈夫，又兼做妓女，正合半开门之意。

晚清时，扬州妓家又分清、浑两种，也即清堂名和浑巢子。关于清堂名与浑巢子的区别，简单地说，清堂名是高级妓院，门前都挂上黑底金字招牌，上书某某堂字样。清堂名中的妓女，只卖歌鬻舞，而不留客人过宿。即使客人要求过宿，妓女也只是陪其清谈终夜而已。浑巢子则公然留宿了。凡贵官上客皆游清堂名，商人小吏则多至浑巢子。民国期间，文人郁达夫来扬州，与瘦西湖上的船娘打情骂俏，则又属于另一种风月艳事了。

扬州青楼具有悠久历史。唐人所谓"十里长街市井连，月明桥上看神仙"，神仙也就是对于妓女的代称。无论怎么说，青楼文化总是扬州历史文化的一个组成部分，我们无法抹杀它，也无须抹杀它。对于往昔的繁华，我们只有借用《牡丹亭》那句著名的唱词感叹一声：

"不到园林，怎知春色如许？"

史可法
生命中的女性

　　如果想重温明清之交扬州城里那场惊天动地、腥风血雨的剧变，史可法戏剧会给我们一个很好的反思机会。它们让我们再次反省明朝灭亡和清朝诞生的教训，虽然它们在政权本质上并无不同。

　　历史是由大人物和小人物共同编织成的。在兵戎相见、烽烟四起的舞台上，在精忠报国、正襟危坐的史公旁，我们注意到史可法身后的那些隐形的女性。

一、一曲琵琶为谁弹

　　写史可法故事的舞台剧，最早的是孔尚任的《桃花扇》。

我在南京看过昆剧《桃花扇》，确是很美的。后来有《碧血扬州》《史可法》乃至近年的《不破之城》，都是扬剧。《碧血扬州》和《烈火扬州》人们常常混淆，前者写南明史可法，后者写南宋李庭芝，两者事迹有高度相似者。《碧血扬州》我没有看过，《史可法》与《不破之城》都曾看过，戏里分别写到史可法之母和一个名叫桐华的侍女。

公元1645年，清兵南下，直下江南，一路势如破竹，如入无人之境。清兵直到扬州城下，才遇到真正的抵抗。明兵部尚书史可法镇守扬州，诸镇见死不救，朝廷有兵不援，多铎多次劝降。面对生死考验，史可法将个人安危置之度外，用自己的生命为"孤忠"这个字眼做出了壮怀激烈的诠释。

最近看到的一部史可法戏剧，全剧角色大都是男性，女性只有一个。史可法困守扬城，缺粮少兵，向朝廷求援，得到的竟是一个琵琶歌女。令人不解的是，剧本无意给歌女多少笔墨，连她的出生和结局都没有提示。这个唯一的女角来也匆匆，去也匆匆。从惜墨如金的唱词中，获悉她来自秦淮河畔，长于脂粉丛中，被南明朝廷选秀入宫，却自愿追随史公到扬城。她虽然数度出场，形迹并不连贯，始终游离于剧情之外。戏份多少倒也罢了，关键是定位不明。她既是奉旨而来，史可法又岂能无故拒纳？她既是冒死而来，却因何与剧情冲突无关？她既是从卖笑场中而来，凭什么充满正气出言不凡？她究竟是弘光皇帝派到史可法身边的美女卧底，是立志到沙场实现爱国梦想的风尘女侠，还是年少热情莽撞无知的古代愤青？剧本没有给出答案。

我们知道，明清两个政权之间虽是殊死较量，却不是一场正义和非正义之间的战争。史可法与多铎并不代表历史上的先进力量抑或落后力量，他们只是各为其主罢了。歌颂史可法当然可以，可是除了精英的意志，还有草根的意志。这时候来了个歌女，她理应有个最好的定位：一个有情有义并且代表民众呼声的人物。她没有风尘女子的妖艳，没有市井妇人的庸俗，没有宫中粉黛的骄横，她应该是一个怀抱建功理想、英雄情结并代表反战民意的人物。人民在任何时候都是不可忽视的。史可法在绝笔中说："北兵于十八日围扬城，至今尚未攻打，然人心已去，收拾不来。"表明战争尚未开始，城中人心已经涣散，而且无法重新聚拢。他明明白白说的是"人心已去，收拾不来"，哪里会有什么"不破之城"呢？

舞台上的琵琶歌女，在极其有限的空间里，在步履所及的范围内，扮演了一个回天无力而又进退失据的可怜人。她的来去都是"无厘头"的，仓促草率而且莫名其妙。观众觉得她有一种招之即来、挥之即去的无奈与茫然。也许这正是编剧的意图所在，认为史可法的伟大只能通过歌女式的卑微和苍白才能衬托出来，通过矮化其他人物才能显现出来。但是史可法本人的胸怀必不至于如此狭隘。历史上的史可法是个矮个子，黑皮肤，然而目光炯炯，而且爱惜人才。史可法的高大，不在他的外形，而在他的人格。应该通过史可法的对手和下属都相当地强大，来凸显史可法人格的伟岸，这才令人信服。如果史可法的对手和下属全是庸才和侏儒，想以此突出史可法伟大，不但小觑了史公，而且艺术效果也是南辕而北辙。

诗云："兴，百姓苦；亡，百姓苦。"既然明清统治集团之间的争夺无关乎正义不正义，那么琵琶歌女的出场就不能仅是为生死攸关的残局和战云密布的沙场平添一抹轻柔的色调。在男人、征战、阴谋、杀戮的重围中，歌女的使命应该超越政权的角逐，把民生的艰难、和平的愿景带给血与火的须眉世界，表达历史进程中人民厌战、反战的正义诉求。桐华怀中的琵琶，不仅象征着歌姬的身份，更应弹奏出反战的旋律。这才是她应有的艺术价值和美学价值，也才是明朝灭亡的真正教训——"人心已去，收拾不来"。

二、史可法生命中的女性

根据各种记载，史可法生命中重要的女性有好几位。

一是母亲尹老夫人。

在扬剧《史可法》中曾出现过史母这一角色。历史上的史母姓尹，称为尹氏。据《明史》记载："尹氏有身，梦文天祥入其舍，生可法。"关于史母的记载不多。传说她临盆生产时，梦见文天祥走进她的房间，然后生下了史可法，故有"生而自来文信国"之说。此事虽有传奇色彩，并非完全不可能。至少说明尹氏作为秀才之妻，一直崇仰宋朝孤忠文天祥，在史可法出生之后，尹氏自然会用文天祥的故事来教子。史母长期患肺病，史可法是孝子，每封家书都问候母亲起居，但在戎马倥偬之中无暇探望老母。在史可法不多的诗作中，有两首是思念母亲的。一首是《忆母》："母在江之南，儿在江之北。相逢叙梦中，牵衣喜且哭。"另一首是《燕子矶口占》："来家不面母，咫尺犹千里。矶头洒清泪，滴滴沉江底。"读之催人泪下。史可法在最后的日子里，特别挂念母亲。弘光元年四月的《上太夫人》表示了必死之心，但还不忘劝慰慈母："望母亲委之天数，勿复过悲。"那时尹老夫人住在南京，史可法督兵扬州，无法照顾母亲，只好让三弟史可程代为照应。《史可法遗笔》写道："太太苦恼，须托四太爷、大爷、三哥大家照管。"他不放心的还是母亲。因为史可法的缘故，史母后被封为明朝诰命夫人。

二是恩师左光斗夫人。

左光斗是明内阁大臣，史可法恩师，其夫人也有恩于史可法。左光斗特地带史可法会见夫人，对夫人说："吾诸儿碌碌，他日继吾志者，惟此生耳！"认为史可法比自己的亲儿子强，此言得到了夫人的襄赞，左光斗愈加栽培史可法。左光斗被害后，左夫人生活无着，史可法到处筹资接济左夫人。史可法在一封信中说："至若师母及世兄苦楚万状，闻之酸鼻。有心人者，其安忍坐视艰难而不救济耶？"左光斗家在桐城，史可法驻兵桐城时常至其家，探望师母。

三是岳母杨太太。

在著名的《史可法遗笔》中，抬头是"恭候太太、杨太太、夫人万安"。其中"太太"是母亲，"杨太太"是岳母。杨太太心胸狭隘，史可法对她并无好感。崇祯十二年（1639）二月史可法有《家书》说："杨太太肠窄，凡事须要宽解几分。"三月又有《家书》说："杨太太心肠甚窄，凡事当宽解之。"由此可见杨太太其人。

四是元配李夫人。

史可法先后有两任夫人。元配李氏，北京宛平人。据记载，李夫人因无子女而劝丈夫纳妾，可知其深明大义。她的妹妹后来嫁给史可法的亲弟史可模。李夫人约在崇祯十一年（1638）前去世。此时史可法在安庆、庐州、池州、太平等地征战，所以她不可能伴随史可法到扬州。

五是续弦杨夫人。

李夫人去世后，史可法续娶杨氏。杨夫人深受其母亲的影响，也心胸狭隘，而且喜欢诉苦。崇祯十一年十二月史可模结婚，史可法在《家书》中问道："八哥于腊月廿九娶亲，不知夫人来家否？"又特别提到："太太娶了八哥媳妇，夫人更要小心，凡事须要含忍。"这里的"夫人"就是杨夫人。从史可法家书来看，杨夫人与史可法聚少离多。揣其原因，一则史可法忙于公务，一则双方感情并不很好。杨夫人写信给史可法时，多作怨天尤人之语，所以史可法一再在《家书》中劝告她："度量要宽大些，不可时时愁苦。""待东宅大小人要谦厚些，待使下人要宽些。""千思万想，只愿夫人作个大贤大孝之人，断不可负我一片好心。"杨夫人如若宽仁，史可法怎么会如此再三叮嘱？《史可法遗笔》是写给太太、杨太太、夫人三人的，重点是写给杨氏的。史可法说："法早晚必死，不知夫人肯随我去否？如此世界，生亦无益，不如早早决断也！"史可法的意图十分明显，他希望杨氏和他一起殉国，但是史可法的愿望落空了。

六是小姨兼弟媳李八夫人。

史可法的堂兄弟不少，亲兄弟不多。八弟史可模是史可法的亲弟，字子木，秀才。史可模于崇祯十一年结婚，十三年（1640）病逝，享年才二十七岁。其妻李氏是史可法元配李夫人之妹，也即史可法的小姨，称为李八夫人。李八夫人容貌出众，性情贞烈，丈夫死后一直未嫁。入清后，有人冒充史可法起兵，官府请她出庭辨认。竟然有官员看中了她，派人来求亲。李八夫人得知此事，在房中大声斥责："此言何为乎来！"她将自己的发髻、耳朵和鼻子割下，让婢女交给媒人说："可将去！"媒人一看，吓得魂飞魄散，落荒而逃。李八夫人以近乎残忍的方式，表白了自己坚贞的决心，和史可法的人格很是相近。

三、桐华是何许人也？

舞台上的史可法侍女名叫桐华。悬想史可法来扬州之前，曾经驻兵桐城，则"桐"字或许不无来由。再者，桐城又是史可法恩师左光斗的故乡，史可法常去桐城左府探望，"桐"对于史可法而言具有特殊的意义。

桐华就是桐花。在古人笔下，桐花经常写成桐华。欧阳修《清明赐新火》："桐华应候催佳节，榆火推恩忝列臣。"倪瓒《太常引》："门前杨柳密藏鸦，春事到桐华。"其中的桐华就是桐花。桐花的文化意蕴非常丰富。桐花分布于郊外平畴、村头门巷，如果说牡丹属于贵族，则桐花属于民间。桐花有紫白两色，盛开时既热烈奔放，又素雅沉静。桐花绽放的时节，春天已近尾声，花事阑珊，乍暖还寒。它是春天花事的高潮，也是春天将逝的预兆。身为歌姬的桐华，如同一朵素洁的小花，偏偏开放在烽烟之中，怎能不早早凋谢？

历史上究竟有没有桐华这个人呢？应该是没有，但相当于桐华的人物是有的，那就是李傃。史可法没有儿女，当李夫人劝他纳妾时，他曾说："王事方殷，敢为儿女计乎？"
这是后人的美化。事实上早在崇祯八年（1635），史可法身
边就有了一位红颜知己——李傃，这时元配李夫人还健在。

　　李傃号空云，南京人，父亲做过都司，母亲是扬州名
妓，故史可法合该与扬州有缘。李傃才貌双绝，十六岁嫁与
史可法为"簉室"。二十五岁时明朝灭亡，史可法殉国。史
可法死后，李傃誓不再嫁，出家为女道士，住在扬州缑笙道
院，自名其室曰"空云主静轩"。作为女道士，李傃修炼精
微，戒律严整。后因感悟南岳夫人魏元君下降，授以炼丹之
诀，前往王屋山修炼，不知所终。这些在碧甚子《李空云女
冠小传》中记述甚详。顺治十三年（1656），史可法幕僚周
同谷著成《霜猨集》。其时李傃三十五岁，为《霜猨集》写
序，篇幅虽然不长，但是吐属雅洁。序中说："傃深闺弱质，
相府小星，际此天倾地陷，赤伏无再验之符；遽而家破人离，
素镜绝重圆之照。"所谓"相府小星"，就是李傃自认为系
史可法之妾。她还到梅花岭下，为史可法扫过墓。

　　清人刘声木《苌楚斋随笔》中有一篇《明史可法妾李
傃》，专记李傃"为史忠正公可法簉室"之事。作者认为李
傃的文学水平很高，"词旨哀怨，不忍卒读，史忠正公有此
坚贞文学簉室，而世人竟罕有知之者"。民国赵炳麟《柏岩
感旧诗话》也说："史忠正殉国后，有爱妾李懆，金陵人，
入王屋为女冠，号'空云大士'。"称赞她"巾帼有此气节，

不愧忠正知己矣"。今人钱海岳《南明史》也记载:"可法妾李傺,字空云,上元人。有才色。可法死,年二十五,入黄屋山为尼。"

清初在扬州为官的王士祯,写过一首《蝶恋花·和漱玉词》,其中最有名的句子是"郎似桐花,妾似桐花凤",王士祯因此被称为"王桐花"。"郎似桐花,妾似桐花凤"看似写爱情,其实别有寄托。词中写到的"往事迢迢",其实是对南明故国的眷念。如果说史可法代表精英的忠魂,桐华则代表草根的精魄,可惜舞台没有给观众一个丰满的桐华。

沿着张玉良的足迹

　　距今大约一百年前的1913年初夏，芜湖海关来了一位年轻的监督潘赞化。芜湖商界为了欢迎新来的监督，特地为他设宴接风，并从怡春院招来知名歌姬张玉良佐觞。从此，张玉良的命运发生根本改变，从风月场所走向了艺术殿堂。

　　这一年张玉良十八岁，潘赞化二十八岁。这位歌姬就是从扬州广储门走向巴黎凯旋门的扬州女儿，亦称潘玉良，或者潘张玉良。百年之后，我沿着张玉良在国内的踪迹，去追寻这位被誉为"画魂"的旅法女艺术家的风鬟雾鬓，为她立传，也为她招魂。

一、合肥·安庆：张玉良遗物的归宿之地

2013年之夏，以炎炎烈日和漫漫酷暑留长在扬州人的记忆中。

7月16日一早起来，便浑身汗湿，但我们一行还是按照事先的约定，冒着热浪与骄阳，驱车前往合肥，因为安徽省博物馆收藏着最丰富的张玉良画作。

到了合肥才知道，安徽省博物馆有新旧两处馆址，张玉良画展在金寨路的旧馆。怀着期待的心情登楼，第一次看到一尊张玉良的塑像和那么多张玉良的原作。画展分为油画、彩墨、素描与雕塑三个厅，内容最多的自然是女人体，这也是张玉良最喜爱的题材。她所画的女人体，据说有一部分是以自己为模特的，其实这类画并不多。她的笔下有中国女子，也有外国女子，画面特别突出女性的臀部与腿部，别有一种健硕之美。张玉良旅法四十载，作画六千幅，获奖数十次，最引人注目的便是她的女人体作品。作为一个东方女性，对女人体为何具有如此浓厚的兴趣，是不是意味着对道学传统的叛逆？

一直耳闻却无缘目睹的张玉良为张大千先生精心雕塑的全身像，也静静地陈列在博物馆的玻璃罩里。张玉良比张

大千大四岁，因为两人都姓张，所以张大千称张玉良大姐。张大千名爰，别号大千居士，四川内江人，与张玉良相交三十余年。抗战前夕，张玉良所绘男人体油画在南京展出时遭侮，张大千特作《墨荷图》相赠，寓有"出淤泥而不染"之意。张玉良迁居巴黎后，张大千于1956年赴巴黎举办画展，姐弟重逢，把酒甚欢。张大千对张玉良的国画《豢猫图》评价极高，欣然题词："宋人最重写生，体会物情物理，传神写照，栩栩如生。元明以来，但从纸上讨生活，是以每况愈下，有清三百年更无进者。今观玉良大家写其所豢猫，温婉如生，用笔用墨的为国画正派，尤可佩也。丙申五月既望，大千弟张爰题。"随即作《白莲图》，赠张玉良。此后，两人又同在伦敦、台北举办画展，并合作《梅竹图》，传为佳话。张玉良两次为张大千塑像。第一次雕塑张大千铜质头像，张大千十分满意，但法国规定艺术品不得出国。后来张玉良重塑张大千全身像，死后与遗物一起运回国内，就是陈列于安徽省博物馆的这尊塑像。

张玉良能够成为艺术家，离不开她的知遇恩人潘赞化。潘赞化晚年生活在安庆，于是我们离开合肥前往安庆。在美丽的菱湖岸边小住一宿，夜里梦见张玉良在向我挥手。托她的福，次日一早如愿拜访了《画魂》一书的作者石楠和潘赞化的嫡孙潘忠玉。石楠住在宏兴花园某幢七楼，家中虽然拥挤，文人气息颇浓。石楠已是一位温婉的老太，忆起当年游历扬州的印象，护城河与广储门均历历在目。在石家，我第一次看到《画魂》的版本有十几种之多。"画魂"的称号流布之广，不能不归功于石楠。潘忠玉先生现在是安庆颇有成就的企业家，很忙，不时要接电话，但还是向我们介绍了他爷爷潘赞化及潘家后人的情况。我这才知道，张玉良的绝大部分遗物都在安徽省博物馆，潘家只有很少一点东西，分别藏在潘家第三代人手中。

二、桐城·芜湖：张玉良命运的转折关头

有一点是没有疑问的：没有潘赞化，便没有张玉良。因为潘赞化的提携，才有张玉良的成名。潘忠玉告诉我们，潘赞化的青年时代是在桐城度过的，潘家故里就在桐城乡下的潘家楼。虽然张玉良没有来过桐城，但是桐城仍是关系张玉良一生命运的重要地方。两百年前，这里曾出现过方苞、姚鼐、刘大櫆等声闻遐迩的桐城派，对扬州文坛影响甚巨。潘赞化也正是受了桐城派的熏陶，才有超出常人的儒雅之气，敢与风尘女子结为秦晋之好。从某种意义上说，桐城的文气隐隐决定了张玉良游丝般的薄命。

7月17日到桐城时已是下午，先寻找潘赞化曾经生活过的老西门。老西门并不难找，但到那里一看，才知道是一条

被现代化遗忘了的老街。破败的砖墙，杂生的野草，偶或有一座门楣高大的老屋，当年应门庭若市，如今却门可罗雀。乱石铺街，行人稀少，何处是潘赞化先生曾经居住的地方？幸而有热心人，每当我们问起潘赞化，他便反问："是娶了画魂张玉良的潘先生吗？"在路人的指点下，我们找到老西门南头的一处老宅，现在的主人姓梅，是一位桐城耆宿。他家正是潘赞化当年住过的地方。主人非常热情，谈了很多潘张传奇，并指着小院里的高墙说："这是潘赞化住在这里时就有的老墙，还是老样子。"

潘张结缘的地方是在芜湖。为了寻找潘张传奇的起点，我们得赶到芜湖。

1908年，张玉良十四岁，舅舅带她到外地谋生，说是去干刺绣的活儿。张玉良很高兴，因为她从小学过刺绣，便随舅舅从瓜洲坐船来到芜湖。她没有料到，到了芜湖，舅舅竟以两百大洋的价钱，把她卖给了怡春院的李妈妈，张玉良从此沦落风尘。她打算逃跑，但很快发现怡春院竟是插翅难逃的地狱，李妈妈就是地狱里的阎罗。怡春院里有一帮年龄相仿的姐妹，张玉良被迫整天和她们一起习唱词曲，学弹琵琶。这种皮肉生涯一直捱到1913年初夏，芜湖海关来了一个年轻的潘监督为止。

一路高速，风驰电掣，车到芜湖时依然骄阳似火。芜湖本是长江边上的码头，舟车繁忙，物流麇集，现在已是高度发展的现代化城市。我们本想寻找张玉良当年堕入火坑的青楼旧址，但在这新楼林立的江城寻觅这样的过时地方已是毫无希望。不但怡春院无人知晓，连老海关也鲜有人知，因为芜湖早已有了气派的新海关。经过百般周折，终于找到潘赞化曾任监督的芜湖老海关。在夕阳和树木的掩映之下，这座位于大江东岸历经沧桑的民国老建筑，显得庄重而神秘。

就在老海关的一角，伫立着两尊真人一般大小的雕塑，一坐一立，一男一女，一是潘赞化，一是张玉良。这是我在安徽见到的第二尊张玉良塑像。

三、上海·渔阳里：张玉良求艺的启航港湾

2013年7月24日，我们再次冒着高温，寻找张玉良开始求学的地方——上海滩。1920年，上海美专举办师生联合画展，师生都拿出自己最得意的画作参展。张玉良拿出的是一幅名叫《裸女》的作品，一时轰动全校。从那时起，人们开始瞩目张玉良叛逆的性格和独立的精神。

先寻找乍浦路八号，这是上海美术专科学校的原址，也是张玉良最初学画的地方。上海美专在近代史上曾因校长刘海粟是"艺术叛徒"而激起波澜，因教学用女模托儿引起"风化事件"而震惊社会，也因女学生张玉良的一幅惊

世骇俗的《裸女速写》而轰动全校。可惜到乍浦路时才发现，八号老房子刚刚被拆，只留下空空一片工地，什么东西也没有。只有校址旁边优美的乍浦路拱形桥，依旧横跨在黄浦江上，当年张玉良和他的老师与同学都从这座近代名桥上走过。

潘赞化与张玉良新婚不久，就双双离开芜湖，乘船前往上海。张玉良本来以为在沪上小住，不料潘赞化已在渔阳里安置住宅，让张玉良常住，而他自己又返回芜湖。原来，潘赞化是想让张玉良脱离芜湖那个环境。张玉良在上海寓所结识了两位重要的邻居，一是美术教育家洪野先生，一是政治活动家陈独秀先生。张玉良看洪野作画看得如痴如醉，洪野见她酷爱绘画，便收她为徒，从而成为她学画的启蒙老师。1918年，张玉良报考上海美术专科学校。她的专业成绩很好，却因为曾是妓女而名落孙山。此事为校长刘海粟所知，刘校长挥笔在榜上题写了"张玉良"三个字，张玉良得以跨入艺术殿堂。

既然上海美专已经夷为平地，我们就去寻找张玉良住过的渔阳里。

渔阳里是淮海中路上的一处弄堂，民国洋楼，前后数进，全是红砖砌成。这里曾是共青团的早期驻地，设有展览馆。展览馆最里面一间，是陈独秀的寓所。当年张玉良就是在这里结识洪野和陈独秀的。陈独秀字仲甫，安徽怀宁人，与潘赞化是大同乡。陈独秀得知潘赞化与张玉良的关系之后，以新青年的新观念，公开支持两人的婚姻。陈独秀帮助潘赞化租下法租界环龙路渔阳里自己隔壁的房子，亲自布置新婚宴席，担当潘张的主婚人。他积极建议潘赞化送张玉良报考上海美术专科学校，使她从此走上艺术道路。陈独秀两次为张玉良作品题字，其中一次写道："余识玉良女士二十余年矣，日见其进，未见其止。近所作油画已入纵横自如之境，非复以运笔配色见长矣。"奖掖之情，溢于言表。

渔阳里保存得很好，依然是张玉良住在这里时的风貌。可以说，渔阳里是张玉良艺术之舟启航的港湾，也是张玉良幸遇洪野、刘海粟、陈独秀等伯乐的福地。

四、南京·梅庵：张玉良去国的最后驿站

2013年8月5日，我们又一次顶着烈日到古城金陵，寻访张玉良曾经任教的原国立中央大学，今东南大学。

国立中央大学是民国时期的最高学府，也是民国大学中系科最全、规模最大的大学。1930年夏，三十五岁的张玉良应旅法同学徐悲鸿先生之邀，到中大教育学院艺术科任教，同时兼任上海美专绘画研究所西画导师。其间她与徐悲鸿一起率学生赴北平、天津参观。她的油画《我之家庭》也作于这一时期，描绘了他所向往的家庭生活。她还率领学生到扬州瘦西湖写生，以满腔深情创作了《瘦西湖之晨》，家

乡在她的心中永远是美丽的。张玉良在南京先后举办四次个人画展，直至1937年再度赴欧，再也没有重返国门。

东南大学是张玉良在国内生活的最后一站，也是我们寻找张玉良国内踪迹的最后一程。张玉良任教过的中央大学旧址很快就找到了，没想到的是，张玉良当年从事教学的梅庵还在，举办画展的图书馆还在，经常漫步其下的六朝松还在。来到梅庵，安谧沉静依旧，可惜张玉良教学的课堂物是人非，她的声音再也不会在这里重新响起。步入图书馆大楼，石阶白壁犹存，只是张玉良的画作已经不见，到处显得空旷而使人怅然。走近六朝松，老干虬枝如昨，但是张玉良的身影已邈，她在埃菲尔铁塔下的思乡梦永远成空。

东南大学的朋友说，寻找张玉良，还有三个地方非去不可。一是距离梅庵不远的石婆婆巷。石婆婆巷是中央大学的教工宿舍所在，张玉良任教中大时暂寓在此。于是步行十分钟，来到一个老巷口，墙上赫然写着"石婆婆巷"。巷道比扬州小巷要阔，左边重建了新楼，右边还是老房子。我们当然不可能找到张玉良在石婆婆巷的寓所，只想重走张玉良走过的路而已。

再一个地方是徐悲鸿故居。徐悲鸿是江苏宜兴人，与张玉良是江苏同乡，又是留法同学。在远离故乡的塞纳河畔，两人互相关照，结下同窗友谊。徐悲鸿与张玉良画风不同，但对艺术一样虔诚。他们在上海时曾与画家陈抱一组织默社，并在江湾陈家开设绘画研究所，指导人体写生。徐悲鸿任教中央大学时，邀请张玉良前来任教，这也是张玉良在国内任教过的最高学府。二十世纪三十年代，徐悲鸿在傅厚岗买下两亩荒地，建成一栋西式二层小楼，客厅、餐厅、卧室、画室、书房、浴房，一应俱全，还有个小小的庭园。其时九一八事变已经发生，国难深重，民不聊生，徐悲鸿拟将新居取名"危巢"，但夫人反对，只好作罢。我们去时，故居不开放，只能远远望见蓊郁树木中的楼房一角，当年张玉良应该来过。

还有一处是南京艺术学院内的上海美专永锡堂门楼复原物。一进南艺，果然看到我们在上海没能见到的上海美专门楼，系为纪念刘海粟先生而复建，因为刘海粟后来担任了南京艺术学院院长。门楼旁边是上海美专前辈的雕塑群像，他们多是张玉良的恩师。

在近代美术史上，刘海粟和徐悲鸿有着几十年难分难解的恩怨，但他们对于张玉良都非常友善。张玉良在去国的最后一段时期，一边是刘海粟校长的盛情，一边是徐悲鸿同学的美意，只得每周往返于沪宁之间教学。

张玉良的故居在扬州广储门街32号，这里后来成为扬州文化研究所，直至前几年才搬离。我在此工作三十年之久，常常想呐喊的一句话是："张玉良，魂兮归来！"现在广储门头终于要建立张玉良纪念馆了，"画魂"终于可以归来。

红裳绿鬓百年风

　　自从有了三八国际劳动妇女节，至今已经百余年。百年对于历史长河只是一瞬，对于一个国家、一座城市却可能经历了沧海桑田。

　　扬州自古以来号称"五女二男""女多男少"。在这个世纪里，扬州女性的生活经历了什么变化呢？我们不妨从几方面回眸这个世纪。

一、风俗：从被迫裹足到追求新潮

　　百年来扬州女性最直观的变化，是衣着打扮。现在看到满街的新潮女性，穿着欧式或者港式的时装，已不再是一件稀奇的事。网络和电视，能在一夜之间把巴黎时装的新款式，传到世界每个角落。而在百年之前，京城的新式装扮传到扬州，至少要一年。在五十年前，上海的摩登衣装传到扬州，至少要半年。

百年之前，扬州普通劳动妇女只是穿黑色或者蓝色的衣裳。只有年轻女孩穿红着绿，富家小姐披金戴银。风月场所的女子大约是最时髦的，喜欢用奇装异服来招蜂惹蝶。

民国初年扬州年轻女子的打扮，孔庆镕《扬州竹枝词》有这样的描绘："藕丝衫子柳丝裙，携手同行姊妹群。"后来学堂兴起，女子发型流行刘海："学界风兴皮与毛，前刘海亦号时髦。"

从前扬州女性最深重的苦难，是裹足。女孩从小把脚用布缠紧，使之变小，谓之"三寸金莲"。李涵秋《广陵潮》用了大量笔墨写清末民初扬州女子的小脚。如写一个名叫绣春的女子，"穿着天青单褂，大红穿花百蝶裙，一双金莲伶伶俐俐的，正是只有三寸"（第二十二回）。写一个娇娃名叫妙珠，说她"穿着一条桃红洒花小脚裤，三寸睡鞋，像个新出水的红菱角一般"（第四十回）。又写一个妇人，"生得肥头大脸，裙下却是两瓣金莲，尖瘦得可爱"（第四十三回）。还有一个朱二小姐，"身穿水灰暮本的棉袄，大脚裤子底下刚露着两瓣又瘦又小的金莲"（第五十回）。李涵秋写这么多的小脚，并不是欣赏，而是为了揭露这种病态的风俗。他在第十二回详细写了扬州女子裹足的痛苦，在第二十七回又借朱二小姐之口说道："我虽然不懂八股的讲究，但以这女孩子裹脚而论，也不知害了多少花枝般的小姑娘！"然而，正是无数扬州女子的痛苦，换来了"扬州脚"的所谓名声。苏州文人范烟桥在二十世纪三十年代写过一篇杂文《苏州头》，说："苏州头，扬州脚，为以前女子所艳称。光复后，尚天足，扬州之脚，便成落伍。苏州之头，依然不减其声誉。虽曾有数度之变更，而光滑可鉴之致，犹未失其向具之美点。"

也许就因为扬州在近代的落伍，所以女性生活方式常常效仿苏州。臧谷《续扬州竹枝词》说："茉莉花浓插满头，苏妆新样黑于油。"佚名《邗江竹枝词》说："发挽乌云元宝样，声声唱的是吴腔。"诗中说到的"苏妆""吴腔"，是指苏州的风尚。本有自己文化传统的扬州女子，却以梳苏州头、唱苏州调为时髦。

现在的女性，享有各种自由。但在半个世纪前，许多看来很普通的事，如看戏、听书、喝茶、洗澡，一般都没有女子的份。她们的快乐，只是一些流传了几百年的古老游戏，像乞巧儿、抓子儿、斗百草、荡秋千、踢毽子之类。

当然，她们也有另外的乐趣。例如每逢观音山香会，全城女子都倾巢而出，前去烧香。李涵秋《观音山竹枝词》说："画船灯火去如飞，儿女心情幸未违。不畏夜行风露冷，半街残月送人归。"到了炎夏的夜晚，城里女子围坐乘凉，也不妨请瞎子先生来唱几段道情。吴索园《扬州消夏竹枝词》说："月影西斜夜气清，乘凉女伴坐更深。张生不至红娘恼，瞎子先生唱道情。"而现在，这些都被电视、网络、舞厅和微信取代了。

二、教育：从家族传承到社会办学

扬州女性在百年来的另一变化，是受教育程度大为提高。

"女子无才便是德"是一句古谚。但是，扬州这座古城有些例外。扬州人似乎自古以来就重视女子的教育。汉代的江都公主刘细君能写诗，表明她从小受到良好的文化教育。唐代的淮扬参军戏演员刘采春善歌，还把技艺传给了自己的女儿周德华。元代的扬州歌姬李楚仪以小唱出名，她的两个女儿童童、娇娇都是歌手。明代的扬州才女冯小青多才多艺，学问来自她母亲的教诲。崇祯皇帝的爱妃田秀英琴棋书画无所不能，她的技艺也来自扬州老家东关街田家巷里的熏陶。在明清小说里，常提到扬州有女子私塾、女子教师，这在别的地方很少见。

当然，扬州古代的女子教育，大都是在家庭中进行，形式是母女相传、父女相传。从明代开始，扬州有了女童私塾，由女子教师来教学，冯小青的母亲就是个女塾师。这种情形一直延续到近代。如董玉书《芜城怀旧录》说，家住古旗亭的朱秀才，"女世俊，能诗"；又说，扬州有老画师颜慕苏，"女名丝，字裴仙，能书善画"。这都是家学渊源。

　　家学的例子，还可以举扬州的李氏一家。李氏以诗书画传家，可谓"一门翰墨"。李圣和的文化艺术修养，首先得益于她的父亲李鼎。李鼎字梅隐，曾任晚清两浙横浦盐场大使，辛亥革命时被推举为金山卫临时民政长。民国年间，先后任淮北盐场三场总长、大源制盐公司经理。他为官清廉，澹泊自甘，喜爱诗书，常与南社诸子及扬州名流唱和。在他的诗集里，常见与扬州名士陈含光、儒医耿蕉麓、盐商汪鲁门等人的唱和之作。著有《慎余堂剩稿》行世。

　　李鼎之女李圣和，幼承家学，毕生致力于诗、书、画的创作，有"三绝"之誉。其诗清新典雅，具唐宋遗风。尤为可贵的是，她的诗作多含沉痛的家国之忧，而绝非寻常的闺阁之吟。例如她在抗战时写的《感事》诗中，有"汉家卫霍今何在？怅望龙沙万里愁""江东名士依刘表，海内苍生望谢安"等句，每每让人想到宋代的女词人李清照。她的丈夫早在1946年到台湾谋职，后因政局剧变，直至1983年客死海岛，都未能回归故里。李圣和有挽联云：

　　四十年死别生离，苦雨凄风，怎一个愁字
了得；

　　八千里山遥水远，青林黑塞，唤几声魂兮
归来。

　　读罢令人唏嘘不已，也可见其古文功底之深厚。李圣
和的书法，素以小楷最有名，费新我先生誉为"当代江苏
第一"。

　　李圣和的女儿蒋静芬，继承家学，擅长楷书，性好游
历，喜研民俗。李氏家族中最小的一位书法家叫孙毛毛，她
是李圣和的外孙女，现为江苏省书法家协会会员。她的楷书
作品同前辈相比虽然不免稚嫩，但却表明李家的艺术又有了
传人。

　　现代意义上的女子教育，就扬州而言，应该归功于郭坚
忍。据《芜城怀旧录》记载，郭坚忍"自辛亥光复后，见革
命同盟主张男女平等，立妇女协进会。以为伸张女权，必须
提倡女学，乃于扬城开会演说，多方奔走，成立女子不缠足
会、幼女学堂，以开风气。后设女子公学于广储门街李氏别
业"。这些破天荒的举动，成就了郭坚忍的扬州女权先锋的
英名。

　　而今，扬州的大学、中学、小学里，到处都是女学生的
活泼身影。

三、婚姻：从父母之命到自己做主

女性的核心问题之一，是婚姻与家庭。扬州女性百年来的最大变化，就是"父母之命、媒妁之言"变成了"自由恋爱、自主结婚"。

在大约半个世纪之前，青年的婚姻大事基本上都由父母做主。以朱自清为例。朱自清1934年发表在《女青年》上的《择偶记》，有一段真切的自白。他说，因为自己是长子长孙，所以不到十一岁就说起媳妇来了。那时他对于媳妇这件事简直茫然，不知怎么一来，就已经说上了。女方是曾祖母娘家人，在江苏北部一个小县的乡下住着。祖母常常躺在烟榻上讲那边的事，提着这个那个乡下人的名字。起初一切都像只在那白腾腾的烟气里。日子久了，不知不觉熟悉起来了，亲昵起来了。除了住的地方，当时觉得那叫作"花园庄"的乡下实在是最有趣的地方了。因此听说媳妇就定在那里，倒也仿佛理所当然，毫无意见。据说那位小姐，比朱自清大四岁，个儿高，小脚。记得是十二岁上，女方捎信来，说小姐病死了。朱家也并没有人叹惜，因为他们根本记不清那女孩是怎样一个人。朱自清的第一个"未婚妻"，他自己压根儿没有见过面。

那时朱自清的父亲在外面做官，母亲颇为儿子的亲事着急，便托常来做衣服的裁缝做媒。因为裁缝走的人家多，而且可以看见太太、小姐。后来裁缝来说，有一家人家有钱，生了两位小姐，一位是姨太太生的，他说的是正太太生的小姐。女方提出相亲，朱母答应，定下日子，由裁缝带朱自清上茶馆。那是冬天，母亲让朱自清穿上枣红宁绸袍子、黑色宁绸马褂，戴上红帽结儿的黑缎瓜皮小帽，又叮嘱要留心些。在茶馆里遇见相亲的先生，不住地打量朱自清，问了些念什么书一类的话，总算让人家看中了。于是该男方看女方了。朱母派亲信的老妈子去，老妈子的报告是，大小姐个儿比朱自清大得多，坐下去满满一圈椅，二小姐倒是苗苗条条的。朱母说，大小姐胖了不能生育，要谈二小姐，但女方不答应，事情就吹了。朱自清的第二个"未婚妻"，他自己又没有见过面。

后来朱母在牌桌上遇见一位太太，她有个女儿，透着聪明伶俐。朱母有心，隔了些日子，便托人探探那边口气。那边做的官似乎比朱父更小，当时正是光复的前年，还讲究这些，所以他们乐意做这门亲。事情已到九成九，忽然出了岔子，原来那小姑娘是抱来的，朱母心冷了。过了两年，听说她已生了痨病，吸上鸦片烟了。朱母说，幸亏当时没有定下来。朱自清的第三个"未婚妻"，他自己仍没见过面。

最后一次是朱自清的父亲生伤寒病，请了许多医生看。最后请着一位武先生，家里有位小姐。朱母首先打听那位小姐是不是他家亲生的，然后和丈夫商量，托舅舅问医生的意思。医生说，很好呀。接着便是相亲，相亲的结果是别的没有什么，就是姑娘脚大些。于是事情基本定局，母亲请人带信去："让小姐裹上点儿脚。"这姑娘就是朱自清的元配夫人武钟谦，朱自清的第四个真正的未婚妻，他自己似乎也在婚后才见到的。

随着社会的进步，那种男女之间任人撮合的陈旧方式彻底退出了历史舞台。新时代的女性，都崇尚自由恋爱和自由婚姻。

由于年轻女性都有职业的关系，新的问题又产生了：工作岗位的固定往往使她们结识男性的机会变少。在这种情形下，都市里的婚姻介绍所就兴旺起来了。"婚姻中介"和"父母之命"有根本的区别：后者基本不考虑当事人的意见，前者只是给当事人牵线搭桥而已。

四、职业：从妇人无事到女性就业

女性的另一核心问题，是就业和自立。现在的女孩子，没有不找工作的。有了工作，经济才能自立，人格才能独立。但百年以前的扬州女性，几乎谈不上什么职业。有一个西方学者说过，扬州在近代之所以落后于江南，除了交通因素之外，还有个原因就是"妇人无事"。

"妇人无事"指女性没有职业。江南妇女还能从事家庭纺织业以自救，但扬州女性无此传统。近人臧谷《续扬州竹枝词》说："离离衰草日黄昏，少妇凝妆惯倚门。"太阳老高了，年轻的女性才起来，无所事事，倚门闲望。

当然，后来扬州也出现了一些女性的职业。

例如保姆、乳娘或佣人。城市里的中上等人家，每每用女佣。女佣的名称各地不同，北京叫"老妈"，南京叫"老太"，上海叫"娘姨"，扬州则叫"高妈"或"莲子"。女佣的出处，大约有一定的规律，或者固定的传统。什么地方出女佣，什么地方不出女佣，没有谁来硬性规定，但在历史上自然形成了一种习惯。北京的女佣大多来自京郊的三河，南京的女佣基本上来自江宁和江浦，上海的女佣大都是松江人，而扬州的女佣多出自西北乡。

女佣有长期的，有短期的。李涵秋《广陵潮》开头说："乡间风俗，做女人的，除农忙时在家，其余都投靠城里人家做生活。"这就是一种季节性的工作。

还有些农村妇女，并不在城里打工，而是挑黄土到城里卖钱。吴索园《扬州竹枝词》说："咿哑一路唱声娇，两篓黄泥一担挑。青布围裙青裹首，水红绦子压肩飘。"诗人在注脚里写道："乡间妇女，生计甚难。日常零用无所取给，乃挖黄泥，清晨挑入城市，以求善价。其间人品亦有殊色者，惟皆以青布缠头，旁缀红绿绥，山家风韵，亦有可人者。"

这也是短期的打工。

　　船娘是瘦西湖上的一种女性职业。这一职业现在已经被美化成一道亮丽的风景，其实百年前已是如此。当时有一些船娘，甚至像明星一般受到追捧，如著名的钟家姊妹。桃潭旧主《扬州竹枝词》说："游船最是小船忙，为恋钟家姊妹行。"辛汉清《小游船诗》说："大船不及小船忙，最数钟家姊妹行。"除了钟家姊妹，还有小转子、三档子、大鸦头等也是有名的船娘。李伯通《邗水春秋》说，曾有人到扬州寻芳，认为"最好如瘦西湖一带船娘，甚么小转子、三档子、大鸦头，那般乱头粗服，彼倒认为别有风味"（第十三回）。船娘的风采，据李涵秋、程瞻庐所著的《新广陵潮》描写，在瘦西湖上，"操舟的是个乡村女子，穿一套白洋布衫裤，发髻上簪着一朵野花，橹声欸乃中，花朵儿颤巍巍的摇动，倒也别有风致"（十七回）。

　　扬州还有一种职业，叫作"缝穷婆"。张秋虫《新山海经》写一个戏子余彩云，说她脸子虽说不十分漂亮，但"上起妆来，也不至于比不上江北的缝穷婆"（第六回）。缝穷婆，是在路边为人缝补衣裳的贫穷妇人。

　　扬州女性还有从事女红、刺绣、剪纸的。孔庆镕《扬州竹枝词》说："出入朱门信口夸，可怜贫女好生涯。洛阳茧纸并州剪，别样新翻鞋上花。"就是写的扬州剪纸女艺人。

　　卖花更是女孩子的专利。倪澄瀛《再续扬州竹枝词劫余稿》说："小窗晨起静无哗，薄午梳头问早茶。最是隔墙风送到，一声声喊木兰花。"是对扬州卖花姑娘的生动写照。

扬州卖花女给朱自清留下了美好的印象。他在1930年写的一篇散文《看花》中，没有提到扬州，但记的是扬州事："生长在大江北岸一个城市里，那儿的园林本是著名的，但近来却很少。"这自然是说的扬州。值得注意的是，朱自清写道："夏天的早晨，我们那地方有乡下的姑娘在各处街巷，沿门叫着，'卖栀子花来'。栀子花不是什么高品，但我喜欢那白而晕黄的颜色和那肥肥的个儿，正和那些卖花的姑娘有着相似的韵味。栀子花的香，浓而不烈，清而不淡，也是我乐意的。我这样便爱起花来了。也许有人会问，'你爱的不是花吧？'这个我自己其实也已不大弄得清楚，只好存而不论了。"

比较高雅的职业，是做女性书画家。像颜裴仙、李圣和、吴砚耕、张玉良等，都是扬州近百年中出现的知名美术家。

回眸过去的一个世纪，扬州女性的生活发生了翻天覆地的巨变。她们的红裳绿鬓，经历了百年风雨而愈加绚烂。

扬州美人谱

"扬州美女"终于掀起了她的盖头。这个被世人私下议论了千百年，也被世俗偏见暧昧了千百年的话题，终于摆脱羞答答的心态，坦荡荡地站到了阳光下。

一、扬州美女的历史解读

"扬州出美女"这句俗谚流传甚广，几乎到了妇孺皆知的程度。但是，自称"我是扬州人"的朱自清先生在《说扬州》一文中说："提起扬州这地名，许多人想到是出女人的地方。但是我长到那么大，从来不曾在街上见过一个出色的女人，也许那时女人还少出街吧？"

一面是"扬州美女"的芳名远播，一面又难寻其踪迹。面对这种奇怪的现象，易君左先生忍不住在《闲话扬州》里发起了牢骚："比如在绍兴吃不到顶好的花雕酒，在西湖喝不到顶好的龙井茶，一样的在扬州看不到顶好的姑娘。"

三十年前，我写了一篇《扬州瘦马》，这个问题似乎有了答案。那时我开始阐释"扬州出美女"这个"广为流传而又难以评说的话题"。

所谓的"美女"，其实应当称作"商女"，即凭出售色艺为生的女子。之所以自古以来就流传着"扬州出美女"的口碑，同时又流传着相反的说法，是因为对"美女"一词的理解有差异。从字面上理解，"美女"就是美丽的女人，但"扬州美女"要从实质上去理解，它同古代所艳称的"秦淮粉黛""燕赵佳人""吴越娇娃"一样，实际上专指歌妓、舞妓、饮妓等操持特殊职业的女性。

这样一来，事情就清楚多了。其实前人已经说得够明白了，只是我们不太留心。举一个例子，明人王士性在《广志绎》里，就把苏杭之币、淮阴之粮、广陵之姬等等，一样都看成"天下马头"的物产。在这些物产里，还有徐州的骡车、无锡的大米、建阳的书籍、温州的漆器之类，扬州美女是同这些商品并列着的。说到底，扬州美女只是一种可以买卖的商品，这未免让大家兴味索然。

历史上，扬州的确有过买卖女性的勾当，明清时期尤甚，还形成了辐射全国的人口市场。明代之前，扬州是一个吸引四方宾客的游乐胜地，"十年一觉扬州梦，赢得青楼薄幸名"。而从明代起，扬州的美姬开始作为商品输向四面八方。也就是从明代开始，"扬州出美女"的说法才流传开来。

明清时期，封建文化走向颓败，整个社会风尚极其萎靡。那时，谈论"扬州美女"的特别多，而谈论的内容几乎无不与购妾、狎妓有关。追逐声色犬马、耽于淫逸享乐的奢靡之风，把昔日号称"轻扬"的扬州吹得昏昏沉沉。生活在这里的女性，或者是这种风气的追随者，或者是这种风气的牺牲品。"画舫乘春破晓烟，满城丝管指榆钱。千家养女先教曲，十里栽花算种田。"郑板桥的这首《扬州》诗，是对扬州那种穷奢极欲的风气的沉痛慨叹。

明清两代，扬州那些囊中累累、大腹便便的商人们在倚红偎翠之后，欲望与审美发生了畸变，他们对"丰乳肥臀"不感兴趣，却追求一种"弱不禁风"。于是扬州刮起了一股以瘦为美之风，"扬州瘦马"就此诞生。一方面，衣食无着的贫寒人家不得不卖掉自己的女儿去充当"瘦马"；另一方面，扬州城里出现了无数"养瘦马"的人家。这些"养瘦马"的人家，少则养四五个，多则养几十个，教以吹拉弹唱之技，进退侍弄之方，衣袖障目，眉目传情，无所不用其极。最后的去处，是卖给富贵人家为婢妾，或秦楼楚馆为娼妓。

当时扬州城里，有数百人如同牲口贩子一样，做着"瘦马"买卖的经纪人。一旦听说哪位富商要买"瘦马"，他们就如苍蝇附膻，猛扑过去。明人娶妾的首选之地是扬州，俗谚称为"要娶小，扬州讨"。《儒林外史》里的宋为富，"一年至少也要娶七八个妾"。"瘦马"一般从五六岁、七八岁养起，有专门女教师教其弹琴、吹箫、吟诗、作画，继而教其梳头、匀脸、点腮、画眉。到十四五岁时，又根据《春宫图》之类教其各种娇态。为了让其保持处女之身，每晚睡觉时，用汗巾捆其手足，毋使行动。为了使其保持苗条之态，严格控制其饮食，毋使发福。"瘦马"分为几等，貌美者售与富贵人家，稍次者卖与中等顾主。寻常女孩教以计算、写账、管家、掌柜之技，可以卖给中小商贾，作为主妇持家。最下等的女孩教以剪裁、缝纫、刺绣、烹饪之技，卖给低级的小伙计与手艺人。"瘦马"的来源，除了本地穷人之外，多来自苏北兴化、盐城等乡村。苏北多旱涝，一到灾年，穷人走投无路，只好把卖儿鬻女。

当年挑选"瘦马"的人，如同在牲口市场上挑选骡马一样，要将女孩的面、手、臂、肤、眼、齿、声、趾等等一一察看，最后还要她们走上几步。一般良家的女孩怎会受此侮辱？所谓"扬州出美女"，必定不是指良家的女孩。所以朱自清先生说，"扬州出美女"的"出"字，"就和出羊毛、出苹果的'出'字一样"。

二、扬州出美女的现实理由

千百年来，咏赋扬州美女的诗词多不胜数。如杜牧诗云："娉娉袅袅十三余，豆蔻梢头二月初。春风十里扬州路，卷上珠帘总不如。"杜牧所吟咏的"二十四桥明月夜，玉人何处教吹箫"的诗句，至今还刻在二十四桥的桥头。金庸在《鹿鼎记》里写道："扬州那个地方有二十四条桥，每一条桥头有一个美人。"直到民国时期，瘦西湖船娘依然是文人笔中常见的形象，连朱自清先生也说："提起扬州这地名，许多人想到的是出女人的地方。"

"扬州美女"名扬海外，一位清初访华的荷兰使节到扬州后曾赞叹："这里美女如云，她们的气度优雅、娇美迷人，远胜其他地方的女子。"扬州女子，据说兼具南方女子的柔顺与北方女子的豪爽。中国地大物博，出美女的地方不少，如"燕赵佳人""吴越娇娃""米脂婆姨"等，"扬州美女"出现的原因何在呢？

基因的优化。扬州的美女应是从隋朝起开始多起来的。扬州人有顺口溜云："隋炀帝，下扬州，三千美女拉龙舟。"当年隋炀帝携后宫数千佳丽到扬州，不料在扬州亡国亡命，随行的佳丽也便在扬州民间落户生息。全国最优的"美女基因"融入扬州，扬州岂有不出美女的道理？

水土的适中。扬州美女多，重要的原因是水土滋养。扬州地处长淮交汇之地，气候温和，水质清澈，物产丰饶。《五杂俎》说："维扬居天下之中，川泽秀媚，故女子多美丽。"《风俗》又说："多山多男，多水多女，故扬地产女较多。"扬州还有独特的沐浴文化，有美味的淮扬菜系。正所谓"钟灵毓秀"，一方水土养一方人，扬州女子便如雨后海棠般鲜润起来了。

人才的汇集。扬州美女还与经济的发达密切相关。隋唐时大运河开通，扬州成了最繁华的城市之一。明清时，扬州盐商把持了全国的盐运业，富甲天下。千百年来，达官显要、墨客骚人云集扬州，灯红酒绿，笙歌不息。这些吸引了大批美女，诸如梨园名伶、青楼名宿，接踵而至，蜂拥而来。

文化的熏陶。扬州女子不仅外表美丽，而且优裕从容、气韵生动。扬州诗书礼仪之家众多，文人士子云集，诗画琴书雅集频繁。扬州还有众多的名胜古迹和私家园林，有教曲的习惯和种花的传统。在这种氛围熏陶下的扬州女子，自然如花一样美。

三、扬州美女的四大要素

美是文明的使者。美女不仅是一种文化，一种资源，也是一种精神力量，运用得当，可以获得社会与经济的效益。

扬州不仅要成为出美女的地方，还要借助美女的品牌优势，发展新时代的美丽事业。在美女经济日渐成型的世界经济格局中，扬州有条件打造美女经济。从市场的角度而言，扬州喊得最响的口号是"扬州八怪""扬州三把刀""烟花三月下扬州"和"扬州自古出美女"。前三者均已有产品，后者也应该有其载体。

我因为撰写过《扬州美人谱》邮册的文案，担任过扬州选美活动的评委，也举办过扬州美女话题的讲座，我觉得"扬州美女"应该具备四大要素：

（一）相貌美：五官，身材，三围——外表。

人类相貌美的客观标准，因民族和地区的不同而有差异。但有两点基本的标准，就是具有准确的性别特征，和健康的外貌特征。

（二）气质美：谈吐，举止，风度——涵养。

外表美是肤浅而短暂的，气质美则不受年纪、服饰和打扮局限。光明充实的胸襟、举手投足的姿态、待人接物的风度，皆属气质范畴。

（三）才艺美：音乐，美术，女红——本领。

古时候的女性，要求琴棋书画精通。现在的才艺包括很多，如唱歌、跳舞、弹琴、朗诵、舞剑、打拳、插花、书法、茶道、刺绣等。

（四）品行美：善良，道德，情操——心灵。

一个人的相貌美、气质美、才艺美，还不是完全的美。只有品行美、心灵美、道德美，才能受到人们的尊敬，才是完全的和真正的美。

四、扬州美女的代表人物

一切历史都应该受到尊重，然而我们只能尊重历史的真相。也许在林林总总的扬州文化现象中，没有什么比"扬州美女"的名声走得更遥远，但也没有什么比"扬州美女"的面目显得更模糊的了。

爱美是人的天性，唯独扬州美女这一话题，常常令人欲言又止。其实问题在于我们对美的认识与心态。美有外在的，有内在的，只有两者兼美，才是真正的美。对待美的态度有欣赏的，有亵渎的，只有尊重美，才是真正的爱美。

扬州美女既是历史形成的群体，我们唯有直面她，才能了解她；唯有了解她，才能尊重她；唯有尊重她，才能弘扬她。坦然地掀起扬州美女的盖头，正是让世人不再亵渎她、轻薄她、误解她。"扬州美女"一词，包容了和扬州有关的所有美丽女性。她们大体由如下几个部分组成：一是历史上实有其人的、来自历代社会各阶层的扬州美女；二是民间神话传说中的扬州美女，如琼花仙子、芍药女等；

三是小说戏曲和其他文学作品中的，如在大观园葬花的林黛玉、在瓜洲城沉江的杜十娘等。这里介绍历史上真实的扬州美女。

刘细君，汉武帝时人，江都王刘建的女儿。为改善民族关系，稳固汉朝边疆，刘细君被汉武帝远嫁乌孙国，成为史册上记载姓名的第一位"和亲公主"。细君善于写诗，她的《黄鹄歌》是扬州历史上第一首诗歌，影响深远。为纪念江都公主和解忧公主，江苏省政府于2003年出资6400万元人民币在伊犁援建"汉家公主纪念馆"，今年落成。

赵飞燕，原名宜主，汉成帝刘骜最宠幸的皇后。因其身轻如燕，成帝赐名为"飞燕"。其父冯万金是江都王府舍人，精通音乐。唐代李白在歌颂杨贵妃的艳美时，有"借问汉宫谁得似，可怜飞燕倚新妆"之句。相传赵飞燕穿着云芙紫裙，在高榭之上表演歌舞，忽然起风，飞燕随风欲去。因怕大风把赵飞燕吹跑，成帝特地大兴土木，筑起"七宝避风台"。后因宫廷斗争，被废为庶人，被迫自杀。

赵合德，汉成帝时人，赵飞燕妹妹。合德与飞燕是双胞胎，姊妹均姿色超人。因父亲擅长音乐，合德从小受音乐熏陶，歌声轻柔动听，富于抒情。飞燕得到皇帝专宠后，想起手足之情，乘机向成帝禀奏，于是派人将合德召入宫内，封为昭仪（女官名）。从此，姊妹二人专宠后宫。

陈氏女，十六国时扬州女子。才色双美，秀发长七尺，人称"长发美人"。后来,后赵皇帝石虎娶她作夫人。

上官婉儿,唐代武则天时人,曾祖父上官弘本是陕州人,因作隋江都宫监而移家江都。祖父上官仪是唐太宗时名臣,后为武则天所恶,死于狱中,婉儿被配入宫廷。武则天对她的文笔赞不绝口,将她留在身边,参与撰拟诏书。《全唐文》中所收唐中宗文诰两卷,都出自她手。这位天赋极高的女子,后来死于宫廷权力斗争之中。开元年间,唐玄宗追念上官婉儿的才华,下令收集其诗文,辑成二十卷。

刘采春,唐代扬州参军戏名伶。以唱《望夫歌》闻名,其诗收入《全唐诗》中。诗人元稹与之交好,并赠诗给她,有"选词能唱望夫歌"之句。其诗又作《罗唝曲》,有云:"不喜秦淮水,生憎江上船。载儿夫婿去,经岁又经年。""莫作商人妇,金钗当卜钱。朝朝江口望,错认几人船。"抒发了商人远行、家人盼望之苦。据说,刘采春一唱此曲,听者无不垂泪。

李端端,唐代扬州善和坊艺伎。风流诗人崔涯爱恶作剧,游历扬州时写诗讥嘲她:"黄昏不语不知行,鼻似烟窗耳似铛。独把象牙梳插鬓,昆仑山上月初明。"意谓其肤黑,从此端端门庭冷落。后经请求,崔涯又写诗赞颂她:"觅得黄骝鞁绣鞍,善和坊里取端端。扬州近日浑成差,一朵能行白牡丹。"意谓其肤白,从此端端又门庭若市。明代唐寅曾绘《李端端图》,并题诗云:"善和坊里李端端,信是能行白牡丹。谁信扬州金满市，胭脂价到属穷酸。"

薛琼琼，唐代扬州筝手。一个说是唐玄宗时人。据宋人张君房《丽情集》载，薛琼琼为开元中第一筝手，薛本良家女，选入宫中为筝工。任半塘《教坊记笺订》说："天宝十三载崔怀宝赠薛琼琼一首《望江南》，只首句衬二字，其余句法、叶韵、平仄和《忆江南》相同。"一说是唐僖宗时人。据明人冯梦龙《醒世恒言》言，扬州秀士黄损结识了当时的第一筝手薛琼琼，薛本蜀人，战乱中流离失所，为人带到扬州收养。千百年来，薛琼琼的名字不胫而走，成为文学中的经典。如宋人晁元礼《浣溪沙》云："瑶瑟空传张好好，钿筝谁继薛琼琼。"刘过《浣溪沙》云："标格胜如张好好，情怀浓似薛琼琼。"

毛惜惜，南宋时扬州名妓。祖居高邮，出身仕宦之家，自幼学书学剑，多才多艺。幼年时金兵南犯，高邮沦落，父母双亡，与乳母李氏逃至扬州。因惜惜懂得琴棋书画、歌舞弹唱，很快在扬州城里有了名气。后被高邮总兵荣全强行纳为小妾。荣全叛乱，毛惜惜宴前斥责荣全，被碎割杀死。乱平后，宋理宗封毛惜惜为英烈夫人。《宋史》有毛惜惜传。墓在高邮城南，俗称"毛惜惜姑娘坟"。

李翠娥，元代扬州艺伎，熟读《史记》《汉书》。扬州总管不相信她知书，指着庭前梅花让她作诗，翠娥当即作《咏梅》一首："粲粲梅花树，盈盈似玉人。甘心对冰雪，不管艳阳春！"总管见了，不得不服。

朱帘秀，一名珠帘秀，元代杂剧名伶，常在扬州演出，人尊称为"朱娘娘"。她和当时著名曲家关汉卿、卢挚、冯子振等均有唱和，自己也能作曲，其《双调·寿阳曲·答卢疏斋》写道："山无数，烟万缕，憔悴煞玉堂人物。倚篷窗一身儿活受苦，恨不得随大江东去。"全曲写青山、写烟云、写篷窗、写大江，情景水乳交融。关汉卿有《赠朱帘秀》赞美她："十里扬州风物妍，出落着神仙！"

李楚仪，元代扬州杂剧名伶。与著名曲家乔吉交往甚密，乔吉至少有《贾侯席上赠李楚仪》《席上赋李楚仪歌以酒送维扬贾侯》等七首散曲，是赠给李楚仪的。著名元杂剧《扬州梦》中的杜牧实为乔吉自己的影子？张好好也即李楚仪的影子。楚仪擅长歌唱，《青楼集》载："李楚仪，维扬名伎也，工小唱，尤善慢词。"其女儿童童继承家学，善于杂剧，时往松江演出。

翠荷秀，本姓李，元代扬州杂剧名伶。《青楼集》记载她："杂剧为当时所推。自维扬来云间，石万户置之别馆。石没，李誓不他适，终日却扫，焚香诵经。石之子云鬓万户、孙伯玉万户？岁时往拜之。余见其年已七旬？鬓发如雪？两手指甲皆长尺余焉。"这位出色的杂剧艺人，可惜未能发挥出自己的全部艺术才华。

柳依依，明代扬州有两个柳依依。一为才女，见《留青日札》:"依依姓柳氏,字倚玉,扬州二十四桥人也。年减桥数之零,种出章台之秀。腰不堪束,甚于柔条。眉不假描,浑如初叶。娟娟可爱,袅袅无双。辞翰逸群,舞歌独步。"她最善于歌唱《阳关三叠》。一为烈女,见《随园诗话补遗》:"柳依依者,乩仙也。自言维扬女子,归方氏,年才十八,遇乱被虏,绝水浆七日,誓死全贞,竟得脱免。"她遇到战乱,成为俘虏后,为了不受侮辱,绝食而死。

冯小青,明代扬州才女。幼时从母亲学习诗书音乐,后嫁杭州冯生。因大妇忌妒,被隔离在西湖孤山居住,不得与丈夫见面。在孤寂的生活中,小青整天以读《西厢记》《牡丹亭》打发日子,不久抑郁而死。临死前,自己梳洗整洁,焚烧诗稿,遗稿有《小青词》。《红楼梦》曾引用冯小青诗:"瘦影自临春水照,卿须怜我我怜卿。"从《红楼梦》中的林黛玉形象看,明显受了冯小青故事的影响。

田秀英,明代扬州女子,明思宗最宠爱的贵妃。父亲田遇弘本是西安人,因在扬州经商,遂居扬州。田秀英幼时从母亲学琴,后被选入宫中。《明史》说她"生而纤妍,性寡言,多才艺"。她聪明伶俐,经常变化发型、服饰,一经她带头,宫中立刻起而仿效。她喜欢别出心裁,把原来阔大的门窗改小,为露天的道路盖上凉棚,还把扬式家具采入后宫。《永和宫词》称之为"扬州明月杜陵花"。

冯翠霞,明代扬州戏曲演员,先工弋阳腔,后习昆山腔。

初为扬州徐老公家班中人，后来转赠江南钱侍御，成为钱家昆班领袖。《笔梦叙》云："冯翠霞者，小名观舍，性极慧，从维扬来。"

王微，字修微，明代扬州才女，一说为"秦淮八艳"之一。幼年丧父，飘零无依，及长沦落风尘。先后归茅元仪、许誉卿，皆不终。晚年皈依佛教，自号"白衣道人"。王微工诗文，著有《樾媛诗集》《远游草》《期山草》《名山记》等。《列朝诗集小传》《名媛诗归》等书，都有王微的记载。

金姑，清代扬州歌女，在广东珠江花艇卖艺，擅长歌唱扬州清曲《小郎儿曲》。李斗在《扬州画舫录》中说，他曾经三游珠江，询问当地人最好的歌伎是谁，"皆云扬伎金姑最丽"。因为金姑的传唱，致使扬州清曲在广东盛行，并被刻板传播，后来结合当地民歌，演变成广东南音。

陈素素，清代扬州才女，工诗，善画，能度曲，自号"二分明月女子"，著有《二分明月集》。她先嫁给莱阳书生姜仲子，后被扬州豪强夺取，暗中仍与姜仲子互通情愫。姜仲子派人捎信给她，她折断指环，表示"必还"之心（环、还同音）。清初《秦楼月》传奇，就是写陈素素的故事。素素有《述怀》诗，自称："妾非农家女，少小在芜城。十三学刺绣，十五学弹筝。"

金玉，清代扬州女子，后嫁给诗人袁枚。袁枚多次到扬州来，遍览扬州女子，只有金玉最为中意。据《随园轶事》

记载："金玉者，秀外慧中，无抹脂障袖恶习。先生一见悦之，遂与定情。"

翁悟情，清代扬州侠女。性好武艺，状如男子，常常来往于扬州、镇江之间。《履园丛话》记载说："悟情女士，姓翁氏，扬州人……意气豪放，善吹箫，能填词，尤娴骑射，上马如飞。一时名公卿，皆敬其为人，真奇女子也。"

方婉仪，字仪子，号白莲居士，清代扬州画家，扬州八怪罗聘之妻。善于画梅、兰、竹、石，一枝半叶，点染翰墨，瘦影疏香，自有意趣。所绘《涉江采芙蓉图》，淡冶清妙，用"两峰之妻"小印。又能作诗，著有《白莲半格诗》。

马凤英，清代扬州戏曲艺人，工于小旦，在扬州市井间名驰一时。演艺极佳，晚年登台，仍如少女。《续扬州竹枝词》称颂她："女戏惯为街市客，轿窗傍晚影模糊。就中谁是驰名者？马凤英仍像小姑。"

汪二姑，清代扬州女子。乾隆南巡时，扬州官绅搜罗民间美女侍候，家住绿杨村的汪二姑也被征集。《南巡秘记》记载，二姑出身贫寒，但"白皙妍美，如大家闺秀"。二姑被征集后，为乾隆龙舟拉纤。龙舟每行一里，便暂停，皇帝上岸小憩。二姑被乾隆看中，邀其登御座，欲有所询，而二姑坚决不从。乾隆大怒，命人将二姑关进另室。就在这一天，二姑死了，颈上有深深的勒痕。

猫儿，清代扬州女子，戏曲班主。始创少年女子戏班，称"猫儿戏",流行大江南北。《海陬冶游录》云:"教坊演剧,俗呼为'猫儿戏',相传扬州某女子擅长此艺,教女徒,悉韶龄稚齿,婴伊可怜。以小字'猫儿',故得此名。"

杨小宝,清代扬州歌伎。乾隆四十六年(1781),苏州人钱湘舲中了状元,江南士子为之沸腾。钱湘舲科场得意,离京南下,不免到素以歌吹著名的竹西逗留。他在扬州观剧赏曲,深为扬州女伶的技艺精湛叹服,于是从中评出"状元""榜眼""探花"三人,均为当时扬州歌坛的佼佼者,即杨小宝、顾霞娱、杨高三。由"钦点状元"来品评"曲坛状元",虽只是文人游戏,一时传为"状元评题状元"的佳话。诗人赵翼欣然赋诗云:"无双才子无双女,并作人间胜事夸!"

小云,清代扬州女子,近代思想家、文学家龚自珍之密友。龚自珍因力主改革,受到排挤,48岁愤然辞官出京。这一年他游历南北,经过扬州时,与小云产生绸缪情意,一连作诗数首。在著名的《己亥杂诗》中,龚自珍咏道:"能令公愠公复喜?扬州女儿名小云。初弦相见上弦别?不曾题满杏黄裙"。他对小云是异常喜爱的,然而诗的语调又不无轻狂之意。重到清江浦前,他再次见到小云,又写了三首诗。《己亥杂诗》中至少有七首诗是为扬州小云而作。

田小莲,清代扬州艺伎,在苏州卖艺。《吴门画舫续录》云:"田小莲,行二,维扬人,向与卞琴霞同寓礼拜寺前,嫭服倪装，献酬应对，靡不中节，而浅笑低鬟，百端交集，意灵犀一点，通彻人寰。"可见当时扬州女子在苏州的风采。

蘅香，清代扬州歌伎，在南京秦淮河卖艺。平日爱作淡妆，没有涂脂抹粉、搔首弄姿的恶习。尤其擅长昆曲，演唱时意气豪宕，高响遏云。《白门新柳记》记载她："蘅香，广陵人，举止潇洒，落落有大家风。"

如意，清代扬州歌伎，在南京秦淮河卖艺。平时喜欢淡妆，如梨花倚雪，有摒弃铅华之意。《白门新柳记》记载她："如意，广陵人，居钓鱼巷之西。圆颊丰肌，其秀在骨，人以'肥环'目之。"

张书玉，晚清扬州艺伎，在上海滩卖艺。晚清上海的著名艺伎，有所谓"四大金刚"之说，即张书玉、林黛玉、陆兰芬、金小宝。据《梅庵谈荟》记载，张书玉"产于广陵，来沪标帜"。书玉颀身玉立，备极妖冶，百般技艺，无所不能，在小说笔记中多有记述。

郑满仙，晚清扬州侠女，在南通卖艺。富商大贾争相接近，而满仙不屑一顾，只与李生相好。太平军战乱时，她劝李生不要儿女情长，"此时正大丈夫建功立业之秋"。后来满仙陷入乱兵中，从城头跳下自杀。《淞隐漫录》记载说："满仙，扬州人，而生长于琴川。及笄，光彩艳发，丰姿婀娜。"

卞毛毛，晚清扬州女子，人称小毛子，后嫁给张勋。民国初年，好事者中流行一种说法，说清朝的兴起和灭亡都因于女人：吴三桂起兵叛明是为了陈圆圆，张勋起兵反对共和是为了小毛子。此说虽然未免荒唐，但也不无来由。张勋的效忠清室，固然与小毛子没有关系，而小毛子确是张勋最宠爱的枕边人。《异辞录》记载道："军门初至金陵，游秦淮河，眷扬妓小毛子，纳之为妾。距革命未久，小毛子以目盲，失宠遣去。"这也不仅是小毛子的悲剧。

钟莲娘，晚清扬州瘦西湖船娘，乱发粗服，不施粉黛，但别具风情。清末扬州船娘甚多，如洪四娘、沈家娘、王家新妯娌等等，而以钟家姊妹最为出色。《小游船诗》云："大船不及小船忙，最数钟家姊妹行。"《扬州竹枝词》云："游船最是小船忙，为恋钟家姊妹行。"《广陵潮》描写的那个在河边一丛红蓼花后面露出发髻的，就是"钟家大丫头"。

张玉良，现代扬州画家。家住广储门街，年幼贫孤，被卖入青楼，为潘赞化赎。后入上海美术专科学校习画，又赴法习油画和雕塑。回国后，应刘海粟之聘，任上海美术专科学校西画系主任兼教授。终因世俗偏见不容，再度赴欧。曾参加巴黎万国艺术博览会，并以"中国画家潘玉良"名义在瑞士、意大利、希腊和比利时巡回展出画作。当选为巴黎中国留法艺术学会会长，并获法国国家金质奖章、巴黎大学多尔烈奖等。1977年病逝于巴黎，亦葬于此。

外国人笔下的
扬州美女

历史上关于扬州美女的记载，数量既多，由来也久，但多出自国人笔下。外国人是什么时候开始注意扬州美女的？外国人眼中的扬州美女又是什么样子呢？最近我们做了一番梳理。

一、汉家公主擅歌舞

扬州美女最早的代表要数刘细君。但海外谈中国的书中极少提到刘细君，唯有日本作家陈舜臣在他的《西域馀闻》中谈到了这位西出阳关无故人的江都公主。陈舜臣原籍中国台湾，生于日本神户，毕业于大阪外事专门学校，主要从事中国历史小说的写作。他的代表作有《中国历史》《鸦片战争》《小说十八史略》等，曾获直木文学奖、读卖文学奖、日本艺术院奖等。

《西域馀闻》是一本介于游记和历史之间的文集。其中许多文章，光看题目就知道它的趣味，如《西域的汗血马》《长安的波斯美女》《葡萄美酒夜光杯》之类。《西域馀闻》中有一篇《丝绸之路的歌声》，文中有一节《来自西域的望乡之歌》写道："不得不踏上西域旅途的不只是朝廷的文武官员，一些皇族女性也嫁到西域。为了政治联姻，她们被许配给言语不通的异域首领。其中最具代表性的例子是于汉武帝元封六年（前105）嫁给乌孙国的细君，她的父亲是因谋反罪被迫自杀的江都王刘建。乌孙是个游牧民族，位于今伊犁一带。汉武帝与乌孙联盟的目的在于联合乌孙攻打匈奴。远嫁乌孙的细君把对故乡的切切思念写成一首《乌孙公主歌》，据说当时的人们读了这首诗以后无不为之感伤落泪。"

《乌孙公主歌》亦名《悲愁歌》《黄鹄歌》，一共六句："吾家嫁我兮天一方，远托异国兮乌孙王。穹庐为室兮毡为墙，以肉为食兮酪为浆。居常土思兮心内伤，愿为黄鹄兮归故乡。"陈舜臣解释说，穹庐即拱圆形的帐篷，以毛毡为墙是游牧民族的风俗习惯。而实际上，乌孙王迎娶细君，特向汉朝赠送名马千匹作为聘礼，还依照汉朝样式搭建了宫殿。

汉朝为细君配备的官员、宦官、奴仆达数百人之多。即便如此，细君仍然无法抑制思乡之情。她日日哀叹，恨不能化为飞鸟回归故乡。

法国的雅克·布罗斯在《发现中国》中也谈到了细君出塞与蚕桑西传。1981年，法国学者雅克·布罗斯（Jacques Brosse，1922—？）在巴黎出版了《发现中国》。这虽然是介绍中西交往的通俗读物，但是提纲挈领，言简意赅，全书完全是按照史书方式来写的。书中的史料多采用古代西方人关于中国的著作，很少采用中国文献，这也是本书特色之所在。

《发现中国》说，最早的罗马人称中国人为"丝绸国人"。"一世纪时，中国的丝绸传到了罗马，在贵妇人中风靡一时。"关于丝绸是如何从中国传到西方的，民间有种种传说。一说是两名景教徒生活在中国，在那里掌握了养蚕术之秘密，他们在一根竹杖中把蚕蛾卵带到了君士坦丁堡。另一说是江都公主刘细君酷爱刺绣，远嫁乌孙时携带去了大量丝帛，把蚕桑的种子藏在发髻里带到西域。东西方最早的交流离不开丝绸，而江都公主永远活在丝绸之路的传奇故事里。关于蚕种的西传，英国人赫德逊的《欧洲与中国》也有不少揣测，关键的一点就是"把蚕卵偷运到帝国"。

汉代美女赵飞燕姐妹的母亲姑苏郡主，是江都王刘建的孙女，嫁给江都郡国江都中尉赵曼。她的生父冯万金是江都王府舍人，精通音乐。日本汉学家，大阪市立大学教授斋藤茂在《妓女与文人》一书中多处谈到有关扬州的人事，不过有的叙述不尽正确。如第一章谈到赵飞燕姐妹，说"赵飞燕是官中奴婢的女儿，是阳阿公主家的婢女，后被微服来访的汉成帝看中，被迎进宫中封为婕妤"，"其妹也封为昭仪，姐妹两人双双受成帝专宠"。这里说赵飞燕是"官中奴婢的女儿"有误。赵飞燕原名宜主，为汉成帝刘骜最宠幸的皇后。因其身轻如燕，成帝赐名为"飞燕"。赵飞燕、赵合德姐妹是汉代的皇后、昭仪，在女性中地位显赫。斋藤茂将她们列入"官妓"一节，显然不妥。

二、唐代美女谱传奇

唐代美女杨贵妃在安史之乱后被迫缢死，埋葬在马嵬坡，新旧《唐书》均载此事。但在另一些野史和传说中，这位绝色美人并没有死，而是经过扬州乘坐日本遣唐使的船逃亡去了日本，现在日本还有杨贵妃之墓。

对于杨贵妃复活之谜，历来探讨者很多，日本作家渡边龙策的《杨贵妃复活秘史》写得比较中肯，既有史料的分析也有艺术的再现。渡边龙策说，杨贵妃这个中国历史上的名女人，她的艳丽姿容正如一朵华贵灿烂的花，开放在大唐盛世的春天里。而她的凋谢，也正是唐朝国势走下坡的时候。杨贵妃死后，《旧唐书》说玄宗"密令中使改葬于他所。初瘗时以紫褥裹之，肌肤已坏，而香囊仍在"。《新唐书》的描述略似《旧唐书》，但没有"肌肤已坏"四字，只是说"启瘗，故香囊犹在"。主张杨贵妃未死的人以此为据，认为墓穴中只有香囊，没有遗体，表明贵妃未死。何况白居易在《长恨歌》中也写道："马嵬坡下泥土中，不见玉颜空死处。"就是说墓中是没有遗体的。俞平伯也做过考证，以为《长恨歌》如只言"长恨"，写到马嵬坡已经足够，何必又写玄宗与贵妃重逢呢？可见《长恨歌》暗示杨贵妃没有死。

　　《杨贵妃复活秘史》共十一章，其中第七章为《小住扬州》，扬州显然是杨贵妃离唐去日的转折点。渡边龙策写道，杨贵妃被绞未死之后，在几个亲信掩护下乘车逃离马嵬坡，经过半个月的颠沛流离到达襄阳，在襄阳买船来至江夏，然后从江夏东下扬州。杨贵妃在船上说："我们下扬州吧！现在虽然还不到烟花三月，可是扬州冬天已过，仅只看看也是绝妙。据说天下除了长安之外，扬州第一，成都第二。"杨贵妃的建议得到随从的赞同，她自嘲似的说："人海茫茫，我们已经没有家，所以到什么地方去都是一样。听了马先生的歌，我想去扬州最好。玄宗皇帝在成都，我在扬州，这是东西两大名城。"马先生是宫廷乐师，他唱的是李白的"烟花三月下扬州"那首诗。

渡边龙策对扬州有详细的描写："扬州的十里长街和二十四桥是东南唯一的繁华胜景。扬州的繁华是因黄河流域战事多不平静，许多名门望族南逃荟集于此的缘故。由东南进贡的船只输运的贡品也须暂时停留在扬州。其中食粮、食盐以及布匹在广陵副使李成武的立场要转运到淮北、山东、河南地区，而为军需品。杨贵妃一行到达扬州时，起初大家还怀抱着梦想，不久即陷于恐怖和不安。"但杨贵妃的扬州梦很快破灭了。杨贵妃在扬州的大街上，到处听到有人议论马嵬坡事件，甚至有人谈到她其实没有死。她们在扬州郊外河边找到一处称心的庄院住了下来。"扬州的冬天热闹景象依然。往来游河的游船，把二十四桥附近点缀得甚为繁华。"但战火终于蔓延到扬州，战争朝着不利于杨贵妃的方向急转直下。这时恰巧日本遣唐使藤原的船要回国，杨贵妃在万般无奈之下，只好逃往海外避难。这也就是《长恨歌》所说的"海上仙山"。

斋藤茂在《妓女与文人》中谈到了另一位唐代美女上官婉儿，说她深得武则天信任，又得到唐中宗宠爱，封为昭容。上官婉儿"不仅以美貌受宠，其非凡的文采也深受皇帝赏识"。上官婉儿与扬州的关系，在于她的家世。其曾祖父上官弘本是陕州人，因作隋江都宫监而移家江都。祖父上官仪是唐太宗时名臣，后为武则天所恶，死于狱中，婉儿被配入宫廷。武则天对她的文笔赞不绝口，将她留在身边，参与撰拟诏书。《全唐文》中所收唐中宗文诰两卷，都出自她手。这位天赋极高的女子，后来死于宫廷权力斗争之中。开元年间，唐玄宗追念上官婉儿的才华，下令收集其诗文，辑成二十卷。

三、明清佳丽出扬州

"扬州出美女"一说在世界上广为流传，始于明代。明代以前的扬州只是吸引四方宾客来游的胜地，从明代起扬州美姬开始输向四面八方，如同新疆的羊毛、山东的苹果一样，扬州美女也在此时成为买卖的商品。一个确凿的证据是明人王士性在《广志绎》里，把苏杭之币，淮阴之粮、广陵之姬等等一样看成"天下马头"的物产。说到底，明代的扬州美女只是一种可以买卖的商品，而清人延续了明风。

明代重启海上交通，是中国历史上的大事。先是郑和走出去，后是利玛窦走进来，虽然国门并非是自愿打开的，但是的确东风已经吹到了西方，西风也吹到了东方。其中，葡萄牙籍天主教耶稣会传教士曾德昭的《大中国志》一书，在西方生产了巨大的影响。

曾德昭，原名谢务禄，1585年出生于葡萄牙的尼泽城，1613年到南京传教并研习中国语文，前后总共在中国生活了二十二年之久。他在中国跨越了万历、天启、崇祯三朝，主要著作有《大中国志》和《字考》。《大中国志》谈到扬州的部分是第四章："中国的小孩生得较为匀称，比大人看来有更讨人喜欢的匀称美，南方省份尤其如此。而有的地方在这方面特别有优势，如在南京省扬州城（Yancheu），当地的女人被认为比其他地方的女人更美。犹如过去的葡萄牙，吉马朗城（Guimaranes）的女人，富人和达官都从那里娶妻纳妾，天赋姿色总因此受到世上大人物的珍视。"

关于扬州的女人比其他地方的女人更美的看法，又见清初访华的荷兰人尼霍夫的《荷使初访中国记》一书："扬州以美女如云而出名，她们气度优雅，娇美迷人，远胜其他地方的女子。"

稍后，于康熙间访华的罗马尼亚人米列斯库在他所写的《中国漫记》里说的一段话，表明了西方人对扬州美女的认识的一个方面。米列斯库的全名是尼古拉·斯伯达鲁·米列斯库，至今在他的故乡摩尔多瓦还竖立着他的铜像，他被誉为"罗马尼亚的马可·波罗"。米列斯库于康熙十四年（1675）作为俄国使节出使中国，次年在北京觐见康熙皇帝。他的《中国漫记》一书以大量篇幅描绘了清朝的社会生活和文化传统，关于扬州的内容见第四十三章："本省第七大城名扬州府。顺大江而上，可以望见一个大州，从这里起有一条大运河直通这座美丽的城市。所以，这座府城是一个重要口岸，可为皇帝征得可观的税收。不过这个府城的主要财源还在于制盐，这里的居民用海水熬盐，方法和欧洲相同。居民靠这个行业发了财，建造了大批豪华的房屋。城里挖掘了不少渠道，渠水是可饮用的淡水。在这些水渠上建了二十四座大石桥，此外还有不少小桥。大运河沿城而过，隔河有一个六俄里的居民区，不过博格达人占领这座城市时，毁之殆尽。"所谓"博格达人"指清人。令人奇怪的是书中特别谈到了扬州瘦马："这里的居民有一种恶劣的习俗，即把一些小姑娘买来，教她们琴棋书画、剪裁缝纫，然后高价卖给官宦做妾。"他描述的这一现象，正是典型的扬州瘦马。对于"扬州瘦马"和"扬州美女"这两个概念，古代人似乎常常混为一谈。

亲眼见过扬州美女的是一位英国人。晚清来华的英国人呤唎在《太平天国革命亲历记》里写道："扬州一带以女子闻名，据当地人说扬州女子是中国最美的。我们在扬州仅仅逗留了两三天，就我们于白昼在城乡所见和夜间在歌场舞榭所见而论，我们也具有同感。扬州女子虽然较湖南女子黑些，可是身材端正，面色红润健壮。她们较之中国南方和中国中部的女子高些，眼睛也较大而没有那样斜。"呤唎说，当他们的船在距离扬州城几里的河湾停靠时，岸上正好有两个少女看见了他们。她们立即拼命喊起来："洋鬼子来啦！"边喊边逃。这时呤唎和另一个外国人正在船上谈论扬州美女的话题，遇此情况，激起他们极大的好奇心，于是一起上岸追赶她们，"以便可以走近看清楚她们的非凡美貌"。两个少女惊恐万状，但因裹足的缘故走不快，很快被外国人堵住。旁边的农民见状，纷纷操起锄头赶来援救，村里的狗也咆哮成一片。正在紧急之际，与吟唎同行的英国人从袋中取出八音盒，美妙的音乐使干戈化为玉帛。吟唎承认："她们的面貌十分漂亮，惊恐的神色使她们更增添了一种情趣。"

现代荷兰学者高罗佩在所著《秘戏图考》中指出，1421年明都迁往北京后，江南逐渐成为精英文化的中心。他写道："此外还有像苏州和扬州这样的艺术爱好者的中心，这种中心在从运河漕运和食盐专卖中获得巨利的大商豪贾的赞助下，各种精美而值钱的艺术品应有尽有，琳琅满目。"就是说，当明王朝的京城南京被成祖朱棣迁往北京后，南方仍然存在一个以南京、苏州、扬州为标志的文化中心。而扬州美女，就是在这种艺术氛围中形成的。

辑二

岁时

文学中的扬州年味

一年一度的春节又到了。除夕之夜看春晚，过年长假忙出游，几乎成了多年来我们过年的不变程式——可是，百年之前的扬州人是怎样过年的呢？

翻开数百年来扬州人写的文学作品，发现许多是我们似曾相识而又未曾经历的场景。也许，被我们丢失已久的"年味"，就深藏在淡忘了的历史中……

一、《传家宝》："斟酒先从极幼小孩童起"

石成金是清初扬州人，他的作品总集叫作《传家宝》。

在《传家宝》里，搜集了石成金的大小著作若干种，多与扬州风俗有关。当时扬州人的过年，究竟是怎样的？在书中也多有记述。

石成金的《涉世方略》里有一篇《守岁酒》，谈到扬州人除夕吃年夜饭时，敬酒不是从年长者开始，而是从年幼者开始，这同今天的习惯正好相反："腊月三十晚，大小人家，俱备酒肴，合家团圆聚坐，谓之'守岁'。斟酒先从极幼小孩童起，照年岁次第，至老年长者，取其'长进'之义也。但酒杯须用金银铜锡者，切不用瓷瓦酒杯。倘小孩不知忌讳，误坠打碎，关于次年一岁之休咎，不可不谨防也。至于饮酒，只饮五六分而止，切不可饮醉。倘若饮醉，一则次日元旦不能起早祀神；二则因其醉后神昏气浊，心中自不爽快；三则贺客到来，宿酒冲人，大非一年之佳兆。"敬酒从幼小者开始，按照年龄顺序，逐渐到年长者，取"长进"之义，想来也自有道理。

从大年初一开始，扬州人便挨家拜年了。拜年是一件极为繁琐的俗务。石成金认为，拜年的次序，不必分尊卑贫富，而只管路途的方便即可。在《涉世方略》的《拜年》一篇里，他说："凡知交，一切朋友亲族，遇年节之时，不论其先贺后贺，或尊或卑，或贫或富，顺着路径，开一长单，挨家俱投帖恭贺，交厚者入内面叩。要知平时疏密不一，此时岁首，再吝登贺，交道几乎立失矣！"这种平等待人的态度无疑有合理之处。后来，在石成金老年时所作的《真福谱》之《贺年》一节里，他又认为拜年不必亲自上门："新年两三日内，凡宗族亲友，俗例俱登堂拜贺，每留酒饭，亦有持名帖遍投恭贺。但予性疏懒，逢年则告以衰老，至契亲友自往数家，余则命子代之。视他人之轿马匆匆于道途者，我则静坐小斋，安然享乐，是一福也。"现在人们常常以电话和短信拜年，节省了许多时间与精力，与当年石成金的想法其实是一致的。

石成金谈到扬州的立春风俗，现在早已失传："立春预日，府县各官盛服鼓乐，迎土牛于琼花观。由大东门各回衙署，因名大东门为'先春门'。本日，黎明鞭土牛于府前。俗云：新春大似新年。各家酒宴欢聚，虽有他务暂辍，竟日是一福也。"又写到扬州的元宵风俗，在农村尚可见到："扬俗自十三日挂灯，至十八日落灯，无论贫富，家家张灯，持杯玩赏。若得灯月交辉，其乐更甚。抑或缓步街衢，每多儿童各持鸟兽诸般手灯，兼之吹唱、花炮、龙灯、秧鼓，喧闹嬉笑，见之心开神怡，是一福也。"

二、《清风闸》："到年就过年，遇货就打货"

扬州人过年应该预备一份什么样的年货呢？没有标准

答案。可以肯定，因为贫富的悬殊，年货的丰俭是大不一样的。

清代中叶扬州有个说书人浦琳，写过一部有名的话本《清风闸》。第十七回《到年就过年，遇货就打货》叙述了城市流氓皮五辣子以讹诈手段"置办"年货的情形，除了让人发笑之外，也反映了当时的一些实际情形：

除夕这一天，皮五先到酒店，讹了二十斤酒；又到米铺，讹了二三斗米；又到磨坊，讹了一头钵干面；接着来到酱坊，说："你家酱瓜、生姜，送我些家去炒十香菜！"然后他来到柴店，挑走一担大柴；来到油店，讹了五斤油、半斤麻油；来到窑货店，讹了火盆、茶吊子；又来到炭店，得到"三十斤谷片、二十斤谷成、十斤红烛"，其中的"谷片"、"谷成"今已不详为何物，应是燃料之类。然后他又来到南货店里，讹去各种果品，计有红枣一斤、橘子一斤、黑枣一斤、风菱一斤、圆眼一斤、青饼一斤、核桃一斤、洋糖一斤，还有灶牌、坑三姑娘牌、金钱天地牌等等民俗用品。有了这些还嫌不够，皮五又来到肉店，讹了一个猪头，和四方元宝肉；来到卖鱼摊子，讹了鲤鱼两条；来到卖鸡鸭店，讹了大母鸡一只，三斤十二两重。以上都是些食物和燃料，但是"年味"还不足，于是皮五居然想到了春联和年画！皮五来到帖子店，讹了"对子纸"两张，还有"红扯画儿"两张——也即年画，年画内容一是《孙行者大闹天宫》，一是《伍子胥闯昭关》，这是皮五时代常见的民间年画题材。就在这时，皮五"劈头撞见一个乡下人卖元宝的，走上去打了一个耳刮子，把元宝抢了就跑"。到此为止，皮五过年的物质食粮与精神食粮，也就基本齐备了。

三十这天晚上，皮五家忙年饭的情形是："切面筋丝子、胡萝卜丝子，又切肉、弄鱼，炒面筋丝、十香菜，忙个不了。"在第十八回，又写道："话说皮五辣子到三十日晚，吩咐奶奶先把鱼煎起来，放在头钵内。后又炒好了一切东西，弄得现现成成。此刻五爷回来，奶奶说：'五爷，过来拜家神！'然后接灶，化了元宝，倒过得热热闹闹。奶奶又把火盆旺起火来，火盆上煨着红枣等件。于是夫妇二人开了芦笆门，用守岁酒……"虽然条件简陋，总算是有了"年味"。

第二天大年初一，扬州人要起早放鞭炮，称为"开财门"。因为皮五头一天睡得太迟，隔壁倪三早已放炮开了财门。"五爷一直到天大亮时候才起来，奶奶叫一声：'恭喜呀！'五爷回敬一声：'奶奶恭喜！'奶奶到外面火盆上端了红枣子茶，走到五爷面前。五爷说：'你晓得我自幼小时，不喜欢吃甜食，相应老实些吧，拿饭来我吃。'五爷把饭吃完，就同奶奶取出赌本来，他叫了一声：'奶奶，我今日赌钱去……'"皮五辣子的五天年，就这样以讹、赌开始了。

三、《雅观楼》："十五日元宵，用十番打细锣鼓"

《雅观楼》是晚清扬州人写的小说，作者署名"檀园主人"，内容大抵是劝善惩恶。书中也写到扬州过年的风俗，如第五回《贺新年途间逢旧雨，感寒疾梦里入阴曹》说："不觉一年将尽，这本京人要跟本官来年进京，遂与一娘打账。""打账"应是结账之意。也就是说，岁尾必须将来往账目了结。书中写扬州人有在三十晚上娶亲的习俗："巴不得即娶来家，就于三十日，用一乘小轿抬到费家新房。"写拜年的礼仪，说"赖氏见了一娘，满心欢喜。一娘向赖氏请安磕头，又递上一碗莲子果茶，代太太发兆。赖氏递手赤金二锭，一娘又下礼说：'多谢！'"这里写的莲子果茶，和皮五家的红枣子茶一样，是扬州人家常常在春节时预备的，有人来拜年，就盛上一碗待客。

《雅观楼》第十一回《安乐园玩灯起衅，女僧庵入柜藏奸》，浓笔写了扬州元宵的盛况："到次年正月，贺节过，雅观楼欲买几张灯，园中张挂。商之费、尤两人，说：'园中张灯之地颇多。据我们看来，四处天井搭五彩大布棚，张挂红灯、琉璃灯等。雅观楼前扎大鳌山一座，五色滚龙二条。十五日元宵，用十番打细锣鼓，席上看放烟火，各色花炮流星，龙灯舞于庭下，杂耍戏于筵间。此乐非凡之乐，真天下之一大乐也！'雅观楼听得大喜，便托代办。两人得了此言，即行购买。十三日，一应俱全，家中先玩。十五日，请费、尤两家女眷看灯。这十五日晚，到处点得灯山灯海一般，十番奏细乐……说话间，尤奶奶婆媳已到，同坐雅观楼下，摆上酒肴，看鳌山灯，并龙灯、滚球、杂耍、戏法。"这一段描写，既细致又具体，把百年前扬州元宵的热闹、喧嚣、繁盛、奢侈，都呈现在今人眼前。其中有不少技艺，属于非物质文化遗产的范畴，而"十番锣鼓"已经接近于失传了。

四、《广陵潮》："今晚何园大放花灯，里外装了千万盏"

过年虽是盛大的节日，也不是所有人都一样幸福。扬州有富人，也有穷人。

清末民初扬州小说家李涵秋在他的名著《广陵潮》第十六回中，写一年的除夕："有一年，隆冬天气，严寒凛冽，下了一场大雪，整整三日三夜不曾住。那鹅毛片儿，平地上便同白银般高了几尺。檐栖冻雀，村断荒鸡，这一场雪中，也不知杀了许多生命。刚刚交着除夕，那乡绅人家可省则省，也不上街去置买什物。贫户更不用说了，闭着两扇板门，除得瘪着这一个饿肚皮，与寒气交战，那里还敢伸头去向道路上望一望！因此，一座繁华城市，忽然变成阴森惨淡鬼境一般。"就在这冰雪之中，除夕之夜，却有个卖饼的徐州穷汉在扬州北河下踯躅——"只见北河下荒僻去处，一拐一拐的走过一个人来，扑着迎面北风，整团的雪花直向他破领里，只管惯进去。那人把头缩得如刺猬一般，双手抖战，拎着前面衣襟，约莫裹了有升把糙米，高一足，低一足，十分狼狈。无奈这一带地方坑陷最多，人已饿得头昏眼花，又被这雪光照得不辨东西南北，一个失足，早已跌落在一个深坑里，脊背朝天，已把那冻雪印成五尺来长的人模子。"

这人因为北河下礼拜堂教士的慷慨相助，才得以脱险。如今在北河下，那座教堂犹在，《广陵潮》似非虚构。此人拿了教士给的十块洋钱回到家中，"知道已有二更天气。今夜是个除夕，各家却也不曾睡觉，取了洋钱，跳上街去，置买物件柴米"。现在扬州的除夕，大部分商店在傍晚时分早已打烊，但旧时扬州的店铺，往往要把生意做到除夕夜深才关门。这也是新旧风俗的有趣对比。

元宵灯节在中国民间一直受到重视。扬州的特殊之处，是这一天不但户户设宴，家家张灯，一些大户人家的花园还对公众免费开放。

例如《广陵潮》第一百回写正月十五之夜，一方面"适值皓月当空，青天一碧，云麟便命人将四面挂的琉璃灯点将起来"，这是私家张灯。另一方面"今晚何家花园大放花灯，里里外外装满了几千万盏。说富贵，琉璃、玛瑙、明珠、碧玉镶嵌的件件皆精；说精致，鱼龙、虾蟹、人物、花卉装制的品品出色；说奇怪，有大鲸鱼、有大鳌山、有大葡萄架，上面各有像生人物各能行动，有凤凰、有孔雀、有各种飞禽自会飞翔……"也就是说，当时的何园曾经举办供市民自由参观的免费豪华灯会，这是十分值得我们赞赏的。这种公益活动，也是扬州的优秀文化传统之一，与今天处处计较经济效益相比，尤为让人怀念。

扬州的对联

　　春节快要到了，书写春联成了家家必做的功课。对于扬州人来说，春联昭示着"一元复始，万象更新"——其实，过去家家门上都曾贴过这样的大红春联，让人感到精神振奋，心情舒畅。

　　然而也不仅是过年，即使在平日，扬州人也把对联看成是须臾不离的朋友。扬州的店铺有对联，园林有对联，澡堂有对联，戏台有对联，就连街头乡谈也少不了对联。例如扬州人常把本地地名编成对联："缺口虾蟆地；湾头壁虎桥""得胜辕门卸甲；问月沙河洗马"——在洋溢着浓郁的乡情之外，又在普及着文化的传统。

一、对联是心声

现在的春联，大多是从书店里买来的，成批印制，质量虽好，但内容雷同。其实，好的对联不但要求字句对仗，意味深长，尤以个性化为佳。说到底，对联也是一种心声，需要表现个人的阅历、情怀和操守。清代扬州学汪中，一生没有做官，只是一心治学。他为人又非常清高，不屑同权贵交往。有一年春节，他家门上的对联是这样写的：

> 草长郑公堂下；
> 柳垂陶令门前。

"郑公"指汉代郑玄，善于治经，平时杜门不出，故门前都长草了；"陶令"指晋代陶潜，不为五斗米折腰，宅边有五棵柳树，自号五柳先生。这副春联用典雅切，格调清高，也只有贴在汪中家才合适。

阮元致仕之后，回到扬州居住，他家门口的对联是：

> 三朝阁老；
> 一代伟人。

看起来像炫耀，其实却是写实。所谓"三朝阁老"，是因为阮元历官乾隆、嘉庆、道光三朝；所谓"一代伟人"，乃是嘉庆皇帝对阮元的一句赞词。后来阮元为了避免自夸之嫌，还是把下联改成了"九省疆臣"。

清代扬州有一位歌姬叫苏高三，住在小秦淮岸边。她虽是风尘中人，然而能骑马射箭，好交接朋友，她房中有一副对联是：

> 愧他巾帼男司马；
> 饷我盘餐女孟尝。

"司马"本是男性，但却使之有愧；"孟尝"原非女儿，但却俨然担当。联语的用典、气魄，都属上乘，活脱显现出一个英武洒脱、热情好客的扬州女子形象。

扬州湖南会馆的戏台上，有一年挂出了一副新楹联，乃是东圈门壶园主人何栻所撰：

> 后舞前歌，此邦三至；
> 出将入相，当代一人。

这显而易见是歌颂曾国藩的，因为曾国藩是何栻的老师。但联语所述，又全是事实：曾国藩来过扬州三次，每次都要看戏（"后舞前歌，此邦三至"）；曾国藩的做官，文做到相国，武做到将军，清代唯有他如此（"出将入相，当代一人"）。意欲歌颂，而句句写实，并无虚词，这才是本领。

　　近代扬州名士陈含光曾用对联抒怀。他在八年抗战期间称病卧床，拒不出任伪职。抗战胜利之后，他霍然而起，大书八字，贴在门上，一抒胸臆：

　　　　八年坚卧；
　　　　一旦生平！

　　八个大字，铿锵有力，掷地有声，表现了一个中国士人的铮铮气节。

　　朱自清家的对联，也是文气与个性兼备。朱家原籍浙江绍兴，移居扬州。有一年春节，他家的对联写的是：

　　　　见说乡亲是苏小；
　　　　为看明月住扬州。

　　苏小小是古代钱塘名妓，清代诗人袁枚因把她引为同乡，引起一班头脑冬烘的卫道士的不满。朱家生活在民国时代，风气大变，所以他家"见说乡亲是苏小"不会引起大哗，但是"为看明月住扬州"，却是朱家人的性情之言。

　　最有趣的是大树巷一家平民撰写的春联。大树巷是扬州古城区的一条老巷子，靠近如来柱，小盘谷也在巷中。巷里人家贴过这样一副春联：

> 住近如来，胸中有佛；
> 门邻大树，眼底无花。

"如来柱"原是竖在官河堤岸用来镇水之物，因巷中有此物，故名"如来柱"。"住近如来，胸中有佛"即指此。巷内古有大树堂，石涛曾在此作画，一说其地即今小盘谷所在。然而，虽是近邻，高墙深院却隔开了贫富两个世界，致使园内有树，墙外无花。"门邻大树，眼底无花"，其实是一声无奈的叹息，却显示了扬州人的才气。

二、易地不能用

扬州的许多楹联，是易地便不能用的。这些具有强烈个性化色彩的对联，仿佛各人穿的衣服一般，乃是量身定做，故只能用于此处，到彼处便不知所云。说扬州的楹联文化高深，这也是重要的理由之一。如清代扬州太守伊秉绶，曾为平山堂题写楹联，就确切而不可移易：

　　过江诸山，到此堂下；

　　太守之宴，与众宾欢。

　　站在平山堂栏前，可以远眺江南山峦，仿佛隔江众山纷纷前来朝拜平山堂，所以说"过江诸山，到此堂下"。当年欧阳修建造平山堂，是为了与文人举行诗酒之宴，所以说"太守之宴，与众宾欢"。这副佳联，只能放在扬州平山堂前，易地便不能用。平山堂又有朱公纯的楹联，也是他处不能用，而此处不能少：

　　晓起凭栏，六代青山都到眼；

　　晚来对酒，二分明月正当头。

　　联语字字对仗，而又天然不加雕琢，读者似乎感受到远方的"六代青山"奔来眼底，头上的"二分明月"静照酒樽。

　　扬州史公祠有一副名联是：

　　公去社已屋；

　　我来梅正花。

　　"社屋"是江山易主之意，"梅花"是冬梅绽放之意。随着史公一死，明代江山亦已亡了；而我来之时，梅花却正在开放。前后映照，物是人非，读罢此联，无限伤感。另有一副名联是：

> 生有自来文信国；
>
> 死而后已武乡侯。

文天祥封信国公，诸葛亮封武乡侯，正好是一文一武。用这两位古代忠臣来比拟史可法，真是不可易一字。史公祠最有名的一联是：

> 数点梅花亡国泪；
>
> 二分明月故臣心。

用"数点梅花"喻亡国之泪，"二分明月"喻故臣之心，不但新鲜，而且雅驯，不愧是神来之笔。郭沫若为史公祠撰写的楹联是：

> 骑鹤楼头，难忘十日；
>
> 梅花岭畔，共仰千秋。

联中的"骑鹤""十日""梅花岭"等字样，除了扬州史公祠而外，没有任何其他地方可以安放。

瘦西湖熙春台前的楹联，由启功书写，江湘岚撰联，内容也非常切合那里的位置与景色：

> 胜地据淮南，看云影当空，与水平分秋一色；
> 扁舟过桥下，闻箫声何处，有人吹到月三更。

江湘岚，江西人，光绪进士，做过县令，著有《里居楹联语》。揣想他一定来过扬州，否则不可能在联语中把熙春台一带的景色描绘得如此妥帖。

晚清的冶春后社设在徐园，名士吉亮工曾为之撰联：

> 社名仍号冶春，何必改作；
> 来者都为游夏，可与言诗。

写得十分大气。以"冶春"对"游夏"尤见功力，因为子游、之夏都是孔子的门生，恰好比喻诗社的文士。据说康有为来扬州时，激赏此联。

东圈门壶园的后门，原来有一副对联，对该地的地理位置写得精当不过：

> 客来骑鹤地；
> 家傍斗鸡台。

"骑鹤地"是指扬州,"斗鸡台"则是壶园后门所对的一条陋巷。这种对联既别致,又高雅,只能有一,不能有二。

广为人知的还有瘦西湖门口的那副名联,放在别处一定不行:

> 借取西湖一角,堪夸其瘦;
> 移来金山半点,何惜乎小。

联中内容,只适合于扬州瘦西湖,否则便格格不入。此联为近人李亚如所撰,充满才情。只可惜最后一个"小"字是仄声,不合格律。其实改也不难,上下联的后八个字只须改成"虽小何惜;其瘦堪夸",即合乎格律,去掉瑕疵。

三、历代有佳话

说扬州是楹联之乡,一点都不夸张。因为扬州古今流传着太多的楹联佳话。今广陵路上有二分明月楼,楼前有一副楹联,就出自元代一个著名掌故。元代扬州有富翁,建了一座高楼,落成之日,遍请文人题联。文人们写了不少,没有一副是主人满意的。有一天,赵子昂过扬州,主人请他题联。赵子昂略一沉吟,挥笔题道:

　　春风阆苑三千客；

　　明月扬州第一楼。

主人见了大喜，以紫金壶酬谢。

在扬州，有一副形容瘦西湖风光的楹联备受推崇：

　　两堤花柳全依水；

　　一路楼台直到山。

　　很多人以为，这本来就是一副楹联，其实它是从清人刘芳诗中摘出的两句话。刘芳，字春池，南京人，曾在江宁织造府任职，因不小心失火烧毁龙袍，赔偿不起而锒铛下狱。下狱之后，却因能诗，而被释放。"两堤花柳"二句出自他的手笔，果然不同凡响。

　　晚清时，思想家龚自珍与魏源是莫逆之交，龚自珍每次经过扬州，都要在仓巷的絜园逗留数日。龚自珍看到魏源在絜园艰苦写作《海国图志》，成就这华夏从未曾有之巨著，慨然题赠魏源一联：

　　读万卷书，行万里路；

　　纵一代典，成一家言。

后来证明，龚自珍的评价毫不过分。《海国图志》里发出的"师夷长技以制夷"，乃是在黑暗中国划破长空的一声惊雷！

在东圈门壶园里，有曾国藩赠给何栻的对联：

千顷太湖，鸥与陶朱同泛宅；

二分明月，鹤随何逊共移家。

"陶朱"就是范蠡，因与西施泛舟五湖，被商人尊为鼻祖。"何逊"是南朝人，据说在扬州时住在东阁。这副对联的意义，在于曾国藩充分肯定了何栻在罢官后经商的行为，同时也赞扬了他移家扬州的决定。

对扬州人来说，"江都"这个名字千万不应该忘怀。清代扬州城内驻有两座县衙：江都县衙、甘泉县衙。江都县衙在文昌阁西，今广陵区政府所在之地。县府的门楼，后移至瘦西湖北门，而当初门前有牌楼两座，上书楹联一副，言简意赅地说明了江都县的历史渊源：

业传董相；

邑肇荆王。

　　"董相"指董仲舒，史称江都相，因为他做过江都易王刘非的王相。"荆王"指刘贾，因为他最早在广陵建立了荆国。对于江都县名称的起源与管辖的范围，清代学者曾提出疑义。汪中《江都县榜驳义》认为，"业传董相；邑肇荆王"一联有误，一是把清代江都县比为汉代董仲舒为相的江都国，范围不对；二是把江都县的创始时间定为荆王刘贾时，时间不对。后来刘文淇作《项羽都江都考》，否定了汪中的观点。其后阮元在《项羽都江都考跋》中，又对此事做出评论。如果我们不拘泥于细节的真实，应该说"业传董相；邑肇荆王"是一副最切合"江都"的佳联。

　　十二圩盐栈在晚清盛极一时，张之洞曾为之集句：

　　　　积雪中春，飞霜暑路；
　　　　洗兵海岛，刷马江洲。

　　上联用张融《海赋》之句，下联用左思《魏都赋》之句。"积雪"形容白盐堆积如山，"江洲"借指十二圩码头。这副对联不但气势雄浑，而且有益于今天盐商遗迹的申遗。同样，曾国藩也曾为瓜洲盐栈题联：

　　　　两点金焦，劫后山容申旧好；

万家食货，舟中水调似承平。

关于扬州戏台的对联更多，不但词句出彩，而且有扬州色彩。这方面的佳作甚多，如郑板桥云：

新声谱出扬州慢；
明月听来水调歌。

"扬州慢"是姜夔名词，"水调"是杨广名曲，都与扬州有关。王文治云：

数点梅花横玉笛；
二分明月落金尊。

"数点梅花"与"二分明月"，均是扬州故实。又有江都贡生李澄所撰对联云：

座客为谁？听二分明月箫声，依稀杜牧；
主人休问，借一管春风词笔，点缀扬州。

除了扬州而外，还有什么地方可以担当这些丽句？

四、古今两联圣

扬州古今出过两个"联圣"。

第一个要算是陈君佐。扬州自古多滑稽之人，然而记载甚少，直到明代初年，才有一位在太祖朱元璋御前说书的扬州人陈君佐名载史册，而扬州人对他往往不甚了解。陈君佐生活于元末明初，对说书、绘画、医术、占卜等技艺都极精通，尤擅联语。

据说陈君佐年少时负有才名，有一天他和朱元璋在一家小店吃饭，朱元璋忽有所思，出了一句上联：

小村店三杯五盏，没有东西。

陈君佐在一旁脱口而出，对出下联：

大明君一统万方，不分南北。

朱元璋听了十分高兴，从此让他随侍左右。明朝建立后，朱元璋召陈君佐进宫，做他的御医，兼做词臣，深受宠信。朱元璋是务农出身，又是行伍得天下，有一天他给陈君佐出了一句上联：

张长弓，骑奇马，单戈会战。

此句用繁体字来写，是："張長弓，騎奇馬，單戈會戰。"意形可称双绝——既炫耀了自己能征善战，又巧用了汉字的拆分之法。朱元璋以为陈君佐会被难倒，谁知陈君佐不假思索就对道：

种重木，犁利牛，十口为田。

此句用繁体字来写，是："種重禾，犁利牛，十口為田。"既符合汉字的拆分之法，也揭出了朱元璋的贫贱出身。

在明代小说《英烈传》中，曾写到朱元璋和陈君佐的故事，说明陈君佐的故事在明代已广为流传。

另一位联圣是民国时的方尔谦。方尔谦与弟方尔咸出身于东关街书香门第，自幼饱受国学浸润，加上天资聪慧，举止倜傥，笔下生花，出口成章，在扬州有"神童"之美誉，时人称"扬州二方"。

方尔谦一生写了很多赠人的对联，他的特点是思维敏捷，提笔就写，而且嵌入人名，天衣无缝，出语惊人。如他题赠小涛的对联是：

妇人醇酒，到此方知天下小；

　　明月扬州，相逢便说广陵涛。

　　两句的末字，恰好是"小涛"的名字。有一年岁末，袁世凯问他是否返乡过年，方尔谦脱口作一联作答：

　　出有车，食有鱼，当代孟尝能客我；
　　裘未敝，金未尽，今年季子不还家。

　　他把袁世凯喻为养士的孟尝君，把自己比成思乡的季子，借两个典故表达了他对袁世凯的知遇之恩。

　　方尔谦出名很早。旧时流行一副名联："三星白兰地；五月黄梅天。"上联是民国初年上海一家酒楼在报上悬赏征对句的，结果有应对者以下联夺魁。此事轰动一时，酒楼因而生意兴隆，财源广进。有人解释说，所谓"三星白兰地；五月黄梅天"，实指民初上海的几个名流，即周贻白、梅兰芳、方地山、黄桂秋、吴梅、包天笑。"白兰地""黄梅天"，恰好嵌着他们六人名字中的一个字。这虽是兴味之谈，也可见方尔谦在当时的名声。

　　扬州刘氏青溪旧屋、周氏小盘谷、吴氏测海楼，与方氏一宋一廛等旧家，平时都有来往。现在青溪旧屋、小盘谷、测海楼均已修缮一新，唯有东关街西头临街的一宋一廛毫无动静。如果将方尔谦故居恢复，建成扬州楹联博物馆，东关街的文化品质还愁不上一个台阶吗？

这一美好的愿景，就寄托于"一元复始，万象更新"的新年了！

五、《古今扬州楹联选注》书后

圣诞和元旦过去之后，春节也就一天天临近了。作为春节的图腾或者标识的春联，会作为一种美好的记忆，偶尔忽闪在我们的脑海里，给我们带来遥远的温馨。那对称、精辟、吉祥、隽永的两句诗化语言，实在是汉字文化所特有的一种表达形式，为其他文字所没有的。不过这些年来，因为城市人居环境的巨变，过年贴对联的风俗在城里已经越来越少见，唯有在像凹字街、南门街那些离市中心较为偏远的地方，倒还保持着当年的传统。在这个时候，看到苏州大学出版社新出的《古今扬州楹联选注》，可谓是适逢其时。

对联最早出现的时间，通常认为是在五代后蜀。据《宋史·蜀世家》记载，五代后蜀主孟昶"每岁除，命学士为词，题桃符，置寝门左右。末年（964），学士幸寅逊撰词，昶以其非工，自命笔题云：'新年纳余庆，嘉节号长春。'"这大约是我国最早出现的一副桃符春联。宋代以后，民间新年悬挂春联蔚成风气，王安石的"千门万户曈曈日，总把新桃换旧符"之句，就是写的当时盛况。

但对联的历史也许远远早于五代。譬如在《诗经》里，就有不少对偶的句子，可以算是对联的滥觞。家里有一幅范曾先生的书法："昔我往矣，杨柳依依；今我来思，雨雪霏霏。"就很像是一副对联。对联不等于春联，春联只是对联的一个分支，专门用于春节时贴在大门或窗户上的。少年时代，如果有邻人请我写春联，总是要说："相公，你的字写得好，为我家写几副对子吧。"这时候我的心里，就会得到很大的满足，因为写春联通常是老夫子们的专利，尽管为此我会把手搞得墨黑。

《古今扬州楹联选注》收录的，除了一般的春联之外，更多的是用于园林、名胜、府邸、馆所、宅第、店铺、寺庙、赠答、悼挽、游戏等方面的对联。从文化的传承来说，楹联同文赋、诗词、谚语、歌谣等一样，是不可或缺的一种传统文学形式。楹联不但要讲究文采，而且要用最少的字，表达最多的内容，就这点来看，它可能比其他文体更难。而把散见于各处的对联集中在一起，加以分类、鉴别、注释、考证，也是一件很费工夫的事情。当然，虽说是"选注"，粗检一过，发现也有值得补充的地方。

过去江都县衙门前面，有两座牌楼，东面一座写着"绩传董相"，西面一座写着"邑肇荆王"。这一副对联包含着扬州人最为自豪的两件大事。前一句是说江都相董仲舒的业绩一直留传至今，后一句是说江都的建制乃是从汉代荆王肇始的，这两件事今人都不该轻忘。董相的故事许多人知道，荆王的典故相对不为人知。汉代先后在今扬州地域建立的诸侯国，有荆国、吴国、江都国、广陵国，荆国最先。第一任荆王，就是汉高祖刘邦的堂兄弟刘贾，统领着吴郡、彰郡、东阳郡，开启了后来"江都"的先河。因此，这副对联似乎应该收进书中。

晚清时候，仪征盐栈原在瓜洲之东，隔江可望镇江，门悬曾国藩所撰的一副楹联，其中有"两点金焦"之语。后来盐栈移到了十二圩，距离金山、焦山就远了。光绪二十八年（1902），张之洞视察仪征盐务，觉得曾国藩的对联和当时的风景不合，就摘取张融《海赋》中的句子"积雪中春，飞霜暑路"，命门人寻觅下联。张之洞的门人转而求教扬州学者李审言，李审言本是满腹诗书的宿儒，立马举出《江赋》中的"总括汉泗，兼包淮湘"为对。但是，张之洞看了不满意。最后，张之洞自己选了左思《魏都赋》中的"洗兵海岛，刷马江洲"作为下联。他又亲自书写此联，重写了十几遍才满意。"积雪中春，飞霜暑路；洗兵海岛，刷马江洲"，是形容十二圩的盐堆得像"积雪""飞霜"，盐务人员忙得如同"洗兵""刷马"。这副对联乃是晚清扬州盐业的写照，似乎也应该在被选之列。

随便翻翻，看到一副扬州戏台楹联："座客为谁？听二分明月箫声，依稀杜牧；主人休问，借一管春风词笔，点缀扬州。"便想见扬州历来多有人雅好昆曲，擅场文章，风流倜傥，举世无双。对联写得文采斐然，自是出于高手。清代梁章钜《楹联丛话》说它是李澄所撰，民国吴恭亨《对联话》说它是李澄宇所撰，显然以前者为是。按李澄，字练江，号梦花，扬州人，生活于道光间，《扬州府志》有传。他和《楹联丛话》作者梁章钜是同时代人，故梁章钜的记载是有根据的。而李澄宇是民国间人，他的对联不可能出现在他出生之前的《楹联丛话》中。这节掌故，也算是为《古今扬州楹联选注》一书做一个补注。

新年的游艺

　　每逢新春佳节，扬州民间丰富多彩的音乐、歌舞、戏曲、杂耍等表演艺术纷纷亮相，争奇斗艳，打擂比试，为古城的新春增添了无限的喜庆与欢乐。这些表演形式用不同的语汇讴歌新春、迎接新春。它们表达的内容却是一样的——预祝来年风调雨顺、国泰民安！

　　正月里来是新春，歌吹拂遍扬州城。城南来了秧歌队，城北又来舞龙灯……

　　扬州民间历来有丰富多彩的音乐、歌舞、戏曲、杂耍等表演艺术。每逢新春佳节，它们紧锣密鼓，急管繁弦，争奇斗艳，打擂比试，为古城增添了无限的喜庆与欢乐，同时也是扬州人一年中难得的文化盛宴！

一、广场：秧歌湖船舞翩跹

对于扬州的广场表演来说，最适合的是扭秧歌、荡湖船和送麒麟之类。扬州秧歌本是民歌的一种，是农民在插秧时为了解乏而自发演唱的劳动歌曲。但是，当秧歌形成一种独立的艺术形式后，它就渐渐与生产劳动脱离开来，加上舞蹈的成分，变成节日的歌舞。扬州的秧歌，清代就已得到文人的重视。阮元《赤湖杂诗》云："渌洋记听插秧歌，到耳新声'格垛多'。今日湖中歌乍起，'海棠花'比更如何？"阮充《渌湖竹枝词》云："四鼓喧阗更打锣，插秧时候笑声和。夕阳西下闻歌起，聒耳新词'格垛多'。"诗中提到的《格垛多》《海棠花》，都是扬州秧歌的名目，其曲调后来为戏剧、曲艺所吸收。过年时节，在扬州的广场和街头常有扭秧歌表演。秧歌通常是由年轻男女们边舞边唱，高亢质朴，宛转清新，充满了生活气息。

除了扭秧歌，就是荡湖船和送麒麟。荡湖船是一种民间舞蹈，常用彩绸扎成船状，由一名漂亮的姑娘化妆成船娘在船中掌控，再一名男子扮成渔翁在船边配合。船娘的风骚顾盼，渔翁的笨拙蹒跚，造成强烈对比，因而达到喜剧性效果。荡湖船的形式，大约在晚清已被用于舞台。臧谷《续扬州竹枝词》云："倡优一样有名传，等戏开台望眼穿。旦脚且看春狗子，面缸打过又湖船。"可以证明。

送麒麟也是一种民间歌舞，大约只在春节时表演。通常是三五青年，略施化妆，手抬纸扎的麒麟，口唱现编的喜词，配以锣鼓，沿街表演，以求人家的施舍。民国时人徐谦芳《扬州风土记略》写道："元旦至初五，俗所谓'五天年'。此五日中，除贺年外……又有'送麒麟'之说。以竹为麒麟送子状，粘以五色纸块，沿门送之。入门锣鼓一敲，歌声随作。种种歌唱，俚俗不文。"送麒麟虽属低级之艺术，但也说明了扬州民间艺术的多样化。不久前，我曾发现送麒麟的石印唱本，才知道这种民间艺术也有固定的歌词，可惜无人研究。

在街头的空地上，往往又有杂耍艺人表演各种节目，类似古代的百戏。扬州杂耍现在似乎已经很少见到，但在清代非常发达。李斗《扬州画舫录》曾记载春节时，"杂耍之技，来自四方，集于堤上"。所谓"堤上"，即瘦西湖长堤春柳一带。扬州杂耍的内容非常丰富，仅李斗所举名目，就有竿戏、饮剑、走索、弄刀、舞盘、风车、簸米、飞水、摘豆、踩高跷、撮戏法、壁上取火、大变金钱、仙人吹笙等。想象当年的瘦西湖长堤，可谓百戏杂陈，游人如织。扬州的教场也曾是杂耍艺人集中表演的地方，晚清《点石斋画报》对此有专门描绘。扬州杂耍艺人甚至名闻江南，顾禄《桐桥倚棹录》描写苏州风情说："杂耍之技，来自江北，以软硬功夫、十锦戏法、象声、间壁戏、小曲、连相、灯下跳狮、烟火等艺擅长。"其中的间壁戏，也即口技，原是扬州一绝，艺人能于帐中表现各种声音，惟妙惟肖，惜近于失传。

相比较而言，十番鼓的表演显得古典而高雅。十番鼓亦称扬州清音，是一种器乐演奏艺术，历史悠久，格调高贵。清初费执御《扬州梦香词》云："扬州好，新乐十番佳。消夏林亭'雨夹雪'，冶春楼阁'蝶穿花'。大鼓问谁挝？"原注："〔夹雨夹雪〕〔蝴蝶穿花〕，皆十番中名目。"邗上蒙人《风月梦》写扬州瘦西湖的龙船上"有清音十番……在舱内吹吹打打"，惕斋老人《真州竹枝词》写扬州农村春节时家家请"清音十番、说书杂耍，必有一以娱宾"。十番鼓的高雅与普及，显示了扬州民间音乐的雅俗皆备。

二、堂会：赏心乐事谁家院

对于扬州堂会表演来说，最好是曲艺，如扬州清曲、扬州评话、扬州弹词等。

扬州清曲亦称小唱、小曲、小调，是一种民间歌唱艺术，曲调优美，曲目丰富。在宽大的厅堂之中，由五六人或七八人围桌而坐，每人手操乐器一种，可清唱半日。《扬州梦香词》咏道："扬州好，年少系相思，惹我闲情清曲子。"可见清初已经流行清曲。《扬州画舫录》记载清曲的演唱情形是：

"小唱以琵琶、弦子、月琴、檀板合动而歌。最先有〔银钮丝〕〔四大景〕〔倒扳桨〕〔剪靛花〕〔吉祥草〕〔倒花篮〕诸调，以〔劈破玉〕为最佳。有于苏州虎丘唱是调者，苏人奇之，听者数百人，明日来听者益多；唱者改唱大曲，群一噱而散……于小曲中加引子、尾声，如《王大娘》《乡里亲家母》诸曲；又有以传奇中《牡丹亭》《占花魁》之类谱为小曲者，皆土音之善者也。"上面提到的清曲曲目，《王大娘》是唱看灯或补缸的，《乡里亲家母》是反映城乡差别引起笑话的，《牡丹亭》《占花魁》是从戏曲移植而来的，过去在春节时演唱得最多。实际上，扬州清曲后来流传到了很远的地方。徐嘉瑞先生《云南农村戏曲史》说："云南农村戏曲中，有《王大娘补缸》《乡城亲家母》两曲……是在扬州已经组成戏曲，后来流入云南，又加上许多乡村风俗，方言土语，成为现在的流行的灯剧了。"如今在扬州听清曲，不是很难的事，瘦西湖和个园都有爱好者演唱。

除了扬州清曲，最宜于堂会演出的就是扬州评话和扬州弹词。长久以来，扬州人在喜庆之日，常在堂屋中架设高台，请艺人前来说书。林苏门《邗江三百吟》写道："扬俗无论大小人家，凡遇喜庆事及设席宴客，必择著名评话、弦词者，叫来伺候……此则租赁几间闲屋，邀请二三名工，内坐方桌架高之上，如戏台然，说唱不拘。"扬州的评话和弹词艺人，便在这种堂会上登场说书。

扬州评话是用方言说表长篇故事的曲艺，在全国具有崇高地位。胡士莹先生《话本小说概论》指出："继承宋元讲史的评话，在清代特别发达，最初中心是在扬州，其后全国有不少地方均有以方言敷说的评话，而扬州仍是主要的中心。"历代扬州评话名家甚多，仅《扬州画舫录》记载，当时郡中称绝技者，就有吴天绪《三国志》、徐广如《东汉》、王德山《水浒记》、浦天玉《清风闸》、曹天衡《善恶图》、顾进章《靖难故事》、邹必显《飞跎传》、谎陈四《扬州话》等，皆独步一时。其后，又有王景山、陶景章、王朝干、张破头、谢寿子、陈达三、薛家洪、谌耀廷、倪兆芳、陈天恭等，亦可追武前人。有意思的是，一些扬州评话艺人同时兼工戏曲，如范松年，《扬州画舫录》说"大面范松年为周德敷之徒，尽得其叫跳之技，工《水浒记》评话，声音容貌，摹写殆尽"。再如王景山，函璞集英书屋《邗江竹枝词》说"《三国》名公王景山，炼成戏派学曹奸"。扬州评话与戏曲的相互交流，使得评话中增添了戏曲表演的成分，更为可观。

扬州弹词是用扬州方言说唱长篇故事的曲艺。它和扬州评话的区别是：评话只说不唱，弹词既说也唱；评话侧重讲史，弹词侧重言情。扬州弹词旧称扬州弦词，陈汝衡先生《说书史话》说："因为扬州是江苏省著名的城市，历史上向称繁华，说书一业很是发达，这种弦词正和其他艺术形式一样，乃是多少年来艺人们积累起来的丰富遗产。"扬州弹词的名家，不如扬州评话多，《扬州画舫录》中记载的只有高晋公《五美图》、房山年《玉蜻蜓》等数人。但扬州弹词也与戏曲有关系，如王炳文既擅戏曲，又工弹词。林苏门《续扬州竹枝词》说"王炳文真无敌手，单刀送子走刘唐"，言其擅戏曲；《扬州画舫录》说"炳文小名天麻子，兼工弦词"，言其工弹词。扬州弹词的书目如《珍珠塔》《审刁案》等，几百年来征服了大江南北无数听众，至今仍是扬州人喜听的书目。

三、剧场：红氍毹上丝管盛

对于扬州剧场表演而言，最适合的莫过于戏曲类艺术，如扬剧和扬州木偶戏。

扬剧作为一种扬州地方戏，是由扬州香火戏和扬州花鼓戏在长期并行不悖的发展过程中，逐渐交融合流而成的。现在每当扬剧舞台上唱起"大开口"（香火调），观众依然会情不自禁地鼓掌叫好。若论历史渊源，扬州香火戏比扬州花鼓戏更早。香火属于古代"乡人傩"之流亚，实为一种带有原始宗教色彩的歌舞和武术。《扬州画舫录》说"傩在平时，谓之香火"，《风月梦》说"端工，扬城俗名香火"，表明扬州香火即是傩巫之类。《文献通考》认为，"扬州人性轻扬，而尚鬼好祀"，所以在扬州，巫而优、优而巫世代相沿成习。汪坤《扬州新乐府》中有一首《跳神巫》咏道："酒陈几，肉陈簋，鼓锣忽断歌声起。"可知清初扬州跳神时，已有鼓锣与歌声。黄惺庵《望江南百调》有一首词写道："扬州好，古礼有乡傩。面目乔装神鬼态，衣裙跳唱女娘歌。逐疫竟如何？"显见晚清扬州的乡傩活动，已具有"乔装神鬼""衣裙跳唱"等戏曲特征。1957年曾发现乾隆年间扬州神书抄本《张郎休妻》，从那以后扬州香火艺人一直保持着巫和优的双重身份。徐谦芳《扬州风土记略》记载民国时扬州风情说："扬地信鬼重巫，故俗有香火一种，以驱鬼酬神为业……往往高搭板台，扮演小戏，声容争异缤纷于旗鼓之间，台阁趋时照耀于市人之目。"香火戏多少年来，给扬州人带来了多少欢乐，它的曲调已经淹没在扬剧音乐之中。

　　如今扬剧的曲调，主要来自"小开口"（花鼓调）。花鼓是一种载歌载舞、轻松欢乐的表演艺术。清代扬州有《鼓儿词》唱道："描金花鼓两头团，人到求人事事难。手提花鼓上长街，弯腰拾得凤头钗。"表明扬州花鼓本是街头表演艺术，但在清代中叶已出现角色分工，也即《扬州画舫录》所谓"扬州花鼓，扮昭君、渔婆之类，皆男子为之"。昭君、渔婆，都是剧中角色。扬州花鼓之发展为戏曲，当在乾隆间。扬州人爱看花鼓戏，故清代就有外地花鼓戏艺人来扬州演出者，如《吴门画舫录》记一个名叫陈桐香的浙江花鼓戏女伶，"工演剧，非昆非弋，俗谓花鼓戏者是……将之邗江，公子填词赠别云：'阿娘知道嫁东风，掣儿也作飘零絮。'"扬州花鼓戏的基本行当，为二小（小丑、小旦），或三小（小丑、小旦、小生），所以戏班中一直流行"一生一旦，到处吃饭"之谚。有了当家的花旦与小生，过年演出的戏就不愁了。

　　但无论怎样有趣的戏曲，都不如另一种特殊的表演形式吸引小朋友，那就是——木偶戏。

　　扬州木偶戏原本也是一种街头艺术，现代才成为剧场艺术。几百年前，常有一队队衣衫褴褛、满面灰尘的流浪者，顶着烈日的曝晒，出现在地平线上。他们风尘仆仆地来到一个人烟稠密的村庄，略事休整。见夕阳的余晖尚在，他们便在一棵茂密的大树下面画出一个圆圈，吆喝起来。于是很快地围拢了一大群闲人。那些人还在吆喝，并且敲起了锣鼓，声音很响。激越清扬的锣鼓声在上空回荡，招来了更多的闲人。看见观众来得不少，那些人便开始表演起来。他们有的唱，有的说，有的翻跟头，有的舞刀剑，博得了村民一阵阵热烈的欢呼——这是古代民间艺人流浪卖艺的一幕情景。他们闯荡江湖，艰难谋生，表演的场所常常不是高出地面的台，而是在地上画出的圈。在中国，在江南，在扬州，自古以来就有这样的演艺方式。据唐人韦绚《刘宾客嘉话录》载，杜佑为官扬州时，曾对他的幕僚说："我致政之后，必买一小驷八九千者，饱食讫而跨之，著一粗布襕衫，入市看盘铃傀儡足矣！"杜佑想看的所谓"盘铃傀儡"，就是指以胡乐伴奏的木偶戏。他要"著一粗布襕衫，入市看盘铃傀儡"，意味着唐代扬州的木偶戏是在街头演出的，一般市民可以自由观看。唐代扬州固然有的是豪华精美的歌台舞榭，可是市井间仍然不乏街头或广场的演出。而现在，当我们的家长带着孩子在舒适的剧院里欣赏《白雪公主》和《三个和尚》的时候，古老的扬州傀儡戏早已华丽转身为海内外闻名的扬州木偶戏。

　　形形色色的扬州乡土表演艺术，用不同的语汇讴歌新春、迎接新春。它们表达的内容却是一样的——预祝来年风调雨顺、国泰民安。

扬州的灯节

灯是暗夜的希望，灯是冬日的炉火。

灯是城市繁华的注脚，灯是节日文明的欢歌。

你也许想不到，古代中国人的梦想之一，是到扬州看灯！

一、到扬州看灯：皇帝与平民的共同梦想

在中国民间传说的若干主题中，有个"到扬州看灯"的母题，从来没有被人仔细探讨过。

大约一千多年以来，到扬州看灯事实上是从皇帝到平民

的共同的人生梦想。

有个著名的皇帝问他的术士说，今夜天下的灯火何处最旺？术士说，是扬州。于是他们便一起来到扬州，果然见到扬州的灯火名不虚传。这个故事出自唐人笔记。

又有一个乞丐，在破庙中遇见一个狐狸精向他炫耀法术。乞丐对狐狸精说，除非你现在带我去扬州看灯，否则我不相信你的法术。狐狸精便让他闭上眼睛，倏忽之间飞到扬州，果然是火树银花不夜天。这个故事出自明人野史。

清代有一部乱弹戏，叫《清风亭》，也就是焦循在《剧说》中提到的"今村中演剧，有《清风亭·认子》"。此剧流传很广，徽剧、京剧、汉剧、川剧、湘剧、晋剧、秦腔、豫剧等均有演出。剧情主要写打草鞋的张元秀夫妻于元宵节拾得一个弃儿，取名张继保，抚育成人。后来张继保在清风亭被生母周氏带走，张元秀夫妻每日在亭中思念。张继保得中状元后，路经清风亭，张老夫妻前往相认，但张继保忘恩负义，拒不相认，被雷殛死。《缀白裘》收有这个剧本，其中张元秀与周氏有这样的对话：

　　外：小娘子。
　　旦：公公。
　　外：说起这小畜生却也话长，我每（们）这里有个元宵佳节灯山会。

旦：这是处处有的吓（啊）。

外：吓，处处有的。那些老老小小都去看灯，我家妈妈说道：老儿，我和你这般年纪，也该去看看灯，散散心。我就同妈妈一走走到大街。吓嘎，真个是人山人海，好不闹热，一挤挤到扬州里去了。

旦：敢是阳沟里？

外：是吓，是阳沟里。后来刮拉拉起了一阵风，淅零零落下一阵雨，把那灯都吹映了，人都走散了；后生的都从大路而去，我两个老人家打从小路而回。一走走到周凉桥下，只听得婴孩啼哭之声，我上前一看，但见这样一个盒儿。

旦：盒儿里是什么东西？

外：就是这小畜生。

戏中人张元秀明明在他家乡看灯，对话时却闲中着色："真个是人山人海，好不闹热，一挤挤到扬州里去了。"这是暗用"到扬州看灯"的民谚。因为"一挤挤到扬州里去"是不可能的，所以旦角说："敢是阳沟里？"什么是"阳沟"呢？扬州评话《武松·斗杀西门庆》里有一段话："阳沟怎讲？阳沟即是阴沟，为何要说阳沟呢？阴阳沟有分别。上头如有砖头、石板盖着，底下有条沟，上面看不见，此为阴沟。这个山尖墙底下这条沟，有一尺深，上头没有东西盖着，看见沟里肮脏水，所以就叫阳沟。"扬州、阳沟谐音，便造成了喜剧性的效果。

二、开元与康熙：古代灯彩的两次盛会

灯节年年有、处处有，要说哪一年灯节规模最大，并不容易。

可以粗略地说，在盛唐和盛清，扬州都曾有过极其盛大的灯会。聊举二例，一属皇家秘闻，一属盐商逸事，一具神话色彩，一具纪实意味：

一次是在唐代开元十八年（730）正月望日的夜晚，也就是农历正月十五或十六日的晚上，唐玄宗问叶天师："今夕何处最丽？"叶天师回答："广陵。"玄宗又问："何术以观之？"叶天师答道："可。"话音刚落，一道长虹似的天桥便凌空而现，所有的桥板都架设在太虚之上，桥栏上描绘着美丽的图画。唐玄宗信步而上，杨太真、高力士以及乐官数人紧随其后。他们渐走渐高，片刻之间，就从长安来自扬州上空。俯瞰扬州，只见寺观整齐，风物繁盛，灯光照耀，宫殿亮丽，士女如云，衣着鲜美。扬州市民一个个仰着头，注视天空，纷纷议论："仙人现于五色云中！"玄宗闻言大喜，

当即命令随行乐官演奏一曲《霓裳羽衣》。几天之后，扬州地方官果然快马驰奏京城，说元宵之夜扬州上空出现仙人，并演奏仙乐。

此事见唐人《玄怪录》，鲁迅《中国小说史略》说："选传奇之文，荟萃为一集者，在唐代多有，而煊赫莫如《玄怪录》。"这一段记载虽然怪诞，但不无现实依据，因为开元年间的扬州的确富甲天下，灯火之盛，名播京师。

另一次是清代康熙年间某日，河道总督赵世显与里河同知张灏二人斗富。张灏请赵世显饮酒，在树林中张灯六千盏，高高下下，如银河错落。又专门动用兵役三百人，负责点烛剪煤，呼叫嘈杂，人以为豪举。半个月后，赵世显回请张灏，加灯万盏，而点烛剪煤者不过十余人，消息传出，人们都疑心无法应付。等到开宴，只听一声"张灯"，刹那间飒然有声，万盏齐明，而且通宵不须剪煤，光焰明亮。张灏大惭，但不解其故，于是重贿其奴，打听内幕，这才知道赵世显用火药线穿连于烛心之首，每一根线贯穿百盏灯彩，点燃一线则顷刻之间百盏皆明；又用轻罗为烛心，长烛每半寸处，暗藏极小爆竹，随着爆声噼噗，烛煤尽飞，不须人剪。后来，住在扬州东关街安家巷的高丽盐商安麓村请赵世显饮酒，十里之外，灯彩如云。到了安家，东厢西舍，尽是珍奇古玩。酒酣之后，主宾入室小坐，有美女二人捧锦盒呈上，号称"小玩意"。赵世显打开锦盒，只见两只关东貂鼠跃然而出，向赵拱手行礼。赵世显不得不叹服说："今日费你心了！"

此事载清人《子不语》，清代文言小说除《聊斋志异》外，以《子不语》与《阅微草堂笔记》最负盛名。文中所写人物如安麓村等，均史有其人，因此以灯彩斗富一事，应当可信。

此外，比较知名的灯会，还有民国初年举行的提灯大会，用以纪念辛亥革命成功。当时各地都举行纪念活动，内容不完全一样。如徐州在机场召开庆祝会，举办阅兵典礼；安庆各机关进行追祭先烈活动，夜间演出新剧；厦门举行国庆统一纪念大会，夜间海军军舰打开探海灯。唯有福州、南昌、扬州等地，除了一般的阅兵与游艺之外，还特别在晚间举行提灯大游行。这一天，扬州城参加提灯游行的人，达五万之多，用"疑是银河落九天"来形容也不算过分了。

三、元宵、中元、中秋：扬州的三次灯节

传统的灯节，一般指农历正月十五的元宵节，扬州也不例外。扬州在中国向以灯火之盛出名，元宵灯会自是胜人一筹。如清人《金壶七墨》写扬州元夕观灯，有如下生动的描绘：

淮扬灯节最盛！鱼龙、狮象、禽鸟、螺蛤而外，凡农家渔樵、百工技艺，各以新意象形为之，颇称精巧。盐务改票以来，商计式微，不及从前繁丽，然银花火树，人影衣香，犹见升平景象。

前人《扬州踏灯词》云："灯海灯山灯世界，六龙争捧万花来。"又有《灯市行》云："人间何处闻仙曲，一片光腾广陵烛！"都是形容扬州的元宵灯会。

扬州的灯会除了元宵节外，还有中元节，也即农历七月十五。这一天在道教说来，称为中元节；在佛教说来，称为盂兰盆节；在老百姓说来，则称为鬼节。

道教以一、七、十月之十五日，分称上元、中元、下元。上元是天官赐福日，中元为地官赦罪日，下元为水官解厄日，所以在中元时要普渡孤魂野鬼。佛教的盂兰盆节，是梵文 Ullam-bana 的音译。盂兰意为倒悬，形容苦厄之状；盆指盛装供品的器皿。佛教认为，盂兰盆节是解倒悬之节日。民间在鬼节这一天，人们要带上祭品去祭奠祖先，与清明上坟相似。同时，和尚道士还要设孤魂道场，以祭奠阵亡军士、无主魂灵，包括溺死的冤鬼。正是为了抚慰那些孤零零的鬼魂，中元节风俗中的放河灯是最盛大的活动。河灯也叫荷花灯，一般以纸糊成荷花形，在底座上放灯盏与蜡烛。中元之夜，将荷花灯放在江河之中，任其漂泛，目的是普渡水中的溺死鬼和其他孤魂，为其引路。近人《风雨兼程》谈到扬州一带的鬼节，说扬州人一年当中有几次祭祖的机会，一是清明，一是中元，一是过大冬，最后是除夕前的辞年。其中七月半鬼节跟其他节日略有不同，因为它不仅要祭奠自家先人，还有责任超度无主孤魂，时间不仅是七月半，而且是整个七月。超度孤魂野鬼的方法，有以下几种：一是斋孤，即买来纸钱，晚间沿路边河边烧化，为孤魂野鬼送钱；二是放河灯，即为落水而死的孤魂点灯照路，让他们早日超生；三是放焰口，即盂兰盆会，请和尚道士念经，超度孤魂野鬼。关于放河灯，作者写道：

> 我小时候在吴振泰的策划下也搞过一次，他亲自糊了数百盏荷花灯，用自制的油捻子粘在灯的底板上，特地雇一条船，船上坐了童子乐队队员，一边吹奏乐器，一边放河灯。只见河灯顺水漂流，从南头漂至北头，又漂向真武。船上细吹细打，岸上人们一边欣赏河灯，一边听音乐，别有一番情趣。我们当时并没有想到斋孤，完全为了好玩。因事先没有向驻东岳庙的水巡队打招呼，被他们勒令停止，我们只好把河灯一齐点着放进河里（本来是一盏一盏慢慢放的）。

中秋节的宝塔灯，也是扬州的特色。往昔的扬州，一到中秋夜晚，男女老少便都涌上街头，观赏各式各样的宝塔灯，以便益门的宝塔灯最为出名。董伟业《扬州竹枝词》咏道："八月中秋秋气清，满街锣鼓闹闲身。光明宝塔光明月，便益男人看女人。"写的就是当时的盛况。乾嘉年间，扬州经济繁荣，宝塔灯的制作也尤为奢华。《邗江三百吟》写道：

> 中秋宝塔灯，沿金陵报恩寺等处塔灯之事而为之也。昔之为灯，高不数尺。今塔有用粗纸作底，外以怀素纱裱之，大者高二三丈不等。洞嵌玻璃，角响铜铃，而顶则以大羊角灯为光。其价值，竟有贵至数百余金者。上年又作大塔灯，载以木筏，往来平山河内为戏者，亦太过矣！

四、包家灯与钮家灯：扬州灯彩的极品

扬州风俗，既然喜好灯火，则灯彩制作尤为考究。就中以包家灯、钮家灯在历史上最负声名。

包家灯出自明代扬州人包壮行。壮行字穉修，崇祯间进士，官工部主事。包氏工书画，擅长钩勒梅花、水墨竹石，曾作《松柏祝寿图》，今藏南京博物院。包氏尤喜累石为山，

并工于制灯，能裁纨绮作奇石老树，及车马、宫室、人物于其上，以模仿唐宋画家风格。灯中燃烛，黑夜视之，宛若黄鹤（王蒙）、辋川（王维）之遗墨。沈机有《包灯行》诗云："君不见，隋家剪彩亡天下。如何包主事，不爱山真爱山假。移取江山入图画，作画为灯供我耍。到今遗法广流传，百巧争先供纨绮。寄语看灯人，此灯创自明文臣。明文臣，八股生，官工部，职在组与纟川，一座江山绣大明。"后来扬州、南通一带的灯彩，多用此法制作，民间誉为"包家灯"。

钮家灯出自清代扬州人钮元卿。元卿生卒年不详，约生活于康熙年间，为灯彩制作工艺家。钮氏善制各式料丝灯，所制灯彩式样丰富，技艺精巧，风格古雅，设计奇特，一时名著于世。孔尚任有《钮灯行》诗咏道："北风卷雪压江岸，扬州箫鼓雪中断。寂寞春灯向佛开，客来闲坐灯前玩。""此灯制出钮元卿，丝丝琉璃织屏幔。人马禽鱼百花丛，间以锦文分十段。""家家仿样娱时人，谁知钮氏年年换。好奇偏是广陵商，新盛街头仰面赞。"钮氏所制料丝灯，流传江南，常被居为奇货，购者络绎不绝，民间誉为"钮家灯"。

扬州的包家灯和钮家灯，在材料、形制与工艺上，集华贵、时尚、书画为一体，融个性、创新、审美为一炉，既是艺术与技巧的结晶，也是文化与经济的联姻。它们为中国的灯彩文化，书写了灿烂的一笔。

清明的食俗及其他

"清明时节雨纷纷,路上行人欲断魂。借问酒家何处有,牧童遥指杏花村。"转眼又是清明,家家祭扫,人人上坟,然而这时还是忘不了"酒家"。我也不禁想起小时候清明的吃来。

韦家的祖坟在老家河西的一个池塘中间,有土路通向那里。坟很简陋,就是几个土丘而已,没有墓碑,不远处便是我读书的小学校。这里很荒凉,大约一年中也就是清明有人来。所谓祭祖,是做这样几件事:一是为坟堆除草,并在坟顶上放一个土帽;二是磕头,烧钱;三是在坟前放上供物,也即吃的东西。这些吃的东西,在供过之后不再带走,就让它们留在坟前,结果不是被野狗所食就是被乞丐取走。

　　清明到底吃些什么东西呢？我印象最深的是青团和大粉。

　　青团是用刚刚发芽的柳叶，洗干净后，和上米粉做成的，大小如鸡卵，放在水里煮余，如下饺子一样。因为柳叶的汁是青的，故粉团也呈青色。青团的色彩很鲜艳，却并不十分好吃。我的印象，它一是味淡，二是粘牙，三是冷了便发硬，总之我不大喜欢。

　　大粉是用绿豆粉切成块状，加上咸菜末，用油炒成。这道菜似乎要趁热吃才香，冷了便无味。但是太热又往往烫嘴，所以要得香，就只好忍受口舌之苦。大粉固然香，有味的其实还是咸菜。如火大一点，使得粉皮有些焦黄，则更佳。

　　还有一些应时食品，也是清明时家常做的，但一般并不拿来祭祖，如：

　　豌豆饼。掐下田里豌豆的嫩头，洗净，与面相和，用两手将其压成饼状。以文火将铁锅烧热，放豆油少许，轻轻将饼放入锅内煎。不待其熟，即用铲子反复翻身，使两面均匀受热。待闻见香味，即可食用。此为农家小吃中绝佳者，印象中以马家庄外婆家做的最香。

　　槐花饼。春日槐树开花，满树累累，花团锦簇。取一短梯上树，或者站在高凳上，将槐花采入篮中。一如豌豆饼做法，洗净，与面相和，用两手将其压成饼状，再在锅里用文火煎熟。槐花有一种特殊的香气，有醒脑通气之效，与豌豆饼的乡土风味又有不同。

实在地说，清明季节，大地复苏，万物生长，人们除了借扫墓之名行踏青之实外，闷在家里吃了一个冬天的窖藏白菜萝卜，也想尝尝新了。而这时柳叶、槐花之类都正是最新鲜的，所以不妨揽来入肚。以中国之辽阔，南北所生植物差异很大，故清明的时令食品，并无一定习俗，常常是各有乡风乡俗。

例如江南的青团，就与我吃过的不同。他们是用一种名叫"浆麦草"的野菜捣烂后，挤压出汁，同晾干后的水磨糯米粉糅合，制成团子。团子有馅，是用加糖的细豆沙制成，包馅时另放入一小块猪油。团子制好，入笼蒸熟，出笼时再将熟菜油涂在团子表面，似乎要比扬州精致。

又有馓子，乃是南北都有的一种油炸食品，香脆酥美，旧时称"寒具"。寒食禁火之俗，现在大部分地方已不流行，但馓子还是受到人们喜爱。南北方的馓子也有不同，北方馓子粗壮，以麦面为主料，南方馓子精细，以米面为主料。维吾尔族、东乡族、纳西族及回族的馓子，也都有名。清明时有些地方有吃馓子的风俗。

其他的还有：

薄饼——广东省潮汕人好食薄饼。先用面粉烙成皮，其薄如纸；再用蛋、肉、腊味、香菇、豆芽、韭菜等混合成馅。食时以皮裹馅，卷成筒状，即可食。

　　粽子——浙江湖州人在清明时，也裹粽子作为上坟的祭品，同时作为踏青的干粮。又有吃螺蛳的习惯，吃完将螺蛳壳扔到房顶上，据说在屋瓦上发出的滚动声能吓跑老鼠，有利于养蚕。

　　子福——晋南人过清明时，用白面蒸大馍，中间夹核桃、枣儿、豆子，外面盘成龙形，龙身中扎一个鸡蛋，名为"子福"。蒸一个很大的"子福"，象征全家团圆幸福。

　　清明果——浙南各地采摘鼠曲草，一名佛耳草，拌以糯米粉，做成饺子形状；再馅以糖豆沙或萝卜丝与春笋，以艾叶包裹，蒸熟即食。

　　欢喜团——四川成都一带以炒米做团，用线穿之，或大或小，各色点染，名曰"欢喜团"。旧时在成都北门外至欢喜庵一带叫卖最多。

　　清明螺——江淮一带，清明时节是采食螺蛳的时令。因这时螺蛳最丰满肥美，故有"清明螺，抵只鹅"之说。螺蛳食法颇多，可与葱姜、料酒同炒，也可煮熟挑出螺肉。

　　润饼菜——福建泉州人清明有吃润饼菜之俗。先以面粉为原料，烘成薄皮。食时，铺开饼皮，卷入胡萝卜丝、肉丝、蚵煎、芫荽等菜肴，即可。

　　子推馍——陕北农村好食"子推馍"，形似古代武将的头盔，内含鸡蛋或红枣。上面有顶，四周贴面花。面花是面塑的小馍，形状有燕、虫、蛇、兔或文房四宝等。

菠菠粿——东南沿海地方，清明扫墓供品有菠菠粿，也叫清明粿。是用野生菠菠菜捣烂，压榨成汁，渗入米浆，揉成粿皮，再以枣泥、豆沙、萝卜丝等为馅捏制而成。

冷饽饽——在山东一带，清明时要吃鸡蛋饼和冷高粱米饭，据说不这样的话会遭冰雹。泰安人多吃冷煎饼卷生苦菜，据说吃了眼睛明亮。

烤乳猪——在南宁，烤乳猪是最隆重的祭品，有时根据烤猪大小判断这户人家的地位。越是大户人家，供奉的烤猪越大，表示后代富裕不忘孝敬老祖先。

朴籽粿——潮汕有朴籽树，又叫朴丁树，叶椭圆形，果实大如绿豆，味甘甜。采叶和米，舂捣成粉，发酵配糖，用陶模蒸制粿，有梅花型、桃子型等，以为清明之食。

五色糯米饭——广西人最喜爱的清明食品，系用天然植物染成。如用黄花染成的黄色糯米饭，可清热凉血；用红蓝草染成的红色糯米饭，可生血；用枫叶染成的黑色糯米饭，可治疗风湿。

清明节，也是一个美食的节日。

年年扫墓，岁岁上坟，随着年岁慢慢的增长，心境也起着悄悄的变化。少年时代留下印象的，是成群结队地祭扫革命烈士墓，那是去接受教育。青年时代主要是与三五家人一起，给死去的长辈烧纸钱，心里有些许哀伤。现在又多了一项富有文化意义的内容：给扬州的学术先辈献花，以示今人的敬意。

不知道从哪一年清明起，扬州文化研究会和扬州学派研究会的同仁就结伴到汪中、阮元、焦循的墓前祭扫。

照例先去汪中的墓，因为他的墓在城北，路途最近。汪中可算是乾嘉学派中的劲旅，但也是偏师，因为他的治学对象和治学方法都和当时的主流学者有些差异。他的个性又有些桀骜不逊，得罪过不少人，所以学界对他的评价不一。但学界中也有特别崇拜汪中的，譬如启功先生，他一到扬州就去汪中墓前顶礼膜拜。汪中墓不大好找，那地方本来叫作叶家桥，处于一片农田之中。后来汪中墓的四周都被房地产商开发，唯有汪中墓像一个孤岛。那时的汪中墓虽有一座风雨侵蚀的牌坊作为标志，但是坟前坟后，遍地荆棘，几乎无法插足。好在房地产开发商接受了我的建议，不但没有迁走汪中墓，反而把汪中作为整个社区的文化品牌，建起了汪中墓园、汪中广场和汪中学院。

其次去阮元的墓。阮元墓在淮泗的槐子路之南，现在保存甚好，有新铺的砖路，通向墓区。尽管阮元当年曾是"三朝元老""九省疆臣"，但是他的墓并不豪华，路口也没有任何标志物。只有墓前一家小店，以"阮元"的名字命名。尽管有些失敬，可我还是感谢它，它毕竟是现在识别阮元墓的重要标志。阮元墓高于周边，微微隆起，在规模上也算是最大的，现在已经成了廉政教育的基地。

　　最后去的是焦循的墓。他的墓距离市区最远，在黄珏的雕菰路西，一片田畴之中。焦循和汪中一样，一辈子没有做过官，他的一生就在这远离城市喧嚣的乡村度过的。他在这里居然写出了那么多的著作，今天想起来有些不可思议。焦循墓仅是一碑一丘而已，旁边有水塘一泓，倒也清澈，富有当年北湖的灵气。

　　汪中、阮元、焦循，人称"清代扬州三大儒"。二百年前扬州的学术精华，就集中体现在以他们三人为代表的扬州学派身上。我们在浮躁而功利的世风中，去祭扫他们寂寞的荒坟，这一行为本身有着弘扬扬州学派学术精神的意思。

　　现在，我只希望我们能够永远保护好他们的墓，让后来的扬州学子可资凭吊。汪中字蓉圃，阮元号芸台，焦循字理堂。我曾说过一个笑话，如果将来开发商一定要开发利用他们的墓地的话，不妨就在汪中墓旁多栽芙蓉，唤作"蓉圃"；在阮元墓旁遍植香草，唤作"芸台"；在焦循墓旁设立高堂，唤作"理堂"。

菖蒲香里看龙舟

比起清明和中秋来，端午更像是雅俗共赏的节日。一面是诗人和骚客的怀古，一面是美食和龙舟的狂欢。一切崇高的、美好的、时鲜的、欢乐的东西，都包含在端午佳节了。

一、榴花角黍斗时新

扬州人有两条关于端午的俗语。一是"过了午时，不卖雄黄"；一是"又想吃粽子，又想划龙船"。前者教人好好把握机遇，一旦失去便不再来；后者嘲笑鱼和熊掌都想要的人，告诫人生不可贪婪。在俗语的轻松戏谑之下，是扬州人源于端午节的哲理思考。

实在说来，端午节比起元宵的看灯、中秋的赏月来，也许更为色香味俱全。这一天儿童不但要吃粽子、挂鸭蛋，而且要佩老虎、系百索，更不必说大人忙着插艾草、烧黄鱼、喝雄黄、挂钟馗了。宋人戴复古有《扬州端午呈赵帅》诗云："榴花角黍斗时新，今日谁家不酒樽？堪笑江湖阻风客，却随蒿艾上朱门。"是写一千年前的扬州端午节就有吃粽子、插艾草的风俗，角黍就是粽子，蒿艾就是艾草。至今扬州人过端午，还是户户门前插菖蒲艾草。2010年，昆曲特种邮票在扬州首发，时逢端午，我曾赋诗祝贺："四百年前始渡邗，汪家丝竹唱昆山。牡丹亭下筑城易，桃花扇边葬骨难。第二故乡称海内，七班名角震江南。满城风雨端阳近，不采菖蒲采幽兰。"昆曲的兰香，一时竟盖过了端午的艾香。

扬州的粽子是用新鲜芦叶包裹糯米、赤豆、香肠、火腿等而成的，通常有小脚、三角等形状。鸭蛋是咸的，要用网子兜着，挂在孩子颈项里，几天后才舍得吃。老虎用蜡纸剪成，也挂在小儿脖子上，据说可以辟邪。百索子是红绿黄白各色丝线，把它扣在手腕上，等到六月初六才摘下来撂上屋顶，同时念着童谣："六月六，百索子撂上屋。"这一风俗大约早就流行。明人郝璧《广陵竹枝词》有"风涛鼓壮作鳞而，斗蠲旗幡五色丝"句，五色丝就是百索子。

高邮女孩在端午时，喜欢头簪老虎花以辟邪。韦柏森

《菱川竹枝词·赏午》云："金炉一瓣降香焚，和以雄黄酒半醺。绝好梳妆端午景，虎花斜插女儿云。"

仪征民间过端午节，往往有和尚送来符瑞以祈福。厉惕斋《真州竹枝词·送端午符》云："一纸神符手自擎，笑无甘旨佐君羹。兰花瓣子（炸蚕豆瓣）瓶儿菜，聊尽僧人一点情。"

二、朱樱紫笋及时鲜

扬州的端午节，是在梅雨过去不久，溽暑尚未到来之际。气候温润，时鲜登场，各种带着泥土芬芳的果蔬给端午节平添了节日的气氛。

清人陈宁余游扬州时，正是端午将至。他的一首《题樱桃、笋、女儿红》是赞美扬州人的口福的："记得扬州四月天，朱樱紫笋及时鲜。女儿红到枇杷大，论把街头不值钱。"诗中歌咏的几样时鲜，都是扬州人家端午桌上必备之物。这些时鲜通常叫作"十二红"，即十二种红色的菜肴。樱桃、萝卜、黄鱼、鸭蛋都在十二红之列。端午要吃十二红，这种风俗源于何时不详。十二红的菜单也是众说纷纭，大抵是指十二种红色的果品，或者红烧的菜肴。通常有黄鱼、鸭蛋、火腿、虾子、鸭子、猪肝、鳝鱼、熏鱼、苋菜、萝卜、樱桃、枇杷等。

有人开过一份扬州十二红的菜单——四冷盘：凉拌黄瓜、糖醋萝卜、咸鸭蛋、拌粉皮；四烧菜：红烧黄鱼、刀豆烧肉、油爆虾、炒苋菜；二水果：枇杷、杏子；一汤：烧鸭汤；一点心：火腿粽子。这当然不错，但其实并无一定之规。汪曾祺在《端午的鸭蛋》里说过，"端午节的午饭要吃'十二红'，就是十二道红颜色的菜。十二红里我只记得有炒红苋菜、油爆虾、咸鸭蛋，其余的都记不清，数不出了。也许十二红只是一个名目，不一定真凑足十二样。不过午饭的菜都是红的，这一点是我没有记错的，而且，苋菜、虾子、鸭蛋，一定是有的。这三样，在我的家乡，都不贵，多数人家是吃得起的"。由此可见十二红只是一个约数，不一定非要足数不可。唯一家家必有的一道菜是红烧黄鱼，以至于男女上街争购黄鱼，如臧谷《续扬州竹枝词》所咏："六寸花鞋尺布缠，黄鱼入市却新鲜。写来一幅娇羞态，绝妙传神燕子笺。"

"十二红"是今天流行的说法，老一辈人的说法是"十三红"。旅台扬州人杨祚杰在《忆江南》中回忆扬州旧时端午，有《赏端午》一篇写道："五月五日，节届端阳。瓶供榴花，门插蒲艾。厅堂贴五毒之朱符，儿女系百索之彩缕。饮雄黄以却病魔，燃苍术以除蚊蚋。日中聚餐，谓之赏午，例备五碗、八碟，酒菜咸取红色，如樱桃、枇杷、萝卜、苋菜、火腿、咸蛋、猪肝、炒虾、蹄肴、黄鱼……之类，名'十三红'。"

杨祚杰词云："榴如火，佳节庆天中。彩索朱符祛鬼魅，青蒲苍术逐蛇虫。午宴十三红。"

三、钟馗豪气能摄鬼

在端午的诸多风俗之中，吃粽子、划龙船、插菖艾、戴百索都有人记得，唯有挂钟馗像一俗消失已久。因为端午是五毒肆行的时节，自古以来端午这天家家挂《钟馗捉鬼图》，以期吉利。

扬州八怪中画人物的画家，都画过钟馗，而且他们作画的时间主要在端午。如扬州博物馆所藏的黄慎《钟馗图》题道："乾隆十二年端午日，瘿瓢子慎写。"《望云轩画刊》所载的华嵒《钟馗图》题道："庚午夏五月，新罗山人写于云阿暖翠之阁。"故宫所藏的罗聘《醉钟馗图》题道："壬午午日，画醉钟馗图，奉砚农先生辗然一笑，朱草诗林中人罗聘。"明显都是为端午而作。

其中画得比较怪的，是北京文物商店所藏的金农《醉钟馗图》。历来画钟馗的很多，但是画醉钟馗的没有。金农题画云："吾闻善酿者有国，藏贮者有城，沉湎者有乡。此中天地，彼蚩蚩者胡为长年溺饮不醒也？若老馗须髯戟张，豪气摄鬼，睥睨处不知有人，方可一醉也。今图其状，酶酶焉，腾腾焉，冠裳颠倒，剑佩皆遗，老馗老馗，值得一醉耳！七十三翁杭郡金农画记。"题了这么多字，金农还嫌不够，他又历数古今钟馗之画，说从吴道子《趋殿钟馗图》到陈洪绶《钟馗元夕夜游图》以来，"未有画及醉钟馗者，余用禅门米汁和墨吮笔写之，不特御邪拔厉，而其醉容可掬，想见终南进士嬉遨盛世，庆幸太平也。昔人于岁除画钟馗小像，贡献官家，以祓不详，今日则专施之五月五日矣"。

金农的弟子罗聘也画过《钟馗醉酒图》，绘钟馗酒卧树下，身边有五个小鬼围着酒坛，有的贪婪欲饮，有的探头窥视，有的扭头欲逃。

八怪的钟馗图一般都有题诗。

天津艺术博物馆所藏的李方膺《风雨钟馗图》题道："节近端阳大风雨，登场二麦卧泥中。钟馗尚有闲钱用，到底人穷鬼不穷。乾隆十年端阳前二日，写于梅花楼雨窗。"写端午时节正值风雨，麦子都倒伏泥中，实写人间之疾苦。

《古画大观》所刊的华嵒《钟馗啖鬼图》，画的是钟馗捉鬼而大啖，画上题诗是："老髯袒巨腹，啖兴何其豪。欲尽世间鬼，行路无腥臊。癸酉二月，新罗山人写于解弢馆并题。"南京博物院所藏的华嵒《钟馗嫁妹图》充满喜庆，上题："轻车随风风飕飕，华灯纷错云团持。跳拿叱咤真怪异，阿其髯者云钟馗。"嫁妹的钟馗没有捉鬼时的凶态毕露，别具一种温柔。

四、相传伍员解剑处

端午还有一项最重要的活动——划龙船。直至光绪三十二年（1906），扬州在古运河上举办端午龙舟竞渡，不料发生惨案，故遭当局禁止。孔庆镕有《扬州竹枝词》记载此事："端阳佳节尔时过，竞渡龙舟闹运河。忽讶锞船桅杆折，浮沉但见死人多。"

提起划龙船，人们都知道是为了纪念屈原的，但它的起因说法不一。在扬州民间，至少与伍子胥有关的说法相当流传。徐谦芳《扬州风土记略》说："相传伍员解剑渡江处，今则桥名胥浦。地以人重，而引济之渔父，得侠烈气概，尤得士君子之风。事越数千载，莫不慕其仁智廉让，而景仰不遑也。"因此，扬州人划龙船是为了纪念春秋时代的伍子胥。

伍子胥名员，楚国人，父兄均为楚王所杀，后来子胥弃暗投明，助吴伐楚。吴王阖庐死后，其子夫差继位，大败越国。伍子胥建议彻底消灭越国，夫差不听，并且听信谗言，赐死伍员。这就是《史记》记载的"吴王闻之大怒，乃取子胥尸盛以鸱夷革，浮之江中"。子胥本为忠良，视死如归，死前对人说："我死后，将我眼睛挖出悬挂在吴京之东门上，以看越国军队入城灭吴。"后世遂于五月五日划龙舟，作救伍员之状。

除了纪念伍子胥之说，扬州的端午还流行其他几种说法：

最重要的是为了纪念楚大夫屈原的投江。屈原力倡举贤任才，富国强兵，却遭到一些贵族的强烈反对，因而被革职流放，并于五月五日投江自杀。在流放中，屈原写下了忧国忧民的《离骚》《天问》《九歌》等不朽诗篇。这种说法普遍被接受，其文字记载见于《续齐谐记》："楚大夫屈原遭谗不用，是日投汨罗江死，楚人哀之，乃以舟楫拯救。端阳竞渡，乃遗俗也。"后人在五月五日划龙船于江上，以祭祀屈原。

又说是为了纪念越王勾践操练水师，打败吴国。《事物原始》说："越地传云，竞渡之事起于越王勾践，今龙舟是也。"吴越交战，勾践被俘，在吴国过了三年忍辱含垢的生活，被放回越国。回国后，他卧薪尝胆，立志雪耻，于当年五月五日成立水师，终于在数年后一举灭吴。后人为了昭彰勾践这种坚韧不拔的精神，便效仿越国水师演练的情景，于五月五日这一天划船竞渡，以示纪念。

还说是为了纪念东汉孝女曹娥救父之事。曹娥是东汉上虞人，父亲溺于江中，数日不见尸体。当时曹娥年纪尚幼，昼夜沿江号哭，并于五月五日跳入江中，抱出父尸。不久，曹娥的事迹传至官府，当局者为之立碑颂扬。后人为纪念曹娥的孝节，在曹娥投江之处兴建曹娥庙，把她所住的村庄改名曹娥镇，将曹娥殉父之水易名曹娥江。《曹娥碑》云："五月五日，时迎伍君，逆涛而上，为水所淹。"

　　这些说法虽然各有道理，但有一个基本问题无法解释，即不管是为纪念谁，何以原本严肃的祭祀后来变成了民众的狂欢？如果纪念伍员的冤死，应该充满了对死者的悲伤。如果纪念屈原的忠贞，应该以其悲壮的经历激励后人。如果纪念勾践的复国，应该重温他卧薪尝胆的精神。如果纪念曹娥的精诚，应该凭吊这位孝女。但是，自古以来中国各地的划龙船，无一不是倾城的狂欢。正如清初王仲儒《扬州端午竹枝词》所咏："扬州也有曲江头，皓齿朱唇日日游。东舍西家忙不了，菖蒲香里看龙舟。"

　　也许中国人真的善于遗忘，或者善于移情。他们不忍把春夏之交的好时光，变成凄惨悲切的哀吊日，所以任凭伍员、屈原们在水中煎熬，他们却不妨享受人间的嬉戏、世俗的欢愉。

五、龙船竞技争抢标

　　扬州端午的划龙船，其狂欢的内容不仅限于赛龙舟。把狂欢推向高潮的，有一个特别的节目，是将活鸭子抛入水中让众人争夺，称为"抢标"。清人笔下常常写到抢鸭之戏，如李斗《扬州画舫录》云："龙船自五月朔至十八日为一市……小船载乳鸭往来画舫间，游人鬻之掷水中，龙船执戈竞斗，谓之'抢标'。"

扬州的龙舟竞渡，林苏门《邗江三百吟·看端午龙船》有这样具体的描写："扬州龙船，以多为胜。船分青、黄、黑、白色，划十八画桨，则又踵事争华者也。"当时的龙舟竞渡，是在平山堂下的保障河进行的。诗人的描绘是："堂下河水翻，龙船跳跃致。欲雨忽兴云，别有一天地。冲萍不浪舟，人以水嬉媚。锦缆而牙樯，旗幡漾清泚。青黄黑白兼，咚咚鼓声坠。舡中划桨人，一一难数记。"

除了保障河，东关门外和黄金坝口都曾赛过龙舟。清人王仲儒《端午竹枝词》咏道："扬子江头长大潮，东关门外画船摇。追游不向红桥去，闲杀城西柳万条。""黄金坝口午时天，坐倚朱栏唤长年。只傍衣香云影住，此来不为看龙船。"就是写的当时的热闹。

古代小说绘声绘色地写到扬州端午抢鸭的热烈情形，最详尽的要数邗上蒙人的《风月梦》。这部描写扬州风情的小说，被评论家称为中国第一部"都市小说"，书中有一回题为《贺端阳陆书看龙舟》写道："共是九条龙船，后面有一只没蓬子小船，上面摆了两个篾笼，内里有十几只活鸭。又有几只大船……那只鸭子船也就划近大船，跳上两个人来，站在他们的船头，望着舱里，招呼过众人，向着月香道：'月相公，特地为你送标的。'就将鸭子船内两个篾笼提上大船，摆在船头。那九条龙船总敲起抢标锣鼓，在他们大船前划来划去。那些游船听见这里撩标，总纷纷赶来，团团围绕。那站在陆书们船头上两个人，见有只青龙划近大船，就将篾笼内鸭子抓了一只，往河里一撩。那青龙船上早有一个划船的朋友，精赤着身体，只穿了一条裤头儿，发辫绕了一个咸菜把子，蹲在龙头上。见鸭子一撩，他就跳下河去，将鸭子抢起，复跳上龙船，这条龙船就划了过去。后面那条绿龙又划了上来，那船头两人又抓了一只鸭子撩下河去。那绿龙船头上的也就跳下河去，将鸭子抢起，将船划了过去。后面是紫金龙、老乌龙、银红龙、玉色龙、黄龙、白龙、五色龙，鱼贯而来。那撩鸭子的人也有将鸭子撩在河内，也有将鸭子撩在那抢的人手内，才往河内一跳，冒起来的。九条龙船来来往往，每船抢过两只鸭子。"

近人盛成在《我的母亲》里，也写到仪征的端午抢鸭风俗："自五月初一日起，已有二三只龙船下水，船底尖，龙身长，二十人左右摇桨，轻捷如飞。假如游人掼鸭，龙船争来抢鸭；如游客掷猪脬，龙首之人争来抢标。"扬州弹词《珍珠塔》里还有这样的对话："今日端阳佳节，龙舟热闹，请东翁赏看龙舟。""好呀，二胡子，我陪你看龙舟。"最后提到一句当时的俗语："趣莫给别人夺了去，标莫被别人抢了去。"可见抢标是闹龙舟的高潮。

当人们沉湎在感性而刺激的嬉戏中时，端午原有的祭祀意义便完全消融于春夏之交的暖风和骄阳之中。也许一切节日，首先是为了活着的人，然后才是为了死者。周作人先生在《关于祭神迎会》文中说，绍兴人划龙船首先是始于吴王夫差与西施为水戏，然后才是吊屈原，或许这是对的。

金针穿罢拜婵娟

这是一个关于爱情的节日，传诵着一个永远不会落幕的人神恋爱故事；

这是一个关于梦想的节日，少女和少男怀着不同的梦想希冀着同一天……

一、迢迢牵牛星，皎皎河汉女

《古诗十九首》里有一首著名的"迢迢牵牛星，皎皎河汉女"，是我读书之后才知道的。对我来说，这个故事最早的启蒙人，是我的祖母。

　　祖母如果在世的话，已经一百多岁了。常常是在夏日的夜晚，我躺在门外的木板床上，看着天空的银河和繁星，祖母一边替我摇着扇子，驱赶蚊虫，一边讲述牛郎和织女的故事。

　　相传很早以前，有个憨厚的小伙子，因为父母双亡，跟着哥嫂度日。嫂子心狠，逼他去放牛，给他九头牛，却让他领十头牛回家。牛郎赶牛进了山，坐在树下伤心。有位白发老人问他为何伤心，牛郎照实讲来，老人说："你别难过，山后有一头牛，你找到它，就可以赶着它回家了。"牛郎翻山越岭，找到了那头牛。那牛病得厉害，牛郎就采来草药喂它。好多天之后，牛病好了，牛郎高高兴兴赶着十头牛回家。但是嫂子依然对他不好，几次要害他，都被牛搭救。最后，牛郎被嫂子赶出家门，只有那头牛跟随着牛郎。有一天，牛郎在河边放牛，恰巧天上的织女和姊妹们下凡洗澡，被牛郎看见。牛郎与织女相识，彼此爱慕，结为夫妇。他们男耕女织，生活美满，生下一男一女。不料天帝知道了这事，命王母下凡，强行把织女带回天上。牛郎挑起一双儿女，追赶织女。眼看就要追到，王母拔下头上金簪向脚下一划，一道天河就出现了。牛郎织女分隔在两岸，相对呼喊，却无法相见。他们的悲伤感动了喜鹊，无数喜鹊飞来搭桥，让牛郎织女在鹊桥相会。王母无奈，只好答应他们每年七月初七日在鹊桥相会。从此后，就有了"七夕"这个充满了期待和憧憬的中国式的情人节。

每当听完这个故事，我总想在满天繁星中找到牛郎星和织女星。结果当然总能找到。印象最深的，是牛郎星的左右还有两颗对称的小星。祖母说，那就是牛郎挑的一双儿女。这时候我的心里就有些发酸，也才理解《古诗十九首》里"盈盈一水间，脉脉不得语"的深意。

牛郎织女鹊桥相会的故事，成就了一个相沿两千年的节日。从古到今，有多少情窦初开的少男少女在这一天夜晚仰望星空，用热切的目光搜索银河两岸的牛郎星和织女星，希望他们一年一度的相会给自己带来幸运。

二、家家此夜持针线

把七夕说成"情人节"不免洋气，说成"女儿节"恰如其分。

七夕这一天女孩子要乞巧的风俗，大约源于汉代。《西京杂记》有"汉彩女常以七月七日穿七孔针于开襟楼"的记载，这是文献中最早谈到乞巧。《开元天宝遗事》说，唐太宗与妃子们每逢七夕，就在宫中夜宴，宫女们各自乞巧，此风流行至民间。宋元时，京城设有专卖乞巧物品的市场。据《醉翁谈录》说："自七月一日车马嗔咽，至七夕前三日车马不通行，相次壅遏，不复得出，至夜方散。"可见当年民间购买乞巧物品的盛况。

"乞巧"的意思，是乞求灵巧。民间的乞巧方式，可以说五花八门。我小时候，主要是"看巧云"。当太阳快要落山的时候，几个年纪相仿的少男少女，会指着天边变幻的晚霞，互相争着说像什么。有的说像天鹅，有的说像荷花，有的说像猪八戒，有的说像鲁智深，总以联想丰富而形状酷肖者为胜。"看巧云"似乎不是女孩子们的专利，但中国南北的女子多有名叫"巧云"的，则一定源于七夕无疑。记得有个女孩说，天边的云好像两只交配的狗，引起了大家一阵哄笑，但我至今佩服她的想象力。

"乞巧"的内容很广。古代有《乞巧歌》唱道："乞手巧，乞貌巧；乞心通，乞颜容；乞我爹娘千百岁，乞我姊妹千万年。"又唱道："天皇皇，地皇皇，我请七姐下天堂。不图你的针，不图你的线，光学你七十二样好手段。"可知乞巧不仅为了手巧。

最常见的乞巧方法，是穿针，所以七夕又称"穿针节"。此法汉代已流行，《荆楚岁时记》说："七月七日为牵牛织女聚会之夜，是夕家人妇女结彩楼，穿七孔针。"其方法，是用最细的五彩丝线穿最小的绣花针，先穿入者为"得巧"。唐人崔颢《七夕》有诗："长安城中月如练，家家此夜持针线。"谓此。

穿针后来变化为投针，明清两代尤为盛行。按照明人《帝京景物略》所说，七月七日正午，女孩须将一碗水放在太阳下曝晒，过一会儿，水面生膜，将绣花针轻投水中，针会浮着，此时就看水底的针影像什么。如果针影像云朵、花卉、鸟影，就说明女孩"得巧"；如果针影像棒槌、蜡烛、游丝，就说明女孩"得拙"了。

在江苏一些地方，姑娘们在这一天用脸盆接露水。据说七夕的露水是牛郎织女相会时的眼泪，用它涂抹在眼上和手上，可使人眼明手快。

在山东有些地方，要好的闺女们会一起包饺子，暗中把铜钱、针箍和红枣分别包在三个水饺里。然后她们一块吃水饺，据说吃到铜钱的有福，吃到针箍的手巧，吃到红枣的早生贵子。

在浙江各地，女孩们用面粉制作各种小点心，用油煎炸，称为"巧果"。把巧果和莲蓬、白藕、红菱等陈列在门前，任人观看比较，以形状精巧玲珑者为"得巧"。

在广西西部，传说七夕早晨仙女要下凡洗澡，喝她的洗澡水可以去病延年。这种水叫作"双七水"，人们常在鸡鸣时争先恐后地到河边取水，然后饮用。

在广东，当七夕来临之前，小丫头们就预先备好用彩纸、通草、线绳等，编成各种奇巧的小玩意儿。还将谷种和绿豆放入小盒里用水浸泡，使之发芽，待芽长到二寸多长时，用来拜神，称为"迎仙女"。

在福建，七夕时妇女们用桂圆、红枣、榛子、花生、瓜子来祭祀织女，以求来年瓜果丰收。他们通常要斋戒沐浴，而后轮流在供桌前焚香祭拜，默祷心愿。

在北京，女孩子流行在七夕这天用凤仙花染指甲。其法是将明矾研磨成粉末，与捣碎成泥的凤仙花瓣和在一起，敷在指甲上，用布条裹好，第二天指甲就成漂亮的颜色了。

七夕主要是女孩子的节日。我小时候关心的是，这一天喜鹊到底有没有飞到天上去搭桥？奇怪的是，七夕这一天真的看不到喜鹊。祖母说，它们都飞到天上搭鹊桥去了，要不然牛郎织女怎么相会呢？

三、夜半无人私语时

窃听也许是人类与生俱来的一种秘密欲望。很多地方有在新娘、新郎窗外"听壁脚"的习惯，那是把窃听行为"风俗化"了。七夕则进一步把偷听牛郎织女私语的行为"节日化"了，这一天人们可以合法地窥探天上的爱情隐私。

我还记得小时候混在邻居女孩中，钻到瓜田豆蓬偷听牛郎织女私语的情景。夜幕一降临，三五少女便相约悄悄到附近的庄稼地去，拣茂密之处藏身。此刻四周唯有昆虫的鸣叫，草叶的芬芳，以及大地被太阳烘烤后散发出的暑气，再就是一种偷窥的兴奋了。在一阵沉默之后，终于有人轻轻说："我听见了，牛郎织女在说话！"但我一次也没听见，颇感扫兴。于是有人取笑道："这种声音只有女孩子才能听到啊！"

在南方的农村，这一天夜里往往是少女一人独自躲到茂盛的南瓜棚下，偷听牛郎织女相会时的悄悄话。据说凡是听到的少女，日后能得到不渝的爱情。

在北方的乡下，常常是有情男女相约到青纱帐里，对星空祈祷自己的姻缘美满。情人彼此偎依，仰望深邃而辽阔的星空，让天河和星辰见证他们相爱。

晴朗的夏夜，繁星满天，一条莽莽的银河横空出世。河两岸各有一颗闪亮的星辰，隔河遥望。那就是牵牛星和织女星。在这个充满浪漫气息的夜晚，女孩们对着碧空，乞求女神赋予她们一颗慧心和一双巧手，让自己女红娴熟，婚姻幸福。她们不满足于用时令瓜果朝天祭拜，还想在夜深人静时偷听到天上的脉脉情话。

七夕风俗中最浪漫、最神秘的，大概就是"夜半无人，天河私语"了。重读古人诗句，才感到白居易《长恨歌》中的"七月七日长生殿，夜半无人私语时"是何等荡人心魄，孟浩然《他乡七夕》中的"谁忍窥河汉，迢迢问斗牛"是何等一字千钧！

四、惟与蜘蛛乞巧丝

在许多小说里，描写过古代女子在七夕之夜，是怎样通过蜘蛛结网的方式验证自己的巧和拙的。

例如《补红楼梦》写七夕的"闺中儿女之戏"："各人用小盒子一个，里面放上一个极小的蜘蛛在内，供在桌上，等明儿早上开看。如里面结成小网，有钱一般大的，便为'得巧'。也还有结网不圆不全的，又次之也还有全然不结网的。……到了次早，桂芳见天初亮便起来了，到了各处把众人都催了起来。梳洗已毕，都到怡红院中。大家来齐，便到昨儿所供檐前香案上面，把各人的盒子拿了过来。打开看时，只见桂芳与松哥的两个盒子里面，有蛛丝结网并未结成，蕙哥、祥哥、禧哥的盒里全然没有蛛丝。……又将月英、绿云的两个盒子揭开看时，只见里面却都有钱大的蛛网，结的齐全圆密。大家都来看了，齐声说：'好！'"又如《后红楼梦》写七夕的"乞巧的雅集儿"："众人在潇湘馆里玩了一天，太阳将要尽了，方才散局。……众人都把蜘蛛盒儿一个个供上去，也有金丝银丝的，也有雕漆的、戗金的，都贴上个记号。……王夫人道：'瞧瞧盒子内，咱们今日乞的巧谁的多。'黛玉道：'本来该应明日打开来；且瞧瞧看，可有什么在里头。'一会子，大家打开来，除了王夫人、薛姨妈、史湘云、平儿不曾供，那紫鹃、莺儿的蜘蛛丝通满了，探春、李纨、李纹、李绮、邢岫烟、喜鸾的统是网了个冰纹玫瑰界方块、长方块儿，晴雯的网了两朵芙蓉花，宝琴的网了几朵梅花，宝钗的网了一朵牡丹花。独是黛玉的蜘蛛不见了，网了些云丝儿，中间网了'仙子'两字，清清楚楚认得出来。黛玉十分得意，王夫人以下个个称奇。黛玉就叫将这些蜘蛛儿一个不要伤他，叫晴雯看着，送往稻香村豆架边放生去了。"小说的描写，为我们生动描绘了清代七夕的一种奇特风俗。

宋之问《七夕》云："停梭借蟋蟀，留巧付蜘蛛。"李商隐《辛未七夕》云："岂能无意酬乌鹊，惟与蜘蛛乞巧丝？"看来用蜘蛛乞巧的风俗由来已久了。我小时候，在七夕这天的傍晚看到有蜘蛛从梁上垂下来，也是一件幸事。

五、男儿一举可夺魁

七夕虽是女儿节，与男子也不是毫无干系。与女子拜织女相对的，是男子拜魁星。

俗传七月七日是魁星的生日。魁星是掌管文事之神，历来的读书人不能不敬他。所以七夕这一天，当姐妹们想方设法乞巧的时候，兄弟们却诚惶诚恐地祈求魁星保佑自己考运亨通。魁星一作奎星，位居北斗七星第一位，故又称"魁首"。旧时读书人中状元叫"一举夺魁"，是因魁星主掌考运的缘故。魁星主管功名，按理是文质彬彬的白面书生，其实不然，他青面獠牙，赤发环眼，头上还有两只角，竟是面目狰狞的恶鬼模样。也许应试教育历来就不近人情，所以魁星才被塑成这种讨厌的模样。他通常右手握朱笔，左手持墨斗，一脚金鸡独立，立于巨鳌头上，寓意是"独占鳌头"。七夕这一天，多少读书人都要对他顶礼膜拜。祭拜的方式，是对着魁星的纸像，献上公羊的头，羊头要留须带角，其他祭品则有茶酒等。当月上东山，蜡烛点燃，鸣炮、焚香、礼拜，然后众学子在香案前围桌而食。席间有一种类似于乞巧的游戏，以桂圆、榛子、花生代表状元、榜眼、探花。一人手握三种干果，随意投往桌上，干果滚到某人面前停下，某人即是状元、榜眼、探花。如投下的干果都滚偏了，则大家都没功名，须重新再投，称为"复考"。如都投中了，称为"三元及第"，则皆大欢喜。

七月七日不但是女儿节，也是男儿节，这似乎不大为人所知。其实《世说新语》早已说过，七月七日是读书人的"晒书节"。据说这一天别人都忙着晒书，只有郝隆在大太阳下面躺着。人家问他干什么，他回答说："我晒书。"大约别人的学问是在书本上，而郝隆的学问是在肚皮里。

七夕是一个温情和梦想的日子。女儿和男儿在这一天做着各自的美梦。还是秦观的《鹊桥仙》说得对："柔情似水，佳期如梦，忍顾鹊桥归路。两情若是长久时，又岂在朝朝暮暮！"梦是那么美，我们不妨一年年接着做下去吧。

文人眼中的扬州夏日

一位朋友对我说，他平生最大的愿望，就是春天到昆明看花，秋天到黄山观云，冬天到松花江赏雪，夏天到瘦西湖坐船。

四季景色，各有妙处。就是扬州一地的美，春夏秋冬四季也各自不同。但是自从朱自清写过一篇名文《扬州的夏日》之后，扬州的夏日也就出名了。

一、美景："好处大半便在水上"

红学家冯其庸先生最爱扬州的春、秋、冬。他在《绿杨城郭忆扬州》中说，扬州给我精神上的慰藉太多了，"春天的花，秋天的月，还有团团的螃蟹；到了冬天，还可以看到盛开的腊梅"。他偏偏忽略了扬州的夏日。

建筑学家陈从周先生偏爱扬州的春、夏。他在《瘦西湖漫谈》一文中坦言："在瘦西湖的春日，我最爱'长堤春柳'一带；在夏雨笼晴的时分，我又喜看'四桥烟雨'。"他觉得扬州的炎夏，并不逊于三月的烟花。

作家洪为法先生钟情的却是扬州的春、夏、秋。他在《扬州续梦》里说，瘦西湖上的游人，"以季候分，春、夏、秋三季都很多；到了穷秋严冬，便仅有少数的骚人雅士，为了寻觅诗句画稿而啸傲于湖上了"。也难怪，扬州的冬天太冷。

最爱扬州的夏日的，是朱自清先生。依照朱自清的看法，北方和南方的一个大不同之处，就是北方无水而南方有水。北平的三海和颐和园虽然有点儿水，但太平衍了，一览而尽，船又那么笨头笨脑的。多水的仍然是南方。他说，"扬州的夏日，好处大半便在水上——有人称为'瘦西湖'，这个名字真是太'瘦'了，假西湖之名以行，'雅得这样俗'，老实说，我是不喜欢的。下船的地方便是护城河，曼衍开去，曲曲折折，直到平山堂，——这是你们熟悉的名字——有七八里河道，还有许多杈杈桠桠的支流。这条河其实也没有顶大的好处，只是曲折而有些幽静，和别处不同"。据朱自清说，游览瘦西湖，最好是坐船，而登船的地方最好是在天宁门御码头："从天宁门或北门下船，蜿蜒的城墙，在水里倒映着苍黝的影子，小船悠然地撑过去，岸上的喧扰像没有似的。"朱自清因此写了一篇名文，题目就叫《扬州的夏日》。

对于朱自清欣赏的这番景致，扬州人熟悉的易君左先生在《扬州的风景》里有一段发自内心的赞美，说"你出广储门、天宁门或北门，一直到平山堂，这沿途风景好像一根线上穿的一串珍珠，粒粒都圆润透亮，宝光四射！平山堂离城不过五里，在这短短的五里中间，随处都是各自不同的景致，使你留连不忍卒去！珍珠一串分开来是一粒一粒的，而这一粒一粒本身上都有价值。扬州的风景是连贯的，而分开来说，一处一处的风景一样的有价值"。我相信，谁读了这些话都会爱上瘦西湖，爱上扬州的夏日。

二、美人："船娘的姿势也很优美"

夏日的扬州，除了美景，还有美人。在《扬州的夏日》中，朱自清说扬州从隋炀帝以来，就是诗人文士所称道的地方，即使没去过扬州而念过些唐诗的人，扬州也像蜃楼海市一般美丽。对游子朱自清而言，"他也只会想着扬州的夏日，虽然与女人仍然不无关系的"。朱自清所说的女人，主要指瘦西湖船娘。

郁达夫先生在《扬州旧梦寄语堂》中，写下了他对扬州船娘的妩媚印象："还有船娘的姿势，也很优美。用以撑船的，是一根竹竿，使劲一撑，竹竿一弯，同时身体靠上去着力，臀部腰部的曲线和竹竿的线条配合得异常匀称，异常复杂。若当暮雨潇潇的春日，雇一容颜姣好的船娘，携酒与菜，来瘦西湖上游半日，倒也是一种赏心的乐事。"实际上，瘦西湖一年四季都有船娘的窈窕身影，她们构成了令人难忘的俏丽风景。

早在二十世纪二十年代，安徽文人张慧剑先生游览扬州时，发现了一个奇怪现象，就是香影廊和绿杨村都濒临瘦西湖，但是香影廊的游客远远不敌绿杨村。究竟是什么原因呢？朋友告诉他："这是因为绿杨村有船娘，而香影廊没有的缘故。"这一段饶有兴味的船娘逸事，记载在他的《扬州漫游记》里。

瘦西湖的船娘，主要出自湖边的陆家庄、钟家庄和小苎萝村。小苎萝村在今文昌阁之东，护城河之南。故老相传，清乾隆年间，其地生长美人，姿容绝世，时人比之西施，故称其地为"小苎萝村"。苎萝村本是中国古代美女西施的家乡，在浙江诸暨。所谓小苎萝村，原是瘦西湖游船停靠之所，因村民多以弄船为业，而撑篙摇橹者多为年轻女子，故人称船娘。这些年轻的船娘常常素面朝天，乱头粗服，略加修饰，少施脂粉，与城里每日对镜画眉的女孩儿相比，别具天然之美。扬州人把她们比成村头浣纱的西施，她们所住之地也就成了"小苎萝村"。

道光年间，有个钱江人韩日华寓居扬州，深感扬州的风物之美，于是作《扬州画舫词》。其中一首咏道："藓碧莎青水不波，曲栏斜凭听菱歌。不知溪畔如云女，若个村居小苎萝？"诗人说，碧绿的藓苔，青翠的水草，清澈的河流，好像凝固了一般；凭着曲折的栏杆，掉头望去，是谁在唱那动人的菱歌？不知道河边那些如云的美人，哪一个家住在小苎萝村？诗后有注："小苎萝，北门东岸沿城地。土人相传，每二十年中必出一美人，故有是名。"

每二十年中必出一美人，这是一个浪漫而神奇的童话！但从郑板桥时代至今，如果以三百年计算，一百年只出五个美人，三百年共出十五个美人，实在不为多。如今重游小苎萝村，回味"瘦西湖船娘"的野史逸事，打听"小苎萝村十二钗"的芳名艳迹，倒不失为游客的一种雅兴。

在夏日的骄阳之下，伫足瘦西湖畔的小苎萝村，顿感清凉。南侧盐阜路上不时有打扮入时的摩登女郎飘香，北侧护城河里时见装束古朴的俊俏船娘弄舟，使游人误以为这就是西施的故乡。

三、美食："包含历史的精炼的点心"

曹聚仁先生在《闲话扬州》一文里，曾借用周作人的话说，"住在古老的京城里，吃不到包含历史的精炼的或颓废的点心，是一个很大的缺陷"。曹聚仁反问道，扬州能给我们吃到"包含历史的精炼的点心"吗？

夏日来游扬州，一项必不可少的内容，是充当一回饕餮，大快一下朵颐。朱自清的《扬州的夏日》在谈到瘦西湖最著名的风景小金山、法海寺、五亭桥时说，"法海寺有一个塔，和北海的一样，据说是乾隆皇帝下江南，盐商们连夜督促匠人造成的。法海寺著名的自然是这个塔；但还有一桩，你们猜不着，是红烧猪头"。他特别指出："夏天吃红烧猪头，在理论上也许不甚相宜；可是在实际上，挥汗吃着，倒也不坏的。"夏天吃红烧猪头，在想象中好像过于油腻，其实不然。从红烧猪头延伸开去，便是有名的"扬州三头宴"。胡适之、梁实秋先生对于扬州的狮子头都曾极力推崇，这里就不多说了。

夏日的扬州，除了有丰盛的筵席，还有休闲的茶馆。在朱自清生活的时代，北门外一带的下街，茶馆最多，往往一面临街，一面临河。游船行过时，茶客与乘客可以随便招呼说话。船上人若高兴时，也可以向茶馆中要一壶茶，或一两种小笼点心，在河中喝着，吃着，谈着。回来时再将茶壶和所谓小笼，连价款一并交给茶馆中人。朱自清说："扬州的小笼点心实在不错。我离开扬州，也走过七八处大大小小的地方，还没有吃过那样好的点心；这其实是值得惦记的。"

在另一篇《说扬州》里，朱自清先生又一次谈到：扬州是吃得好的地方。他说，扬州最著名的是茶馆，早上去、下午去都是满满的，吃的花样最多。坐定了，沏上茶，便有卖零碎的来兜揽，手臂上挽着一个黯淡的柳条筐，筐子里摆满了一些小蒲包，分放着瓜子、花生、炒盐豆之类。又有炒白果的，在担子上的铁锅里爆着白果，发出一片铲子的声音。食客得先告诉他，他才给你炒，炒得壳子爆了，露出黄亮的仁儿，铲在铁丝罩里送过来，又热又香。还有卖五香牛肉的，让他抓一些，摊在干荷叶上，叫茶房拿点好麻酱油来，拌上慢慢地吃。也可向卖零碎的买些白酒，喝着。这才叫茶房烫干丝。扬州的干丝比北平的好。朱自清说："北平现在吃干丝，都是所谓煮干丝；那是很浓的，当菜很好，当点心却未必合适。"最好的还是扬州的小笼点心："扬州的小笼点心，肉馅儿的、蟹肉馅儿的、笋肉馅儿的且不用说，最可口的是菜包子、菜烧卖，还有干菜包子。菜选那最嫩的，剁成泥，加一点儿糖一点儿油，蒸得白生生的，热腾腾的，到口轻松地化去，留下一丝儿余味。干菜也是切碎，也是加一点儿糖和油，燥湿恰到好处；细细地咬嚼，可以嚼出一点橄榄般的回味来。"

那么，扬州能给我们吃到"包含历史的精炼的点心"吗？曹聚仁终于有了答案："扬州著名的酱菜、生姜较嫩，莱菔头较小，虽不用味之素，亦有甜味；扬州菜刺激性很少，又不像广东菜那么板重，颇得中庸之道；扬州戏细腻活泼，介乎昆剧与徽剧之间；用享乐的意味来看，这古老的城市扬州，还值得人们留恋的。"

四、美俗："最风雅也没有的地方"

扬州的美，给一个初来的外地游客会留下什么印象呢？一个字：雅。

张慧剑先生在《扬州漫游记》里说，扬州人最雅的地方，表现在茶馆的招牌名字都起得都十分隽雅——"绿杨村、香影廊，念在嘴里，字字都像可以咬出浆来"。

宣博熹先生在《瘦西湖的旧梦》里说，扬州不但茶馆的招牌名字隽雅，"沿湖走去，岸边有许多精致小巧的水阁，并且都标上了很清雅的名字"。

对于扬州景观的名字之雅，郁达夫先生也说过："扬州之美，美在各种的名字，如绿杨村、廿四桥、杏花村舍、邗上农桑、尺五楼、一粟庵等。"他认为这是一些"最风雅也没有的名称的地方"。哪怕它们实际上只剩下一条断石，或半间泥房。

关于扬州的招牌名字，洪为法先生曾说过，教场四周的茶社和面馆"很有些典雅的名字，如惜余春、碧萝春、静乐园、九如分座等"。同样，朱自清先生也以为，扬州的茶馆总是好的，甚至连"名字也颇有好的。如香影廊、绿杨村、红叶山庄，都是到现在还记得的。绿杨村的幌子，挂在绿杨树上，随风飘展，使人想起'绿杨城郭是扬州'的名句。里面还有小池、丛竹、茅亭，景物最幽。这一带的茶馆布置都历落有致，迥非上海、北平方方正正的茶楼可比"。

对于名字的高度考究与反复斟酌，正是扬州人审美意识无处不在的具体流露。夏日的扬州，最叫人回味不尽"美餐"，也许就是扬州人日常生活的"雅"，和扬州人深入骨髓的"美"。

冯其庸先生《绿杨城郭忆扬州》形容扬州瘦西湖的美是"清雅"："瘦西湖的纤影，既窈窕而又清雅"。

洪为法先生《扬州续梦》形容扬州盆景的美是"雅致"："那些盆景中，有时会放置着几块玲珑的小石块，这自然是很雅致的点缀"。

在《扬州的风景》里，易君左把扬州人的这种雅，看成一种儒雅。用他的话说，叫作"柔美"。他说，江北人的性格多强悍，而扬州人则很平和。扬州人虽在江北，却早已江南化了。他觉得，文艺词典里的"柔橹轻篙"一词，唯有在扬州可以领略——"当你躺在画舫中藤椅上，闭着眼睛凝神静听清波粼粼的流声，万籁俱寂只有远远松涛的微声，这时是何等的柔美！你看那竹林深处隐约一座小亭，那亭上有一两个穿藕花衫子的女郎笑殷殷的吃樱桃，你疑心入了图画。杂花生树群莺乱飞的中间，点缀一些参差的阁楼，碧云中有苍鹰盘旋，闪翅斜阳中作黄金色，真爱死人！你坐在小桥头，仰观斜云，俯视静水，鱼群并不避人影，白鸥竟飞上佛头；隔岸垂钓者悠然自得，他半天钓不起一鱼不着急，鱼自然更不着急，是何等的忘机！偶然午梦萧寺中，梦里听隐隐的钟声，起视则茅屋炊烟已袅袅而上，黄犬起来伸个懒腰，雄鸡拍拍彩翅振振精神，晚饭的时候到了！鸡犬亦神仙！"在此环境中体味美景，品赏美人，消受美食，实在是神仙生涯。

易君左先生极言："游扬州瘦西湖感受柔美的程度，比游西湖还胜！"所以，你要游扬州，除了选择烟花三月和二分明月的季节，你一定要选择扬州的夏日！

藕白菱红又中秋

　　没有一个城市，像扬州这样与月亮结缘，留下了无数咏月的华美诗章："天下三分明月夜，二分无赖是扬州。""春江潮水连海平，海上明月共潮生。"……

　　也没有一个城市，像扬州这样与月亮亲近，分布着众多以月命名的胜迹：月观，月明轩，二分明月楼……

　　所以，在扬州过中秋是人生最美的事情。

一、二分明月在扬州

　　扬州有月亮城的美称。对于月亮，扬州人怀有一份执着而坚贞的情结。自从"二分明月"的名句产生之后，扬州人便用一座城门的命名来纪念一位并不知名的诗人，这样的例子在古今中外并不多见。扬州的徐凝门是用诗人徐凝的名字命名的，而徐凝并不是唐代最有名的诗人。扬州人纪念他，只因为他写过一首诗，这首诗使得人间的扬州与天上的明月结下了不解之缘。在徐凝的笔下，天下三分月色倒有二分被扬州独占。从此，"二分明月"成为扬州的美称。

一到中秋，扬州人的月亮情结会愈加浓烈，月亮的故事也会联翩而至——

唐代扬州人张若虚，作品流传极少，只因一首《春江花月夜》，被人誉为"孤篇盖全唐"。宋代贾似道，为人常被诟病，却由于一联"天下三分明月夜，扬州十里小红楼"，而令人击节。元代扬州富室赵氏，本来无名，只为赵子昂为他题过"春风阆苑三千客，明月扬州第一楼"，传为千古佳话。明代文人汪廷讷，写过不少剧本，唯有《广陵月》杂剧，最为著名。清代的曹寅在他的一首诗中咏道："二分明月扬州梦，一树垂杨四百桥。"后来他的孙子曹雪芹著成《红楼梦》一书，其中不乏扬州的梦影。

月亮就这样依恋着扬州，牵动着诗人的情愫。于是人们给扬州起了一个富于诗情画意的雅号——月亮城。这个雅号能否得到所有人的认同，我们不知道，但扬州人喜欢这个名字。月亮城，等于说扬州是一座月光如水的城，一座月白风清的城，一座月色迷蒙的城，一座永远欢度中秋的城！

在扬州赏月，不但深感月光的温柔，而且倍觉月魄的坚贞。唐代将军韦青在街头与歌女张红红结识，后来红红被召入宫，两人依依惜别。安史之乱后，韦青到扬州避难，在月色下巧遇流浪的红红，因此产生了著名的杂剧《广陵月》。两个有情人在扬州的邂逅，使扬州的月光显得格外地柔情似水。在史公祠里，游人会在一副悲壮的楹联前驻足吟诵，流连不去："数点梅花亡国泪，二分明月故臣心。"月色，在这里成了史可法崇高人格的圣洁象征。

在历史上，扬州曾经有过一个诗人沙龙，叫作"二分明月社"。还有过一位美貌才女，叫作"二分明月女子"。其实历史上的"二分明月"，也并非为扬州独有。清人《蕉轩续录》记载，早在元代，济南也有过"二分明月"的美称。元代名诗人萨都剌在《寄李溉之》诗中写道："天下三分秋月色，二分多在水心亭。"水心亭在济南大明湖上，奇怪的是济南人对于"二分明月"的美称并不热衷。济南人有着北方人的强悍和豪爽，他们似乎更崇拜燃烧的太阳，更爱泰山观日出的雄美；而扬州人具有南方人的纤秀和贞静，他们似乎更钟情于皎洁的月亮，更爱在水边赏月的那份优雅。月亮的沉静与太阳的炽热完全不同。在扬州人口语中，常把"月亮"叫作"凉月"。李涵秋《广陵潮》第三回写道："其时正是九月望后，凉月是大好的，夜间命把桌子挪到屋后小圃上赏月。""凉月"二字，也正好点出了扬州人崇文重儒的秉性。

中秋之夜，万家赏月，只见天上月华如洗——那正是扬州城的精魄。

二、藕白菱红映月宫

按照中国历法，农历八月在秋季中间，为秋季第二个月，故称"仲秋"。因八月十五又在"仲秋"之中，所以称"中秋"。中秋时节，月轮丰满，象征人间的团圆，因而又叫"团圆节"。中秋赏月，也便成了中国人的民俗。

中秋的时令食品，有许多种。厉秀芳《真州竹枝词》说，仪征人过中秋节，是"藕白菱红处处同，一规月饼在当中。嫦娥此夕饮尝遍，问是谁家供品丰"。可见红菱、白藕是必备的食品。汪曾祺《晚饭花》写道，高邮人过中秋节，是"在院子里摆好了的矮脚的方桌，放了毛豆、芋头、月饼、酒壶，准备一家赏月"。则除了红菱、白藕，还有别的时鲜。

随着时代的变迁，传统节日逐渐淡化，中秋食品也仿佛变得单调起来。几年前，《最新亚洲周刊文摘》发表过一篇《逐渐消失的中秋美食》，说若在中秋时节问大陆、台湾、香港、澳门的年轻人，家中除了月饼之外还吃些什么，答案恐怕是"只剩下月饼了"的居多。作者小时候在香港，"除了月饼之外，还有小小一个的芋头，还有个子更小的菱角，还有切出来像星星的杨桃和著名的沙田柚，那柚子吃了之后还在柚皮上插上蜡烛当成灯笼来把玩。这些，在现今工商业发达的社会里，有些似乎变成平常在饭馆里吃到的食物，有些则久已不见踪影，消失在中秋的节庆月饼里了"。

在文章中，作者薛兴国特别写到菱角："菱角？这种中国原产的水生草本植物，好多年轻人看到还不知道是什么食物呢。"他说，在扬州，有一个有关菱角的凄美故事。"韦明铧先生在《扬州掌故》里收录了这个传说。如果在中秋期间到扬州的邵伯湖游览，就会闻到一阵阵的菱香，因为邵伯湖盛产菱角。这里的菱角，是四个角的，新鲜时绿得像翡翠。这样美丽的菱角，是怎么来的呢？传说在邵伯湖一带，以前是非常贫穷的。那里有一个叫里儿的男孩，有一个叫艾儿的女孩。他们誓愿要为家乡找到一种可以在水中生长的食物，于是两人便出外寻找。几经艰辛找到了，但是长在湖里的植物却被湖底的'水猴子'吃光了。于是他们又一次出外，在路上遇到一个叫星儿的小孩，说是来自天上的星星，能给他们一样东西，可以保护植物不被'水猴子'吃掉，还叫他们回家乡等候。到了中秋节当天，星儿来了，给了他们'四角灵'，硬硬的，'水猴子'咬不破。之后，他就飞回天上，做那颗圆月下暗淡的星星，因为他两次下凡，精力已经消耗，不再能和明月辉映了。这四角灵，后来名字便变成菱，有四角的菱。"这是我们童年听过的故事，居然还有人记得。我曾有一首《扬州古风》咏道："菱藕之宴，天井祭月。星空广漠，院中静谧。祭月之茶，饮可治溺。"中秋之夜，家家祭月，大人总要对小孩说："把这杯敬凉月公公的茶喝下去，以后就不会来尿了。"这种风俗，现在仿佛也已远去。

中秋最时行的美食，自然是月饼。现在常见的月饼，有苏式月饼和广式月饼，其实还有扬式月饼，尤以火腿和干菜的味道最为独特。抗战期间，朱自清流寓四川，在中秋节前得到了扬州的月饼，异常兴奋。他写了一首诗，叫《中秋节近，以火腿干菜月饼贻慰堂，皆乡味也。慰堂峻却不受，作此调之》，诗云："饼饵聊随俗，先生拒勿深。团圞中秋月，迢递故乡音。且快屠门嚼，还同千里心。物轻人意重，佳节俊难禁。"在朱自清眼中，那些火腿月饼、干菜月饼是真正的"乡味"，可以抚慰他漂泊的生涯。

扬州人除了买现成的月饼，还在自家做烧饼。家父韦人公《风雨兼程》回忆道："中秋节，我们小时候都叫八月半。这一天家家户户都要做烧饼，到处闻到烧饼香。这种烧饼是发好面，以芝麻和糖做馅心，在锅上炕出来的。"

　　扬州人在中秋的次日，要带出嫁的女儿回来吃月饼。《广陵潮》第六十七回写道："因为今天是个八月十六，扬城俗例，无论大家小户，总须接嫁出去的女孩儿回来，吃剩下的团圆月饼。"民间谑称这种风俗为"吃馊月饼"，与端午次日带女儿回来吃饭称为"吃馊粽子"，有异曲同工之妙。

三、又卖中秋宝塔灯

　　中秋因有朦胧的月光而显得多情多意，花前月下原是古代男女踏歌求爱的好时光。这种古风虽然历经变化，但是月下狂欢的旧俗在扬州仍有存留。

　　明清时期，很多地方都喜欢在中秋之夜燃灯。中秋灯与元宵灯不同，称为"宝塔灯"。宝塔灯在各地也有不同的形式。苏州人用瓦砾搭成宝塔形状，中间供地藏王，四周燃灯，称为"塔灯"。广州人用红柚皮雕刻各种人物花草，中间安放琉璃盏，称为"番塔灯"。扬州人所燃的宝塔灯，是一种工艺灯。在清代中叶，一到中秋之夜，全城争点宝塔灯，数便益门一带最为出名。董伟业《扬州竹枝词》有云："八月中秋秋气清，满街锣鼓闹闲身。光明宝塔光明月，便益男人看女人。"乃是风俗纪实。扬州宝塔灯的制作，异常繁缛奢侈，林苏门《邗江三百吟》对此写道："中秋宝塔灯，沿金陵报恩寺等处塔灯之事而为之也。昔之为灯，高不数尺。今塔有用粗纸作底，外以怀素纱裱之，大者高二三丈不等。洞嵌玻璃，角响铜铃，而顶则以大羊角灯为光。其价，竟有贵至数百余金者。上年又有作大塔灯，载以木筏，往来平山河内为戏者，亦太过矣！"

但扬州的这种宝塔灯，一直不断。如《望江南百调》咏道："扬州好，暮景是中秋。大小塔灯星灿吐，团圆宫饼月痕留。歌吹竹西幽。"《续扬州竹枝词》咏道："辕门桥上挨挨挤，又卖中秋宝塔灯。"《广陵潮》六十回是这样写的："这一年中秋佳节，天气清朗非常，朱二小姐清早起来，打扮得花枝一般似的出来替卜氏拜节，又叫乳妈将小美子穿齐整了，单论他脚上一双小兔儿鞋子，是朱二小姐亲手做的，真做得穷工极巧。小美子虽然是乳妈抱着，他两只小手，只管向桌上要去抓陈设的瓜果，引得卜氏同朱二小姐拍手大笑。朱二小姐又吩咐门口的爷们过江，到老爷署里去一趟，请老爷今晚早点回来玩赏中秋佳节，家里的酒筵，是要等老爷回来才开的。爷们答应了，日落的时候，打发小顺子过江，一直等到初更时分，晋芳也不曾回来。朱二小姐怕小美子要睡觉，便先吩咐仆妇们点齐香烛，又把厅堂上那一座十二层嵌空玲珑的宝塔点起来，四围配着水月纱灯，十分光彩。卜氏以下一干人等，相率次第拜月。果然那一轮皓魄，也像是知道有人拜他的意思，纤云四卷，银河欲流，格外比平时晶莹到十倍。"

中秋是一个最富于人情味的节日。一家人在自家的院子或者阳台上，摆上一桌时令鲜果，燃上一炷陈年旧香，表面上是供奉月亮，实质上是享受亲情。当月上东山，万人仰看，白天的忙碌和烦恼顿时消失，只剩下心与心的交融，人与自然的交融。

菊黄蟹紫近重阳

一当金菊怒放，醉蟹飘香，重阳节就来了。

重阳现在成了一个敬老的节日。贤明的父兄，和他们颖慧的子弟，在重阳这一天共享天伦，同度秋光，其乐也融融。

中国需要老年人的节日，但传统的重阳节其实并非单纯的敬老节。重阳是随着时代的前进，在不断丰富和更新着自己的内涵的。这也正是所有中国传统节日的生机之所在。

重阳的风俗，大抵有登高、赏菊、啖蟹、吃糕、饮酒、插旗，以及佩戴茱萸等，扬州人也是如此。可以说，登高之乐，赏菊之美，啖蟹之快，是重阳的永远的魅力。

一、登高还上叶公坟

重阳登高，几乎成了定制。古人以九为阳，九月初九，两九相逢，故称"重阳"。这个时节正值秋高气爽，所以人们要在这一天登高望远，以便吐故纳新，迎吉驱邪。

但是扬州并没有什么高山。扬州人的登高，因此也便有了自己的特点，那就是登观音山、上平山堂、爬文峰塔、凭四望亭、谒天宁寺，借以极目秋色，放眼长空，涵养乾坤之浩气，沐浴宇宙之清风。

近人有一位徐谦芳，在《扬州风土记略》里对扬州人重阳登高的地方做了这样的记载，说："扬州城南有宝塔，城北有叶公坟，城中有万佛楼。重阳日，士女结伴前往，以应登高之俗。"城南宝塔就是古运河边的文峰塔。塔建于明，高耸七层，与通州燃灯塔、临清舍利塔、杭州六和塔并称为"运河四塔"。登文峰塔，可以南眺京口，北望蜀冈，心胸郁闷为之一廓。万佛楼就是天宁寺的华严阁，当年乃是扬州第一崇楼。民初李涵秋先生在《广陵潮》中说："请母亲到扬州过重阳节，天宁寺三层楼上登高。"就是说的扬州人在重阳节登万佛楼。

但是，当年扬州人在重阳这一天，登得最多的还是叶公坟。清人徐兆英《扬州竹枝词》记道："重阳士女聚如云，郭外闲游日未曛。赏菊傍花村里坐，登高还上叶公坟。"诗后有注："重九日，多赴北郭外傍花村赏菊，以叶公坟为登高之所。"叶公坟再高，毕竟是坟。可是古人非但不忌讳，而且乐于攀登。我觉得在这一点上，古人并不输于今人。

"叶公坟"这个名字，对于今天的扬州人来说，已经非常生疏了。它的位置，大约在今天的玉带河西，冶春园北。它的东边是叶公桥，桥今仍在，依然用的旧名。王振世《扬州览胜录》中有《叶公坟》条，说："叶公坟在叶公桥左，明刑部侍郎叶相之墓也。"实际上在百年之前，李斗《扬州画舫录》就已记道："叶公坟，明刑部侍郎叶公相之墓也。墓后土阜，高十余丈，前临小迎恩河。右有石桥，土人称之为叶公桥。相传为骆驼地，其上石枋、翁仲、马羊，陈列墓道……重阳于此登高，浸以成俗。"到了近代，叶公坟前的石人石马皆半卧于荒榛蔓草之间，但每当重阳时节，扬州人还是来此登高。可惜时过境迁，叶公坟早已变成了市廛。

"高"与"糕"谐音，所以重阳不但要登高，而且要吃糕。小时候，常从街头小摊买来几块"重阳糕"，软软的，热热的，到口便化。糕以米粉蒸成，色白味甜，形状或者是圆的，或者是方的。我一直不明白，为什么在扬州府旧属的泰州一带，把重阳糕称为"斜糕"。《吴陵竹枝词》写泰州的风习是："一番风信到重阳，市上斜糕扑鼻香。"《港口竹枝词》写高港的风习是"九月重阳十月朝，旗分五色卖斜糕。"倒是扬州府所属的仪征，风俗更近于郡城，如《真州竹枝词》中有

《重阳糕》一诗，咏道："重阳从此留佳话，翻是无诗胜有诗。"没有说它是"斜糕"。

重阳的吃，除了糕，还有酒。厉惕斋有《重阳酒》诗："过了重阳日易消，主人今夕举杯邀。"可是"重阳酒"究竟是什么酒，并无定说。

最能给重阳带来节日气氛的，其实是"重阳旗"。人们常在重阳糕上，插上红绿纸旗，称为"重阳旗"，我们小时候还见过。清人林苏门《邗江三百吟》中有《插重阳旗》一条，说："重阳，以五色纸剪成旗式，粘竹苇上，鬻于市，遍插门头。此制未知所仿。"这一风俗现在已经渐渐淡化了。也许将来的孩子，再也不知道重阳旗是什么东西。

虽然王维的《九月九日忆山东兄弟》说："独在异乡为异客，每逢佳节倍思亲。遥知兄弟登高处，遍插茱萸少一人。"然而重阳插茱萸之俗，远没有端午插蒲艾之风那样普及。也许只有极少数风雅之人，才会在重阳这一天采来茱萸，戴在头上。茱萸是中药，置于家中，满屋飘香，据说可祛风寒。

二、赏菊最好傍花村

重阳时节，菊花盛开，满城尽带黄金甲。这时，扬州无论大家小户，僻巷通衢，到处飘溢着令人沉醉的菊香。民国

时人孔庆镕《扬州竹枝词》云："佳节重阳笑语喧，看花征
逐走千门。"好像扬州人的赏菊，不爱单枪匹马，总是三五
成群，喜欢在喧闹声中尽情享受菊花的盛宴。

扬州人传统的赏菊佳处，是城北傍花村。《邗江三百吟》
有一篇《傍花村寻菊花叶种》，写道："村在北门外，叶公坟
相近。"傍花村周围约三四里许，绝无别花，惟菊而已。内
有竹庐、草舍数十家，皆以种菊为业，所以名曰"傍花村"。
相传曾有叶姓自远方来，携带异样菊种留于村中，教花农以
种法，不数日飘然而去。有人说，那就是叶公的后裔。凡是
重阳到傍花村赏菊的人，无不议论此事，并去寻找叶家留下
的菊花名种。傍花村的菊花，就这样被赋予了缥缈而神奇的
色彩。

傍花村的位置，原来大概在天宁寺西北一带。这里几百
年来，一直是扬州菊农的大本营。

例如清人梅植之有《过傍花村徐氏花墅》一诗，描写了
傍花村的村野风情，并且申明一定要在重阳时来此赋诗："乘
闲寻北郭，秋意满疏篱。""更与期重九，登高来赋诗。"另
一个清人钱文樾有《重九后二日偕诸弟傍花村看菊》一诗，
写的是兄弟结伴到傍花村看菊花的愉快心情："对菊光阴宜
纵酒，插萸兄弟早他乡。天涯何必登高约，但醉江村爱晚
香。"可是傍花村的菊花，究竟怎样出类拔萃、与众不同呢？
偶然看见一首清人徐兆英的《重九日郭外傍花村访菊》，他
告诉我们："此村负郭雅知名，种遍菊花年最久。风茎月朵

密于烟，异种奇葩大如斗。家家开径设茶轩，处处编篱映榆柳。倾城士女闹重阳，踵借肩摩遍童叟。"傍花村的菊花竟然"密于烟"，"大如斗"，难怪倾城士女都要来此闹重阳了。

扬州菊花经过历代花农的精心培育，在形、色方面都异彩纷呈。民国时有个扬州文人叫李伯通，在章回小说《邗水春秋》中比较过扬州与清江两地的菊花。他写道："记得重阳前后，菊花盛开，正是余军门小小寿辰。寻常的过个小小生辰，算做甚么？到了大人先生，只恨无缘巴结，难得找出题目，你也来借花献佛，伊也来因佛献花，把一座节帅官厅堆叠得如菊花山一般。不过，清江的菊花，不似扬州的菊花。古称：'橘逾淮为枳。'说也奇怪，扬州的菊花有甚么'前十种'、'后十种'，金铙、虎须、麦穗、乱云、柳线、翡翠翎……一切一切的无上上品。谁知到了清江，同是一样菊花，叶子也变粗了，花头也变侉了……"言词之间，颇为扬州菊花自豪。我认识一位专家，他说，扬州菊花本来名品甚多，但流失严重。清代以来的三十名品，如今存世的仅有七种。清前期扬州有十大名菊，分别是虎须、金铙、乱云、麦穗、素娥、柳线、翡翠绿、玉狮子、粉霓裳、鸳鸯霓裳，称"前十大名品菊"；到清后期又有另十大名菊，分别是玉飞、紫阁、麒麟阁、麒麟芦、麒麟甲、海棠魂、玉套环、金套环、白龙须、杏红藕衣，称"后十大名品菊"；民国间又出现新十大名菊，即猩猩冠、醉红妆、紫宸殿、绿牡丹、金飞舞、绿衣红裳、鹤舞云霄、外霞满月、燕尾吐雾和醉宝。可是如今只有虎须、柳线、麒麟阁、猩猩冠、绿衣红裳和绿牡丹尚在，鹤舞云霄仅在外地还有母本。我希望在将来的傍花村里，能够重现从前的菊花盛况。

今天的万花园，其实花事之盛已经大大超过了当年的傍花村。重阳之日，我们正不妨结伴往游，做一回众香国里的饕餮。

三、啖蟹勿忘扬州调

蟹在很长时间里，都是稀少而名贵的食品。小时候每到重阳，家里会有少量螃蟹，几盆菊花，父亲总是叨念着"持螯赏菊"这句话。但那时真正吃蟹的机会并不多。

现在的扬州城里，不时闻见蟹香，尤其在重阳前后。清人《续扬州竹枝词》咏道："遣兴傍花村里过，持螯天气蟹肥乡。"是说扬州的重阳，应该一边赏菊，一边持螯。对于普通人来讲，这个理想到了今天才算实现。

扬州本是产蟹的地方，扬州人也善于吃蟹。据食谱记载，扬州用蟹制作的常用菜肴，就有清蒸蟹、炒蟹线、雪花蟹斗、蟹子豆腐、蟹黄扒鱼翅、蟹粉狮子头等等，令人眼花缭乱。

扬州的蟹来自几处地方。《扬州画舫录》说，扬州城北的黄金坝，在清中叶为热闹的鱼市。其中就有来自各处的蟹："蟹自湖至者为湖蟹，自淮至者为淮蟹。淮蟹大而味淡，湖蟹小而味厚，故品蟹者以湖蟹为胜。"蟹、虾、菱、藕、芋头、柿子、萝卜、蝉螯，称为"八鲜"。黄金坝有八鲜行，专事螃蟹交易。

关于蟹的产地、味道和蓄藏，长期生活在扬州的清代著名美食家童岳荐在所著《调鼎集》中说："蟹以兴化、高邮、宝应、邵伯湖产者为上，淮蟹脚多毛，味腥。藏活蟹，用大缸一只，底铺田泥，纳蟹，上搭竹架。悬以糯谷稻草，谷头垂下，令其仰食。上覆以盖，不透风，不见露，虽久不瘦。如此坛装，可以携远。"扬州人因爱食蟹，所以对于蓄藏活蟹积累了如此妙法，堪称一绝。

对于蟹的吃法，《调鼎集》中介绍了剥壳蒸蟹、酒煮蟹钳、蟹炒鱼翅、蟹炒南瓜、蟹肉干、蟹炖蛋、炒蟹肉、拌蟹酥、烩蟹、佘蟹、蟹粉、蟹松等法，而以"壮蟹法"尤为奇特："活蟹洗过，悬空中半日，用大盆将蛋清打匀，放蟹入盆，任其食饱即蒸。又，雄蟹扎定爪，剃去毛，以甜酒和蜜饮之，凝结如膏。"由此可见扬州人在食蟹方面的用心之细。

扬州人特别爱吃醉蟹和糟蟹。以鲜活幼蟹浸清水中，让其吐尽秽物，即置瓶内，以酒渍之，便成佳肴。清初郝璧《广陵竹枝词》云："蟹黄肥美敌江瑶，活眼蹒跚受赭糟。但是团脐居上胲，琉璃酒满且持螯。"所咏即糟蟹。加拿大学者刘烈在《西门庆与潘金莲》中说："酿螃蟹为维扬人的一嗜。"并非杜撰之言。

扬州人食蟹之法，在《后红楼梦》第二十九回中也曾提及："说起吃螃蟹来，不是一个个的剥他，也没趣。若是别的弄起来，也没个新鲜的法儿，不过是鱼翅炒的、鸡蛋炒的、鸡鸭肉和做了羹汤的。再不然，扬州调儿——剥了一盘，一角一角的，也再不见什么新样儿。"这段话是王夫人对林黛玉等人说的。也许就是林黛玉将扬州人吃蟹的方法带到了贾府，并被王夫人戏称为"扬州调儿"。

现在，蟹黄包、蟹黄干丝、蟹粉豆腐羹等蟹制品，都已走入扬州寻常百姓家。邻家小女慧儿对我说，谁料到儿时在书中望梅止渴的美味，如今会出现在自家饭桌上了呢？

当你想到菊花与螃蟹，你一定不要忘了到扬州来过重阳！

辑三

市塵

琴棋书画

　　扬州人的骨子里，流淌着高贵而优雅的因子。最普遍、最集中也最见性情的精髓，就是琴棋书画。广陵琴派，扬州八怪，都是人们耳熟能详的。古琴曲《广陵散》，古棋谱《桃花泉》，都和扬州密切相关。

一、琴

　　扬州人爱琴。一个初春的月夜，我们一行人从广陵路北的一条小巷进去，转过几道弯，来到一座貌不惊人的民居前。主人马维衡先生热情地邀我们入内，进门后才觉得里面竟别有天地。一方院落，几株绿树，使得院中婆娑有生气。院子的右侧有房几间，雕花床与梳妆台古色古香。院子的左侧是一间客座，中间置茶几、茶壶、茶杯，可容六七人雅集，墙上悬挂着几张古琴，一切显得萧散简朴，而又典雅深邃。主人就在这个酒足饭饱的春夜，为我们欣然鼓琴。古城，古宅，古琴，都消融在朦胧月色之中。

"主人有酒欢今夕，请奏鸣琴广陵客。"唐人李颀的《琴歌》大概是关于扬州琴史最早的记载。唐代扬州最著名的琴家，要数美人薛满。李龟年在岐王府做客时，适逢府中大开筵席，帷幕后面音乐声起，金石丝竹，绕梁回荡。作为大音乐家的李龟年，不甚关心酒宴是否丰盛，却对音乐演奏听得如醉如痴。他是一个审音辨律的专家，当他听完一支琴曲，说："这是秦音慢板。"再听完一支琴曲，说："这是楚音流水。"于是岐王到帷幕后面去问，果然先弹琴的是陇西姑娘沈妍，后弹琴的是扬州姑娘薛满，两人的琴风完全不同。薛满是第一个留下姓名的古代扬州琴人。她是扬州人，自然学琴于扬州，表明唐代扬州已有弹琴的氛围和教琴的老师。薛满弹奏的琴曲和风格具有浓郁的楚地风味，与来自陇西的沈妍所具有的秦地风味恰成对照，说明当时扬州的琴艺已经形成地方的风格。

古代扬州的琴人，似乎多处于社会动乱中。元明易帜时，扬州烽火不断，当时也有一位扬州琴人，不得不避乱于江南。他的名字叫王有恒。王有恒是一个饱学之士，也是一个倜傥之人。他的生平我们知道得很少，仿佛就是读书、弹琴，还有喝酒。但他是一个富有情趣的人，从他的斋名"听雨篷"，可以想见其格调。钱谦益的《列朝诗集》里收录了《王有恒听雨篷》一诗，透露了王有恒在流亡中以琴自遣的生活："援琴时作广陵散，鱼龙出听天吴泣。""平山堂上看春色，还忆江南听雨时。"家国剧变，文人惟有以琴寄情。王有恒有个朋友，是武进谢应芳，曾写诗告诉我们这位扬州琴家的情况。诗的题目较长，是《维扬王有恒，避乱居东吴三十余年。所至寓舍，以"听雨篷"名之。多学，能琴，而善饮。醉则鼓琴自娱，故自号曰"醉琴"。然乡土之思，亦尝于琴发之。予盖相闻而未之识也，吾友释仲翔专书为求二诗，遂为赋之》。谢应芳一共写了两首诗给王有恒，其中一首题为《听雨篷》："昔年家住扬州市，雨声不入弦歌耳。"

明清时扬州琴人最多。明代有一个魏文璧，善于鼓琴，曾游历京师，不屑与当道交往。时人顾清为之题诗《维扬魏文璧工诗，能琴，善画。幅巾布袍游京师，萧然不与尘土杂。将还，与德卿御史各赋诗送之》，诗中有"清沟绿树绕江都，树里人家画不如"之句，似乎说魏文璧家小有园林之胜。

清代扬州琴人的记载最为丰富。据刘少椿《广陵琴学源流》说，清初徐常遇，字二勋，善琴，风格与常熟派相近，学者尊为广陵宗派，著有《澄鉴堂琴谱》。徐常遇的子孙均著声望，琴名历三世不衰。同时又有徐祺，毕生研求琴学，集海内外名谱，辑为《五知斋琴谱》。其后有吴仕伯，名灴，精研琴律，辩明曲体，著有《自远堂琴谱》。吴仕伯传于释仙机、颜夫人，颜夫人授梅蕴生，仙机授释问樵，问樵转授秦维翰。秦维翰字延青，别字蕉庵，著有《蕉庵琴谱》。其后，有释云闲集辑《枯木禅琴谱》，以五知斋、自远堂为宗。秦维翰传释小航，其他如赵逸峰、丁绥安、向子衡、王小梅、梅植之、王耀先、丁玉田、孙檀生、解石琴、徐卓卿、徐北海，以及释莲溪、雨山、皎然、普禅等，皆与蕉庵先后辉映。近代广陵操缦家，当推孙绍陶、王芳谷、胡芝甫、夏友柏等，民元间设广陵琴社，延孙绍陶指导。近世广陵琴家张子谦、刘少椿、高治平、胡斗东等，皆孙绍陶之高足。

二、棋

扬州人爱棋。1976年，因为唐山大地震的缘故，扬州城到处搭建起了防震棚。我们家的防震棚搭在新华中学的操场上。住在新华中学的日子里，偶尔会到处转转，对校园后面教工宿舍的一口古井，至今尚有印象。井栏为石质，呈灰白色，已有许多道深深的绳痕。当时并不知道，这口历尽沧桑的古井却有个艳丽的名字，叫"桃花泉"。十年后，当我从书店买到一本蜀蓉棋艺出版社整理出版的《桃花泉弈谱》的时候，才知道这部著名的棋谱，竟然就得名于新华中学里的那口井。而这口井，后来在古城建设的名义下永远消失了。

《桃花泉弈谱》有光绪时人邓元鏸序，提到乾隆己卯年（1759）施襄夏在扬州著作《弈理指归》，由两淮盐运使卢雅雨作序并刊行。六年后，范西屏的《桃花泉弈谱》完成于两淮盐政高恒的署中。邓元鏸序说："范、施两公，均家海宁，而著谱皆在扬州，刻谱又皆鹾使，遇亦奇矣！"范、施二人，都是清代围棋国手。邓序中特别提到扬州桃花泉，说："桃花泉者，鹾署井名也。名谱以地，人尟知之。赖有麟庆见亭《鸿雪因缘图记》，记之也。"查麟庆《鸿雪因缘图记》有《桃泉煮茗》条，桃泉即桃花泉，原在两淮盐漕察院中，遗址在扬州今文昌阁东北。麟庆写道，他曾在扬州"汲桃花泉，煮碧螺春"。至民国间，董玉书《芜城怀旧录》又云："范西屏《桃花泉棋谱》刻于扬州，以所居盐院有桃花泉而名之。"可知，桃花泉在某种意义上，是围棋艺术流行于扬州的最好见证，也是围棋艺术与扬州盐业密切关系的最好见证。

扬州盐业从汉代吴王刘濞开启先河，此后历代延绵不绝，成为列朝政府的赋税大户。我们今天所说的扬州盐商，大抵特指明清两代在扬州经营盐业的那批商人。他们先是以晋商、陕商为主，后来由徽商称霸一方，而以其他地方来的商人作为配角。他们与围棋，有许多传奇式的故事在民间流传。

我印象较深的，一是博山《弈史》记载扬州盐商胡兆麟与国手范西屏下棋的故事，题为《胡兆麟范西屏对弈》："胡兆麟，扬州盐贾也，好弈。"有一天，胡兆麟与范西屏弈至中盘，困窘非常，就佯称身体不适，暂停对弈。同时，派人飞速找施定庵求援。当时，施定庵在东台，使者奔走了两天之后才赶回扬州。胡兆麟假称自己身体已经好了，与范西屏继续对弈，完全按照施定庵所教方法着子。范西屏笑道："定庵人未到，棋先到啦！"胡兆麟听了，十分惭愧。

二是吴友如《点石斋画报》谈扬州盐商与四川棋手赌棋的故事，题为《弈争美婢》："扬城某醝商，家资豪富，性奢侈而好博弈，虽一掷百万蔑如也。"一年春末，有个四川公子路过扬州，前往拜访盐商，盐商很高兴。有一天，公子听说盐商善于下棋，就提出要向他请教。盐商说："我平生不出无名之师，公子一定和我比较高低，必须有个非常的赌注才行。"公子说："赌注太多了，何谓非常的赌注呢？请明教。"盐商说："我有一个宠婢兰英，才艺双绝，愿以此为赌注。公子如能胜我，兰英就归你。但恐怕公子拿不出赌注来，奈何！"公子听了，说："这有何难！"言罢，命家人将侍女江南春唤来。江南春言谈风貌，不让兰英，原来是四川公子携带出游的美婢。于是，盐商和公子两人当即展棋枰，分黑白，你来我往，厮杀起来。开始时，两人还旗鼓相当，但是不久盐商就输了，只好把兰英送给公子。本来，盐商自负棋艺，在扬城向无敌手，不料竟败在他人手中，白白送了一个美人。

清代扬州的围棋，常在园林中对弈，画舫上也是下棋的地方。李斗《扬州画舫录》记道："画舫多以弈为游者，李啸村《贺园诗》序有云：香生玉局，花边围国手之棋。是语可想见湖上围棋风景矣。扬州国工只韩学元一人而已；若寓公则樊麟书、程懒予、周东侯、盛大有、汪汉年、黄龙士、范西屏、何闇公、施定庵、姜吉士诸人，后先辉映。"这一段记载，最能说明桃花泉时代扬州棋风之盛，当时连馆中童子、担草农夫都棋高一着。同时，四方国手，云集扬城，也显示了扬州的泱泱大度。

三、书

扬州人爱书。早在三国时代，就有皇象善写八分书，雄奇飘逸；又工于章草，纵横自然。世传《天发神谶碑》《松江本急就章》等，就出于皇象之手。隋代提倡佛教，令学士和高僧等缮写佛经，藏于扬州，这也促进了扬州书法的发展。商人严恭在扬州经商，建立精舍缮写《法华经》数千部。其经文字迹工整，潇洒圆润，号称"严法华"。

　　唐宋之后，扬州的书画家群星灿烂。唐代扬州大书法家李邕把书法艺术发展到了一个新的高峰。他以行草见长，取法王羲之、王献之，反对一味模仿，自创新路，以变为正。其传世之作如《李思训碑》《麓山寺碑》等，均跌宕多姿，千古生辉。宋代扬州的徐铉、徐锴兄弟，都是著名的书法家。徐铉精于篆书、隶书，传世之作有《篆字千字文》《武成王庙碑》。徐锴也精于篆书、隶书，有《茅山题铭》传世。元明时代也出现了一些书画家。元代的扬州画家盛昭，擅长画竹石，名噪一时。明代扬州人高毂、朱曰藩，都是书法家。高毂长于行书、楷书，朱曰藩长于行书、草书。

　　清代扬州书坛是最活跃的，涌现出了许多书法家和书法理论家。创新和变法，渐渐成为书画家的自觉追求。清初，寓居于扬州的查士标、石涛、程邃等人代表了扬州书坛的最高成就。查士标以徽人旅扬，影响甚大。他的书法，兼有苏轼的风骨和米芾的神态，而自成一家。石涛的书法多参隶书笔意，又有六朝造像书法的影子。他的字同他的画一样，散朴不检，古趣盎然。程邃的书法学颜真卿，笔致古秀，超逸不群。到清代中叶，扬州名家如林，其中扬州八怪又是佼佼者。八怪诸家的书法，刻意打破常规，另辟蹊径，例如金农、郑燮、黄慎、高凤翰等人，在书法上都有极高造诣。金农潜心研习汉隶，不守古法，甚至截去毫端，用方笔写字，使得字体方正古拙，浑穆沉静，有如金石，号称"漆书"。郑燮的书法师古而不泥古，初学黄山谷，后来参以"八分"，又集篆书、隶书、行书、楷书于一炉，其字风流隽雅，参差错落，号称"六分半书"。黄慎先写楷书，中年以后致力于草书，笔意连绵，节奏流畅，起伏顿挫，变化莫测，恰似"疏影横斜，苍藤盘结"。高凤翰的汉隶功底深厚，写字苍浑古拙，晚年因为右手病废，以左手作书，转而多出奇笔，如同"睡龙伸爪，趣在法外"。

稍后，扬州书坛以邓石如、伊秉绶、包世臣的影响最大。邓石如寓居扬州多年，篆书、隶书俱臻上乘。他的篆书不同于前人的匀净平整，而追求流动顿挫；他的隶书则遒丽朴茂，多姿善变，因此人称其"四体书皆国朝第一"。至今，扬州平山堂还保存着他的篆书《心经》石刻，深受书家珍视。伊秉绶曾任扬州知府，其楷书、行书、草书均恬静平和，劲秀清绝。他的隶书成就最高，用笔方劲，结构宽博，貌似稚拙，意则高古。故康有为评论清代书家，认为"集分书之成者，汀州伊秉绶也"。包世臣是邓石如弟子，以邓氏之法书写北碑，用笔比邓石如更方，专取侧势，充满了转换之美。他所著《艺舟双楫》一书，其中有对于书法的专论。

值得一提的是，扬州学者如阮元、汪中、焦循，也都在书法方面卓有建树。嘉庆年间，碑志大量出土，扬州也出土了汉历王中殿刻石，书体在篆书和隶书之间。古代碑刻的浑穆沉雄，与当时书坛上的柔骨媚态截然相反，阮元因此大力提倡"碑学",打破了"帖学"的一统天下。汪中和焦循,在治学之余,也工书法,他们胸次高旷,一旦涉笔,皆清气远出。晚清时的扬州书法家,主要有吴让之和梅蕴生等。吴让之正、草、隶、篆无所不工,梅蕴生书法跌宕遒丽,一时声誉鹊起。

民国初年,扬州书风受包世臣、吴让之的影响,崇尚碑学,多在隶书、篆书、楷书上下功夫。这个时期的书法家,有吉亮工,生性狂放,工于诗书,笔意奇崛恣纵,识者赏之。有陈含光,自幼学书,洒落清丽,最善篆书,为世所重。有王景琦,擅长楷书,笔法苍秀,晚年所书,愈加遒逸。有包契常,擅长魏碑,喜书大字,气势宏伟,笔力千钧。此外,还有长于行草的何其愚,善于行书的何瑞生,善于魏碑的颜裴仙,工于篆书的方尔谦等。

四、画

扬州人爱画。隋朝的展子虔,是绘画史上的杰出画家,曾在洛阳、长安、扬州等地的寺院画过许多壁画。他善于画故事、人马、山水、楼台,人物的描法细致,后再用色晕开人物的面部,神采意度极为深致。展子虔所绘《游春图》是目前发现的存世山水卷轴画中最古的一幅。《宣和画谱》称赞他"写江山远近之势尤工，故咫尺有千里趣"。

　　唐代江都王李绪，为太宗侄子，多才艺，善书法，尤擅画鞍马。杜甫《观曹将军画马》诗云："国初以来画鞍马，神妙独数江都王。"是对他的极大褒奖。名声更大的是大小李将军。李思训，字建，历任扬州江都令等职，因玄宗时官至右武卫大将军，所以被称为大李将军。他擅画青绿山水，受展子虔的影响，笔力遒劲。在题材上，他多表现幽居之所。传为他的作品有台北故宫博物院藏的《江帆楼阁图》轴，画游人在江边活动，以细笔勾勒山石轮廓，赋重青绿色，富于装饰性。其子李昭道，官至太子中舍人，也是著名画家，人称小李将军，秉承家学，亦擅青绿山水，风格工巧繁缛。藏于台北故宫博物院的《明皇幸蜀图》画唐玄宗及随从逃难四川的情形，宋以来相传为他的作品。今天扬州瘦西湖有"小李将军画本"景点，可见他在扬州的影响。

　　明代扬州的画家较多。张羽善于画山水，笔力苍秀，时人评为上等。郑本擅长画花卉，点染鲜洁，评家列为神品。刘权雅善于画牛，其画艺被人们比作戴嵩。郑元勋的山水画，笔致洒脱，有士人之风。杨一洲的山水画，笔墨灵秀，含自然生气。仰廷宣也擅长山水，他的画法很奇特——先把案几用水潮湿，再把纸张铺上，用毛笔点染，这样纸上就出现了烟云氤氲的效果。

　　清初扬州的绘画，分为山水、界画、传真等种类，各有名家。山水画家中，查士标的影响最大。查士标是徽州人，长居扬州。他绘画初学倪瓒，后参以米芾、米友仁等人的画法。亦善诗文，著有《书神堂诗》遗世。其绘画以山水见长，取材广泛，并旁及枯木、竹石等。寓居扬州的画家，还有龚贤、石涛。龚贤字半千，为金陵八家之首。石涛姓朱，号苦瓜，对扬州画派影响深远。界画画家中，代表人物有李寅、王云、萧晨、袁江、袁耀、颜峄等，尤以二袁最出名。袁江的山水界画，烟树云峦，崇楼峻阁，结构错综，色彩绚烂。袁耀继承家学，长于描写扬州园林实景，间作花鸟亦佳。传真画家中，当以禹之鼎为首。禹之鼎字尚吉，扬州人。康熙年间授鸿胪寺序班，以画供奉入畅春园。其画幼师蓝瑛，后出入宋元诸家，临摹前人作品能达到乱真的程度。善画山水、人物、花鸟、走兽，尤精传神写照。

　　扬州画坛出现了一个人所皆知的画派——扬州八怪。扬州八怪包括郑燮、罗聘、黄慎、李方膺、高翔、金农、李鱓、汪士慎等画家。从康熙末年崛起，到嘉庆初年八怪中最年轻的画家罗聘去世，前后近百年。他们绘画作品数量之多，流传之广，无可计量。据《扬州八怪现存画目》记载，为国内外两百多个博物馆、美术馆及研究单位收藏的就有八千余幅。他们作为中国画史上的杰出群体，已经闻名于世界。扬州八怪的创新之风，不断为后世画家所传承。近现代名画家如王小梅、吴让之、赵之谦、吴昌硕、任伯年、任渭长、王梦白、王雪涛、唐云、王一亭、陈师曾、齐白石、徐悲鸿、黄宾虹、潘天寿等，都各自在某些方面受扬州八怪的作品影响而自立门户。清代后期，扬州画坛上也有一些有影响的画家。如朱鹤年、朱文新、朱本有"邗上三朱"之称，王小某、闵小白、魏小眠、徐小谷、巫小箴、卜小泉、李小淮、吴小庄、翁小海、史小妍有"邗上十小"之誉。

近代扬州画家，也颇有阵容。李墅对于山水、人物、走兽，无所不能，作品丰富。陈康侯画花卉、草虫，笔致秀洁，栩栩如生。梁公约工于芍药、菊花，出手超脱，神韵天然。吴笠仙画山水、人物皆精，中年以后致力画菊花，亦工亦意，艳而不媚。

琴能静心，棋能益智，书能冶情，画能生趣。在琴棋书画的千年浸润和百代熏陶之下，扬州人总是能够顾盼生辉，气定神闲。

花鸟鱼虫

　　漫步扬州古城，可以在那些人迹罕至的冷僻处，偶尔看到芍药巷、雀笼巷、金鱼巷、螃蟹巷等名字。在这些巷名的背后，藏着扬州人的一份闲适。

一、花

　　扬州人爱养花。一座城市，让人一到那里便立即联想到某一种花，这种花便是她真正的而不是矫情的名片。像这种因历史积淀而成的城市名片，可遇不可求。并不是每一座城市都如此幸运，都有一种花作为她公认的标志。到洛阳必问牡丹，到北京必寻红叶，到广州必看木棉，到成都必赏芙蓉，凡游扬州者无不欲一探琼花与芍药的消息——这是历史给扬州的珍贵馈赠。同时，由于历史的积淀作用，这些花花草草也不再是单纯的植物，而俨然成了当地人文的象征。

扬州的幸运，在于除了琼花和芍药之外，还有众多的名木、名花、名草，以及关于它们的种种美丽传说。且不说曹雪芹的祖父曹寅有《五白诗》咏扬州的栀子花："本自扬州重，浓芬遍水涯。"也不说扬州八怪的边寿民有《题水仙画册》评扬州的水仙花："水仙以广陵者为佳。"花木在扬州的非凡地位，也许从扬州的得名便可以看出来。沈括《梦溪笔谈》云："扬州宜杨，荆州宜荆。"这使人不由得不揣想，"扬州"这个地名，或许并非由于"水扬波"的原因，却是因为"地宜杨"的缘故。"扬州"，或许一开始就与花木相关？

"花文化"无疑是扬州文化不可忽略的内容，也是扬州文化中最美好和最流行的精华。

当扬州城里的女郎细声吟唱《好一朵茉莉花》的时候，扬州乡下的村姑也在引吭高歌《拔根芦柴花》。当扬州平民的斑驳砖墙上爬满了十姊妹、爬山虎的时候，富商雅士们也在用梅庄、柘园、双槐园、万柳堂、双树庵、桃花坞、双桐书屋、万松叠翠、长堤春柳和百尺梧桐阁来标榜他们的精致花园。

王观《扬州芍药谱》云："扬人无贵贱皆戴花。"他说得一点也不错。如果一定要作点补充的话，那就是：扬州人不分贵贱，不但都爱戴花，而且爱栽花、爱养花，视花为美的使者与精灵。这样，关于花的故事，在扬州也就花样翻新、花团锦簇了。

把花喻为美女的最极端的例子，是扬州人的"嫁杏"。据宋人庞元英《文昌杂录》载，朝议大夫李冠卿在扬州有居所，堂前一株杏树极大，每年开花十分繁盛，可是从来不结果实。一天，来了一个媒婆，她见到这株杏树，就笑着对主人道："等明年春天，我替你家把这棵杏树嫁了吧！"到了这年深冬时节，媒婆果然携来美酒一樽，说这是谈婚论嫁的"撞门酒"。然后她拿了一条处女穿的裙子，系在杏树上，接着就对着杏树醑酒祝词，煞有介事。主人见状，开怀大笑，以为荒唐。但等到来春，这株杏树开花后，竟然结子无数！据说在江淮之间，除了"嫁杏"，还有"嫁橘"，这显然是将花拟人化的说法。其中一定隐藏着古代扬州人关于植物栽培学的秘诀，只是后人已经"不知是何术也"。

扬州的花文化，显然不仅是指琼花观的琼花、芍药圃的芍药、梅花岭的梅花、茱萸湾的茱萸、紫藤园的紫藤、盆景馆的盆景。扬州的花文化，还应该包括文昌路的银杏、驼岭巷的古槐，个园里的竹子、运河边的柳树，包括八怪的兰草、宝城的园艺，清曲的鲜花调、民歌的茉莉花，农村的打花鼓、城市的闹花灯，张永寿的剪纸菊、钱宏才的通草花，谢馥春的头油花粉、富春茶社的魁龙珠茶，地下出土的青花瓷片、门楼雕刻的如意花草，玉石雕成的白菜黄芽、漆彩绘就的梅兰竹菊，姑娘绣鞋上的喜鹊登梅、淮扬宴席上的萝卜雕花，宋人王观的《扬州芍药谱》、明人王磐的《救荒野菜谱》，包括历代扬州人在植物学方面的建树和艺术学方面的创造……所有这一切，构成了扬州以花为载体和以美为灵魂的绚烂的花文化。

二、鸟

扬州人爱养鸟。关于扬州人养鸟之事，最早见于宋人徐铉《稽神录》："广陵有少年，畜一鸲鹆，甚爱之。"鸲鹆就是八哥。这段记载表明，扬州人在宋代已经笼养八哥，这种传统一直延续到明清。明末郝璧《广陵竹枝词》咏道："哥鸟窗前唤六郎，莲花如面看苏娘。殢人未得真消息，借舌传情到夕阳。"诗中的"哥鸟"指八哥，"借舌"指八哥能够学舌。八哥学舌的特点，后来被扬州商人用来牟利。清人李斗《扬州画舫录》谈到，扬州天宁门街有个卖糕的人得知盐商安岐最富，特意教会他的八哥学会"安公买我"四字，当安岐经过糕铺前时，听见八哥说"安公买我"，就用重金买下了这只八哥，回去后才知道八哥只会说这四个字。

八哥之外，扬州人又好养鹦鹉和画眉。中国在汉代已有驯养鹦鹉的记载，如许慎《说文解字》云："鹦鹉，能言鸟也。"祢衡《鹦鹉赋》云："性辩慧而能言兮，才聪明以识机。"扬州人蓄养鹦鹉的确凿记载，见清人陈志堪《芜城竹枝词》一诗："酒帘高傍画船斜，岸上鸣鞭入酒家。解事偏余鹦鹉舌，殷勤客到只呼茶。"晚清黄鼎铭《望江南百调》也写道："扬州好，溜雀教场中。月样红叉鹦鹉架，水磨黄竹画眉笼。顾盼健儿雄。"

扬州人还喜好各种雀戏，包括鸟鸣比赛、驯鸟说话、欣赏斗鸟、人学鸟鸣等。宋人已有关于雀戏的记载，例如《西湖老人繁胜录》提到的"飞放鹰鹞""老鸦下棋"，都属于雀戏。当时以"教飞禽"出名的赵十七郎，是驯练雀戏的能手。《马可·波罗游记》生动描绘元代的雀戏，说大汗在野外发现鹤或其他鸟类时，就命令放鹰去捕猎，这时"皇帝躺在木亭中睡椅上，观赏这种放鹰捕鹤的情景，十分开心"。曹雪芹在《红楼梦》中写"贾蔷从外头来了，手里提着个雀儿笼子，上面扎着小戏台，并一个雀儿，兴兴头头往里来找龄官"。这个雀儿据说叫作"玉顶儿"，令其"衔旗串戏"，价值一两八钱银子。这种"衔旗串戏"的雀戏，扬州也有。王锦云《扬州忆》云："扬州忆，慧鸟锦笼收。旗插鹅翎衔蜡嘴，米调鸡卵饲黄头。安放近帘钩。"就是说蜡嘴表演的《旗插鹅翎》，可知《红楼梦》中的雀儿衔旗之戏，是有生活依据的。

最常见的雀戏是鸟鸣比赛，乃至艺人模仿鸟鸣，并与鸟类比赛。《扬州画舫录卷》记载扬州最有名的模仿鸟鸣的艺人，有井天章、陈三毛、浦天玉、谎陈四等人："井天章善学百鸟声，游人每置之画舫间与鸟斗鸣，其技与画眉杨并称。次之陈三毛、浦天玉、谎陈四皆能之。"在清代，北京有名艺人画眉杨，擅长与鸟争鸣，野史颇多记述，扬州井天章与他称雄于南北。这一盛况延续到晚清，道光时人严廷中《望江南》描写当时扬州教场的风情是："扬州好，午倦教场行。三尺布棚谭命理，四围洋镜觑春情。笼鸟赛新声。"最后一句"笼鸟赛新声"，既是扬州赛鸟风俗的史料，也是扬州雀笼技术的史料，证明以笼养鸟现象在扬州市井中之普遍。

扬州养鸟风俗最盛行的时代，是清代中叶。《扬州画舫录》说："每晨多城中笼养之徒，携白翎雀于堤上学黄鹂声。白翎雀本北方鸟，江南人好之，饲于笼中，一鸟动辄百金。笼之价值，贵者如金戗盆，中铺沙矸石，令雀于其上鼓翅，谓之'打蓬'。若画舫中，每悬之于船楣，以此为戏。次则画眉、黄脰之属，不可胜数。"笼养之风盛行，雀笼工艺必然随之发展，所以城里才有一条雀笼巷。

扬州的雀笼有贵贱、精粗、高下之分，这方面的记载极少。黄鼎铭《望江南百调》曾提到扬州雀笼的用料，是"月样红叉鹦鹉架，水磨黄竹画眉笼"。可知水磨黄竹是当时雀笼用料中最常见的。

扬州雀笼制作工匠，旧时大多集中于教场的雀笼巷。雀笼巷中有十多家制作和销售雀笼的作坊与店铺，其中颇多能工巧匠，技艺一直流传至今。

三、鱼

扬州人爱养鱼。古诗《江南》云："江南可采莲，莲叶何田田！鱼戏莲叶间。鱼戏莲叶东，鱼戏莲叶西，鱼戏莲叶南，鱼戏莲叶北。"这首诗说明，人们很早就从对鱼的观赏中获得愉悦的情感。其实在《庄子》里，已经提到濠梁观鱼之乐。庄子和惠子曾经有过一段对话，记载于《庄子·秋水篇》：有一天，庄周、惠施同游濠梁观鱼，看见一群鱼来回游动，悠然自得。庄子说："鲦鱼出游从容，是鱼之乐也。"惠子曰："子非鱼，安知鱼之乐？"庄子曰："子非我，安知我不知鱼之乐？"就是这一段简单的对话，对于中国的思想界、哲学界和文学界等产生过重要的影响，同时也说明了中国古人对于鱼的关注和欣赏。

扬州人究竟什么时候开始养金鱼，不得而知。但金鱼的饲养始于宋代，一般来说没有问题。明人李时珍在《本草纲

目》中说，金鱼"宋始有蓄者，今则处处人家养玩矣"。其
后沈弘正在《虫天志》中说："维扬人家蓄金鱼，初以红白
鲜莹争雄，后取杂色白身红尾者，有金鞍、鹤珠、七星、八
卦诸名，分缶投饵。"证明明代扬州人养金鱼，已从大池混
养发展到分盆单养，也即由人工对金鱼进行选种。

　　扬州人养鱼，尤好品种新异。明人屠隆《金鱼品》列
举当时的许多金鱼品种说："惟人好尚，与时变迁。初尚纯
红、纯白，继尚金盔、金鞍、锦被，及印头红、裹头红、连
腮红、首尾红、鹤顶红，若八卦，若骰色。又出赝为继，尚
墨眼、雪眼、珠眼、紫眼、玛瑙眼、琥珀眼、四红至十二红、
二六红。甚有所谓十二白，及堆金砌玉、落花流水、隔断红
尘、莲台八瓣，种种不一。总之，随意命名，从无定颜者也。"
更有所谓花鱼、红豆、眼凸、三尾、四尾、品尾、银管，"广
陵、新都、姑苏竞珍之"。

　　《扬州画舫录》记载了一个名叫朱标的金鱼饲养家，说
"标善养花种鱼，门前栽柳，内围土垣，植四时花树，盆花
庋以红漆木架，罗列棋布，高下合宜。城中富家以花事为陈
设，更替以时，出标手者独多。柳下置砂缸蓄鱼，有文鱼、
蛋鱼、睡鱼、蝴蝶鱼、水晶鱼诸类。《梦香词》云：'小队文
鱼圆似蛋，一缸新水翠于螺。'谓此。上等选充金鱼贡，次
之游人多买为土宜，其余则用白粉盆养之，令园丁鬻于市。
有屋十数间为茶肆，题其帘曰'柳林茶社'。"扬州的观鱼、

养鱼、育鱼、卖鱼，在乾隆间已蔚然成业。到民国时，扬州的金鱼业依然兴旺，王振世《扬州览胜录》有云："金鱼市在广储门外。沿城河一带人家以蓄金鱼为业，门内筑土为垣，甃砖为池，池方广可三四丈，并置砂缸多只，分蓄金鱼。大者长盈尺，小者一二寸。鱼类共七十二种，有龙背、龙眼、朝天龙、带球朝天龙、水泡眼、反腮水泡眼、珍珠鱼、南鱼、紫鱼、东洋红、五花蛋、洋蛋、墨鱼等，名目繁多，不可枚举。各省人士来扬游历者，多购金鱼携归，点缀家园池沼。每岁春二三月，养鱼人家往往运至沿江各埠销售，亦有远至湘鄂者。"

扬州人的赏鱼，有"四宜"之说。宜早起，晨曦初露，霞光未散，观鱼于清泉碧藻之间，其情如诗。宜月夜，月色当空，银辉浮荡，忽有金鳞跃起，其景如画。宜微风，波浪如纹，涟漪成韵，鱼闻声腾挪，其动若舞。宜细雨，燕子斜飞，珠玉飞溅，鱼安然不动，其静若禅。

四、虫

扬州人又爱养虫。虫的鸣叫声，似乎早就引起了人们注意。《诗经》有《草虫》一篇，开头是"喓喓草虫，趯趯阜螽"。喓喓是虫叫的声音，草虫是蚱蜢、蝈蝈、蛐蛐之类。又有《七月》写道："五月斯螽动股，六月莎鸡振羽，七月在野，八月在宇，九月在户，十月蟋蟀入我床下。"斯螽、莎鸡、蟋蟀都是善于鸣叫的虫。人们为了随时听到虫吟，就把它们捉来，饲养在笼子里。这样，虫鸣不再是纯粹的自然现象，而成为人类社会文化生活景观的一部分。

扬州人爱听虫鸣。《扬州画舫录》记载一个名叫鸣秋的扬州人，精于鉴别蟋蟀，并能著书立说："北郊蟋蟀，大于他处。土人有鸣秋者，善豢养，识草性，著《相虫谱》，题曰'鸣氏纯雄'。秋以此技受知于歙人汪氏，遂致富。"鸣秋这个名字，似乎是他的艺名。

南方常见的鸣虫是蝈蝈，俗名叫哥哥。清人蒋士铨有《沁园春·北方有虫名哥哥者戏咏》一词，说："聒聒哥哥，南北之人，语言不同。"似乎叫哥哥就是聒聒。据汪曾祺先生《蒲桥集》说："蝈蝈我们那里叫作'叫蛐子'。因为它长得粗壮结实，样子也不大好看，还特别在前面加一个'侉'字，叫作'侉叫蛐子'。这东西就是会呱呱的叫。有时嫌它叫得太吵人了，在它的笼子上的拍一下，它就大叫一声：'呱！——'停止了。它什么都吃。据说吃了辣椒更爱叫，我就挑顶辣的辣椒喂它。"文中所写，是扬州一带的风情。

还有一种最古老的鸣虫，叫纺织娘，亦名络纬。据说《诗经》中的"六月莎鸡振羽"，即指纺织娘。晋人崔豹《古今注》说"莎鸡一名促织，一名络纬，一名蟋蟀"，将莎鸡与蟋蟀误为一虫。在扬州一带，纺织娘又称缝纫婆，在豆丛瓜田间，它发出的"织织织织"的声音，恰似纺车在吱吱转动。我少年时代在故乡，常听见它的鸣叫，声音大而沙哑，时间总在夏天之夜。

蝉也是古老的鸣虫，俗称知了。《庄子》说到"痀偻承蜩"的故事，不知那位曲背老人捕来的蝉，是否笼养起来，然后听它鸣叫。但至迟在唐代，蝉已被笼养。宋人陶谷《清异录》记云，唐代京城游手好闲之徒，在夏天捉蝉叫卖，称为"青林乐"，"妇妾小儿争买，以笼悬窗户间"。扬州亦有此戏，《扬州画舫录》说："堤上多蝉，早秋噪起，不闻人语。长竿粘落，贮以竹筐，沿堤货之，以供儿童嬉戏，谓之'青林乐'。""青林乐"一词，自唐代长安传于清代扬州，也是奇观。

扬州人更擅长斗蟋蟀，有人以此技为生。董伟业《扬州竹枝词》云："蟋蟀势穷何处使？鹌鹑场上看输赢。"王锦云《扬州忆》云："把就鹌鹑邀客斗，教成鹦鹉作人言。"孔庆镕《扬州竹枝词》云："蟋蟀声中夜点兵，上场明日赌输赢。"扬州人称善斗的蟋蟀为"将军"。惺庵居士《望江南百调》说："扬州好，蟋蟀斗纷纭。如虎几人夸异种，牵羊九日策奇勋。供养铁将军！"

每个人在儿童时代，都会对昆虫产生浓厚的兴趣。

我记得，自己小时候曾亲手捉过蜻蜓、蝴蝶、知了、蚂蚱、甲虫、蚂蚁、萤火虫等等小昆虫。这些小小的生物，给我们带来了大大的乐趣。

扬州的蜻蜓，有黄、蓝、红、绿、黑几种颜色。其中红蜻蜓一般是捉不得的，捉了据说会害眼睛。黑蜻蜓被称为"鬼蜻蜓"，总爱在水上飞，也不能捉，而且无法捉。最好玩的是绿蜻蜓，因为它个头特别大，而又有些呆，称作"大绿豆儿"。捉蜻蜓要趁早，当露水未干的时候，到竹林、树丛里去一看，到处都栖息着蜻蜓。它们似乎仍在睡梦中，所以轻轻地用手一拈就可以捉得。玩的方法并没有什么讲究，大抵是捉了蚊子喂它，或是让它的翅膀为我们扇风，再就是拔了它的腿让它飞走。有一种黑色的甲虫，在扬州一带称作"金妈妈银妈妈"，飞行的时候十分莽撞，也容易捉。我们捉到这种甲虫，就用线把它拴起来，线的另一端拴着一张小纸片，纸片上写上几个字，就把它放飞了。"金妈妈银妈妈"拖着长长的线和小小的纸片在天空飞，把孩子们的希望和快乐也带上了天。知了在扬州叫作"唧唠"，在扬州乡下叫作"叽啰"，它的好玩主要在会叫，叫声很响。它死了，我们就给它造一座墓，立一个碑，写上"叽啰之墓"。

夏天夜晚的最好的游戏，是带了玻璃瓶捉萤火虫。但大人会叮嘱孩子千万别把萤火虫放在帐子里，听说它会钻进鼻孔吃人的脑子。捉萤火虫的游戏，不是今天才有的。晋代书生车胤曾经把萤火虫捉进袋子里，但他是因为家贫无油，要借萤光读书，不是为了玩耍。《三字经》里的"如囊萤，如映雪"，前句谓此。隋炀帝杨广曾征求萤火虫数斛，夜出游山时放之，光遍岩谷。据说这也是扬州的事典，唐人杜牧《扬州》诗中咏道："秋风放萤苑，春草斗鸡台。"即咏其事。《惟扬志》说："大业末，炀帝征求萤火数斛，夜出游山，始放之。"萤火的确可以玩赏，家苏州先生（韦应物）有《玩萤火》诗云："时节变衰草，物色近新秋。度月影才敛，绕竹光复流。"到清代，甚至有专门捕捉萤火虫来卖的。《扬州画舫录》说："北效多萤，土人制料丝灯，以线系之，于线孔中纳萤。其式方、圆、六角、八角，及画舫、宝塔之属，谓之'火萤虫灯'。近多以蜡丸爇之，每晚揭竿首鬻卖，游人买作土宜。"可惜现在的都市里，已经几乎看不到萤火虫了。

我认为最有创意的玩法，是《浮生六记》所写的那些。沈复常住扬州，他的《浮生六记》关于生活趣味的描写，常因其朴实而动人。他说："余忆童稚时，能张目对日，明察秋毫，见藐小微物，必细察其纹理，故时有物外之趣。夏蚊成雷，私拟作群鹤舞空。心之所向，则或千或百果然鹤也。昂首观之，项为之强。又留蚊于素帐中，徐喷以烟，使其冲烟飞鸣，作青云白鹤观，果如鹤唳云端，怡然称快。"他的妻子芸娘还用昆虫制作成标本，其法为："觅螳螂、蝉、蝶之属，以针刺死，用细丝扣虫项系花草间，整其足，或抱梗，或踏叶，宛然如生。"见者无不称绝。

　　我在儿时曾见故乡有人饲养一种红色小虫，将其放在小金属盒子里，可以携带在身边。这种虫吃红枣。据说这种虫也可以吃，味道如枣一样甘甜。其名似乎叫"洋虫"，但学名叫什么，一直未能查考。

扬州与名人

　　一座城市，既没有京城的显赫，也没有山川的形胜，但是数千年来却吸引了上至王侯、下至士商的无数名流前来观光、求学、定居、创业。这就是扬州。

　　交通、生态、人文，应该是扬州的综合魅力所在。没有交通无法走向世界，没有生态不能诗意栖居，没有人文难以厚德载物。

　　回顾历史上的扬州，好像一个巨大的人才磁场，时刻召唤各种人物来书写他们的人生，也书写扬州的辉煌。

一、南巡帝王的后院

欲取芜城作帝家。

——李商隐《隋宫》

在漫长的封建时代里，扬州不是京城，倒像是帝王的后院。如果不谈邗叔和夫差的话，盘点起来，最早来到扬州的帝王应该是魏文帝曹丕。

公元225年冬十月，曹丕率一路兵船，领十万大军，出谯城，下涡河，经淮河，屯兵广陵城下，准备讨伐东吴。广陵的战略位置，使得魏文帝踌躇志满，他倚马吟诗一首，即《广陵于马上作诗》。诗写得很有气魄："观兵临江水，水流何汤汤。戈矛成山林，玄甲耀日光。猛将怀暴怒，胆气正纵横。谁云江水广？一苇可以航。"几句话就将他意欲一统天下的雄心和盘托出，我们好像看到了广陵城下载矛如林、盔甲耀眼、将士豪气冲天的军威。不料十月天气却突然下雪，河面全部冰封，水师不得入江，结果曹丕反被东吴所袭，兵败而回。

如果说魏文帝曹丕经过广陵只是假道，隋炀帝杨广来了就不想走了，他在扬州一住就是十年。隋炀帝是历史上唯一在扬州居住时间最长的皇帝，也是唯一死在扬州、葬在扬州的皇帝。隋炀帝是历史上留下争议最多的皇帝，也是在客观上提高了扬州知名度的皇帝。他写的关于扬州的诗歌，也成了鼓吹扬州的广告，如《江都宫乐歌》中的"扬州旧处可淹留，台榭高明复好游"，《泛龙舟》中的"舳舻千里泛归舟，言旋旧镇下扬州"，都比李白的"烟花三月下扬州"更早。

唐朝的扬州虽然号称"扬一益二"，但是唐朝的皇帝没有来过扬州。奇妙的是，唐人牛僧孺《玄怪录》却记有"开元明皇幸广陵"的神话，说开元十八年（730）正月望夕，唐明皇问术士叶仙师："四方之盛，陈于此夕，师知何处极丽？"叶仙师回答："灯烛华丽，百戏陈设，士女争妍，粉黛相染，天下无逾于广陵矣。"唐明皇说："何术可使吾一观之？"言毕，眼前立即出现一道天桥，唐明皇与随从上桥步入云霄，"俄顷之间，已到广陵矣"。只见扬州月色如昼，街陌绳直，灯火照灼，士女华丽。唐明皇觉得非常开心，说："此真广陵也！"自此之后，扬州的灯火闻名海内。

扬州在南唐时期曾是东都，到了南唐中主李璟的时候才放弃江北的土地，归后周所有。公元975年，宋军攻入金陵，后主李煜出降，南唐亡国。南唐后主李煜举族三百人被俘，乘船押解汴梁。当船经扬州城下时，这位亡国之君眼望扬州故都，满腹悲凉，有《归宋渡江诗》之作："江南江北旧家乡，三十年来梦一场。吴苑宫闱今冷落，广陵台殿已荒凉。"吴苑指南京，广陵指扬州，原来都是南唐之地。如今国破家亡，江南江北都换了人间，所以诗人心中充满兴亡之感。

这种兴亡的悲剧，在中国几千年中反复上演，扬州城几乎成了改朝换代的见证。宋高宗时，金兵压境，生灵涂炭，李纲、宗泽等主战派力主收复失地，投降派却不顾民族大计，只想偏安一隅，苟且偷生。宋高宗赵构一纸诏书，要暂住淮甸，便一下子将宗庙、法物、仪仗统统搬到了扬州。扬州成了宋高宗的战时首都，赵构在扬州住了一年零四个月。此时北方军事吃紧，高宗居然还在扬州广选美女，开科考试，俨然是太平皇帝。等到建炎三年（1129）正月，金兵五千铁骑突袭扬州，赵构才慌忙逃窜到杭州，这才有了后来的临安。

明武宗是临幸扬州的又一个君王。武宗朱厚照是明朝第十位皇帝，年号正德。正德十四年（1519）底，朱厚照借平息宁王之乱为名南下寻欢，在扬州骚扰居民，强抢秀女，征用寡妇。又带领亲信数人往扬州城西狩猎，夜晚就住宿在上方寺，结果打猎三天，才猎获几只兔子。武宗所到之处又禁止民间养猪，因为朱、猪同音，所以要避讳。朱厚照在扬州期间，幸而知府蒋瑶据理力争，百姓才赖以保全。事后扬州人在南门外建蒋公遗爱祠，南门外街也称为遗爱坊。

相比之下，清朝的皇帝要好一些。康熙在扬州的行宫共有两个，一是高旻寺，一是天宁寺，他曾游过大明寺、香阜寺、山光寺等地。康熙第一次到扬州时，将船停泊在江边，在船上度过了第一次南巡的扬州之夜。他先后六下江南，每次都经过扬州。康熙的南巡和正德不同，他是为解决治河难题、缓和满汉矛盾而来的。当然，他的随行人数最多时达到两万多人，给地方的财政带来了巨大的消耗。第五次南巡时，江宁织造曹寅和苏州织造李煦分别捐白银二万两，修建塔湾行宫。为奖励曹李二人，康熙赐给曹寅通政史、李煦大理寺卿的职衔。

乾隆和他的祖父康熙一样，也有六次下江南的豪举。康熙南巡时，沿途主要住在各地官邸，只在扬州、杭州等地建造了少量行宫。乾隆下江南要比康熙南巡奢华得多了。从北京到杭州，沿途建造了三十个行宫。乾隆乘坐的御舟被称为安福舻、翔凤艇，其制作之精美、排场之阔大，令今人难以想象。整个南巡船队共约有千余艘船，一路上吃用诸项都由沿途供给。尽管乾隆三令五申，严禁铺张，但地方官员为得其欢心，无不想方设法，投其所好。乾隆有一首《维扬雨泛》诗云："风吹湿玉一丝丝，廿里邗沟画舫移。"可以想见他坐在画舫上悠然观赏扬州的情景。

除了康熙、乾隆外，其实雍正、嘉庆、光绪皇帝也游览和歌咏过扬州。雍正《渡扬子江》诗云："锦缆解开扬子渡，龙旗飞过广陵潮。"嘉庆《维扬舟次》诗云："梦觉司勋情未歇，从来佳丽是扬州。"光绪《广陵涛》诗云："天风吹倒卷，万里海波平。"平心说来，清代的皇帝对扬州还是情有独钟的。

历代帝王对于扬州的青睐，尽管目的各种各样，却可以用诗人的一句话来概括，那就是——"欲取芜城作帝家"。

二、知识精英的书斋

自知不负广陵春。

——欧阳修《答许发运见寄》

历代游历扬州的文人不胜枚举，留传后世的杰作难以尽数。扬州给了他们无穷灵感，他们也为扬州增添了无上荣光，扬州犹如他们的书斋。我们撷取其中最闪光的剪影：

枚乘，西汉淮阴人，初为吴王刘濞的文学侍从。刘濞企图谋反，枚乘上书劝阻，不被采纳，后为梁孝王宾客。吴楚七国之乱时，枚乘又上书劝刘濞罢兵，由此天下知名。汉武帝即位，征其入京，不幸死于路中。枚乘是著名的辞赋家，曾作《七发》《柳赋》《谏吴王书》《重谏吴王书》，多关扬州之事。

董仲舒，西汉广川人，思想家，儒学家。他把儒家伦理思想概括为三纲五常，汉武帝采纳了他的建议，儒学从此成为官方哲学并延续至今。董仲舒曾任江都王相，提出"正谊明道"的思想，对扬州人影响至深，至今扬州还有正谊巷、大儒坊等地名纪念他。董仲舒著有《春秋繁露》。

鲍照，南朝东海人，与颜延之、谢灵运合称元嘉三大家。临海王刘子顼镇荆州时，鲍照任前军参军，刘子顼作乱时为乱兵所杀。鲍照的名作《芜城赋》写扬州"当昔全盛之时，车挂轊，人驾肩。廛闬扑地，歌吹沸天。孳货盐田，铲利铜山，才力雄富，士马精妍"。杜甫称赞他为"俊逸鲍参军"。

骆宾王，唐初婺州人，与王勃、杨炯、卢照邻合称初唐四杰。他曾为起兵扬州反武则天的徐敬业作《代李敬业传檄天下文》，气势充沛，天下争传。其中"一抔之土未干，六尺之孤何托"二句，激发起唐朝旧臣对故君的怀念。据说武后读到这两句后也为之动容，深为他的文学才华折服。

李白，唐朝江油人，一说西域碎叶人，后人誉为诗仙。生前多次游历扬州，他的名作《黄鹤楼送孟浩然之广陵》传颂千古，脍炙人口："故人西辞黄鹤楼，烟花三月下扬州。孤帆远影碧空尽，惟见长江天际流。"扬州今有青莲巷、居士巷、雅官人巷，合称"青莲居士雅官人"，据说就是说的李白。

白居易，唐代郑州人，他的诗歌题材广泛，形式多样，语言平易通俗。他的《白氏长庆集》，在唐代就在扬州刊刻流传。他与刘禹锡同登扬州栖灵塔，有《与梦得同登栖灵塔》

诗云："半月腾腾在广陵，何楼何塔不同登。共怜筋力犹堪任，上到栖灵第九层。"为扬州人传诵。

杜牧，唐代京兆人，与李商隐并称小李杜。曾在扬州为官，赋诗甚多，以《寄扬州韩绰判官》最知名："青山隐隐水迢迢，秋尽江南草未凋。二十四桥明月夜，玉人何处教吹箫。"诗人以江南的草木凋零，反衬扬州的风物锦绣，古人以为是"厌江南之寂寞，思扬州之欢娱，情虽切而辞不露"。

韦庄，五代前蜀杜陵人，与温庭筠齐名，并称温韦。在长安应举时正值黄巢军攻入长安，遂陷于战乱，作有《秦妇吟》。有《过扬州》："当年人未识兵戈，处处青楼夜夜歌。花发洞中春日永，月明衣上好风多。淮王去后无鸡犬，炀帝归来葬绮罗。二十四桥空寂寂，绿杨摧折旧官河。"为唐人又一提及二十四桥的诗。

欧阳修，宋代吉州人，世称欧阳文忠公，与韩愈、柳宗元、王安石、苏洵、苏轼、苏辙、曾巩合称唐宋八大家。曾任扬州太守，有《朝中措》词云："平山阑槛倚晴空，山色有无中。手种堂前垂柳，别来几度春风。文章太守，挥毫万字，一饮千钟。行乐直须年少，樽前看取衰翁。"因而赢得"文章太守"美名。

苏轼，宋代眉山人，与欧阳修并称欧苏，与辛弃疾并称苏辛，与黄庭坚、米芾、蔡襄并称宋四家。曾任扬州太守，有《西江月》词云："三过平山堂下，半生弹指声中。十年不见老仙翁，壁上龙蛇飞动。欲吊文章太守，仍歌杨柳春风。休言万事转头空，未转头时是梦。"重游故地，缅怀恩师，充满抚今追昔的感慨。

姜夔，南宋鄱阳人，与诗人词家杨万里、范成大、辛弃疾等交游。姜夔路过扬州，目睹战争洗劫后的萧条景象，抚今追昔，写出自度曲《扬州慢》，以寄托对昔日扬州繁华的怀念和对今日山河破碎的悲怆。其中"淮左名都，竹西佳处""二十四桥仍在，波心荡冷月无声"等句成为千古绝唱。

乔吉，元代太原人，剧作家。作有杂剧《杜牧之诗酒扬州梦》，以杜牧《遣怀》诗"十年一觉扬州梦，赢得青楼薄幸名"命意，又采用杜牧《张好好诗》的部分细节，虚构了杜牧与妓女张好好的恋爱故事。剧中对元代商业城市扬州的繁华景象，描绘得颇为生动。

文徵明，明代长州人，画家、书法家、文学家。与唐寅、祝允明、徐真卿并称吴中四才子，又与与唐寅、沈周、仇英合称吴门四家。有《过扬州平山堂》云："莺啼三月过维扬，来上平山郭外堂。江左繁华隋柳尽，淮南形胜蜀冈长。百年往事悲陈迹，千里归人喜近乡。满地落花春醉醒，晚风吹雨过雷塘。"

汤显祖，明代临川人，戏曲家、文学家。撰有传奇《牡丹亭》《邯郸记》《南柯记》《紫钗记》，以《牡丹亭》最著名。明代扬州女子金凤钿，读《牡丹亭》成癖，一心想嫁给汤显祖。后来听说汤显祖已有家室，但她思之再三，仍然"愿为才子妇"。金凤钿的故事说明汤显祖在扬州影响至深。

王士禛，山东新城人，诗人、学者、文学家。曾在扬州为官，成为扬州词坛领袖。曾发起红桥唱和活动，其《浣溪沙》有云："北郭清溪一带流，红桥风物眼中秋。绿杨城郭是扬州。西望雷塘何处是，香魂零落使人愁。淡烟芳草旧迷楼。"一直为世人传诵

纳兰性德，清代满洲人，著名词家。他的诗词在清代以至整个中国词坛上都享有很高的声誉，在中国文学史上也占有光彩夺目的一席。他有《浣溪沙·红桥怀古》："无恙年年汴水流。一声水调短亭秋。旧时明月照扬州。曾是长堤牵锦缆，绿杨清瘦至今愁。玉钩斜路近迷楼。"婉丽凄清，余音不绝。

郑燮，江苏兴化人，画家、诗人，人称"诗书画三绝"。与金农、李鱓、黄慎、高翔等同列为扬州八怪，以画兰竹石最为擅长。书法自成一家，人称板桥体。有"千家有女先教曲，十里栽花算种田"、"我梦扬州，便想到扬州梦我"等佳句，历来为扬州人称引。

有了这样的名人名篇，可以骄傲地说"自知不负广陵春"了。

三、成功商人的职场

一到扬州便值钱。

——郑燮《题兰》

扬州是创业的职场，尤其是两淮盐商拼搏和成功的大舞台。原本是寻常之辈，一到扬州便成就了自己的事业，正如郑板桥所说："一到扬州便值钱。"历史上有南马北查、北安西亢、南季北亢等说，其中"南马""北安""西亢"都是来自四方而在扬州获得成功的商人。他们是中国商界的精华，他们的成功也属于扬州历史的一部分，略举如下：

城南郑氏。影园主人郑元勋，祖籍徽州，万历年间生于扬州。祖辈来扬州经营盐业，成为明代两淮富豪。郑家素有儒风，从商后仍好学不倦，郑元勋兄弟四人都是儒商。崇祯间江南士大夫成立复社，郑元勋成为复社江北领袖，主持东南文坛。郑元勋好义行善，工诗擅画，得到董其昌赏识。著有《影园诗钞》。

淮北阎氏。阎若璩原籍太原，明代迁两淮业盐。在清初学术史上，阎若璩上承顾炎武、黄宗羲，下启惠栋、戴震。阎若璩博物洽闻，精于考据，其中最重要的成就是以《尚书古文疏证》确证了《古文尚书》是伪作。梁启超《清代学术概论》说："阎百诗的《尚书古文疏证》，不能不认为是近三年学术解放之第一功臣。"

北柳巷孙氏。陕西三原人孙枝蔚，世代为富商，因李自成入关而南走扬州。孙枝蔚在扬州一边经商，一边读书。王士祯官扬州时，先赠以诗，称为奇人，又特访之，与订莫逆。孙枝蔚工诗词，多激壮之音，著有《溉堂集》，成为客居扬州的清初关中遗民中存诗最多的诗人。他有诗云："扬州休作客，客老不言归。"

安家巷安氏。中韩交往史上有两位与扬州关系密切的人物，一是唐代的崔致远，一是清代的安岐。安岐因生活的时代较崔致远更近，现在扬州还能找到他居住过的确凿遗址——东关街安家巷，可惜尚未建立安岐纪念馆。安岐精通中国书画，著有《墨缘汇观》，享誉学林。他与山西巨富亢氏齐名，并称北安西亢。

小秦淮亢氏。两淮盐商中北安西亢的"西亢"，是指山西平阳人亢其宗及其家族，人称亢百万。亢氏在扬州的庞大家业，《扬州画舫录》说是"亢氏构园城阴，长里许，自头敌台起，至四敌台止。临河造屋一百间，土人呼为百间房"。但亢氏至乾隆以降，便无后人，赫赫扬扬数百年的"西亢"从此成了历史。

东关街马氏。东关街的街南书屋最近得到了修复，它的主人原是清代扬州盐商马氏兄弟，即马曰琯、马曰璐。马氏原籍安徽祁门，后因经营盐业，居住扬州，成为举世闻名的儒商。马曰琯著有《沙河逸老小稿》，马曰璐著有《南斋集》。兄弟俩勤敏好学，擅长诗词，广交朋友，爱好园林，时称扬州二马。

康山街江氏。从徐凝门路南端向东拐，有一条不起眼的老街叫康山街。几百年前，名噪天下的康山草堂就坐落在这条街上，它的主人就是号称"以布衣上交天子"的扬州盐商江春。江春原籍徽州，有儒风，懂经商，善交际。乾隆帝两次到江春家的康山草堂，并写了《游康山即事二首》《游康山》等诗。

东关街汪氏。东关街雅官人巷有百尺梧桐阁遗址，原主人是盐商汪懋麟，这是两淮盐商中唯一的扬州人。汪懋麟与汪楫合称二汪，又与江春、二马合称扬州盐商三通人，在京师时为京台十子之一。康熙进士，曾参与纂修《明史》，撰述宏富。归里后杜门谢客，昼治经，夜读史，锐意成一家言，有《百尺梧桐阁集》。

城北鲍氏。鲍志道，安徽歙县人。因家道中落弃学经商，以一文钱起家，出任两淮总商二十年。鲍志道虽是巨富，但生活勤俭，重礼好义，为世人称道。在扬州铺设康山以西至钞关抵小东门砖石路面，又建十二门义学供贫家子弟就读。家刻《安素轩石刻》，现藏扬州天宁寺内。今徽州棠樾有鲍氏故居。

淮北程氏。程晋芳，安徽歙县人，学者、诗人。乾隆进士，参加纂修《四库全书》。世代在淮扬业盐，累世巨富，雅好藏书，与商盘、袁枚相唱和，并与吴敬梓交谊深厚。乾隆南巡时，献赋得褒奖，召试第一，赐中书舍人。袁枚称他"胜喜泛施，有求必应"。著述甚丰，有《葃园诗》《勉和斋文》等。

盐阜路黄氏。个园是中国名园，原来的主人黄至筠，籍贯浙江，生于河北。黄至筠在商机万变之中，用兵不厌诈之法稳操胜券。黄至筠是个复杂的人物，他是盐商，却有儒风；他有计谋，又很专断。《扬州画苑录》说他"素工绘事，有石刻山水花卉折扇面十数个，深得王（翚）、恽（寿平）旨趣"。

新仓巷魏氏。新仓巷是一个伟大的思想家起居、思考和著述的地方。这个思想家被誉为中国近代史上放眼看世界的第一人，他的巨著《海国图志》被推为影响中国历史进程最重要的一百本书之一，他就是魏源。他曾做过扬州盐商，可是谁还记得"师夷长技以制夷"这一声划破长空的呐喊是从扬州发出的呢？

东圈门何氏。走进东圈门不远，老街北侧有壶园故址，是晚清由仕而商的何莲舫的家园。何莲舫是江阴人，得到曾国藩的赏识。曾国藩赠他一副对联："千顷太湖，偶与陶朱同泛宅；二分明月，合随何逊共移家。"何莲舫也是藏书家、著作家，著有《悔馀庵诗集》。

埂子街萧氏。近代扬州盐商萧芸浦，原籍江西泰和，满腹经纶，富甲江南，人称萧百万。祖上务农，后到扬州经商，以其财富和声望成为领袖人物。工书法，好风雅，精鉴赏，多善举，有萧义士美誉。朱益濬《诰授荣禄大人萧公芸浦家传》将其比作埋没于乱世的良材："后世有欧阳公其人，其必采录不遗可知也。"

青莲巷周氏。走进冷僻的青莲巷，忽然看见一座高大的青砖门楼时，我们应该知道它的主人是近代扬州盐商周扶九。周扶九是江西吉安人，由于他的朴实和精明，很快成为扬州富商。后来他在上海做起了黄金买卖和地皮生意，曹聚仁称其为上海地皮大王，与犹太人哈同、安徽茶商程霖生合称上海滩三巨头。

南河下汪氏。南河下有扬州盐商现存最大宅院一座，即清末民初的汪鲁门住宅。汪鲁门是安徽歙县人，曾经代理山阳县令，后建立大德制盐公司，从荒凉的海滩上开辟出优质的食盐产地，表现出过人的谋略和实干的精神。汪鲁门工于诗词，晚年信佛，好行善事。1937年抗日战争开始，他从扬州避居上海。

地官第汪氏。地官第有盐商宅院一座，人称汪氏小苑。汪氏祖籍安徽旌德，世代从事皮装业。太平军起事后，汪氏不得已到扬州谋生。经过白手起家，艰苦创业，到第二代时汪氏已经成为晚清扬州盐业的骄子。汪氏后人有博士、经理、教授、厂长、医生、工程师、会计师等，俨然延续了扬州商人重儒崇文的遗风。

康山街卢氏。康山街的卢庆云堂现在成了保存最好的近代盐商住宅之一。原主人卢绍绪是江西上饶人，同治年间来扬州任富安盐场大使，正八品官。后弃官经商，由制盐而运盐，拥有家产约四十八万两纹银。光绪年间构建卢宅，主要建筑有百宴厅、藏书楼和意园等，为晚清扬州民宅之最。

丁家湾许氏。许氏原籍安徽歙县，迁徙扬州的第一代始祖许仁寿，生于乾隆年间。许家白手起家，终成巨富。可贵的是在许氏子弟中，出了许多人才，其中许云甫的长子许国志及其夫人蒋丽金先后在钱学森任所长的力学研究所、数学研究所、系统科学研究所工作，分别当选为中国工程院院士和中国科学院院士。

扬州，不愧是汇聚人才而又输出人才的地方。

扬州与商人

　　扬州是投资者的乐园，尤其是盐商的乐园。在扬州盐商最强盛的时代，他们的代表人物有所谓八大总商、三十总商之说。实际上这些数字大抵是些约数，好像扬州八怪并非八人一样。

　　历代扬州富商的人数，无法精确统计。明清两淮盐商的总数当以千百计，即使到了盐业衰败的近代，扬州盐商尚有一百数十家。但他们的名字，大多已随着时光的流逝而为人们淡忘。

　　明清富商的典型家族，曾经有南马北查、北安西亢、南季北亢等说。这当中，除了北查是指天津盐商查氏家族之外，其余都是扬州盐商大家族。富商的云集和成功，证明扬州是投资者的乐园、创业者的田园、成功者的家园。

一、山西亢氏　晋商巨头

> 山西富室，多以经商起家。亢氏号称数千万两，
> 实为最巨。
>
> ——《清稗类钞》

沿着小秦淮散步的时候，不要忘记几百年前这里曾经寓居着一个显赫的晋商大家族——亢家。两淮盐商中的北安西亢是国人皆知的口碑，西亢就是指山西平阳人亢其宗及其祖先与家族。

关于亢氏的情况，只有野史里有记载。如《清稗类钞》说："亢氏为山西巨富，自明已然。洪洞韩承宠婿于亢，奁金累数万。"又说："山西富室，多以经商起家。亢氏号称数千万两，实为最巨。"亢氏因为富有，人称亢百万。亢家也自诩："上有老苍天，下有亢百万。三年不下雨，陈粮有万石。"

亢家既是盐商、票商、粮商，又是地主。以亢氏的财力，完全能够同时兼营各种行业。前人曾说，康熙时平阳亢氏、

泰兴季氏皆富可敌国，享用奢靡，埒于王侯，而亢季两家都是经营盐业和典当业的。亢氏在扬州有庞大的家业，有名的亢园就在小秦淮畔。亢园长达里许，自头敌台起，至四敌台止，临河造屋一百间，扬州人呼为"百间房"。

亢家是怎样发迹的，如今仍是个谜。一个流传很久的说法是，明末李自成攻入北京后，得到大量财富，后来败走西安，便将这些财富埋藏在山西境内。据说山西人有掘地得到这些财富的，例如亢家便是。根据现有的资料，亢氏的主要经济来源是在扬州经营的盐业。而一旦成为扬州巨富之后，亢氏的奢侈作风与晋商的俭朴做派完全不同。康熙间，《长生殿》剧本刚刚完成，亢氏家班即能演出，仅戏中的道具、服饰等就花费白银四十余万两。

亢氏家族没落于乾隆年间。据《象齿焚身录》说，乾隆后期因外事征战，内兴土木，国库空虚，"于田赋一节已无望，乃注意盐务，取其富商敲剥之"。此时，朝廷想起了亢家。用乾隆的话说："朕向以为天下之富，无过鹾商；今闻亢氏，则犹小巫之见大巫也！"为攫取亢家财富，清廷故意任命亢其宗为管理河工与盐务的官。不料河、盐两边均亏空，朝廷正好借此为名籍没亢家。当时人戏称这是"皇上向亢家借看家银子"。

二、陕西孙氏　秦商大贾

> 学小贾则已倾广陵诸中贾，稍学中贾又倾广
> 陵诸大贾。孙子学中贾之三年，三致千金。
>
> ——《三原县志》

在寓居扬州的陕西商人中，最著名的当推来自陕西三原的孙枝蔚。孙氏世代经商，家财雄厚，为人侠义，崇文好儒。孙枝蔚字溉堂、叔发，号豹人，因排行第八，亦叫孙八。

孙枝蔚显然是一个精明的商人，《三原县志》说他"学小贾则已倾广陵诸中贾，稍学中贾又倾广陵诸大贾。孙子学中贾之三年，三致千金"。孙枝蔚住在扬州董子祠附近，时常亲自到盐场打理盐务。他有《过安丰盐场作》诗云："我自携琴东海滨，相逢半是卖盐人。论诗近有吴生好，三十场中一隐沦。"安丰古称东淘，始建于唐。宋时范仲淹在东台任盐仓监，修筑捍海堰，后人敬称范公堤，自此东淘改称安丰，寄寓民安物丰之意。明清时安丰有灶户一万九千多户，灶丁五万多人，成为有名的盐场。从诗中的"相逢半是卖盐人"，可知孙枝蔚生意繁忙。然而他虽身为盐商，却志在诗文，平日的生活，除了经商就是写诗。

过分热心于诗文，忽略了商务，导致孙枝蔚后来家境走向没落。当然，其中还有一个重要原因是官场的腐败。对于

盐业的利弊，孙枝蔚深有感受，其中最令盐商无奈的是官僚与商人争利。盐商将食盐运到目的地后，官僚凭借权势向盐商"借盐"，以牟取暴利。孙枝蔚贩盐江西时，目睹此种腐败现象，作《借盐》诗云："盐政之弊无不有，我客豫章嗟叹久。商欲售盐官借盐，官先得利商袖手。借盐若问自何人，上为司道下郡守。散与属邑索高价，诸属逢迎谁敢后。"盐最后到了牙侩之手，居然在盐中掺杂泥沙，坑害百姓。结果是百姓吃不到好盐，商人得不到现钱。

孙枝蔚身为盐商，但对盐商职业并不看好。他在破落后写过一首《李屺瞻远至，寓我溉堂，悲喜有述》，寓意深刻："广陵不可居，风俗重盐商。近稷迁陋巷，萧条类穷乡。"他检讨自己的过去："椎秦事不成，骑驴到维扬。遗产尚千金，挥之如粃糠。"当初到扬州时有资产千金，因仗义疏财，不善经营，导致了今天的衰败。孙枝蔚有《溉堂集》，记录了几百年前一个陕西商人流寓扬州的曲折经历。

三、高丽安氏　富甲天下

仪周在扬州置巨宅，豪侈不可言，事阅百余年，扬州人尚知有安二达子者。

——《苌楚斋随笔》

安岐生活于清康乾年间，因随高丽贡使入京而常住中国。他和他的父亲安尚义曾经是清代权相明珠的家臣，后在天津、扬州两地业盐，遂成为最富有的盐商。

安岐以其精明的经商才干，深厚的文化修养，以及奢华的生活方式，典型地代表了扬州盐商的作风。实际上，安岐本人就是两淮盐商的总商之一。故今天重提安岐其人，对于深入研究中韩交往史和扬州盐商史，都不无特殊的意义。

安岐字仪周，号麓村。安岐的父亲安尚义，曾为大学士明珠在天津长芦贩盐，后来又将经营地盘扩大到河南，安岐就是在天津开始帮助其父亲经营盐业的。后来安家将盐业做到了扬州，并成为扬州的巨富。《茞楚斋随笔》写道："仪周在扬州置巨宅，豪侈不可言，事阅百余年，扬州人尚知有安二达子者。有地名芦刮刮巷，原系安家巷，因俗呼而讹。虽屡经兵燹，仍未易称，可见安氏在当日，赫赫在人耳目矣。"今安家巷与芦刮刮巷俱存，一在东关街，一在皮市街。《茞楚斋随笔》以为"俗呼有讹"，可能是作者记载有误，或者由于两处都是安岐住宅的缘故。

安岐在扬州的事迹很多。他喜欢书法，爱好看戏，欣赏武术，《扬州画舫录》认为在"扬州盐务，竞尚奢丽"的风气之中，以安岐为最盛。《扬州画舫录》还记载了安岐资助朱彝尊一事。朱彝尊是浙西词派鼻祖，博览群书，尤好金石，曾参与编纂《明史》，著有《日下旧闻》《曝书亭集》《经义考》等，又辑有《词综》《明诗综》。安岐以万金赠朱彝尊，无疑是出于对其学问的敬慕。

其实，安岐本人也是一位造诣深厚的文物鉴赏家和书画收藏家。其所著《墨缘汇观》一书，是中国书画的经典之作。安麓村的藏书极为丰富，而且多善本、珍本。安麓村所藏之物，有许多得自扬州。经他收藏的书画古籍，上面都钤有"朝鲜人""安岐之印""安仪周家珍藏"、"朝鲜安麓村珍藏书画印"等章。今北京故宫的镇馆之宝《平复帖》《出师颂》上，均有安麓村的收藏印。

四、安徽马氏　儒雅无双

> 我曾得到过扬州马氏小玲珑山馆仿宋雕刻的《韩柳年谱》，是一部雕刻精美的书籍。
>
> ——《明清史谈丛》

扬州东关街的街南书屋，无论在中国经济史还是在中国文化史上，都有一定的地位。它的主人原是马氏兄弟，即马曰琯、马曰璐。马氏原籍安徽祁门，后因经营盐业，居住扬州，成为举世闻名的儒商。马曰琯，字秋玉，著有《沙河逸老小稿》。马曰璐，字佩兮，著有《南斋集》。

关于马氏街南书屋和小玲珑山馆，历来多有记载。《扬州画舫录》说，街南书屋就是小玲珑山馆，其中有看山楼、红药阶、透风透月两明轩、七峰草堂、清响阁、藤花书屋、丛书楼、觅句廊、浇药井、梅寮诸胜。《履园丛话》说马氏兄弟能诗，好客，为东南诗文聚会之所。在清代中叶，街南书屋也是扬州城中的第一名园，《浪迹丛谈》称"邗上旧迹，以小玲珑山馆为最著"。

小玲珑山馆的景物之美，文风之盛，闻名于天下。许多名士来往于小玲珑山馆，得益于丛书楼的丰富藏书，而成一家之言。例如文人厉鹗，在小玲珑山馆中居住多年，博览群书，专心著作，因而成名。《清史稿》记载此事说："扬州马曰琯小玲珑山馆富藏书，鹗久客其所，多见宋人集，为《宋诗纪事》一百卷，又《南宋画苑录》《辽史拾遗》《东城杂记》诸书，皆博洽详瞻。"

小玲珑山馆是扬州八怪经常聚会的沙龙。如金冬心有一首诗，题为《乾隆癸亥暮春之初，马氏昆季宴友人于玲珑山馆》，记郑燮和金农在马家做客。汪士慎也有一首诗，题为《试灯前一日，集小玲珑山馆，听高西唐诵〈雨中集字怀人〉诗》，记汪士慎和高翔在马家雅集。

康熙、乾隆年间，以扬州为中心的两淮盐商如日中天，以马氏兄弟为代表的两淮盐商不但是清朝政府财政税收的支柱，也是康乾盛世文化繁荣的标志。马氏丛书楼，曾以藏书十万卷极负美名。《四库全书》编纂时，朝廷征求海内秘本，马曰璐之子马裕进献而被采用的书籍达七八百种之多。小玲珑山馆除了藏书，又以刻书出名，世称"马版"。谢国桢在《明清史谈丛》中赞叹："我曾得到过清雍正己酉（1729）扬州马氏小玲珑山馆仿宋雕刻的《韩柳年谱》，是一部雕刻精美的书籍。"

五、安徽江氏　雄才大略

> 江春练达明敏，熟悉盐法，司鹾政者咸引重，
> 推为总商。才略雄骏，举重若轻。
>
> ——《歙县志》

从徐凝门路南端向东拐，有一条不起眼的小街，叫康山街。几百年前，名噪天下的康山草堂就坐落在这条街上，它的主人就是号称"以布衣上交天子"的扬州盐商江春。

乾隆四十九年（1784）正月，高宗又一次南巡，当时的两淮盐政伊龄阿奏称："据淮南北商人江广达等呈称，恭逢翠华南幸六举时巡，商等情愿公捐银一百万两以备赏赉之用。"江广达就是江春。此疏上呈后，高宗砵批道："不必复经伊龄阿，于山东泰安行在面奏。"这就是说，皇帝要亲自

会见一个做盐业生意的商人了，这在当时是一种殊荣。

江春字颖长，号鹤亭，旗名广达，原籍徽州歙县江村。他生于盐商世家，祖父江演、父亲江承瑜都是扬州盐商。江春的特点是有儒风，懂经商，善交际。这几点长处，使得他在两淮盐商中享有很高威信。乾隆帝每次南巡，江春都出了不少力气，同时也受了许多恩赐。《歙县志》这样形容江春："练达明敏，熟悉盐法，司鹾政者咸引重，推为总商。才略雄骏，举重若轻，四十余年，规划深远。高宗六巡江南，春扫除宿戒，懋著劳绩，自锡加级外，拜恩优渥，不可殚述。曾赏借帑金三十万两，为盐商之冠，时谓'以布衣上交天子'。"乾隆两次到江春家的康山草堂，并写了《游康山即事二首》《游康山》等诗。

江春的康山草堂是名士流连的地方。江春的秋声馆在文学史上也是有名气的。蒋心馀主秋声馆时，朝拈斑管，夕登氍毹，他所撰的杂剧《四弦秋》、传奇《空谷香》都成于秋声馆。袁枚对江春的诗颇为推崇，《随园诗话》称赞江春"心胸笔力，迥异寻常，宜其隐于禺筴，而能势倾公侯，晋爵方伯也"。

江春最感荣耀的事，是乾隆帝两次赏借给他五十五万两帑银。所谓帑银，用盐商的话说就是"万岁爷发的本钱"。尽管帑银是要还的，但获利还是很多。更重要的是皇帝给了他那么大的面子，仅这一点，就使得名士袁枚为"诰封光禄大夫奉宸苑卿布政使江公"写一篇《墓志铭》了。

六、浙江黄氏　首屈一指

上自盐政，下至商户，视君为动静。贩夫走卒，
妇孺乞丐，扬人相与语，指屈首必及君。

——《黄个园家传》

个园是中国的名园，它原来的主人是清代大盐商黄氏。
关于黄氏的姓名、字号、生平、籍贯，历来众说纷纭，给这
座名园披上了一层神秘的色彩。例如，关于黄氏的姓名，《扬
州市志》说是"两淮盐业总商黄至筠"，《中国历史文化名城
词典》说是"两淮商总黄应泰"，各种文献中又时常出现诸
如黄潆泰、黄瀛泰、黄银泰、黄永泰、黄均太等相似的名字。

黄至筠，字韵芬，一字个园，原籍浙江，因经营两淮盐
业，而著籍扬州府甘泉县。生于乾隆三十五年（1770），卒
于道光十八年（1838）。他精于盐业，工于绘事，担任两淮
商总四五十年之久。长子黄锡庆，字小园，钦赐举人，亦善
画，卒于咸丰十年（1860）。次子黄奭，字右原，也是钦赐
举人，一生从事古书辑佚，卓有成就，《清史列传》卷六九
有传，约卒于咸丰初年。

黄至筠做扬州盐商的时候，扬州盐商的黄金时代已经过
去。但他在扬州走向衰惫的转折关头，以其财富和魄力又将
扬州盐业撑持了一段时间。梅曾亮《黄个园家传》记载他的
生平说，他年轻时遭遇家庭变故，"十四岁孤，人没其财产。

年十九，策驴入都，以父友书见两淮盐政某。公与语，奇其材，以为两淮商总"。又说，"当是时，上自盐政，下至商户，视君为动静。贩夫走卒，妇孺乞丐，扬人相与语，指屈首必及君"。他从一个孤儿，迅速成了扬州城里炙手可热的人物。

黄至筠的发迹首先因为他有过人的见识和胆量。两江总督陶文毅立志改革盐法，裁减根窝，当时有家产富至巨万而一朝变成赤贫者。因为原来的行盐凭据"窝单"每引值二三两白银，忽然改为每引一钱数分银子，不准再加，且亦无用，所以那些凭借买卖盐引生财的盐商一朝破产。总商黄至筠家中原有数十万盐引，富甲两淮。那时陶文毅的改革方案正在上报朝廷，不知道京城如何批复，扬州城的盐商都在观望等待、焦虑不安之中。谁料一朝令行，盐引作废，众商手中的盐引一下子变为废纸，而黄至筠手中已经一引不存。原来他用了明买暗卖之策，其机警如此。

七、江西萧氏　号称百万

> 侨寓维扬，承父命经营盐务，群商倚以为重。遇有盘错之处，辄取决于公。
>
> ——《萧公芸浦家传》

在清末民初的扬州商界，江西人萧芸浦以其家业宏大，人称萧百万。但关于萧芸浦的生平，鲜见于文字记载。近日，一份萧芸浦传记的面世，为我们解开了许多谜团。传记全名《诰授荣禄大夫萧公芸浦家传》，作者朱益濬是江西莲花人，光绪进士，钦点为翰林院庶吉士。传中说，社会动乱必有良材埋没，待有识之士将他们列入史册，而萧芸浦正属于乱世中的良材。

萧芸浦本名绍棻，字茂林，芸浦是其号。萧氏原本耕读传家，家财殷实，太平军起事后，无法安于传统生活方式，不得已而从商。萧芸浦多次参加童子试，并捐过光禄寺署正的官衔。在京城应试时，得到江西同乡上饶人氏卢定勋的器重，将女儿许配于他，即《家传》记载的卢定勋"见而器之，以其女归焉"，这也解决了萧芸浦和卢绍绪是不是姻亲的问题。

萧芸浦因为仕途无望，只得侨居维扬，承父命经营盐务。不料成为扬州盐商后，萧芸浦即以其雄厚的财富和显赫的声望，成了领袖人物，《家传》说："群商倚以为重，遇有盘错之处，辄取决于公。"有几件事可见萧芸浦的胆识。庚子之变后，洋盐欲进口中国，官方和商人"皆知其非而莫敢发言"。这时萧芸浦站出来力陈利弊，上书两江总督刘坤一，后来才无人提及洋盐之事。1885年，黄河郑州段决堤，受灾严重，两江总督曾国荃（曾国藩的九弟）亲临扬州，船一靠岸就请萧芸浦到船上议事。萧芸浦获知灾情后，当即表示捐银六十万，曾国荃说："君一言而活数十万生灵！"《家传》

用"善举盖不可胜纪"来形容萧芸浦热衷慈善事业。如萧芸浦远在江西的家庙倒塌,他独自出资修缮,又花一大笔钱买了几十间房屋分给穷苦族人;他还率先出巨资大修被太平军毁坏的郡城阳明书院,抚养旧交的儿子长大成人。因为这些善举,经地方官员申报,朝廷封萧芸浦"义士"称号。

有意思的是,尽管萧芸浦拥资百万,他本人却十分风雅,"唯日携茶灶诗筒徜徉于廿四桥、平山堂之间"。他除了精通诗文书画,还酷爱收藏古玩,"客至则相与品茶论古,若忘其身在城也"。

八、江西周氏 赣省首富

> 庐陵周扶九观察鹏,由贫苦起家,集赀二千万两,为江西一省首富。
>
> ——《苌楚斋三笔》

当我们走进冷僻的青莲巷,忽然看见一座高大的青砖门楼时,我们应该知道,它原先的主人就是以豪富和吝啬闻名的近代扬州盐商周扶九。

关于周扶九财产的数目,说法各不相同,有人说达到五千万两纹银之巨,也有人说是两千万两白银的家当。周扶九是江西吉安人,家境贫寒,父亲早卒,赖母亲辛勤抚育长大。十几岁时，尚无职业，母亲让他到湖南长沙寻其伯父谋生。周扶九一路极为省俭，离家前母亲给他二百文路费，到长沙后尚余八十文交与伯父。周扶九因伯父的推荐，进入店里学生意，由于他的朴实和精明，很快学会了理财与交际。

周扶九成为扬州盐商，出于一次偶然的机会。有一次，周扶九奉命往扬州收款，有一家扬州木商因为刚将钱款投资于盐票，不能及时把现钱还给周扶九。而当时盐票行情看涨，木商也不愿退掉盐票，便用几张盐票折抵欠帐。周扶九不敢擅自作主，就写信给长沙店主，说明情况。不料店主回信申明，只要现银，不要盐票。周扶九再次写信到长沙，店主回信依然坚持只要现银。就在信件往返之时，扬州盐票已经大涨。周扶九见况，就另借现银回长沙去交帐，而将盐票留下，在扬州做起了盐生意。

大约在第一次世界大战前后，周扶九又在上海做起了黄金买卖和地皮生意。这种交易有极大风险，但是一旦成功，获利也极大。周扶九在商海几经沉浮，终于又发了大财。据曹聚仁说，上海在租界时期有三位著名的地皮大王：犹太人哈同，一也；安徽茶商绰号程麻皮霖生，二也；江西盐商周扶九，三也。

周扶九在上海既已春风得意，凭着在扬州运盐分销的经验，他又在长江沿线如汉口、九江、南昌都购置地产房屋。在吉安城内，也有好几条街市都是周家的房产。他和哈同建造私家花园一样，在他的老家下周村构筑了小蓬莱别墅，虽不及哈同花园那么大，也有杭州罗苑那样庭苑花木之胜。

　　每个人的理想并不一样，但扬州为他们提供的平台是一样的。奋斗，智慧，机遇，永远是投资者成功的基本要素。

扬州与诗人

　　诗歌是最神奇的魔术，她把日月江山爱恨情仇都织成玲珑的项链。

　　诗人是最出色的歌手，他发出的声音能穿越时间与空间直达未来。

　　这是一个诗一般的城市。她爱诗歌，诗歌也爱她。

　　——她就是扬州。

一、唐·李白："故人西辞黄鹤楼，烟花三月下扬州。"

　　唐诗传播最广的句子中，一定有李白的"故人西辞黄鹤楼，烟花三月下扬州"。

李白五到扬州。唐开元十三年（725），李白乘船从四川沿江东下，第二年春天到达扬州，这是他第一次登临广陵城。这年冬天他离开扬州，之后到达襄阳。听说老诗人孟浩然隐居在城外鹿门山，李白特去拜访，两人成为好友。

四年后的春天，李白听说孟浩然要去扬州，便约孟浩然在江夏相会。江夏就是今天的武昌。他们在黄鹤楼重逢，自然有一番把晤与感慨。黄鹤楼是江夏名胜，故址在蛇山黄鹄矶上。传说三国时费祎于此乘黄鹤仙去，故称黄鹤楼。这一天，孟浩然动身的日子到了，李白伫立江岸目送孤帆，惆怅之情油然而生，挥就了这首脍炙人口的名篇。

《黄鹤楼送孟浩然之广陵》咏道："故人西辞黄鹤楼，烟花三月下扬州。孤帆远影碧空尽，惟见长江天际流。"虽是应酬之作，却情深意切，飘逸灵动。

李白字太白，号青莲，祖籍陇西，生于中亚碎叶。他的一生大部分在漫游中度过。一度被召至长安，供奉翰林，文章风采，名动一时。后因不能见容于权贵，三年后弃官而去。

《黄鹤楼送孟浩然之广陵》中的"烟花三月下扬州"一句清丽明快，最为历代传诵。不过"烟花"二字有人不解，误以为是青楼楚馆。其实此"烟花"并非彼"烟花"。农历三月正是春光明媚、百花争艳的季节，江南到处柳絮纷飞、繁花似锦，一派烟雾迷蒙的样子。"烟花三月"是写春色的弥漫和暖风的氤氲,是写花团的锦簇和尘世的缭乱。"烟花三月下扬州"把暮春时节繁华都市的迷人景色加以集中渲染,文字绮丽,意境优美,前人誉为千古丽句。

诗中的"下扬州"是顺江流而下。武昌在长江中游,扬州在长江下游,孟浩然的船正好顺水下行。这也和"腰缠十万贯,骑鹤上扬州"正好相反。

诗中的"碧空尽"一作"碧山尽"。陆游在《入蜀记》中说,八月二十八日访黄鹤楼故址,李白登此楼送孟浩然诗云"孤帆远映碧山尽"。陆游认为,帆樯映远,山尤可观,非江行久不能知也。到底是"碧空"还是"碧山",只有去问李白了。

二、宋·姜夔:"念桥边红药,年年知为谁生?"

大约在九百年前一个雪后,一位西风瘦马、布衣青衫的书生徘徊在竹西亭边、廿四桥畔,希冀找到当年杜牧的梦境。然而,他只望见满眼荒草,哪里有十里珠帘,因而叹道:"念桥边红药,年年知为谁生?"

姜夔的《扬州慢》原作是这样的:"淮左名都,竹西佳处,解鞍少驻初程。过春风十里,尽荠麦青青。自胡马窥江去后,废池乔木,犹厌言兵。渐黄昏、清角吹寒,都在空城。

杜郎俊赏，算而今重到须惊。纵豆蔻词工，青楼梦好，难赋深情。二十四桥仍在，波心荡冷月无声。念桥边红药，年年知为谁生？"

姜夔字尧章，号白石道人，江西鄱阳人。幼年失怙，在姐姐家度过了青少年时代。他喜欢音乐、文学、书法，但因屡试不第，只能做个清客。

写《扬州慢》时，姜夔不足二十岁。他是淳熙三年（1176）到扬州的。这年冬天，他从湖北沔阳顺江而下，因连日风雪，滞留鳌背洲十天。雪晴后继续东行，到达扬州。他看到惨遭战火的扬州，感融万端，写出这首《扬州慢》。

扬州素以繁华富丽著称，是文人士大夫风流俊赏之地。然而经过金兵数次南侵，扬州城遭到惨重破坏。姜夔写扬州本是名都，却见昔日璀璨的灯火都化作青葱的野麦，连毁废的城池和高大的树木都厌恶提到战争。天色渐晚，凄清的号角带来阵阵寒气，在空城回荡。料想杜牧重来也会惊愕，他纵有赞美豆蔻的词采，沉湎青楼的美梦，也没了当年的兴致。二十四桥倒仍在那里，一弯冷月却寂寞无声。桥边的红芍药年年开花如故，又有谁来欣赏呢？全词充满了时过境迁、物是人非之感。

姜夔多才多艺，精通音律，能自度曲。《四库全书提要》评价他诗格高秀，词风精妙，音节文采，并冠一时。《宋词通论》认为他是南宋唯一的开山大师。《人间词话》将苏轼、辛弃疾列为狂者，将姜夔列为狷者，而将吴文英等列入乡愿。

姜夔一生都处在矛盾之中。他一面厌倦幕僚生活，一面又不得不依附权贵，因此感伤成了他人生的基调。他看到杜牧笔下的天堂扬州，已成断壁残垣，忍不住悲痛欲绝。姜夔在词中化入了杜牧的好几首诗："谁知竹西路，歌吹是扬州"；"十年一觉扬州梦，赢得青楼薄幸名"；"娉娉袅袅十三余，豆蔻梢头二月初"；"二十四桥明月夜，玉人何处教吹箫"。杜牧在扬州度过了梦幻般的生活，留下许多佳作。姜夔见到的萧索扬州，恰与杜牧见到的华彩扬州形成对比。

《扬州慢》以深沉的悲恸打动了读者的心。数百年后，有个文人因教儿读《扬州慢》，当念到"二十四桥仍在"一句，忽然发心游览久闻大名而无缘拜识的扬州。他后来把游览的经过写成一篇《扬州梦》。他说，他在扬州大街上雇车，说到二十四桥，年轻的车夫都不知道。有一个年纪较大的人表示知道，却忠告客人那里很荒凉。结果，他终于看到了在荒野中横跨沟渠的小桥，沟中水涸，最狭处不过七八尺。当他念着"波心荡冷月无声"的句子时不觉失笑。

这个被姜夔打动的就是丰子恺。

三、元·汤式:"羡江都自古神州，天上人间，楚尾吴头。"

有读者问，"上有天堂，下有苏杭"这句话是单指苏州和杭州吗？我的回答是，这两句谚语是泛指江南，包括扬州在内。单举苏杭不过是以偏概全之意。元人就曾把扬州比作天堂："羡江都自古神州，天上人间，楚头吴尾。"意思是羡慕扬州这地方，自古以来就是神仙居住的地方，它是天上人间，位于楚头吴尾。

曲词出于汤式《忆维扬》："羡江都自古神州，天上人间，楚尾吴头。十万家画栋珠帘，百数曲红桥绿沼，三千里锦缆龙舟。柳招摇花掩映春风紫骝，玉玎珰珠络索夜月香兜。歌舞都休，光景难留。富贵随落日西沉，繁华逐逝水东流。"

汤式是元末散曲家，字舜民，号菊庄，浙江象山人，一生落魄江湖。汤式以曲写史，开拓了散曲的题材范围。他的作品反映江山更替和黎民疾苦，进而总结历史，感叹人生。他尤其感慨于元明交替时对生民的杀戮与对江南的蹂躏，以表达兴亡之感。《忆维扬》前半大写扬州奢华，是"十万家画栋珠帘，百数曲红桥绿沼，三千里锦缆龙舟"，无疑是人间天堂。最后诅咒战争给扬州带来了毁灭："富贵随落日西沉，繁华逐逝水东流。"

有人说汤式是元散曲的殿军，明散曲的先驱，就因为他有这种历史感。元明之交的战争给杭州同样带来了毁灭，汤式有《西湖感旧》写道："问西湖昔日如何？朝也笙歌，暮也笙歌。问西湖今日如何？朝也干戈，暮也干戈。昔日也，二十里沽酒楼，香风绮罗；今日个，两三个打渔船，落日沧波。光景蹉跎，人物消磨。昔日西湖，今日南柯。"在元末的混战中，杭州陷于战乱达十年之久，昔日繁华荡然无存。汤式通过对今昔盛衰的对比，表达了对战争的反感。而扬州与杭州，有着同样的命运。

元人对扬州的评价，还可举张养浩《玉香球花》为例："玉香球，花中无物比风流。芳姿夺尽人间秀，冰雪堪羞。翠帏中，分外幽。开时候，把风月都熏透。神仙在此，何必扬州。"这是一首咏花的曲子，最后"神仙在此，何必扬州"两句值得玩味。体味作者的意思应是：神仙如果不在，天堂就只能数扬州；如果神仙在此，此花才是天堂。

将扬州比作天堂的话，明清以来一直不绝。明人有一句俗语："扬州虽好，不是久恋之家。"古人只有在形容极乐世界的时候，才会有这种说法。如《水浒传》中鲁智深说："梁园虽好，不是久恋之家。"《西游记》中唐三藏说："长安虽好，不是久恋之家。"而《金瓶梅》中李桂姐却说："扬州虽好，不是久恋之家。"可见汤式说的"羡江都自古神州，天上人间，楚头吴尾"，其来有自。

四、明·林章:"不知今夜秦淮水,送到扬州第几桥?"

明人咏扬州的佳作甚多,都比不上林章的两句诗:"不知今夜秦淮水,送到扬州第几桥?"

林章,字初文,号寅伯,福建人。自小聪慧,七岁能诗。嘉靖年间,倭寇侵扰沿海,林章与戚继光谈论兵事,得到赏识。万历间中举,后屡试不第。不久,林章举家迁居南京,因反对贪官而受迫害,下狱三年。释放后入京十年,两次上书请朝廷奇兵剿灭倭寇,被置之不理。又上书要求停止矿税,并陈述兵制、盐务之策。万历皇帝交由内阁办理,不料权臣反将林章治罪入狱。林章忧愤交加,病逝狱中。

林章的《渡江词》原作是:"不待东风不待潮,渡江十里九停桡。不知今夜秦淮水,送到扬州第几桥?"诗的本意是说不用等待是否顺风顺水,哪怕渡江十里停舟九次;只是不知道今夜秦淮河水,会流到扬州哪座桥下?可见诗人心情的苍茫与郁闷。后两句诗,得到诗坛的高度赞赏。

王士祯《池北偶谈》说,宣城老书生丘华林赋《梅花诗》百首,呈给名士梅鼎祚过目,梅鼎祚不过稍加句读而已。有一天,林章以《渡江词》一绝相示,梅鼎祚看了拍案叫好,逐字为之加圈。丘华林见后,悻悻地说:"林章的诗只有二十八个字,却得到二十八个圈。我的诗有一百篇,最少岂不值二十八个圈乎？"时人听了，传以为笑。

金埴《不下带编》说，林章的诗"不知今夜秦淮水，送到扬州第几桥"，他最赞赏，一读就忘不了。有人对他说，林章的诗不符合地理常识，秦淮河水怎么会流到扬州去呢？这些人不懂，诗人作诗是凭一时兴会，只要想法卓越，笔意能到，便成佳句。如果一定要拘于常识，那就是苏东坡嘲笑的甲鱼打架——"鳖厮踢"了。

秦淮河水流到扬州哪座桥下？这是一个文学上的哥德巴赫猜想。首先，扬州有多少桥，并无定数。其次，就算扬州有二十四桥，但有人说它是一座桥，有人说它是二十四座桥，有人说它是泛指桥多，解释莫衷一是。最后，秦淮河水为什么一定要流到扬州呢？

最后一个问题，倒是关系着扬州和南京之间的文化因缘。早在唐代，杜牧写过著名的《泊秦淮》："烟笼寒水月笼沙，夜泊秦淮近酒家。商女不知亡国恨，隔江犹唱后庭花。"据历史学家陈寅恪考证，杜牧诗中的"江"不是指秦淮而是指长江，那么"商女"也就是指来自江北扬州之歌女。南京是陈朝的国都，《玉树后庭花》是陈后主的亡国之音。扬州商女不解陈亡之恨，仍在江南故都唱靡靡之音，杜牧因而为诗咏之。实际上直到明清，秦淮歌女仍以扬州粉黛为主。

"不知今夜秦淮水，送到扬州第几桥"隐喻着南京与扬州之间的某种联系。

五、清·郑燮："千家有女先教曲，十里栽花算种田。"

写清代扬州奢华风尚的诗句，最精炼而又最通俗的，莫过于郑板桥的"千家有女先教曲，十里栽花算种田"。

诗的题目叫作《扬州》，原有四首，第一首是："画舫乘春破晓烟，满城丝管拂榆钱。千家养女先教曲，十里栽花算种田。"后两句流传最广。

"千家养女先教曲"已够奇崛。一座城市里为什么有这么多人家教他们的女儿唱曲呢？细想起来不外两种可能：一是大户人家闺秀借此消闲，一是小户人家姑娘借此谋生。崇祯皇帝的田贵妃是扬州东关街人，她就是从小受过音乐训练的，吹拉弹唱无所不精，入宫后备受宠爱。乾隆年间的唱曲状元杨小宝则属于后一种，从小练得一副好歌喉，长大了在小秦淮边卖唱。

"十里栽花算种田"的情景在别的城市不会多见。那年在洛阳匆匆而过，同行者都因时令正当隆冬，不能看到牡丹盛开为憾。一座城市，让人一到那里便立即联想到某一种花，这种花才是真正的而不是伪造的城市名片。

并不是每一座城市都有一种花作为她的标志。到洛阳必问牡丹，到北京必寻红叶，到广州必看木棉，到成都必赏芙蓉，凡游扬州者无不欲一探琼花与芍药的消息——这是历史给我们的馈赠。由于历史文化的积淀作用，这些花花草草也不再是单纯的植物，俨然成了当地人文的象征。她的灵魂是美——自然的美，人性的美。

扬州的幸运在于除了琼花和芍药之外，还有众多的名木、名花、名草，以及关于它们的种种美丽传说。且不说曹雪芹的祖父曹寅有《五白诗》咏扬州栀子花："本自扬州重，浓芬遍水涯。"也不说扬州八怪的边寿民有《题水仙画册》评扬州水仙花："水仙以广陵者为佳。"花木在扬州的非凡地位，也许从扬州的得名便可以看出来。沈括《梦溪笔谈》云："扬州宜杨，荆州宜荆。"这使人不由得揣想，扬州或许一开始就与花木相关？

花文化无疑是扬州文化最美的精华。当城里女郎吟唱"好一朵茉莉花"的时候，乡下村姑也在放歌"拔根芦柴花"。当平民的小院爬满十姊妹、爬山虎的时候，富商雅士们也在用双槐园、万柳堂、长堤春柳和百尺梧桐阁来命名他们的园林。

《扬州芍药谱》云："扬人无贵贱皆戴花。"不但爱戴花，而且爱栽花。琼花观的琼花、芍药圃的芍药、梅花岭的梅花、茱萸湾的茱萸、紫藤园的紫藤、盆景馆的盆景——为"十里栽花算种田"写下了真实的注脚。

扬州与丝绸之路

　　从两千年前的西汉起，扬州人就以各种理由和各种方式走向世界。他们用独特的眼睛观察世界，用真诚的心灵沟通世界，成为扬州走向世界的先驱。

　　同时，东方和西方的旅行家、传教士与外交官也络绎不绝地来到扬州，给扬州带来外部世界的问候，把扬州的故事传播八方，成为来自异域的使者。

　　而这一切都离不开丝绸之路。陆上丝路与海上丝路犹如拥抱东西方的双臂，让扬州与世界畅通无阻，休戚相关。

一、走向世界的先驱

中国人自古来安土重迁，不轻易闯荡江湖，因而古代那些走向世界的扬州人，特别令人钦敬。

最早走向世界的扬州人，可能是在西域的荒原上遥望黄鹄而悲歌长吟的江都公主刘细君。虽说今天的新疆伊犁属于乌孙故土，但乌孙极盛时的国土包括了中国新疆西北、哈萨克斯坦东南、吉尔吉斯斯坦东部及中部。乌孙的种族，据唐人颜师古在《汉书·西域传》注中说："乌孙于西域诸戎，其形最异，今之胡人青眼赤须状类弥猴者，本其种也。"按此则乌孙纯属赤发碧眼之欧洲人种。汉武帝元封年间，江都王刘建之女细君作为汉家公主远嫁乌孙，实为走向世界的先驱。

汉代的刘惜君肩负着"吾家嫁我兮天一方"的政治使命为民族和解而西出阳关，唐代的鉴真却抱着"是为法事，何惜身命"的宗教信念东渡扶桑。鉴真俗姓淳于，扬州人。他少时在扬州大云寺出家，后游学洛阳、长安。回扬州后，建佛寺、造佛像、讲佛法达四十余年，江淮间尊为授戒大师。因日本僧人邀请，鉴真发愿东渡弘佛，十数年间，六次渡海，九死一生，百折不挠，终于抵达东瀛。鉴真将律法、医药、雕塑、绘画、书法、建筑等盛唐文化弘扬扶桑，成为华夏文明东传的先行者。

比起刘细君和鉴真来，宋代扬州名医马世安的名字不大为人所知，其实马世安是最早出使朝鲜的扬州人。中医源远流长，在亚洲早有影响。宋徽宗时期，就有使官徐兢出使韩国，写了一部《宣和奉使高丽图经》，明确记载高丽国王文宗"遣使入贡求医"之事。史书记载，在王安石时代，宋廷曾经派遣扬州医助教马世安到高丽传授医学。熙宁七年（1074），宋神宗派遣扬州医助教马世安等八人赴高丽，元丰三年七月（1080）马世安等再度赴高丽，受到神宗的嘉奖。

在明代，曾有一位扬州高僧道彝代表大明出使日本京都。早在明初，中国东南沿海各地常遭倭寇掠劫，明太祖曾派祖阐、克勤二僧担当使节，赴日疏通，未获结果。建文四年（1402），明惠帝派遣道彝、一庵二僧担任使节，携带国书，出使日本，直抵京都，宣读国书，颁布明历，中日关系得以缓和。道彝字天伦，明初高僧，扬州天宁寺主持，《扬州府志》有他的传记。道彝是建文四年前往日本的，次年回国。这位扬州天宁寺的当家和尚，在洪武十五年（1382）朝廷设立佛教管理机构僧纲司时，曾出任都纲，也即管理全国佛寺和僧众的总头领。

到了明末，扬州府推官王徵成了中德科技文化交流的领头雁。王徵是陕西泾阳人，自然科学家，他与德国传教士邓玉函合作，出版了中国历史上第一部把数学、力学同机械技术结合起来的科学著作《奇器图说》。《奇器图说》主要介绍西方前经典时期的力学知识，以力学理论分析复杂的机械到十九世纪才能做到，因此《奇器图说》是一部构思非常超前的奇书。更有意义的是，《奇器图说》是在扬州首刻的，明清两代此书的版本达到十几种，后被选入《古今图书集成》和《四库全书》。《奇器图说》的鲜明特点，是有五十多幅精刻绘图，成为东西科技知识传播转化的绝好例证。

清代走向世界的扬州人中，特别值得一提的是汪楫。汪楫原籍休宁，生于扬州，康熙年间被授翰林院检讨，参与修撰《明史》，曾作为清廷册封琉球国的正使出使琉球。康熙二十一年（1682）四月，琉球国王崩殂，新君嗣位，向清廷上表请求册封。由于汪楫德才兼备，仪态大方，康熙便钦定他为册封琉球王的正使。在琉球，新君以千两黄金为礼，但汪楫一文不取，琉球人感佩他的高风亮节，建却金亭以纪念。汪楫博学多才，广闻强记，将出访见闻整理成《琉球世缵图》和《使琉球杂录》。尤为可贵的是，《使琉球杂录》明确记载钓鱼岛是中国的领土。

晚晴的扬州还有一位被称为"放眼世界第一人"的思想家魏源。从何园旁的丁家湾进去，穿过一些古意尚存的街巷，就到了新仓巷。这是一个绝对寻常的陋巷，没有标志，没有门楼，但这里曾是一个伟大的思想家起居、思考和著述的地方，他的巨著《海国图志》被推为影响中国历史进程最重要的一百本书之一。魏源字默深，湖南邵阳人，做过高邮知州和两淮盐运使海州分司运判，他的一生同扬州结下了不解之缘。1840年鸦片战争爆发，魏源深感中国之弱、西方之强，发愤而作《海国图志》。魏源指出："是书何以作？为以夷攻夷而作，为以夷款夷而作，为师夷长技以制夷而作。"文末特地署道："邵阳魏源叙于扬州。"这样，魏源在中国近代史上第一次明确提出了学习西方的口号，从此以后中国人就开始了向西方寻找真理的伟大而漫长的历程。

随着电视剧《画魂》的热播，一个为世人早已熟悉而在她的故乡反倒鲜为人知的女画家张玉良，再次成为万众瞩目的人物。这位出生于扬州广储门街的孤女，因父母双亡，舅父无良，竟至沦落芜湖青楼。但张玉良没有在命运面前屈服，在上海求艺之后，于1921年从上海乘坐加拿大皇后号邮轮离开祖国，先后在巴黎和罗马等地的国立美术学院学习。香榭丽舍田园大街的林荫道，凯旋门，埃菲尔铁塔，古罗马的宏伟建筑和文艺复兴时代的杰作，给了她巨大的心灵震撼。当然，她流连最多的地方是卢浮宫，这座位于巴黎中心塞纳河畔的艺术殿堂，收藏着人类艺术的顶尖级珍宝。张玉良为了临摹那些稀世珍宝，在此度过了无数晨昏。正是在卢浮宫，她萌生了要像那些大师一样把自己的作品也藏入艺术圣殿的梦想。1937年，张玉良再度赴法，这一去就没有回来。

她在国外获得了许多荣誉，包括法兰西金奖、比利时金奖等。更重要的是，她终于实现了自己的梦想，让自己从扬州走向了世界。

和张玉良同时旅法的扬州人中，还有一位来自仪征的盛成。盛成是一位集作家、诗人、翻译家、语言学家为一身的学者。他出生于清末仪征的没落世家，少年时代追随孙中山参加辛亥革命，光复南京时名列"辛亥革命三童子"之中。1919年年底，盛成登上勒苏斯号邮轮开始留法勤工俭学之旅。1927年，盛成应法国文豪罗曼·罗兰邀请，出席在日内瓦召开的世界妇女自由和平促进大会。1928年，盛成应聘到巴黎大学主讲中国科学课程。盛成认为东西方思想其实是相通的，提出"天下殊途而同归"的见解。使盛成享有盛誉的是他的自传体小说《我的母亲》，在巴黎出版后立即震动法国文坛。诗人瓦雷里为该书撰写了一篇长达十六页的万言长序，盛赞这部作品改变了西方人对中国长期持有的偏见和误解。

与盛成走的文学道路不同，出生于邗江的束星北走的是科学道路，而且成为爱因斯坦的助手，中国的雷达之父。束星北生于邗江头桥，十岁入江都大桥小学读书。后至镇江润州中学、杭州之江大学就读，并转济南齐鲁大学攻读物理专业。1926年留学于美国拜克大学。1927年，束星北去柏林见爱因斯坦，得到赞赏，爱因斯坦从柏林大学为他取得资金，并聘他作为自己的研究助手。次年，因德国法西斯势力猖獗排犹，爱因斯坦被迫离走，束星北去英国爱丁堡大学和剑桥大学继续攻读。1930年受聘美国麻省理工学院研究助教。1931年辞聘归国，历任浙江大学、上海暨南大学、交通大学教授等职，在相对论、量子力学、无线电和电磁学等方面卓有建树，对相对论和无线电学造诣尤深。1957年被错划为右派，仍坚持不懈地钻研科学，完成专著《狭义相对论》手稿。在他的学生中，有在国际科学界享有盛名的吴健雄、李政道等。现在江都大桥镇繁荣街还有束星北故居。对于束星北这样的科学家来说，扬州人应该多做些什么。

最后，还要介绍把《扬州十日记》介绍给世界的扬州人毛如升。扬州秀才王秀楚的《扬州十日记》，篇幅虽然不大，但由于它真实记录了战争的残酷，因而影响深远。毛如升生于江都邵伯的一个书香门第，在邵伯读完小学后，考入扬州中学读初中。初中毕业后辍学，凭自修考入南京中央大学外文系。二战期间，毛如升一面勉力工作，一面勤奋译文，始终不忘国难当头。他把《扬州十日记》译为英文，先后在《天下》《西风》等杂志上发表，以期激励国人御侮之志。他又把诗人徐志摩、卞之琳、邵洵美等人的新诗译为英文发表，以促进中外文化交流。并将朱自清编选的《中国新文学大系·诗集》全部译成英文，寄给贝德教授，拟在美国出版。可惜因太平洋战争爆发，这一富有伟大意义的出版计划付之东流，饱含译者心血的译稿也在战争期间不知下落。更令人扼腕痛惜的是，就在毛如升1940年暑假回邵伯探亲时，突患伤寒去世。一代英才，鸿图未展，遽归道山，岂不哀哉！毛如升没有出过国，但他将中国的声音传播到了全世界。

二、来自异域的使者

在鉴真东渡之前，已有日本的荣睿、普照两位僧人先来到大唐扬州。在鉴真东渡之后，又有一个日本和尚不畏艰险来到扬州，他就是鉴真的再传弟子圆仁。

圆仁的老师最澄是鉴真的弟子，最澄死后，圆仁继续来唐求法，被视为日本的玄奘。圆仁在入唐求法巡礼之前已是日本天台宗高僧。日本承和三年（836），四十五岁的圆仁毅然随遣唐使一起入唐求法。在经历了两度渡海失败之后，第三度上船，经海上九死一生才登陆到达扬州。圆仁在扬州开元寺度过了七个月。开元寺位于扬州城东北，他在那里学习经文，同时也设斋供养寺里的僧人。圆仁把他在扬州的见闻写进了《入唐求法巡礼行记》，书中说扬州交通十分繁荣，"江中充满大舫船、积芦船、小船等不可胜计"；商业非常繁华，"街店之内，百种饭食异常弥满"。圆仁还记录扬州出产大米、生粟、角豆、竹笋、桃子等。当圆仁从水路前往海陵时，开元寺僧人元昱送给他不少桃子，显示了两国僧人的友好。

　　崔致远可谓唐代中韩交往第一人。675年，新罗统一朝鲜半岛大部，和唐朝保持友好关系，引人注目的人物便是在扬州从政四年的崔致远。崔致远字孤云，十二岁入唐求学，十八岁考中宾科进士。先任江西道宣州溧水县尉，后应淮南节度使高骈之聘来到扬州。崔致远在扬州期间，入幕参政，以文会友，与罗隐、顾云、张乔、杜荀鹤等时有唱和。他的政治才能和文学才华在扬州得到了充分发挥，受到高骈赏识。崔致远为高骈撰写《讨黄巢檄》，一时传诵。他的《桂苑笔耕集》收录了他在扬州期间的大量公文、信札和诗作，是研究唐代扬州史的重要史料。唐僖宗中和四年（884），崔致远离开扬州回国，但扬州给他留下了难忘的印象。他有《酬杨赡秀才送别》诗云："暂别芜城当叶落，远寻蓬岛趁花开。"又有《题海门兰若柳》诗云："广陵城畔别蛾眉，岂料相逢在海涯。"崔致远回国后，被尊为"东国儒宗"。

　　扬州古运河东岸有一座异域先贤的陵墓，墓主人普哈丁相传是伊斯兰教创始人穆罕默德十六世裔孙。普哈丁约在宋咸淳年间从西域来扬州传教，在扬州生活了十年之久。普哈丁在扬州修建的仙鹤寺，融合了伊斯兰建筑和中国古建筑的风格，与杭州凤凰寺、广州狮子寺、泉州麒麟寺并称为南方四大清真寺。普哈丁的死富有传奇色彩。据说他曾在天津、山东传教，然后沿运河南归扬州。途中他自觉不久于人世，便嘱咐信徒务必将他葬在扬州运河东岸。果然他在扬州运河船上病逝，人们按其遗言将他安葬。普哈丁是从遥远的阿拉伯世界来华的布道者。伊斯兰先贤穆罕默德说过："学问远在中国，亦当前往求之。"普哈丁就是遵从此训，不远万里，来到扬州，并以身殉道的，他不愧是西域先贤。

在普哈丁之后来到扬州的，是更加有名的马可·波罗。扬州人最自豪的，是这位外国人曾做过三年扬州总管。马可·波罗是怎样看扬州的呢？打开《马可·波罗游记》，书中热情地写道："扬州城很大，它所属的二十七座城市，都是美好的地方。扬州很强盛，大汗的十二男爵之一驻扎在此地，因为这里曾经被作为十二行省之一。我要向诸位说明的，是本书主人公马可·波罗先生，曾奉大汗之命，在扬州城治理达三年之久。扬州的居民是偶像教徒，使用纸币，倚靠工商业为生。这里制造骑兵装备的工匠与作坊很多，因为在城里和附近驻扎着大量皇帝的士兵。"在马可·波罗的眼中，元代扬州是一座强盛的商业名城。

罗马天主教修士鄂多立克是继马可·波罗之后来华的又一名著名旅行家。鄂多立克生于意大利小公国弗尤里，少时入圣方济各会修道，终年打赤脚、穿褐衣，以面包、白水度日。他于元延祐年间从威尼斯起航，开始其东方之旅，游历了广州、泉州、福州、杭州、南京和扬州等地。《鄂多立克东游录》谈到扬州时说："当我在这条塔刺伊河上旅行时，我经过很多城镇，并且来到一座叫作扬州的城市，吾人小级僧侣在那里有所房屋。这里也有聂思脱里派的教堂。这是座雄壮的城市，有实足的四十八到五十八土绵的火户，每土绵为一万。此城内有基督徒赖以生活的各种大量物品。城守仅从盐一项上就获得五百土绵巴里失的岁入；而一巴里失值一个半佛洛林，这样，一土绵可换五万佛洛林。"鄂多立克特别谈到扬州人待客的热情，说扬州人如果请客，一定要在专设的酒店里预定丰盛的筵席，并且事先对酒店说明打算花多少钱。而"老板一如他吩咐的那样做，客人们受到的招待比在主人自己家里还要好"。

与明代赴日高僧道彝堪称双子星座的，是来华日本高僧策彦周良。策彦周良，号谦斋，日本京都天龙寺妙智院和尚，博学多才，通晓汉文，于明嘉靖年间先后两次作为日本副使与正使入明。他在中国逗留时间五年多，把来华经历写成《初渡集》《再渡集》，统称《入明记》。《入明记》详细记载了策彦周良在扬州的全部航程，对扬州的运河航运、沿途风光均有真切的记录。值得注意的是，策彦所记扬州知府刘宗仁对日本使臣一行的热情款待，是中日关系史的历史见证。

明代还有一位朝鲜人崔溥，因为偶然原因来到扬州。弘治元年（1488），朝鲜官员崔溥在海上乘船时突遭暴风，从朝鲜济州岛漂至中国浙江台州府。他最初被疑为倭寇，后排除嫌疑，遂沿运河经扬州等地北上，返回朝鲜。他将在中国的经历写成《漂海录》一书，学者认为此书堪与《马可·波罗游记》媲美。书中写扬州生态良好，江上江豚很多："臣等悬帆至江之中，金山下江豚戏浪，若战马群奔然。"又写扬州风光旖旎，充满羡慕之情："朝发广陵驿，过扬州府城。府即旧隋江都之地，江左大镇，十里珠帘、二十四桥、三十六陂之景为诸郡最，所谓'春风荡城郭，满耳沸笙歌'之地。"

在中韩交往史上，还有一位清代儒商安岐。安岐字仪周，号麓村，生活于康乾年间，因随高丽贡使入京而常住中国。安岐以其精明的经商才干、深厚的文化修养、奢华的生活方式，典型地代表了扬州盐商的作风。安岐酷爱中国书画，所著《墨缘汇观》详载他经眼的中国历代法书名画，《书画书录题解》评其书"所见之广，鉴别之精，实所罕觏"。《墨缘汇观》体例严谨，考论精当，已成为书画鉴赏的必读书。扬州东关街安家巷的得名就因为安岐，安家巷应建立碑亭以缅怀这位来自高丽的儒商。

晚清时，一位传奇般的英国传教士与扬州结下了不解之缘，他就是戴德生。戴德生1832年出生在英国约克郡，后加入伦敦的中国布道会，是中国内地会的创始人。为了到中国去，戴德生不惜放弃了不愿和他同来中国的未婚妻。1868年6月1日是戴德生的一个重要日子。这一天，一艘大船从杭州沿着运河北上扬州，船上载着戴德生夫妇和他们的孩子。来扬州之前，戴德生就知道扬州是马可·波罗做过官的地方，还知道扬州运河上有许多美丽的拱桥。戴德生租下皮市街一间破屋，请木匠装修成适合居住的样子，这就是扬州的第一座基督教堂。但在晚清的扬州，两种文明相遇必然引起冲突，结果发生了一场震惊中外的教案。扬州教案的实质是东西文明的碰撞，而处于事件旋涡的戴德生恰恰是对中国充满友好感情的英国人。1905年春天，戴德生第十一次来到中国，在扬州度过了最后的复活节。他留下的遗言是："我若有千磅英金，中国可以全数支取；我若有千条性命，绝对不留下一条不给中国。"戴德生把生命留在了中国，我们也祈祷皮市街上戴德生住过的那座老房子最好不要在风雨中轰然倒塌。

2012年10月3日，俄罗斯汉学家李福清溘然去世，扬州评话从此失去了一个不可多得的朋友。李福清1932年出生于列宁格勒，即今圣彼得堡，后在列宁格勒大学学习中文。在研究扬州评话的外国人中，李福清影响最大，他对王派《水浒》、康派《三国》都发表过独到的观点。对于《水浒》，李福清说，比起那些经过文学加工而渐渐脱离民间口头特点的小说来，只有"扬州著名的说书艺人王少堂所说的《水浒》坚持遵循施耐庵的说法"。李福清还说，他如果研究《三国》，只须"找到三个说书的，一个是扬州的，一个是苏州的，一个是上海的。让他们三个人都讲一个故事——《三国演义》中的《看病》，也就是诸葛亮来看周瑜的病"。李福清感叹道，这个情节在《三国演义》中不到一页，而"扬州评话康重华的《看病》用了一百零六个动作"。遗憾的是，这样一位谙熟和喜爱扬州文化的俄罗斯汉学家，离我们远去了。

多年来，海外学者对扬州文化的研究取得了丰硕的成果。日本波多野太郎对扬州戏曲的研究，丹麦易德波对扬州评话的研究，澳大利亚安东篱对扬州经济的研究，美国梅尔清对扬州园林的研究，瑞士安如峦对扬州文学的研究，捷克包捷对《扬州画舫录》的研究，芬兰库德帆对《广陵潮》的研究，都堪称他山之石，空谷足音。

扬州学正在成为一门显学，扬州城也正在成为一座国际化的名城。

扬州与舟楫之利

　　没有一座城市像扬州这样，因交通而繁盛，也因交通而衰败。

　　没有一座城市像扬州这样，因交通而困惑，也因交通而复兴。

　　两千五百年前，当邗沟把长江与淮河沟通起来的时候，扬州的建城史也就开始了，并荣获了淮左名都、竹西佳处的美誉。

一、"吴城邗，沟通江淮。"*

扬州最早叫作邗城，与邗沟同出一源。邗沟是中国最古老的人工运河，即今京杭运河里运河段的前身，位于江苏省里下河平原西侧，春秋时吴王夫差开凿。《左传》鲁哀公九年（前486）云："吴城邗，沟通江淮。"就是记载的这一重大事件。邗沟又名邗江、韩江、邗溟沟、中渎水和渠水等，历史上它的经行路线颇多变动。据《水经》记载，其一是"自永和（345—356）中，江都水断，其水上承欧阳，引江入埭，六十里至广陵"，实际上即史称真州运河、今称仪扬运河的前身。其二是东汉建安（196—220）初，广陵太守"陈（登）穿沟，更凿马濑（今淮安、宝应两县间的白马湖），百里渡湖"而达于淮，这一路线大体与今里运河线路一致，即自樊良湖直北，穿越白马湖径达末口入淮，史称邗沟西道。

尽管运河水道屡有变迁，但学者指出，现在扬州境内的古运河，与两千多年前吴王夫差开凿的古邗沟走向大部吻合，与一千多年前隋炀帝开凿的古运河水道基本契合。扬州与运河的长期共存，使运河成为一条积淀深厚的文化河，扬州也成为一座流光溢彩的运河城。河流与城市浑然一体，交

* 出自左丘明《左传》。

相辉映着历史文化的灿烂霞光。

古运河从瓜洲至宝应全长一百多公里，其中扬州城区段从湾头至瓜洲全长约三十公里。这一段运河最为古老，历史遗迹星列，人文景观众多。在这段运河的沿岸，有吴王夫差开凿的邗沟故道，祭祀夫差的大王庙；有开凿大运河的隋炀帝的陵寝，隋炀帝的宫殿迷楼故址；有隋代至清代由北进入扬州的第一个码头，隋炀帝、宋高宗以及清代的康熙、乾隆都曾御驾亲临的古扬州门户茱萸湾古镇；有唐代最繁华的商业街东关街，和渡口东关古渡；有宋大城东门瓮城遗址，南宋时的阿拉伯式建筑普哈丁墓，伊斯兰教名寺仙鹤寺；有天主教耶稣圣心堂，佛教长生寺，道教武当行宫；有个园、何园，以及康山街、南河下的盐商豪宅与会馆群；有反映扬州古港、水利和城池建筑的古湾头闸、水斗门、龙首关遗址；有鉴真东渡的出发地古运河码头，明代古塔文峰塔，作过康熙行宫的禅宗名刹高旻寺；有古今闻名的瓜洲古渡和瓜洲城等等。古运河的历史价值、文化价值与经济价值，已经成为我们永远的骄傲，同时更需要我们担负起切实保护与永续利用的历史责任。

古运河在扬州建城史上的作用，怎样评价也不过分。从宏观上看，古运河对扬州城影响最大的是交通、漕运、盐业、城建和中外交往。

二、"扬州驿里梦苏州，梦到花桥水阁头。"*

交通便利使扬州成为南北航行的咽喉，因而历代都在扬州设立水陆相兼的驿站，称为扬州驿、扬子驿、广陵驿等。

扬州驿在城南。南门外大街有一向东的斜坡，直抵古运河，名为馆驿前，旧时的馆驿即在左近。馆驿前原有码头和邮亭，接待过往官员，引渡上下驿马，这里是扬州与外界联系的重要窗口。

关于扬州的驿站，历来留下了许多动人的诗文与掌故。以唐人而言，白居易《梦苏州水阁寄冯侍御》诗云："扬州驿里梦苏州，梦到花桥水阁头。觉后不知冯侍御，此中昨夜共谁游。"这是诗人在扬州驿对苏州朋友的思念。丁仙芝《渡扬子江》诗云："桂楫中流望，空波两畔明。林开扬子驿，山出润州城。"则是诗人在扬州对镇江山水的向往。

唐代的扬子驿，是一个繁忙的码头，湖州刺史李季卿和茶圣陆羽就是在扬子驿会晤，并纵论天下茶水优劣的。唐人张又新的《煎茶水记》记载了陆羽高超的辨水本领，说："代宗朝李季卿刺湖州，至维扬，逢陆处士鸿渐。李素熟陆名，有倾盖之欢，因之赴郡，泊扬子驿。"大历元年（766），陆羽逗留于扬州大明寺，御史李季卿出任湖州刺史途经扬州，

---

* 出自白居易《梦苏州水阁寄冯侍御》。

邀陆羽同舟赴郡。当船抵扬子驿时，泊岸休息。御史对扬子江南零水泡茶早有所闻，又深知陆羽善于评茶和品水，于是笑着对陆羽说："陆君善于茶，盖天下闻名矣！况扬子江南零水又殊绝，今者二妙千载一遇，何旷之乎？"后来陆羽将天下宜茶之水分为二十等次，这段著名掌故就出自扬子驿。

元代回鹘诗人萨都刺路经广陵驿时，写过一首有名的《过广陵驿》诗："秋风江上芙蓉老，阶下数株黄菊鲜。落叶正飞扬子渡，行人又上广陵船。寒砧万户月如水，老雁一声霜满天。自笑栖迟淮海客，十年心事一灯前。"描写了当时扬州城外的美好景象。

《明史》记载，当时常有外国使者经过广陵驿："弘治八年（1495）遣僧来贡，还至扬州广陵驿，遇大乘法王贡使，相与杀牲纵酒，三日不去。"可见广陵驿也是中外交往的要道。

广陵驿的繁忙是扬州城繁华的象征，在明清小说里时见反映。明代《警世通言》写道，广陵驿是官船必经之地："苏知县同家小下了官舱，一路都是下水，渡了黄河，过了扬州广陵驿，将近仪真。"清代《绣屏缘》更把广陵驿作为触动主人公心灵的地方："绛英竟自出城，一路前来，渐近广陵驿，立在官河岸上，想道：这所在才是我结亲之所，更深夜静，无人知觉，河伯有灵，今夜把我吴绛英的精魂顺风儿牵去！"

广陵驿对于扬州文化的影响是深远的，至今在扬州人的口语里还保留着它的些许印痕。馆驿里的驿卒，扬州人俗呼"驿子"。"驿子"中的年长者往往阅历颇深，见多识广，为社会上一般人所不及。过去扬州人有句俗话叫"充老驿子"，用以讥笑不懂装懂、冒充内行。

三、"吴隋虽轻用民力，今漕河赖之。"*

交通便利使扬州成为历代漕运的中枢，以至扬州今天还有一条河流的名字就叫作漕河。

漕运的意思，是指通过水道为封建王朝运输粮食，供应京城或接济军需。漕运的粮食叫作漕粮，漕运的水道叫作漕河。当年隋炀帝开凿京杭大运河，及以后历代帝王疏浚、整治大运河的目的，都是为了漕运。在历史上，京杭大运河常常被称为漕渠、漕河。其实，运河凿成后，不仅担负着官方的漕运，还承担着大量的民间运输任务，包括物资的运输和旅客的运输，这对运河沿岸城市的发展具有很大的推动作用。如隋朝以前，中国商业的繁华之地是在关中和巴蜀。京杭大运河凿成后，商业重心移至运河沿线，两岸先后崛起不

---

* 出自谈迁《北游录》。

少繁华都市，最典型的就是扬州。当时食盐、谷米、茶叶、木料、药材等各种货物都通过水路汇聚扬州，扬州一下子成了全国性的物资集散地，成了南方最繁华的商业之都。

大运河是一项伟大工程，它的产生是历史发展的必然趋势。历代的政治、经济形势，都需要一条贯通南北的大运河，便于军运、漕运、盐运和民运。当然，大运河的开凿不可能不给当时的人民带来深重的灾难。唐人李敬《汴河直进船》咏道："汴水通淮利最多，生人为害亦相和。东南四十三州地，取尽脂膏是此河。"但大运河毕竟害在一时，利在百代，所以唐人皮日休《汴河怀古》咏道："尽道隋亡为此河，至今千里赖通波。若无水殿龙舟事，共禹论功不较多。"清初谈迁在《北游录》中谈到邗沟时也说："吴隋虽轻用民力，今漕河赖之。"夫差、杨广穷兵黩武，穷奢极欲，以致国灭身亡，但开凿运河之事应该历史地加以评价。

扬州早就是漕运的重要中转地。《隋书》云，"开皇七年（587）夏四月庚戌，于扬州开山阳渎以通漕运"。山阳渎的经行路线，据《扬州水道纪》，大致是自扬州茱萸湾东北出，经宜陵、樊川，北至高邮县三垛桥子口入射阳湖，西北行，过山阳而达于末口入淮。今江都、高邮两县间犹有山阳河，南起江都通扬运河畔的宜陵镇，北止高邮六安河畔的大葛庄。又据《资治通鉴》云，"大业元年（605），发淮南丁夫十余万，开邗沟三百余里，自山阳淮（口），至扬子入江"。在《唐会要》中，特别提到"扬州城内旧漕河"。唐宋以后，邗沟一名已少使用，随着朝代更替而名称屡易，有漕河、漕渠、扬州运河、楚州运河、淮扬运河、淮南运河之称。迨至近代，始名里运河。

漕河又称草河，在文化流布史上也起过重要作用。明代万历年间，昆曲传到扬州。为了让扬州人听得懂、喜欢听，最初于整个演出中加上扬州白，尤其是插科打诨。清代中叶，扬州成了昆曲的第二故乡。李斗《扬州画舫录》载，为了恭迎乾隆六次南巡，扬州的"三十商总"曾经在扬州北郊——从高桥到凤凰桥约两里长的草河（漕河）两岸"分工派段，恭设香亭，奏乐演戏，迎銮于此"。正因为乾隆在扬州漕河两岸看到了精彩的戏曲表演，才有后来四大徽班晋京的旷世盛举。

四、"中国盐政以两淮为大宗。"*

交通便利使扬州成为两淮盐业的中心，将淮盐从运河经长江送往湖南、湖北、江西、安徽等地。运河和扬州盐业的关系最为密切，现在扬州城里还有众多的盐业遗迹。

---

* 出自徐谦芳《扬州风土记略》。

两淮都转盐运使司衙署，简称盐运司，可谓是扬州盐业兴盛的见证。盐运司衙署的渊源，可追溯至汉武帝时的大儒董仲舒，原址曾有董井和古宅。盐运使始置于元代，称为都转盐运使司盐运使，简称运司，设于主要产盐地区。元世祖时，相继在两淮、两浙等地区设置都转盐运使司。明代于两淮、两浙等六处设都转盐运使司。清代于主要产盐省份设置转运使司盐运使，《儒林外史》里的荀老爷就曾担任"扬州盐运司"之职。民国时期又改设运使，后改为盐务管理局，盐运使被裁撤。从元朝至民国，都在扬州设立两淮盐运衙署机构，负责两淮地区盐的生产、运销和缉私等事务，足见盐业在扬州经济中的重要地位。

两淮盐漕察院，简称两淮盐院，也是扬州盐运的重要衙门。据《扬州府志》记载，盐院的确切位置在原扬州新华中学内，位于开明桥、文昌阁与院大街、院东街之间。提到盐院，人们往往把它和两淮盐运使衙门混同起来。其实盐运司的名称简称为盐道、盐法道、盐运司，或广陵鹾署、扬州鹾署，掌管盐法行政，监督场盐户丁，稽核派销盐引，兼管下河水利，简单地说，是管盐的产销。而两淮盐漕察院的长官为两淮巡盐御史，或称两淮盐政，职责是掌管巡视盐税。两淮巡盐御史统辖江南、江西、湖广、河南四省三十六府的盐税出入，额运督销，并缉捕私贩。《红楼梦》说"今岁盐政点的是林如海"，又说林如海"今钦点出为巡盐御史"，又称林黛玉是"盐课林老爷的小姐",所指的都是两淮盐漕察院,通称扬州盐院、扬州使院。嵯署和盐院,一个管盐运,一个掌盐税,它们在业务上虽有联系,但职能迥然有别。

还有一座四岸公所,也是扬州盐运的见证。公所在丁家湾,有一座高大的门楼耸立在巷口。门楼两边呈八字形,菱形方砖贴壁,平滑美观,整洁庄严。所谓四岸公所,意谓此乃湘、鄂、赣、皖四省口岸盐商议事之地。徐谦芳《扬州风土记略》说:"中国盐政以两淮为大宗。……两淮政务殷繁,商人未便朝夕入署,于是有商办官立之机关,如仪栈、分栈、场运局是也。有完全商立之机关,如四岸公所、场盐分会、食岸公会是也。"按照规定,湖南、湖北、江西、安徽四省的食盐,均须从两淮盐区运出,故四省盐商大量聚集于扬州,四岸公所就是他们议事的地方。扬州之盐,凡是销往湘、鄂、赣、皖四省口岸的,其运盐的先后、载盐的多少、购盐的贵贱,都必须由大小商人们议定,以便有序地进行,所以应运而产生了四岸公所。公所有专职办事人员,负责经办盐运的诸般具体事宜,特别是他们要为商人代办盐税,这是最要紧的事。此外,他们还要跑钱庄提取银钱,跑盐运司领取税票,跑盐商会交纳盐款等等。只有万事俱备了,客商们这才能够持票往仪征十二圩盐栈领盐,然后装船,驶往各个口岸。现在的四岸公所只剩下一座门楼,谁能料到当年从这里进出的都是些腰缠万贯的阔佬、豪富或大款呢!

五、"况我山林居，园列颇成就。"*

交通便利使扬州成为江淮之间的名城，以人烟稠密、街巷纵横著称。扬州曾有"巷城"之称，就是形容它的古街深巷多而且密，狭而且长，整座城市仿佛是由无数街巷织成的一样。

经过历史的风风雨雨，昔日的街巷有许多消失了，还有一些留存至今，成为古城昔日风貌的见证。徜徉在这些石板和乱砖铺成的路上，两侧是历尽沧桑的旧门楼或参差高下的马头墙，好像穿越时空回到了扬州的过去。对于扬州的古城景致，当年郑板桥曾用"绿杨深巷，人倚朱门"的洗练词句加以形容。婆娑的杨柳，曲折的巷陌，窈窕的佳人，朱红的大门，构成一幅古代广陵风情图。仅在东关街和东圈门一带，就有个园、逸圃、壶园、准提寺、武当行宫、青溪旧屋、汪氏小苑等古迹或遗址供人流连。但是，扬州值得探访的古街深巷还有很多。它们散落在扬州古城的角角落落，令人不禁产生"养在深闺人未识"的感慨。如果说古运河孕育了扬州城，那么扬州城的历史就镌刻在古街深巷之中。

到扬州访古，和古运河靠得最近的南河下街是不能不去的。南河下在扬州城南，运河北岸，是一条东西走向的古街。

---

* 出自康海《植树》。

几百年前，这里因为盐商聚居，人气旺盛，朱门华屋，鳞次栉比。现在虽然失去了往日的喧闹，却还留下许多恢宏的老房子。

沿着南河下从西向东走，会看到一连串饱经沧桑的古建筑。最西头是湖北会馆，它的大厅以粗大的梁柱闻名。湖北会馆的东邻是清末民初扬州大盐商汪鲁门的宅第，这座豪宅前后九进。再向东去是廖氏盐商的旧居，水磨砖的高大门楼巍然耸立。湖南会馆在廖家故宅之东，八字形的雕花门楼临街而立，气派非凡。当年湖南商人出入于此，把三湘风雷裹挟至江南，又把广陵绝唱传播到洞庭。

在南河下的东面，紧靠着古运河，还有一条古街，在历史上名声很响，这就是康山街。街因明代状元康海曾经居住于此而得名，清代则是"以布衣上交天子"的扬州盐商巨子江春的家园。当年乾隆皇帝南巡扬州，多次驾临康山草堂游览，并写下御诗数首。现在康山街还保留着卢氏盐商豪宅、盐宗庙和曾公祠等古迹，足资游人凭吊。康山和康海的关系，似乎在有无之间。康海有一首《植树》诗云："此日春气和，万木俱含秀。况我山林居，园列颇成就。"让人联想到扬州的康山草堂。

扬州的旧街巷，与其他城市比较，应该说保留得不算少。仁丰里的鱼骨形古街坊格局，毓贤街的阮太傅家庙及故居，运司公廨的相传是曹雪芹家住过的老屋，彩衣街的砖雕门楼，都值得一访。扬州的魅力，除了那些大型的园林之外，也许就蕴涵在这些罕为人知的古街深巷之中，等待有心人去发现、去探访、去品赏。至于城外的瘦西湖、平山堂，城内的个园、何园，都是世人所熟悉的。

毫无疑问，没有交通就没有扬州繁华的市井和美丽的园林。

六、"商胡离别下扬州，忆上西陵故驿楼。"*

交通便利使扬州和世界连接了起来。关于中国和西方的交往，在先秦时代就已开始。两汉时期，丝绸之路把东西方联系了起来。隋唐时期，西域文化空前地进入长安、扬州等中国内地。那时，波斯的商船遵循着中国帆船西航的路程，来到中国的沿海各省。据伊本·郭大贝《省道志》记载，唐代的中国海港从南到北有四处，即龙景（今在越南北景）、广府（今广州）、越府（今宁波）、江都（今扬州）。到中国经商的波斯、阿拉伯商人，一般都在广州登岸，北上扬州，因为扬州是南、北、东、西的水运枢纽，从扬州可以北上京都，也可以西去四川。

* 出自杜甫《解闷》。

唐代的扬州，在中西交流史上占据重要地位。这突出表现在扬州有大量的胡人在经营商业。杜甫《解闷》诗云："商胡离别下扬州，忆上西陵故驿楼。为问淮南米贵贱，老夫乘兴欲东游。"诗中的"商胡"是指外国商人。看到商胡纷纷东下扬州，以至于杜甫也有了到扬州一游的兴致。

唐人对于胡人的称呼，涵义十分宽泛。总的来说，商胡主要指来自中亚、西亚国家的商人，有时候也指中国北方和西南的少数民族商人。他们的来源包括波斯、大食、西域、南越等地，其中以波斯、大食商人最多。胡人来华的目的，有这样几种：一是为了仰慕学习中华文明而来；二是为了贸易经商而来；三是为了躲避战乱而来。他们从事的行业，主要是珠宝买卖、药材贸易、钱庄金融等。扬州是唐代著名的商业城市，外国商人很多。据《旧唐书》称，田神功在扬州城内杀人放火，"商胡大食、波斯等商旅死者数千人"。我们不难从中发现，当时扬州城里的外国商人之多。

在唐五代小说中，有关胡人在扬州活动的内容丰富多彩，以《太平广记》一书为例。《守船者》说苏州有人在雨夜得到一粒巨大的珠宝，直径一寸有余，到扬州卖给胡人，获得数千缗之价。《李勉》说司徒李勉做官满任后，沿着汴河往游广陵，路遇波斯老人想回扬州。李勉同情他，让他上船，并将他送到了扬州。《任顼》说任顼从草丛中得到一粒大珠，直径寸余，光耀四射，就到扬州大街上叫卖，有个胡人一见就说："这是真正的'骊龙珠'，世上人想都想不到呀！"于是以数千万为价购买而去。《玉清三宝》说杜陵人韦掖东游广陵，把他的宝贝陈列在扬州街市。有个胡人见了，向韦掖敬礼说："这真是天下的奇宝，即使过一千万年，也未必能够见到。"说完用数千万为价买去。《句容佐史》说句容县佐史每顿能吃鱼几十斤，因而得了一种怪病，吐出麻鞋底一般的怪物，无人能识。最后到扬州，有胡人见了说："这是'销鱼精'，能够消去人腹中肿块。人如有病，削一片像指甲大，放在患处，就可以消除病症。我国太子曾得此病，国王用千金征求此物。先生如果肯卖，一定能够获得大价。"句容县令听了，就削了一半卖给了胡人。

这些故事出于传奇，不一定都是事实。但我们从这些故事中可以得出这样的结论：唐代扬州有许多外国人在从事珠宝、药材等买卖，扬州不愧是中西交流的最重要的城市之一。

交通，就这样为扬州城带来了美好和光荣。

扬州工
行天下

世界上举办过各种各样的博览会。中国首次参加世界博览会是十九世纪在费城，扬州最早参加博览会则是在二十世纪初，先后跻身于巴拿马万国博览会、旧金山万国博览会和金陵南洋劝业会等。

在中国城市史上，扬州是一座与众不同的历史名城。她不像天子脚下的京城，充斥着唯我独尊的王气；也不像山温水暖的苏杭，享受着自然山川的惠顾。在某种意义上，扬州是以妙夺天工的精湛手艺和精致绝伦的生活方式，来体现自己的价值，并远征世界。

民间一向流传着"南沈北梁""和田玉，扬州工""苏州胭脂扬州粉""扬州酱菜镇江醋"等口碑。这一切都证明：

扬州工，行天下。

一、李斗："天下香料，莫如扬州"

在熙熙攘攘的国庆路老街上，有一座古色古香的化妆品老店——谢馥春。当欧莱雅、资生堂、郑明明、欧柏莱等品牌在化妆品市场各领风骚之际，谢馥春却坚守着自己的百年古风，以古朴与典雅、怀旧与淡泊，征服着老少消费者。那些绘制着工笔花鸟的椭圆形彩盒，和它所包装的细腻的鸭蛋粉，陈列在闹市的店铺之中，为风景如画的扬州城氤氲了扑鼻的芬芳。

在谢馥春的收藏室里，珍藏着它的荣誉——一枚巴拿马博览会银质奖章的照片。奖章是圆形的，正面刻有旧金山的标志性建筑和两条代表和平的橄榄枝，背面为裸体的一男一女单手相迎的图案，另有中文"1915·巴拿马国际银奖"字样。这一枚奖章，把扬州的印记永远留在了世博会的史册上。

扬州香粉走向世界，其实并不是从谢馥春才开始的。有一本清人小说写道："惟扬州香料比别处的都好。"因为扬州香粉选料讲究，工艺上乘，所以在数百年间赢得了南北女性的特别青睐。有几件掌故，扬州人不可不知：一是明末扬州著名香铺戴春林的招牌，是当时第一流书法家董其昌亲笔题字的；二是京师妇女一听说扬州戴春林货色到了，无不欣喜若狂；三是上海开埠后，同时有十几家戴春林香铺开张，大抵集中于昼锦里一带，即今上海山西中路的中段，可见扬州化妆品是如何征服了上海人。

在戴春林之后，陆续有张元书、薛天锡等香铺开张。然而它们的名声，总是比不过老牌的戴春林。据《补红楼梦》描写，连花花公子薛蟠路过扬州时，也要到埂子街买来一大堆香货，以便回去送给太太小姐。

从时间上来说，谢馥春只能算是后起之秀。但它的确承继了扬州香粉的荣光，并将其发扬光大了。谢馥春的创始人谢宏业，原来是一家药材铺的学徒。起初，戴春林香粉铺的工人常常在谢宏业当伙计的药材铺里买药材，用作制作香货的原料。寒来暑往，有心人谢宏业对香料行情了如指掌。道光十年（1830），这个当年的药材铺小伙计终于做起了大老板。他在扬州下铺街租下一间店面，开始做起香粉、头油的生意。店铺挂着一块醒目的横匾，上书"谢馥春"三个大字。"谢"字本让人联想到凋谢、萎谢、代谢，加上"馥春"二字立即就显得柳暗花明、枯木逢春、馥郁芬芳。

但是走向春天的路，不总是风调雨顺。创始人的离世，给谢馥春带来了未卜的前程。幸而女主人有胆有识，用后半生的努力再次打起谢家的金字招牌，并于同治三年（1864）

在扬州重建家园，这就是坐落在东关街的馥园。在这座院落里，前面是作坊，后面是住宅，谢家人还在院子里栽种了几株牡丹，象征着春天的复活。谢馥春在第四代传人谢箴斋手中，终于焕发了青春活力。这位年轻的当家人，虽然总是穿着土布长衫，但天生具备商人的头脑。为了出奇制胜，他大胆使用当时与黄金同价的法国香精，使得扬州香粉非复旧时模样。

在1915年举办的巴拿马万国博览会上，谢馥春终于以其轻、白、红、香的鸭蛋粉捧得了银奖。李斗在《扬州画舫录》中预言的"天下香料，莫如扬州"，终于成为现实。

二、钱泳："周制之法，惟扬州有之"

扬州梁盛福的漆器，曾经荣获南洋劝业会金奖、巴拿马世界博览会金奖和美国旧金山万国博览会一等奖。

在扬州诸多工艺艺术中，漆器拥有令人眩目的光环。扬州漆器的历史，可以追溯到战国时代。在扬州西湖战国墓葬中出土的漆器圆盘，以木制卷坯作内胎，髹朱红漆，盘上彩绘云水飞禽图纹，色彩艳丽清晰，显示出早期扬州漆器的高超工艺水平。

汉代的扬州漆器已融入人们的日常生活之中。在扬州郊外出土的无数漆器及其残片中，无论是食具还是用物，是文房还是兵器，即便是棺、椁、面罩等丧葬用品，皆不乏用漆器做成的。这时的漆器工艺，逐渐衍生出彩绘、针刻、贴金、金银嵌等工艺。

唐代扬州经济的发达，促进了漆器工艺的突飞猛进。南北商品交流，东西文化碰撞，使得扬州的漆工眼界大开。彩绘、雕漆、夹纻脱胎和金银平脱等技法日益精细，而且漆器还被列为当时扬州二十四种贡品之一。据记载，唐玄宗和杨贵妃多次将扬州所贡"金银平脱"等名贵漆器赏赐给安禄山和其他臣僚。所谓"金银平脱"，即先将金银熔化，制成箔片，并剪镂成各种花纹；然后将箔片贴于漆器表面，再涂上漆；待漆干后，加以研磨，让漆下的金银箔片显露出来；最后，形成与漆底在同一平面上的装饰纹样。我们在欣赏"金银平脱"时，可以看到金银光泽映照在黑色漆面上，富丽堂皇、贵重雅致。据说唐僖宗时，高骈曾一次向长安运送去扬州漆器逾万件。当时，不仅长安人对扬州漆器情有独钟，扬州漆工技艺甚至传播到了日本等东方国家。

扬州漆器的再次辉煌，是在明清时代。此时的扬州，经济和文化都达到了空前的繁盛，巨商云集和财富聚积引发了人们对于消费的更高追求，也为漆艺的精益求精创造了空前的发展天地。这个时期的扬州漆器,不但恢复了宋宣和以后一度失传的漆砂砚工艺,以彩贝镶嵌在漆面上的点螺工艺也异军突起。更有一种集大成式的漆艺,"其法以金银、宝石、珊瑚、珍珠、碧玉、翡翠、水晶、玛瑙、玳瑁、砗磲、青金、绿松、镙钿、象牙、蜜蜡、沉香等为之,雕成山水人物、树木楼台、花卉翎毛,嵌于檀梨漆器之上。大而屏风桌椅、窗棂书架,小则笔床茶具、砚匣书籍,五色陆离,难以形容,真古来未有奇玩也"。这一工艺因为是周姓漆工发明的,故称"周制"。普天之下,除了扬州,没有第二个地方有此技艺,所以钱泳《履园丛话》说:"周制之法,惟扬州有之。"

梁福盛是创建于清同治七年(1868)的一家老字号。它的创始人梁友善,在万马齐喑的晚清,在百业萧条的扬州,却选择了一个充满怀旧和风雅的行当。他打着仿古和文玩的旗号,生产出各种精美的玩意儿,为他带来了滚滚财源。两江总督端方为祝贺慈禧六十寿辰而进贡的一堂花鸟屏风,就是由梁福盛制作的。这堂屏风由六十多名漆工,耗时两年才完成,价值白银两万两之巨。那时候,梁福盛一年要生产上万件漆器。这些打着扬州文化印记的漆器,每一旬至半个月就装满一船运往上海,再从上海销往西欧北美,年销量达到二三万件。在国内,扬州梁盛福与福州沈绍安齐名,并称"南沈北梁"。

三、周作人："很可口的扬州小菜"

在1903年举办的西湖博览会，和1915年举办的巴拿马万国博览会上，有一件不太起眼的扬州产品连续获得了金奖，这就是三和四美的酱菜。

扬州的酱菜，据说在汉代已是席上之珍。当乌孙公主刘细君住着帐篷、喝着羊奶的时候，她一定在惦念着家乡餐桌上的佐餐小菜，不然难以写出"以肉为食兮酪为浆"的哀怨诗句来。据说高僧鉴真曾将扬州酱菜的制作方法传入日本，日本人依法制作，果觉香味不凡，因此奉鉴真为始祖。日人有诗云："豆腐酱菜数奈良，来自贵国盲人乡。民俗风习千年久，此地无人不称唐。"如果说，扬州酱菜成为清代宫廷的御膳小菜只是民间传说，《红楼梦》中林妹妹吃的五香大头菜是扬州酱菜只是文学虚构，那么鲁迅的兄弟周作人说他在南京读书时曾吃过扬州的干丝和小菜，则完全属实。翻开周作人晚年写的《知堂回想录》，知道他年轻时常到下关去，在江边转一圈后，就在"一家扬州茶馆坐下，吃几个素包子"。他有一位同乡也在南京读书，但喜欢往城南看戏，这种时候，唯有对他说"你明天早上来我这里吃稀饭，有很可口的扬州小菜"，才能羁绊住他。事情过去了几十年，扬州的干丝和小菜仍然深深留在周作人的记忆中。

中国酱菜有南北味之分，北味以北京酱菜为代表，南味以扬州酱菜为代表。民国年间,扬州城里的酱园多达七十多家,最有影响力的是三和、四美。据记载,"三和"取义于松、竹、梅岁寒三友,"四美"出自《滕王阁序》中的"四美具,二难并"。它们的产品,以选料考究、制作精当、酱香浓郁、甜咸适中、色泽明亮、块型美观、鲜甜脆嫩而名闻遐迩。

扬州酱菜选料严格,不仅在采摘上讲究收购的季节,还注重选择采摘的时间。比如乳黄瓜必须是清晨采摘,瓜上带花,每斤约在二十五条以上。传统扬州酱菜的工艺,讲究一丝不苟。如腌制时每隔十二小时要翻缸一次,以保持酱菜的清脆和色泽。工艺流程主要有制曲、选料、腌制、刀切、拔水、酱腌、配卤等。如此这般,瓜果蔬菜才能保持原味,又鲜甜脆嫩。三和四美的酱菜,制曲天然,腌制适时,拔水到位,酱制有序,卤汁纯净,一些关键技艺常常靠师傅口传心授,徒弟心领神会。

扬州酱菜的代表,是酱乳瓜、酱生姜、酱萝卜头、酱宝塔菜、酱香菜心、酱什锦菜等。虽是百姓寻常物,却似仙品下人寰。

四、民谚:"和田玉,扬州工"

人们只知道上海世博会江苏馆的镇馆之宝——玉雕"螳

螂白菜"来自扬州，不知道早在宣统二年（1910）举办的南洋劝业会上，曾专门设立过一个"扬州玉雕馆"，与"福建漆器馆""苏州刺绣馆""景德镇瓷器馆"等群雄并列。

看过玉雕"螳螂白菜"的人都惊叹："简直和真的一样！"鲜嫩的菜叶层层相裹，粗老的菜根环环相缠，特别是白菜上的两只螳螂，蠢蠢欲动，栩栩如生。这是工艺大师江春源和他的徒弟耗费数年才完成的精品。

"和田玉，扬州工"的谚语，不仅表明扬州自古以来就是玉器的主要产地，而且强调了扬州工的细致入微。在高邮龙虬庄遗址出土的新石器时代的玉璜、玉玦、玉管，将扬州的琢玉史追溯至六千年前。汉代扬州墓葬中的玉器，品类更为丰富，而且造型优美，创意独特，工艺纯熟，雕琢精细。唐代扬州的玉器，既是人们随身佩带的装饰品，也是对外交往的友谊见证。宋代扬州的玉器，以镂空雕刻和链条制作最为引人入胜。到了明清，扬州很自然地成为全国大型玉器的雕琢中心。

清代扬州工雕琢的大型玉器的代表作，是珍藏于故宫内的"大禹治水图"。清乾隆时，宫中重达千斤、万斤的近十件大玉山，多半为扬州工琢制，其中重逾万斤被称为"玉器之王"的《大禹治水图》玉山，成为万众瞩目的稀世之宝。扬州工除了雕琢大型的玉山，还雕琢各种奇巧的玩件。最奇特的，如《听雨闲谈》记道："扬州玉肆有项圈锁一具，圈式，海棠四瓣：当项一瓣弯长七寸，瓣梢各镶猫精一颗，掩搭钩可脱；当胸一瓣弯长六寸，瓣梢各镶红宝一颗，掩机纽可逸；左右两瓣各弯长五寸，皆凿金为榆梅，俯仰以衔东珠。两花蒂相接之处，间以鼓钉。金环东珠共三十六颗，每颗估重七分；各为一节，节节可转。白玉环九，上属圈，下属锁；锁横径四寸，式亦海棠，翡地周翠，刻翠为水藻，刻翡为捧洗美人。"如此繁缛的工艺，应是为宫廷所造，果然背面镌刻着"乾隆戊申造赏第三妾院侍姬第四司盥"十六字。

扬州玉雕的基本特征是浑厚、圆润、儒雅、灵秀、精巧，基本造型分炉瓶、人物、花鸟、走兽、仿古、山子雕。历代扬州的玉雕精品，有选用和田上等白玉、采用"汉八刀"手法雕琢而成的西汉白玉蝉；有塔身雪白、七层六面、塔顶连索的宋玲珑玉塔。这些稀世珍品，为扬州琢玉发展史留下浓墨重彩的一笔。而当今的扬州玉器，又百尺竿头，更进一尺。像1986年琢成的《白玉五塔》，主塔七级八面，高一米有余，以八根玉链、四百多圈链条从四方连接四塔，构成塔群，是古今玉塔罕见之佳作。同年琢制的《聚珍图》，通高一米多，宽近一米，重达一千多公斤，以全国著名石窟为素材，集乐山大佛、大足石佛、龙门大佛和云冈石佛于一体，构成深邃幽秘的福地仙境，一时引起轰动，新闻界称此玉山是继《大禹治水图》之后二百年来仅见的玉器珍宝。

如今，当我们回眸这些在历代世博风云中大显身手的

"扬州工"时，不能不看到世事的巨大变迁。百余年来，世博会已从主要展示工业革命成就和各国先进工业品的博览会，演变为综合展示经济、文化、科技、社会发展成就的世界盛会。

面对这样一个世界级的旋转大舞台，"扬州工"该如何在长三角经济圈中脱颖而出，拥抱世界，再次行走于天下？

扬州风遍天下

　　上海的世博锣鼓，惊醒了扬州人沉睡的记忆。但是，扬州人仿佛只知道谢馥春香粉、梁福盛漆器、三和四美酱菜曾获巴拿马万国博览会奖章，不知道在清代宣统二年举办的第一次全国博览会——南洋劝业会上，专门设有"扬州玉雕馆"，与"福建漆器馆""苏州刺绣馆""景德镇瓷器馆"群雄并列；在民国二十四年（1936）举办的伦敦中国艺术国际展览会上，参展的历代绘画珍品，首推唐代扬州号称"小李将军"的李昭道的《洛阳楼图》与《春山行旅图》。

　　世界博览会的本质，是向世界展示当代各种文化、科技和产业的成果。在这个意义上，扬州虽然没有举办过世博会，却是货真价实的世界博览城。

可以不夸张地说：扬州风，遍天下！

一、国际珠宝交易市场

经营珠宝、文物的行业，过去称古玩业。这一行业总是集中在文化发达而经济繁荣的都市里，如北京、杭州、上海、成都、苏州等。扬州，因其在文化和经济上的重要地位，历来是古玩业十分兴旺的地方。

早在唐人小说中，就常常写到关于"广陵宝肆"的传奇故事。李朝威在传奇《柳毅传》中说，小龙女遭到夫家虐待，书生柳毅替她送信给洞庭龙君，因而拯救了龙女。洞庭龙君为了感谢柳毅，赠给他碧玉箱、开水犀、红珀盘、照夜玑等宝物。"毅因适广陵宝肆，鬻其所得；百未发一，财已盈兆"。柳毅之所以要从洞庭长途跋涉到扬州来变卖龙王赠送的宝物，是因为当时只有扬州才能进行如此大宗的珠宝交易。这虽是神话故事，反映的却是唐代的社会现实。

扬州不但是国内珠宝的集散地，而且也是国际珠宝交易的中心之一。唐人张读《宣室志》写道，杜陵人韦弇，在开元年间考中进士，寄居在四川。有一次，他"东游至广陵，因以其宝集于广陵市"。当时有胡人看见了他的宝物，惊叹道："此天下之奇宝也！"以数千万的价钱买去。扬州人至今尚有"波斯献宝""别宝回子"诸说法，可见外国商人在扬州从事珠宝交易活动之一斑。

扬州的珠宝交易到清代依然名闻遐迩，以至于四方珠宝必欲到扬州来卖，方能获得高价。《听雨轩笔记》中说，绍兴人陶小峦，雍正间在滇南做官，曾携了两大箱名叫"碧霞髓"的宝石回到故乡。当时绍兴珠宝店集中在城里千秋巷，只肯以每块八十金至百余金的价钱收购，而苏州、杭州、扬州则数倍于此。后来其子带了"碧霞髓"，"陆续至苏州、杭州、扬州、南京、汉口、广东诸处售之……时碧霞髓价日增一日，箧中物去未及半，计所获已万余金"。

由于扬州古玩市场货源充足，只要有雄厚的财力，在扬州做个古董收藏家并不是一件难事。吴其贞《书画记》说，康熙间扬州通判王延宾，字师臣，"见时俗皆尚古玩，亦欲留心于此"。有一天他对吴其贞说，我想大收古玩，价钱听凭商家索要。因为他囊中有钱，居然在短短几天之内，"所得之物，皆为超等，遂成南北鉴赏大名"。这个故事从一个侧面表明了扬州珍宝货源的充足。

民国年间，扬州的古玩业仍然兴旺。当时知名的古玩店，就有砖街的鼎彝斋、新胜街的古善记、北牌楼的马庆记、得胜桥的敏求山房，以及左卫街的古欢斋、正德斋、古物商店等家。这些古玩铺曾卖过一些绝世珍品。例如，一家古玩店曾有过一方雕刻着元代大旅行家马可·波罗像的古砚，对于研究这位东西方文化交流使者的生平极有意义，可惜后来被一个旅扬美国人购去了。

二、世界陶瓷集散地

扬州并不出产瓷器，但扬州是连接海上丝绸之路和陆上丝绸之路的端点，国内各种陶瓷纷纷集于扬州港口，再通过船只运往世界各地。

在历来出土的中国陶瓷中，有两件具有特别的意义，可以作为扬州是海内外陶瓷集散地的象征：

一件是出土于长沙的青釉壶，上面烧制着一首唐人的诗："一双青鸟子，飞来五两头。借问船轻重，附信到扬州。"所谓"五两"，是古人系于船头桅杆上用来识别风向的候风器，系用鸡毛五两做成。这首诗写人在江湖，思乡无望，只得盼望飞来的青鸟把书信寄到扬州去。长沙窑在烧制的器物上写此诗句，证明扬州是陶瓷的集散地，否则便毫无意义。

另一件是出土于扬州萧家山的四系壶，壶上书写着阿拉伯文"真主最伟大"，而壶的背面却绘着中国式云气纹。这种中阿元素融合的器皿，是中外文化交流的典型实物，也证明扬州是国际陶瓷的集散地。

近年来关于海底文物的传奇性发现，是1998年在印尼海底打捞了大量沉船遗物。因为沉船可能是撞击一块黑色大礁石而失事的，故称为"黑石号"。从沉船里打捞出来的中国陶瓷多达六万余件，分别产于九世纪的湖南长沙窑、浙江越窑、河北邢窑和广东等地窑口。专家们从陶瓷的器类组合，并结合当时的航运路线分析，认为这艘沉船是从扬州港解缆启航，驶向波斯湾的。据说是一位德国人在潜水时无意中发现了这艘沉船，然后费时数年，将海底文物全部打捞出水。在数万件瓷器中，最多的是湖南长沙窑瓷器。而其中的唐代青花瓷，被称为迄今为止发现的中国最早、最完整的青花瓷。

中国从东汉时凿通丝绸之路，但到了唐代，外销陶瓷已取代了外销丝绸的位置。而扬州不但是内销陶瓷的集散地，也是外销陶瓷的集散地。在"黑石号"出水的瓷器中，最多的是长沙窑瓷器，此外还有浙江的越窑、婺窑，河北的邢窑、定窑，河南的巩县窑，广东的汕头窑，安徽的寿州窑等。这些不同窑口出产的瓷器，都是先集中到扬州，然后再装船外运的。

在大唐盛世，中国与世界的海上联系主要靠四大名港，即扬州、交州、广州、明州。作为重要的港口城市，扬州商贾如云，物流如织，其中既有从扬州驶向世界的唐船，也有从阿拉伯和南洋驶来的夷船。通常是外国商船在扬州卸下满载的香料、象牙、药材，然后装上陶瓷、银器、家具回程。

有意义的是，印尼海底沉船上的瓷器，与扬州的考古发现颇多吻合。那些在海底沉睡多年的器皿，不但在扬州出土过，而且形状并无大异。而在唐代，世界上其他发达的城市，如伊拉克的撒马拉、伊朗的内沙布尔、巴基斯坦的班波尔、埃及的福斯塔特等，也都出土过这些瓷器。学者把这些现象联系起来，于是古老的"海上陶瓷之路"便宛在眼前，而扬州正是它的起点。

令人感兴趣的是，"黑石号"沉船中还发现了大量铜镜，有的铜镜上刻有"扬州扬子江心镜"铭文。古代扬州人铸造铜镜，常常选择在农历五月初五午时在江中铸造，也是一时习尚。扬州铜镜一直蜚声海内外，这些铜镜也从一个方面证明，"黑石号"海船是从扬州出发的。

三、全国戏曲交流中心

在中国戏曲史上，扬州两度成为南方的戏曲中心，一次是在唐代，一次是在清代。而扬州戏曲艺术的繁荣，得益于自古以来音乐艺术的盛行。

唐代扬州的市井间，有着无数的歌姬、舞姬，当时的地名就有"弦歌坊"。唐诗中每见"夜市千灯照碧云，高楼红袖客纷纷"（王建《夜看扬州市》）、"霜落寒窗月上楼，月中歌唱满扬州"（陈羽《广陵秋夜对月即事》）一类描写，足见歌舞之盛。除了歌舞，街头又有大众化的百戏，例如傀儡戏——即木偶戏，而最重要的是参军戏。唐代扬州的参军戏，已经发展到拥有专业剧团，并且远远走出了扬州的范围。唐人范摅《云溪友议》就记载了一个以女演员刘采春为主角的扬州参军戏家庭戏班，说她"自淮甸来，善弄陆参军，歌声彻云"。所谓"淮甸"，即扬州一带。刘采春所在的戏班，曾远赴浙东演出。

扬州因为繁华，也成了各处艺伎流连之地。唐代著名宫廷歌手永新，就曾来到扬州。永新，吉州永新县人，姓许，选入宫中改名永新。她"既美且慧，能变新声"。据《乐府杂录》载，一日，唐明皇设宴于勤政楼，观者数千，万众喧哗，龙颜大怒。结果高力士请永新出楼高歌一曲，顿时广场寂静，若无一人。后来，因渔阳之乱，永新颠沛流离，离开长安，来到扬州，与将军韦青邂逅。明代戏剧家汪廷讷把这段故事编为杂剧，剧名《广陵月》。

明末清初，往来或居住在扬州的戏剧名家众多。其中，有写作戏曲《西楼记》《鹣鹣裘》《双莺传》以呈才子之情的袁于令，有著作剧本《秣陵春》《临春阁》《通天台》以寄托故国之思的吴伟业，有撰写《笠翁十种曲》和《笠翁剧论》的李渔，有用十几年时间方完成巨著《桃花扇》的孔尚任，有小说家曹雪芹的祖父、校刻《录鬼簿》旧籍和编撰《表忠记》剧本的曹寅，还有隐居扬州北湖创作《坦庵词曲六种》的徐石麒等。

清代扬州本地的剧作家，较之明代更多。除了王光鲁、徐石麒，还有吴绮、汪楫、汪祚、李本宣等。大量戏剧家的涌现是一个富有意义的象征：清初的扬州，经过血腥的十日之屠以后，很快恢复了歌舞升平的景象。扬州的经济再一次繁荣起来了，扬州的剧坛又一次喧腾起来了，一个可以与盛唐相媲美的扬州戏剧复兴的时代来临了！

扬州在清代，是名副其实的全国戏曲交流中心。自古以来，扬州就受到戏曲艺术的薰陶，汉之百戏、唐之戏弄、宋之南戏、元之杂剧、明之传奇都曾在扬州十分流行。入清后，由于在政治、经济、文化方面的重要位置，扬州成为全国戏曲汇集之地。全国主要的剧种，如昆腔、京腔、秦腔、弋阳腔、梆子腔、罗罗腔、二簧调等，均荟萃于扬州。诸腔云集，百调纷呈，地方戏曲舞台出现空前未有的繁荣，被戏剧史家称之为"花部勃兴"的局面，其中心即在扬州。正如戏剧史家周贻白所说，当时"诸腔百调，均荟集于扬州，造成一时盛况"。

各种戏曲荟萃于扬州，为戏曲的发展提供了交流、学习、竞争的平台。因此，扬州不愧为全国戏曲交流中心。

四、以精致生活方式影响世界

有学者认为，人的一生必须到三个地方，那就是英国伦敦、印度德里、中国扬州，这三个地方正好满足了人的三种需求，即物质需要、精神需要、情感需要。

说到底，一座城市的影响如何，不仅要看它的吸引力，而且要看它的辐射力。测定一座城市的魅力如何，一个简单的方法就是看她有多少"Fans"。

中国人有一个习惯，把仿效别人的人，叫作"小某某"。仿效梅兰芳的是"小梅兰芳"，仿效六龄童的叫"小六龄童"。同样，仿效香港的叫"小香港"，仿效上海的叫"小上海"。如果我们放眼天下，纵观古今，会发现历史上各种各样的"小扬州"还真是不少。

在扬州的近处，每个县城都曾自称是"小扬州"。仪征因为盐务的缘故，商贾作派和文人风气与扬州相通，厉惕斋《真州竹枝词》云："敢说吾乡浑不俗，君来又住小扬州。"高邮的生活方式和人文气息颇似扬州，王虎卿《珠湖竹枝词》云："莫笑一州如斗大，而今已作小扬州。"泰州在晚清一度是东南政治经济重镇，朱宝善《海陵竹枝词》云："眼底烟花太寥落，淮南赖有小扬州。"东台是盐、棉、米、茧的集散中心，嘉庆《东台县志》坦率地承认："阛阓通衢多茶坊、酒肆、浴湢，而城市之间，踵事增华，近有'小扬州'之目。"

　　稍远一点的淮安，是淮北盐务中心，处处模仿着扬州，如扬州盐商聚居的地方叫"河下"，淮安盐商聚居处也叫"河下"。黄钧宰《金壶浪墨》这样描写淮安盐商："一时宾客之豪，管弦之盛，谈者目为'小扬州'。"

　　南通虽然僻处海隅，但是在生活方式上受扬州影响极大。如南通人也像扬州人一样爱花，金榜《海曲拾遗》写道："至期篮挑舟载，下及茶肆酒垆，莫不争购以博清赏，是一'小扬州花市'也！"

　　甚至连南京也被视为"小扬州"。嘉庆年间著名文人吴清鹏游历扬州，见扬州山温水软，物阜民丰，当即挥就《小秦淮》二首，其中有句云："未必渡江能胜此，秣陵应号小扬州！"

　　省内如此，省外也是如此。例如：

　　安徽的石埭因为"衣冠竞尚华丽，山珍海错必备"，而被称为"小扬州"。乾隆《续石埭县志》说：本县"习尚之靡，流于奢矣，称为小扬州"。

　　广东的南雄由于地处粤、赣、闽交界处，商旅遍地，歌吹拂天，马可·波罗称之为"小扬州"。朱彝尊也在《雄州歌》中写道："十部梨园歌吹尽，行人虚说小扬州。"

　　湖南的沅陵是文化旅游资源大县，当地人自称为"江南小扬州"。湖南益阳的泉光河镇，是当地最大的鱼米集市，有"千猪百羊万担米，扬帆汉口一早起"的"小扬州"之称。

　　福建四大名镇之一的莆田涵江，在二十世纪三四十年代，海运商贸十分发达，一时有"小上海"、"小扬州"之美名。当时的富商大贾，和扬州商人一样，喜欢兴建华宅美屋，雕梁画栋，极为精致，至今留有大量遗迹。

山东长山的周村，中央广播电台曾为其制作专题节目，题目为《天下第一村——北方小扬州之周村》。据说周村的元宵节灯彩多，气派大，节期长，届时粉白黛绿，鬓光钗影，使人迷恋，所以人称周村为"小扬州"。

还有一个人们想不到的"小扬州"，是台湾台南的茅港村。茅港现在已经没有什么特别之处，但在清代，大陆人要登陆台南府城，经常在此打尖留宿，隔日一早再上路，因而曾经繁华一时，有"小扬州"之雅称。时过境迁之后，有人写道："今经是地者，无复识向时之'小扬州'也！"不无惋惜之意。

名声最大的"小扬州"，当数天津。明清之际，天津满眼是水乡景色，与江南扬州十分相近，加上扬州是淮盐集散地，而天津是芦盐集散中心，所以诗人张问陶在《天津》诗中咏道："十里鱼盐新泽国，二分烟月小扬州！"从此以后，"小扬州"成为天津人自豪的别称。清末民初，天津作家刘云若写了一本描写天津风情的畅销小说，就叫《小扬州志》。

扬州曾用精致的生活方式影响过世界，而绝不仅仅是香粉、漆器、酱菜。这种生活方式的不胫而走，比起以政府的名义举办世博会，意味更为深长。

南洋劝业会与扬州

一、南洋劝业会获奖知多少

在距离上海世博会整整一个世纪前的1910年，南京曾举办过一次规模盛大的南洋劝业会。这是中国历史上第一次以官方名义主办的全国性博览会。

在这次南洋劝业会上，扬州产品获得了辉煌的荣誉，可是至今只有极少数奖项还被人们提起。在南洋劝业会上获奖的扬州产品，到底有多少呢？

最近发现了这样一份完整的名单：

梁福盛漆器

谈涌茂、厚昌祥锡器

胡顺兴镖刀

何恒茂入漆绵花

习艺所柳条布、发网

吕丰合染色绒

一言堂染色布

和记元色丝绸

乾顺泰雪青官纱

何公盛酱油酱菜

吴正泰卫生香

宝霞银楼银船

大生裕旱蒸

庆瑢女士刺绣帐沿桌帏

朱蕊仙女士线制桌毡

郑桐雕刻扇骨

詹介臣选送乌江早稻、水晶晚稻

韩永喜选送糯米、青豆

窦念祖选送蚕豆

宜陵商会选送乌豆

这份珍贵的名单，见于民国十四年（1925）修撰的《江都县续志》卷六。

　　南洋劝业会是中国近代史上首次举办的大型物产博览会，是晚清有识之士为了振兴国力、提倡实业而兴办的。这是借鉴了美国圣路易斯万国博览会、比利时博览会、意大利米兰博览会的成果。除两江而外，东北、直隶、湖北、陕西、湖南、四川、河南、山东、云贵、安徽、江西都纷纷设馆，南洋群岛的爪哇、雅加达、新加坡、苏腊巴亚等也都前来参展。劝业会在上百万件展品中，选出五千余件获奖展品，其中一等奖六十余件、二等奖两百件、三等奖四百件，分别颁发奖牌。

　　这一年，鲁迅先生正担任浙江两级师范学堂监学兼博物教员，因为他主张接触社会实际，也曾组织师生赴南京参观南洋劝业会。

二、当年名字号　只有香如故

　　当年在南洋劝业会上因获奖而声名显赫的扬州老字号，现在大都退出了历史舞台，但仍留在人们记忆中。

　　最有名的要数梁福盛。梁福盛漆号座落在辕门桥北段今国庆路上。它有一座仿古雕花的门楼，有两进坐西朝东的铺面。店堂檐梁至柜台之间，有一块乌亮的黑漆大招牌，用厚螺钿拼槟榔纹嵌成"梁福盛"三个亮闪闪的斗大阳文。沿梁悬挂金字横匾一面，上面镌刻着"梁福盛仿古漆玩"七个大字。左右是一副刻漆楹联："福我家邦艺通中外；盛兴基业名振东西。"恰好将"福盛"二字嵌于联首。

梁福盛的创业人是梁友善，他是在晚清时扬州市面风雨飘摇的时节创下这份产业的。当时的扬州，盐务衰败，百业凋零，梁友善偏偏选择了漆器这一似乎无关乎国计民生的行当，并且公然以"仿古"和"漆玩"来招揽顾客。事实证明，他的策划是非常成功的。对于扬州这样一座古城来说，还有什么比追思往昔和摩挲文物，更能迎合人们的心理需要呢？还有什么比鉴赏挂屏和把玩砚盒，更能消磨世纪末的那些无聊时光呢？梁福盛成功了，正如《民国续修江都县志·实业考》所说："漆器自卢葵生后，为扬州特产，销行甚广。其仿制最善者，近为梁福盛。郡城各肆岁销银币约三万，而梁福盛居其半焉！"

谈涌茂是另一家有名的扬州字号，它获奖的是锡器。谈氏原籍浙江，后在苏皖等省开设谈涌茂、谈涌昌、福茂恒等商铺，经营五金、响器、药材等，时在十九世纪末。谈氏先开设谈涌昌五金店，随后有谈文舟其人开设了谈涌茂铜锡铺，在各地多有分号。据《民国续修江都县志·实业考》说："铜锡业岁销银币约九万，向以谈涌茂最著。其所制物品，运输各地。"又说："锡碗有制，如各种鼎敦状者，谈涌茂制品于宣统二年得南洋劝业会银牌奖。"芜湖的谈涌茂锡铺，据说就是扬州的分号。前些年，有盐城人在老屋地基下挖出三个锡锭，状如梯形，分量很重，上有"扬州谈涌茂"字样。与谈涌茂齐名的是厚昌祥，它参展的锡器在南洋劝业会获得三等奖。如今在连云港新浦北部的民主路上，还有老字号厚昌祥的分号旧宅。

何公盛的酱油与酱菜，是在南洋劝业会上获奖的又一扬州著名产品。这一荣誉，显然给何公盛带来了巨大的效益。在何公盛的商标上，最上面的一行字是"扬州何公盛正记酱园"，左边写着"南洋劝业会奖章"，右边写着"江苏物产会奖章"，这正是它值得炫耀的荣誉。商标最下面写着酱园的地址和经营的项目："本号开设扬州钞关城内埂子大街。自造三伏秋油，各式罐头酱菜、香酸滴醋、特制腐乳，自运绍兴老酒、徐沛高粮。赐顾者请认明酒灶商标，庶不致误。分设：本城文昌楼、新浦东大街。"何公盛是近代走出扬州的老字号的代表。打开《上海蔬菜商业志》，上面就记载着：民国初年，上海酱菜业获得大发展，扬州酱业商人蜂拥而入，领头雁就是何公盛酱园。直至若干年之后，上海人还记得何公盛、正泰、维生等扬州旅沪酱业老字号。《民国续修江都县志·实业考》记道："糟酱业，以酱为主，兼售酒醋。郡城最大者，为何公盛、四美二家，徐恒大等次之。所制之酱，运销各地，酱油、酱菜尤著名，岁销银币约五十万。"

在荣获南洋劝业会奖章的老字号中，还有一家吴正泰香店，它精制的卫生香永远留在扬州人的记忆中。吴正泰的创始人吴康平，据说是《儒林外史》作者吴敬梓的后人。1836年，吴康平携弟来到扬州，在北门城外开设香店，取名吴天宝。太平军占领扬城后，吴天宝歇业，吴家迁往仙女庙。次年，吴康平在仙女庙重操旧业，取名吴正泰。1896年，吴氏在今国庆路上又开了一爿吴正泰香店。到吴康平三子吴淦泉继承家业时，将店名加上"清记"二字。因吴淦泉经营有方，生意日隆，从业者竟多达百人。文革时期，香烛被认为是封资修之类，于是吴正泰被改成"蚊香门市部"。80年代，吴正泰恢复旧名。90年代，因禁燃烟花爆竹等原因，吴正泰经营萎缩，终至关门大吉。

宝霞银楼银船也是南洋劝业会的获奖产品。扬州旧时银楼众多，有人粗略统计过，知名的有丰永、义顺、九华、宝霞、宝庆、凤祥、玉凤、天庆、天裕、宝新、庆凤、德顺、兴源、天宝、宝盛隆、永恒盛等家，加上近郊的银楼，总数不下百余家。各家的银器制作，题材风格各别，有的擅长人物，有的擅长花木，有的工于文玩，有的工于簪钗。其工艺，主要有镌镂、掐丝、镶嵌、阴刻、手錾等。宝霞银楼制作的银船，应是一种尺寸大而工艺繁的银制工艺品。

大生裕旱蔎，俗称旱烟，也曾获得南洋劝业会奖章。扬州的烟业向来发达，市场上有旱烟、水烟、烟丝等烟草制品。《民国续修江都县志·实业考》说："蔎业，分旱蔎、水蔎二种，旱菸岁销银币约十余万。"民国间王振世《扬州览胜录》附录的烟店，有辕门桥的大生裕，西门街的万昌，砖街的益泰和，教场街的大丰，和东关街的钜兴祥。晚清时扬州画家陈崇光，因幼年家贫，曾在大生裕店旁设摊，为顾客在烟袋杆上刻写书画。由于扬州烟业繁荣，还成立了烟业公所，作家李涵秋寓居其中创作了著名小说《广陵潮》。

可惜的是，这些老字号如今只有香如故了。

三、昔为座上客　今成陌路人

南洋劝业会上的获奖者，按理说当年都是红极一时的。然而仅过了百年，许多光环已经消退得无影无踪。曾经是扬州人家的座上客，而今都成了陌路人！

比如获得南洋劝业会奖章的有一项是"何恒茂入漆棉花"，但是我们今天对它已经十分生疏。

还有一项获奖的是"习艺所柳条布、发网"。习艺所应是当时传授技艺的机构，柳条布、发网都是它的产品。据有关资料，民初扬州织布厂规模稍大的有两家，工徒约三十四人，所织为"柳条土布"。当时扬州的织布，有家机布、高机布之分。其中家机布是粗厚土布，不好看而耐穿；高机布用洋纱织成，美观但不坚厚。今江都大桥一带，多以自种棉花制纱织布，名为"桥布"，而城市所织布，有"柳条布"等名目。所谓"发网"，是一种妇女装饰品，以线编制，包裹发髻。据《民国续修江都县志·实业考》说："宣统二年，扬州商会以丝线编小渔网，得南洋劝业会奖。"推测"习艺所"是扬州商会所设机构，但已不得其详。

获奖项目中的"吕丰合染色绒""一言堂染色布""和记元色丝绸""乾顺泰雪青官纱"，现在都不知详情。扬州的染业在康乾年间就很兴旺，民间流行的色彩层出不穷。到了民初，据《民国续修江都县志·实业考》载，扬州的染业"专染青、蓝、元三色。从前用土靛，后用洋靛，近以洋靛价贵，又复参用土靛，一岁贸易约银币十余万"。但是，"吕丰合染色绒""一言堂染色布""和记元色丝绸""乾顺泰雪青官纱"到底怎样出色，今人并不清楚。

值得注意的，是参加南洋劝业会的还有扬州女性，她们是以个人名义送展并获奖的。其中，有"庆瑢女士刺绣帐沿桌帏"和"朱蕊仙女士线制桌毡"。据有关资料，庆瑢女士"赴赛南洋劝业会，得有超等奖凭，并向政府注册，准免税厘三年"，这表明她的刺绣已成规模，所以要免税。清末民初扬州市面上的绣品，似乎以外地产的为多。如《民国续修江都县志·实业考》说，扬州"绣货多贩自苏州，谓之'顾绣'，亦曰'苏绣'；近年有来自湖南者为'湘绣'，'湘绣'价贵，惟富家用之。市上通行者仍以'苏绣'为多"。

这样看来，"扬绣"能够获奖就更为难得。《民国续修江都县志·实业考》还记载："麻姑绣像，南洋劝业会由毛笠塘送列者，得银牌奖。""绣帐沿桌围，南洋劝业会庆瑢女士得三等奖。"可惜关于庆瑢和朱蕊仙的情况，很少记载。宋人赵以夫《扬州慢》有云："十里春风，二分明月，蕊仙飞下琼楼。"朱蕊仙的名字当由此而来。

获得南洋劝业会奖项的，还有一些扬州农产品。它们分别是："詹介臣选送乌江旱稻、水晶晚稻"，"韩永喜选送糯米、青豆"，"窦念祖选送蚕豆"，"宜陵商会选送乌豆"。据《民国续修江都县志·实业考》说，扬州所产的糯米，"性粘，粒细，秕白如雪。谷壳有红白二色，有毛或无毛，别有黑糯一种。种虽不一，米只分赤、白二色"。又说，"东郭乡地产豆"，"仙女庙一带产青豆"。至于蚕豆，"乡人于闲地种之，大者名'虾蟆背'。"可是关于那些选送人的情况，只好待考了。

四、唯有胡顺兴　依然一枝俏

在南洋劝业会上获奖的诸多扬州老字号中，如今依然活跃在商海里的唯有一家，即：胡顺兴。

国庆路东侧有一条得胜桥街，它的闻名不仅因为百年老店富春茶社在此，而且因为这里是扬州三把刀的大本营。胡顺兴刀剪老店就坐落在这里。胡顺兴现在主要卖刀剪，但当初在南洋劝业会上获奖的，却是它锻造的镰刀。《民国续修江都县志·实业考》写道："镰刀，刈物用，形弯曲，以生铁铸之。瓜洲胡顺兴制，南洋劝业会得银牌奖。"胡顺兴由专制镰刀，到精制扬州三把刀，也算是顺应了市场的需求。前几年媒体曾经报道，胡顺兴的后人曾"兄弟阋于墙"，哥儿俩在国庆路和渡江路各开了一家胡顺兴刀剪老店，店名一模一样。纠纷的结果不知如何，但在外人看来，总以团结为好，和气才能生财。毕竟在光绪年间由胡德顺艰苦创下的品牌，延续至今，颇为不易。千万不要让别人说，胡顺兴刀剪再快，却剪不断家庭内部的乱麻。

　　与胡顺兴的兴旺有着不同命运的，是另一家获奖者——郑桐雕刻扇骨。郑桐字逸琴，清末江都人，工书画，擅浅刻，二十世纪二十年代去世，存世作品极少。其子郑小西继承父艺，为牙刻和竹刻名艺人。郑桐的雕刻曾经风靡一时，但现在已进了博物馆。扬州博物馆收藏着一只黄杨木鼻烟壶，小口，溜肩，深腹，圈足。壶盖雕《太白醉酒图》，象牙匙柄上浅刻古诗一首："北方有佳人，绝世而独立。一顾倾人城，再顾倾人国。岂不知倾城与倾国，佳人难再得。"落款是"逸琴弟郑桐刻"。壶身雕了许多老叟，或坐或站，或倚或扶，或弹琴或赏画，或对弈或观泉，集浮雕、浅刻、深镂等技法为一体。壶肩部有阳文"植之刻"三字，表明这是郑桐与另一位扬州知名雕刻家朱植之的合作。《民国续修江都县志·实业考》记载："朱植之善雕刻，能于一核桃上刻七十二狝猴。"朱植之和郑桐均为扬州著名雕刻艺人，作品传世又少，两人联袂之作仅见此壶。

胡顺兴刀剪和郑桐雕刻，同样获得了南洋劝业会的荣誉，但一个还活跃在市场上，另一个却进了博物馆，令人唏嘘。

现代意义上的扬州实业，按照前人的说法，到晚清才真正发端。晚清之前，扬州的经济支柱是商品流通。直到民国年间，《民国续修江都县志·实业考》才第一次设立"实业"卷，并指出："光绪季年，海内渐趋实业，知时之士，闻风而兴。宣统初，当道设南洋劝业会于江宁省城，其与会得奖者，颇不乏人。"扬州现代实业的先行者，正是在南洋劝业会大显身手的那些前辈，值得我们永远缅怀。

扬州八怪与四君子画

　　梅兰竹菊在中国文化中，不仅是风光的点缀，而且是人格的象征。梅的高洁、兰的幽雅、竹的虚心、菊的坚贞，使它们获得了"四君子"的千古美誉。

　　中国邮政集团公司2010年秋天发行的《梅兰竹菊》新邮票，一套四枚，有三枚出自扬州八怪的绘画作品，即金农的梅、郑燮的竹、李鱓的菊。

　　扬州八怪为什么对四君子画情有独钟呢？

一、梅

"扬州风雅如何逊，瘦蕊芊芊笑口开。"

——李方膺

八怪几乎都画过梅花，最突出的当数金农、汪士慎和李方膺。

金农的梅花，高古散淡，和他的性情相似。他喜欢在画上题跋，以寄托心中感慨。《落梅图》仅题"寄人篱下"四字，却宛如自己飘零身世的写照。《墨梅图》题道："驿路梅花影倒垂，离情别绪系相思。故人近日全疏我，折一枝儿寄与谁？"落魄生涯跃然纸上。金农画梅数量多，仅他的《梅花册页》就有冻蕚吐华、绿蕚含芳、空香如洒、腊梅初绽、佛院冰姿、寒香清韵、吹香照眼、繁枝密蕚、琼枝俟赏、玉蝶清标十幅。有时他在画上写大段题跋，详细说明作画时的情形，耐人寻味。《寒梅欲雪图》曾两度书写长跋，一是说某年岁末天寒之际，有高僧送米来，金农感其意，画梅相赠；二是说受画高僧在临死前，嘱徒弟将画仍还给金农，金农因睹物思人。其中"高僧送米"一节，并非杜撰。金农另一幅《墨梅图》题道："画梅乞米寻常事，那得高流送米至。"又一幅《墨梅图》也题道："冒寒画得一枝梅，恰好邻僧送米来。"画家生前清贫，以致无米下锅，由此可见。金农的画梅心得，最明白的是《仿杨补之瘦梅图》中的一句话："画梅须有风格，风格宜瘦不在肥耳。"体现了一种简淡古拙的特殊审美趣味。

但汪士慎的梅花，却以繁枝取胜。汪士慎爱画梅，光是题目就有《寒梅》《墨梅》《白梅》《梅竹》《梅兰》《水仙梅花》《设色梅花》《才有梅花便风雨》等。汪士慎一生布衣，笔下的梅花却流露出心底的大志，如《梅花图》题道："头白何曾减壮心，云帆直指大江浔。""儒生亦有四方志，未信平生老故丘。"汪士慎画梅，是以真正的梅花为对象的，他家小院就栽着梅花。雍正六年（1728），梅被风吹折，他在《梅花图》上题道："戊申春，院庭梅一树，忽为风折，徘徊庭际，不胜怆然。"到乾隆元年（1736），汪士慎的小院已重新植梅，另一幅《梅花图》有诗云："小院栽梅一两行，画空疏影满衣裳。"下署"时丙辰立秋后四日"，也即乾隆初年。

李方膺的爱梅，不下于汪士慎。在李方膺看来，无论有梅无梅，眼中都有梅的影子。他题《梅花图》云："予性爱梅，即无梅之可见，而所见无非梅。日月星辰，梅也；山河川岳，亦梅也；硕德宏才，梅也；歌童舞女，亦梅也。"真可以称为"梅痴"了。他认为，画梅要画出自己的面貌，不能只是步武前人，东施效颦。所以，他在《梅花图》题跋中多次申明："不学元章与补之，庭前老干是吾师。""梅花有品格性情，必画得其旨趣，然后可以传神，不则无盐子学美人也。"

李方膺做过县官，后来卖画为生，其《墨梅图》有"我是无田常乞米，借园终日卖梅花"之叹。他在扬州卖画时，便想到何逊和梅花的典故，题道："扬州风雅如何逊，瘦蕊芊芊笑口开。"近日，偶见不久前辞世的老友蒋华女士在《扬州八怪题画录》中对"扬州风雅如何逊"注道："意为不怎么好。"其实误解了诗意。何逊是南朝梁人，有《扬州法曹梅花盛开》诗，后来杜甫因有"东阁官梅动诗兴，还如何逊在扬州"名句。尽管何逊所谓"扬州"未必是今日的扬州，但"何逊官梅"实已成扬州典故。李方膺另一幅《梅花图》题诗云："官阁成尘事已凋，我来僧舍画梅条。扬州明月年年有，收拾春风廿四桥。"也是咏此。此外，高凤翰《瘦影寒香图》有"扬州何逊写心期"诗句，罗聘《梅花图》有"官阁春生"题字，都是用的"何逊官梅"之典。

八怪画梅，常常实地写生。高翔画《梅花图》，汪士慎题道："此平山堂僧院看梅作也。"罗聘画《梅花图》，自题道："客窗晨起，用玉楼人口脂，画此红梅。恐北人不认识，作杏花看耳。"可知他们都是对梅作画的。

在民俗中，"喜鹊登梅"是常见的吉利题材，有趣的是八怪也不能免俗。李鱓曾作《喜鹊梅花图》，题道："探得好消息，报与主翁知。"罗聘曾作《梅花图》，题道："鹊喳喳，忽地吹香到我家；一枝照眼，是雪是梅花？"充满了亲切的民俗风情。

二、兰

"岂肯同葱同蒜去卖街头？"

——金农

　　兰花的题材，八怪也常画。

　　郑燮画兰最多，而且多与石、竹等相伴，如《兰石》《兰竹石》《峭壁兰花》等，以为只有兰、竹才称得上"芳邻"。郑燮画兰，是转益多师，不依傍他人。他的《墨兰图》题道："予作兰有年，大率以陈古白先生为法。及来扬州，见石涛和尚墨花，横绝一时，心善之而弗学，谓其过纵，与之自不同路。又见颜君尊五，笔极活，墨极秀，不求异奇，自有一种新气。又有友人陈松亭，秀劲拔俗，矫然自名其家，遂欲仿之。"结论是：借鉴他人须在似与不似之间。他推崇兰花的清高，《墨兰图》所谓"清品清材，此交可订"。他认为兰花的清高是在与荆棘的比较中显现出来的，《荆棘兰石图》所谓"不容荆棘不成兰"。他反对把兰花栽在瓦盆里，主张让兰花生活在青山绿水之间，《兰竹石图》题道："世人只晓爱兰花，市买盆栽气味差。明月清风白云窟，青山是我外婆家。"又题道："古人云，入芝兰之室，久而忘其香。夫芝兰入室，室则美，芝兰弗乐也。我愿居深山大壑中，有芝不采，有兰弗掇，各适其天，各全其性。"他笔下的兰，就是一生爱好天然的他自己。

李鱓是郑燮的好友，相同的意趣也反映在他们对兰花的态度上。李鱓引用苏东坡语题他的《兰花图》："空山无人，水流花开。"认为兰花的芬芳是它固有的，并不需要人来赏识。他在另一幅《兰花图》中也说："幽香独抱无人识，流水高山自在春。"李鱓不喜欢世俗的花草，只推崇他喜欢的几种花木，正如他在《松柏兰石图》中所题："墨痕处处留仙迹，怕见当时红绿花。"但他对于象征着富贵的牡丹，并不排斥。《牡丹兰花图》题道："看遍春风香世界，只惟兰草牡丹花。"他的《兰蕙留名图》，题跋只有一句话："李鱓留名于兰蕙之间。"足见他是以兰自况的。

其他八怪诸家，对于兰花的寄托，大抵各有怀抱。

如金农的兰花，不屑与俗物同流，他的《双钩兰花图》题道："无人问国香，零落抱香愁，岂肯同葱同蒜去卖街头！"但罗聘笔下的兰花，却正好和葱蒜打成一片，他的《兰花图》题道："和葱和蒜，去卖街头。"李方膺的兰花，寄了来年的祈望，他的《盆兰图》题道："莫嫌此日银芽少，只待来年发满盆。"而汪士慎的兰花，不过是美人而已，他的《兰石图》题道："予每写兰，取其妩媚也。"

三、竹

> "而今再种扬州竹，依旧江南一片青。"
>
> ——郑燮

八怪都爱画竹，不过也各有寄托。

李鱓很少单画竹子，他总是把竹子与其他东西画在一起，如《菊竹》《蕉竹》《松竹》《石竹》《树竹》《花石竹雀》《孤竹幽兰》等。他笔下的竹子，虽然有《墨竹图》所题的那种"一节一节复一节，屈原苏老夸齐骨；一叶一叶复一叶，雨师风竹嫦娥窟"的挺拔俊秀，但并不遗世独立。就像他在《花石竹雀图》中所题的那样："竹林瓦雀任飞回。"因此，他的竹子虽然高洁，却有某种亲和力。

李方膺的竹子，就是他自己，包括他的意气和牢骚。李方膺在《竹石梅花图》中声称："平生不肯屈人志，十月严霜占得春。"俨然是夫子自道。他在《风竹图》中更说得直言不讳："波涛宦海几飘蓬，种竹关门学画工。自笑一身浑是胆，挥毫依旧爱狂风！"他嘲笑那些"肉食者"太俗，不懂得竹子，唯有自己才是竹子的知音，其《竹石图》题道："有肉之家竹不知，何堪淡墨一枝枝！老天愁煞人间俗，吩咐清风托画师。"这画师就是李方膺自己。

金农没有李方膺那样的满腹牢骚，但他在《墨竹图》中自白："唯有此君知我也！"据金农说："余六十岁后，始学画竹，前贤竹派，不知有人。宅东西种植修篁，以千万计。每当高春夕酺时，就日影写其状，即以此君为师也。"他是真正的师法自然。竹子的超然脱俗，好像使得金农找到了另一个自我。他的另一幅《墨竹图》题道："老而无能，诗亦懒作，即作五七字句，诳人而已，可勿录也。然平生高岸之气尚在，尝于画竹时，一寓己意，林下清风，惠贶不浅。观之者，不从尘坌求我，则得之矣。""余画此幅墨竹，无潇洒之姿，有憔悴之状，大似玉川子在扬州羁旅，所见萧郎空宅中数竿也。余亦客居斯土，如玉川子之无依，宜乎此君苍苍凉凉，丧其天真而无好面目也！噫，人之相遭，固然相同，物因以随之，可怪已哉！"这一切，显然是说他自己的平生遭际。

其他诸家，如汪士慎的《竹石图》，强调竹子的虚心："一枝寒玉抱虚心，幽独何曾羡上林。"高翔的《梅竹双清图》，刻画竹子的高洁："艳寒宜雨露，香冷隔尘埃。"华嵒的《茅屋风竹图》，憧憬竹子的野趣："荒烟野气中，修竹蔽茅屋。"罗聘的《竹图》，歌颂竹子的气节："清瘦两竿如削玉，首阳山下见夷齐。"都能自成一家笔墨。

然而，画竹最多最好的，还数郑燮。郑燮画竹最多，但每幅图中的竹子绝不以多取胜。他的《竹石图》有诗："画竹何须千万枝，两三片叶俏撑持。""新栽瘦竹小园中，石上凄凄一两丛。"《墨竹图》更写道："一两三枝竹竿，四五六片竹叶。自然淡淡疏疏，何必重重叠叠。"以少少许胜多多许，是郑燮一向的艺术观。我们相信郑燮的画竹，是出于他对自然界的潜心观察。他的《竹兰石图》有一大段题跋，写得非常有趣："余家有茅屋数间，南面种竹。夏日新篁初放，绿荫照人，置一小榻其中，甚凉适也。秋冬之际，取围屏骨子，断去两头，横安以为窗棂，用匀薄洁白之纸糊之。风和日暖，冻蝇触窗纸上，咚咚作小鼓声。于时，一片竹影零乱，岂非天然图画乎？凡吾画竹，无所师承，多得于纸窗粉壁日光月影中耳。"当然，眼中之竹，不等于纸上之竹。他在《露竹新晴图》中又写道："客舍新晴，晨起看竹，浮露叶上，日在梢头，胸中勃勃，遂有画意。其实胸中之竹，并不是眼中之竹也。因而磨墨展纸，运笔又是一格。其实手中之竹，又不是意中之竹也。"这正是他独特的创作心得。

郑燮咏竹最好的诗是："咬定青山不放松，立根原在乱崖中。千磨万击还坚劲，任尔东西南北风。""衙斋卧听萧萧竹，疑是民间疾苦声。些小吾曹州县吏，一枝一叶总关情。"他的许多竹子，是在扬州画的，如其《墨竹图》所题："而今再种扬州竹，依旧江南一片青！"

四、菊

> "如何插入瓶中？不肯寄人篱下！"
>
> ——边寿民

八怪画菊，较之画梅兰竹为少。画菊较多的，要算李方膺、高凤翰和边寿民。

李方膺的画菊，据他自己说出于李公麟。他在《菊石图》上自述："家龙眠先生作《竹石图》，二苏题咏，至今七百余年，传为世宝。予作《菊石图》，亦不敢并驱中原，但有好事者借观，须得米五石，酒十斗，方许之。"龙眠先生指北宋画家李公麟，二苏指苏轼、苏辙。李方膺画菊，最推许陶渊明的"采菊东篱下"，故其《瓶菊图》有"陶潜官罢酒瓶空，雨水清清菊一丛；所谓伊人不可见，萧萧风味画图中"之句。他认为菊和兰有相同的风致，故在《兰菊风致图》中咏道："芳如兰蕙清如菊，一半春温一半秋。"他又认为菊花不应该仅为少数高人雅士所有，故在《盆菊图》中题道："莫笑田家老瓦盆，也分秋色到柴门。"

高凤翰的爱菊，同样因为仰慕陶渊明之高风。他在《竹菊图》中说："从来我爱陶居士，画出秋风五柳庄。"他比一般爱菊人更执着的地方，是专门辟一草堂，亲自艺菊。高凤翰的《草堂艺菊图》共有四幅，尽情抒发了对于菊花的感慨："我来似客花如主，一路将迎到草堂。""不架花枝不上盆，居然边幅不修人。"简直把菊花拟人化了。据他在题跋中说："艺菊之苦，灌溉为难，以草堂去河稍远，而僮仆乏人也。""艺菊之后，延儿劳勤为多。花时邀客共赏，余独有袖手追陪。"可见他的艺菊，到了乐此不疲的程度。高凤翰还有《菊花册页》以及《雨菊》《秋菊》等作品，表现了菊花的各种风姿。

边寿民在八怪中以画芦雁出名，也爱画菊。他有一幅《瓶菊图》题道："花之隐逸者也，所以苇间常写。如何插入瓶中？不肯寄人篱下！"他认为菊花之所以要插入瓶中，是因为它不肯寄人篱下的缘故，也是一种别解。边寿民大概经常剪取菊花，插在瓶盂中供养。他有《水盂菊花图》，题道："不管人间有风雨，先生高卧过重阳。"是歌颂的陶渊明。又有《歪瓶欹菊图》，题道："持去卖钱偿酒债，那知秋色落谁家？"表明他画菊是卖钱的。边寿民的《菊花图》题诗，多有清趣，如："晚来插菊挑灯吟，清影入墙似此枝。""多少天涯未归客，借人篱落看秋风。"都值得反复回味。

李鱓画牡丹较多，但也有《菊花》《菊石》《盆菊》《篱菊》《菊花佛手》《菊花草虫》《菊蟹秋光》等作。《篱菊图》画菊花在篱下怒放，题道："笑尔孤根移不得，寄人篱下也轻狂！"尽显狂傲不羁之态。《草虫菊花图》画草虫藏匿在菊花之下，题道："昆虫草木闲依附，造化天机远胜人。"话中似别有机锋。《菊蟹秋光图》描绘了重阳时节的民间风俗，一句"拾得蟹来沽得酒，撇开闲事赏秋光"，把扬州人持螯赏菊的风情写得如在目前，叫人联想到黄慎《菊蟹图》所题的"手执螺厄擘蟹黄，客中何事又重阳"。

其他各家的菊，如郑燮有《兰竹菊图》，题道："兰梅竹菊四名家，但少春风第一花。"他故意在图中不画梅，显出他的狡黠。金农有《篱菊图》，题道："康风子于此间，或一遇之。"康风子是《神仙传》中因服食菊花而成仙的人物，因而不无诙谐。华嵒有《秋菊图》，道是："姚魏终皆非正色，请君细把楚骚看。"姚黄魏紫是宋时洛阳的名贵牡丹，他认为都不如菊花高贵。陈撰有《菊石图》，道是："若遣青红供俗眼，任他墙角闹鸡冠！"他无意去画有冠带意味的鸡冠花，认为唯有不凡的菊花才值得丹青描绘。

对于扬州八怪来说，梅兰竹菊既是表现技巧的绘画题材，也是表现心灵的形象语汇。我们只有读懂他们的画，才能读懂他们的心。

鲁迅先生与扬州学派

　　扬州学派是清代活跃于扬州地域的一个考据学派，一般以汪中、焦循、阮元、王念孙、王引之等为代表。它与徽派、吴派的不同，论者多谓吴派最专，徽派最精，扬派最通。

　　鲁迅是作家，同时也是学者。他虽然没有把清代扬州学者看成一个学派，但对扬州学派的主要成员如汪中、焦循、阮元、王念孙、王引之乃至凌廷堪、刘恭冕、刘师培等人，时有论及。或引其文，或论其人，给我们提供了如何评价扬州学派的独特视角。

一、关于汪中、汪喜孙

汪中，字容甫，扬州人。遍读经史百家，能诗工文，尤其精于史学。著有《述学》《广陵通典》《容甫先生遗诗》等。其子汪喜孙，亦精于经学、史学。

鲁迅买过汪中的《述学》，并在对于《射阳聚石门画像》作说明时，述及汪中和汪喜孙。1912年9月24日鲁迅《日记》云："午后同稻孙至留黎厂购《述学》二册，八角。"（鲁迅：《鲁迅全集》，人民文学出版社，1981年，第十四册，第19页）同年10月26日又记云："夜修订《述学》两册，至一时方毕。"（鲁迅，第十四册，第23页）按《述学》六卷，版本甚多，鲁迅所购为同治八年（1869）扬州书局重刻本。《述学》在经学、诸子、训诂等方面都有独到成就，前人评价很高。王念孙《述学叙》说："今读《述学》内外篇，可谓卓尔不群矣。其有功经义者，则有若《释三九》……其他考证之文，皆有依据，可以传之将来。"（王念孙：《述学叙》，见《新编汪中集》附录三，广陵书社，2005年，第60页）李审言《江都汪氏丛书序》说："吾郡汪容甫先生，独振于千载之后，以上窥古之作者。所著《述学》，即文集也，海内家户诵晓久矣。"（王念孙，第73页）鲁迅购得此书后，又亲手重新装订，亦可见其珍爱之意。

汪中父子出现在鲁迅笔下，是在鲁迅所撰的《〈射阳聚石门画像〉说明》一文里。《〈射阳聚石门画像〉说明》是对该石刻画像的说明，此画像的主要内容是孔子见老子。据鲁迅说，画像上"有包世臣题额一列，七字，行书。并记二行，亦行书"，其内容为："汉射阳聚石门画像额石门旧在宝应县射阳故城，乾隆五十年，江都拔贡生汪中舁归。道光十年夏，其子户部员外喜孙移至宝应学官，泾包世臣、仪征刘文淇、吴廷飏、泾包慎言、江都梅植之同观。世臣记。"（鲁迅:《鲁迅全集补遗》，天津人民出版社，2006年，第349页）由此我们得知，鲁迅虽然没有正面评价汪中父子，至少汪中父子所珍爱的《射阳聚石门画像》，鲁迅也是非常喜欢的。

二、关于焦循、焦廷琥

焦循，字理堂，扬州人。在易学、诸子、历算、戏曲等方面均有精深造诣，撰有《雕菰楼集》等。阮元称其"一代通儒"。其子焦廷琥，能绍家学。

1922年8月14日，鲁迅在《致胡适》信中谈《西游记》作者材料的新发现，其中提到焦循的《剧说》："昨日偶在直隶官书局买《曲苑》一部（上海古书流通处石印），内有焦循《剧说》引《茶馀客话》说《西游记》作者事，亦与《山阳志遗》所记略同。从前曾见商务馆排印之《茶余客话》，不记有此一条，当是节本，其足本在《小方壶斋丛书》中，然而舍间无之。"《剧说》又云，'元人吴昌龄《西游》词与俗所传《西游记》小说小异'，似乎元人本焦循曾见之。既云'小异'，则大致当同，可推知射阳山人演义，多据旧说。"（鲁迅，第十一册，第410页）按信中提到的《剧说》，是焦循的戏曲论著，共六卷，内容为摘录唐宋以来书籍中有关戏曲的论述，也作评论。鲁迅所引《茶余客话》一节，见该书卷五。《茶馀客话》是阮葵生所著笔记小说，其中有关《西游记》作者的文字，见该书卷二十一。

1915年3月13日鲁迅《日记》云："往留黎厂官书局买残本《积学斋丛书》十九册，阙《冕服考》第三、第四卷一册，价银三元。"（鲁迅，第十四册，第156页）按《冕服考》四卷，焦廷琥撰，鲁迅所得为光绪十六年（1890）南陵徐氏《积学斋丛书》本。焦循撰有《群经宫室考》，焦廷琥因别撰《冕服考》以辅翼之。论者以为其辨析精核，不下乃父，亦较宋氏《释服》为完备。合而观之，于礼经制度，可概睹其大凡矣。

焦氏父子治学范围宽广，鲁迅既引焦循的曲学专著，又购焦廷琥的礼经考证，可谓得其概要。

三、关于阮元、阮福

阮元，字伯元，扬州仪征人。在经学、方志、金石方面都有很高造诣，海内学界尊为泰斗。官至体仁阁大学士、太子太保。其子阮福，也是文章大家。

从学问传承谱系来看，鲁迅师承于章太炎，章太炎师承于俞樾，而俞樾不但任教于阮元创办的杭州诂经精舍，同时也是扬州学派中坚高邮二王的崇拜者。故鲁迅与扬州学派之间，有着间接却很明显的关系。鲁迅热衷于收藏汉画像石，当与此不无关系。

鲁迅对阮元的《两浙金石志》很熟悉。他在《会稽禹庙窆石考》中说，此石遗文历来多有考索，如平氏《绍兴志》识得二十九字，王氏《金石萃编》云有九字可辨，而"阮氏元《金石志》因定为三国孙氏刻。字体亦与天玺刻石极类，盖为得其真矣"。（鲁迅，第八册，第55页）按阮元所撰《金石志》，即《两浙金石志》，为金石目录，共十九卷。该书卷一转述《太平寰宇记》所引《舆地记》语后说："据此，为三国孙氏刻审矣，《嘉泰志》称直宝文阁王顺伯复斋定为汉刻，来之得也。"阮元所说的"孙氏"，指孙皓，三国吴最后一个皇帝。鲁迅所说的"天玺刻石"，指孙皓于天玺年间（276）所立的禅国山碑和天玺纪功碑。

阮元学问渊博，思想豁达，这一点得到鲁迅的认同。鲁迅在《看镜有感》中赞扬汉唐气象宏大，敢将外来之物铸于铜镜之上，如海马、葡萄之类；又藐视明清风气唯恐涉及一个"洋"字，以至有人因为看见历书写着"依西洋新法"几个字便号啕痛哭。这一派人的观点是"宁可使中夏无好历法，不可使中夏有西洋人"，与此相反的却是阮元。鲁迅写道："汤若望入中国还在明崇祯初，其法终未见用；后来阮元论之曰：'明季君臣以大统寝疏，开局修正，既知新法之密，而讫未施行。圣朝定鼎，以其法造时宪书，颁行天下。彼十余年辩论翻译之劳，若以备我朝之采用者，斯亦奇矣……我国家圣圣相传，用人行政，惟求其是，而不先设成心。即是一端，可以仰见如天之度量矣！（《畴人传》四十五）"（鲁迅，第一册，第199页）按阮元的这段话含有歌颂甚至谄媚清廷之意，但是他赞同使用"西洋新法"，而且主张"惟求其是，而不先设成心"。这种开明的态度，也正是鲁迅所欣赏的。

对阮元父子关于"文"与"笔"的观点，鲁迅曾不止一次提到。鲁迅在《汉文学史纲要》第一篇《自文字至文章》里，论及"文"与"笔"之区别。文末谈到"辞笔"和"诗笔"，认为两者对举，唐世犹然，逮至宋元，此义已晦，乃至后世将一切散文都称为"文"，其实是不妥的。鲁迅说："清阮元作《文言说》，其子福又作《文笔对》，复昭古谊，而其说亦不行。"（鲁迅，第九册，第346页）在扬州学派

中，不乏为文辞藻瑰丽者，如汪中等，且颇有成就。阮元的
《文言说》《文韵说》《与友人论古文书》等文，强调了"文"
和"笔"之分，其子阮福也力倡沉思翰藻之"文"，反对直
白无文之"笔"。这一理论虽然不错，但纵然是阮元自己也
难以完全实践其主张。阮元《书梁昭明太子文选序后》云：
"今人所作之古文，当名之为何？曰：凡说经讲学皆经派也，
传志记事皆史派也，立意为宗皆子派也，惟沉思翰藻乃可
名之曰文也。非文者尚不可名之为文，况名之曰古文乎？"
接着，他自己承认："或问曰：子之所言，偏执己见，谬托
古籍，此篇书后自居何等？曰：言之无文，子派杂家而已。"
（阮元：《揅经室集》下册，中华书局，1993年，第609页）
阮元在《揅经室集》自序里坦陈："余三十余年以来，说经
记事，不能不笔之于书，然求其如《文选序》所谓'事出沉
思，义归翰藻'者甚鲜，是不得称之为文也。"（阮元，第1
页）其子阮福在《文笔对》中强调"有情辞声韵者为文"，"直
言无文采者为笔"，而他本人也是多直言之"笔"而少情辞
之"文"。但文笔之说对鲁迅仍有深刻的影响。鲁迅杂文有
题曰《匪笔三篇》《某笔两篇》（后均收入《三闲集》），他
之所以称为"笔"，就是因为所引文本均非韵文的缘故。《匪
笔三篇》写道："以其都不是韵文，所以取阮氏《文笔对》
之说，名之曰：笔。"（鲁迅，第四册，第43页）鲁迅承认
文笔有异，但他也知道实际上做不到。

又，1925年4月16日鲁迅《日记》云："晚游小市，买《乌青镇志》《广陵诗事》各一部，共泉一元二角。"（鲁迅，第十四册，第542页）按《广陵诗事》十卷，二册，阮元著，光绪十六年（1890）重刻本，京师扬州会馆藏版。

四、关于王念孙、王引之

王念孙，字怀祖，扬州高邮人。历官永定河道、山东运河道等。积十年之功成《广雅疏证》，段玉裁称为"天下一人而已矣"。与其子王引之，合称"二王"。

从学术渊源来讲，鲁迅与二王关系最密切，因为鲁迅在东京听章太炎讲授过王氏的著作。文物出版社出版的《文物天地》1988年第6期有《鲁迅与〈说文解字札记〉》一文，提到一部未曾发表过的鲁迅手迹《说文解字札记》，此稿后由上海博物馆柯罗版影印成册。据介绍，这部札记是鲁迅1908年在日本东京听章太炎讲课的笔记。1906年6月29日，章太炎因"苏报案"入狱刑满释放，当天东渡日本，加入同盟会，担任同盟会机关报《民报》主笔。章太炎后在东京创办国学讲习会，以为"国学者，国家所以成立之源泉也"。在国学讲习会上，章太炎先后讲了《说文》《楚辞》《尔雅义疏》《广雅疏证》等，而鲁迅是听讲者之一。故《广雅疏证》

及其作者王念孙的名字，留在了鲁迅的记忆中。

1915年1月2日鲁迅《日记》载："往留黎厂直隶官书局买《说文解字系传》一部八册，二元；《广雅疏证》一部八册，二元五角六分。"（鲁迅，第十四册，第149页）按《说文解字系传》四十卷，南唐徐锴著；《广雅疏证》十卷，清王念孙撰，王引之述。两书均为文字训诂之书，作者也都是扬州人。《广雅疏证》堪称王念孙最重要的著述。他以踏实严谨的朴学精神治《广雅》而成《广雅疏证》，成为清代朴学名著。鲁迅购买此书，与他对文字学的兴趣和听章太炎的讲课有关，这也是鲁迅国学与扬州学者学术渊源的例证。

五、关于凌廷堪

凌廷堪，字次仲，安徽歙县人，长期寓居扬州。工诗文，兼为长短句，究心于研究经史。著有《校礼堂文集》《元遗山先生年谱》等。

鲁迅在《儒术》一文中提到凌廷堪。《儒术》是鲁迅借题发挥的政治性杂文。其事由是金朝将领崔立叛变称王，为掩其罪行，文人被迫为其树碑立传，一代文宗元遗山似与此事有涉。此事扑朔迷离，没有定案，鲁迅认为各种不同说法都已包含在凌廷堪的《元遗山先生年谱》中："碑虽然'不果立'，但当时却已经发生了'名节'的问题，或谓元好问作，或谓刘祁作，文证具在清凌廷堪所辑的《元遗山先生年谱》中，兹不多录。经其推勘，已知前出的《王若虚传》文，上半据元好问《内翰王公墓表》，后半却全取刘祁自作的《归潜志》，被诬攀之说所蒙蔽了。凌氏辩之云，'夫当时立碑撰文，不过畏崔立之祸，非必取文辞之工，有京叔属草，已足塞立之请，何取更为之耶？'然则刘祁之未尝决死如王若虚，固为一生大玷，但不能更有所推诿，以致成为'塞责'之具，却也可以说是十分晦气的。"（鲁迅，第六册，第31页）按清人为元遗山撰年谱者，有凌廷堪、翁方纲、施国祁、李光庭诸家。论者以为，大抵知人论世，凌氏为精；作诗年月，李考最详；翁谱疏陋，而有创始之功；施作简略，乃为笺注之辅。诸家既各有短长，其说亦不无同异。凌廷堪的《元遗山先生年谱》，所据材料大多取自《元史》《中州集》《归潜志》《元文类》及金元文人文集。全谱共分两卷，上卷为仕金时事，下卷为北渡后事。以年为经，以诗为纬，对谱主一生行事考订甚详，故鲁迅说"文证具在清凌廷堪所辑的《元遗山先生年谱》中"，显系褒扬之词。

凌廷堪的学问鲁迅是肯定的。备受鲁迅推许的小说家李汝珍，原系凌廷堪入室弟子。凌廷堪、李汝珍师徒在胸怀实学但命运乖蹇这一点上，十分近似。鲁迅在《中国小说史略》第二十五篇《清之以小说见才学者》特别谈到《镜花缘》的作者李汝珍曾经"师事凌廷堪"："汝珍字松石，直隶大兴人，少而颖异，不乐为时文，乾隆四十七年随其兄之海州任，因师事凌廷堪，论文之暇，兼及音韵，自云'受益极多'，时年约二十。"（鲁迅，第九册，第249页）鲁迅对于凌廷堪、李汝珍这对饱学而途穷的师徒，似乎怀有特别的好感。

六、关于刘恭冕

刘恭冕，字叔俛，宝应人。幼承家学，博涉通经，与父刘宝楠共疏《论语正义》。力辟通儒之路，著有《论语正义补》《何休论语注训述》等。

鲁迅《日记》1927年9月16日记道："托阿斗从图书馆买《南海百咏》一本，二角；《广雅丛刊》中之杂考订书类十三种共二十四本，泉六元七角五分。"（鲁迅，第十一册，第670页）按鲁迅所购《广雅丛刊》之书，含刘恭冕的《广经室文钞》，为光绪十五年（1889）广雅书局刻本。广经室是刘氏室名。所谓"广经"即是对传统的十三经加以扩充，突破狭隘的学术视野，丰富经学的研究内容。《广经室文钞》是刘恭冕的文集，其中除了为他人所作的书画序跋和墓志行状之类应用文章，还有文字训诂、经传考证等经学论文。《广经室文钞》有两种刻本，一为同治年间所刻校样本，一为光绪年间广雅书局刻本，两刻本目录次序略有不同，鲁迅所购为后者。

　　宝应刘氏家族是扬州学派重要组成部分，其中以刘台拱、刘宝楠、刘恭冕成就最大。支伟成《清代朴学大师列传》将刘台拱、刘宝楠、刘恭冕并列为"刘氏三世"，《清史稿列传·刘恭冕》称刘恭冕"守家学，通经训"。刘氏之学，人或称之为"端临学派"，以刘台拱字端临得名。徐世昌《清儒学案》曾说："有清一代治《论语》学者，盖以刘氏为集大成。"

七、关于刘师培

　　刘师培，字申叔，扬州仪征人，刘文淇曾孙。幼习经史，力倡国故，善于把近代西方社会科学方法运用于中国传统文化研究。有《刘申叔先生遗书》传世。

　　刘师培是清代扬州学派的殿军，鲁迅对刘师培多有评说。刘师培在北京大学任教时曾编《中国中古文学史》讲义，鲁迅说："我看过的已刊的书（指中国文学史一类），无一册好。只有刘申叔《中古文学史》，倒要算好的，可惜错字太多。"（转引自劳舒：《刘师培学术论著》，浙江人民出版社，1998年，《编者叙意》第4页）后来鲁迅作《魏晋风度及文章与药及酒之关系》的著名演讲，提出中国古代文学史材料太少，唯有汉末魏初文学史还比较容易做，原因是已经有人做过资料工作。这里的资料工作，主要指严可均辑《全上古三代秦汉三国晋南北朝文》、丁福保辑《全汉三国晋南北朝诗》、刘师培编《中国中古文学史》。鲁迅写道："辑录关于这时代的文学评论有刘师培编的《中国中古文学史》。这本书是北大的讲义，刘先生已死，此书由北大出版。""上面三种书对于我们的研究有很大的帮助。能使我们看出这时代的文学的确有点异彩。""我今天讲的，倘若刘先生的书里已详的，我就略一点；反之，刘先生所略的，我就较详一点。"（鲁迅，第三册，第502页）于此可见，鲁迅对刘师培的文学史研究相当推重。然而，主要是器重刘氏文学史材料的完备。

　　鲁迅对于刘师培的人格并不以为然。1918年7月5日，鲁迅在《致钱玄同》信中说："中国国粹，虽然等于放屁，而一群坏种，要刊丛编，却也毫不足怪。该等坏种，不过还想吃人，而竟奉卖过人肉的侦心探龙做祭酒，大有自觉之意。即此一层，已足令敝人刮目相看，而猗欤羞哉，尚在其次也。敝人当袁朝时，曾戴了冕帽（出无名氏语录），献爵于至圣先师的老太爷之前，阅历已多，无论如何复古，如何国粹，都已不怕。但该坏种等之创刊屁志，系专对《新青年》而发，则略以为异，初不料《新青年》之于他们，竟如此其难过也。然既将刊之，则听其刊之，且看其刊之，看其如何国法，如何粹法，如何发昏，如何放屁，如何做梦，如何探龙，亦一大快事也。国粹丛编万岁！老小昏虫万岁！！"（鲁迅，第十一册，第351页）按这里说的"一群坏种，要刊丛编"，一般认为就是指当时刘师培等人计划复刊《国粹学报》和《国粹汇编》。此事后未实现，但1919年3月另有《国故》月刊出版，鼓吹昌明中国固有之学术，与新文化运动对抗。鲁迅所谓"奉卖过人肉的侦心探龙做祭酒"，是指推举刘师培做头目。刘师培先前鼓吹排满，异常激烈，后来竟然投靠清廷，出卖党人，也即"卖过人肉"。其政治立场，毫无操守可言。因为刘师培研究六朝文学，六朝人刘勰著有《文心雕龙》，故鲁迅用"侦心探龙"来讽刺刘师培。

鲁迅还帮周作人买过刘师培的《江苏江宁乡土教科书》一书。1914年1月18日鲁迅《日记》云："至神州国光社买唐人写本《唐均残卷》一册，一元；并为二弟购《江苏江宁乡土教科书》共三册，五角。"（鲁迅，第十四册，第97页）次日又记道："上午寄二弟《乡土教科书》上册。"（鲁迅，第十四册，第98页）按《江苏江宁乡土教科书》，刘师培编著，光绪三十二年（1906）上海国学保存会出版。

八、结论

鲁迅与扬州学派的关系，如果总结一下，可以概括为四点：

第一，对于扬州学者学养的深厚，鲁迅是十分推崇的。这一态度也许从他在东京听章太炎讲授王念孙的《广雅疏证》时就开始了，所以"小学"也一直是鲁迅文章的重要话题之一。清代有四种元遗山年谱，鲁迅最看重的却是凌廷堪的《元遗山先生年谱》，并认为"文证具在清凌廷堪所辑的《元遗山先生年谱》中"。这也说明，他对扬州学者治学成果的看重。

第二，对于扬州学者兴趣的宽泛，鲁迅是引为同调的。例如汪中父子两代人珍爱的《射阳聚石门画像》，鲁迅同样非常喜欢。焦循爱好戏曲、小说如《西游记》之类，鲁迅对此类作品也刻意搜罗，焦循的《剧说》和鲁迅的《中国小说史略》在本质上都是属于俗文学研究的范畴。阮元有金石之癖，撰有《两浙金石志》，鲁迅对汉像石也怀有非常浓厚的兴趣。

第三，对于扬州学者见识的豁达，鲁迅是相当钦佩的。扬州学派的特点是"通"，即变通、贯通、圆通，首先是打通。刘恭冕将自己的书斋命名为"广经室"，致力于打破旧的学术畛域，拓展新的研究疆界，正缘于心胸的阔大。鲁迅一再赞美汉唐气象，认为将海马、葡萄等舶来物铸于铜镜是一种文化自信。与此相反的是明清风气，对"洋"字讳莫如深。而身居高位的阮元在可笑的"国粹派"们抱住旧历法不放的时候，公开支持采用西洋历法，这正是鲁迅赞成的。

第四，对于扬州学者人品的高下，鲁迅是自有拿捏的。鲁迅实际上也没有对其他扬州学者的人品提出过责疑，唯一的例外是对刘师培。恰恰是对刘师培，鲁迅在学问上倒很敬重他，如对刘氏的文学史研究甚有好评。然而对于刘师培的"复古""卖友"等行为，鲁迅予以了无情的鞭挞和嘲弄。"看其如何国法，如何粹法，如何发昏，如何放屁"，"国粹丛编万岁！老小昏虫万岁"！这些放肆的辱骂尽管出现在鲁迅写给友人的私信中，却淋漓尽致地宣泄了他对于变节者的蔑视。

《红楼梦》与扬州

一、怡红院与水竹居

在《红楼梦》里，主人公贾宝玉居住的地方叫怡红院。宝二爷的这座玲珑剔透的别墅有没有现实原型呢？

扬州瘦西湖的水竹居，随着石壁流淙景区的恢复，引起了很多游人的关注。漫步走过二十四桥，折向北去，有烟树迷茫之感。这一带，大约一二百年来，都是这样荒凉，这样寂寞。但当你穿过树的屏障，花的栅栏，忽然在眼前陡然出现一组清丽的建筑，不由得叫你眼睛一亮。这里正像扬州很多地方一样，不止一个名字——因为它的主人姓徐，所以它叫"徐工"；乾隆皇帝南巡时赐给它一个名字，叫作

"水竹居";作为扬州二十四景之一,它又唤作"石壁流淙"。这许多的名字,其实是指的同一个地方。

提起水竹居,凡涉猎文史的人,应该并不感到生疏。宋人周密《癸辛杂识》对"水竹居"的解释,是:"人家住屋须是三分水、二分竹、一分屋,方好。"据《江都县续志》,扬州有左都御史申甫,他家的园子就名为"三分水二分竹书屋"。不过他的书屋,并不是瘦西湖里的水竹居。瘦西湖里的水竹居,在李斗《扬州画舫录》有记载:"'石壁流淙',一名'徐工',徐氏别墅也。乾隆乙酉(1765),赐名'水竹居'。"瘦西湖水竹居是乾隆皇帝御赐的名字,仅此一点,在现代人看来,也就有了很高的含金量和号召力。

扬州水竹居在全国产生过巨大影响,这里只说两点:第一,北京圆明园里的水木明瑟,是依据扬州水竹居而建的;第二,《红楼梦》里的怡红院,也是依据扬州水竹居而写的。

周汝昌先生在《曹雪芹和江苏》中说,曹雪芹和江苏有哪些方面的关系呢?最直接的关系,是曹雪芹生在江苏。曹家四辈人共在江苏名胜之地住了六十年,首尾历六十五年之久。所以,周汝昌认为,要看曹雪芹和江苏的关系,先要从这些地方着眼。"我也不打算琐琐屑屑地把小说中的一些有关江苏的细节都罗列在这里,我只想就一件事来说明一个耐人寻味的问题",周汝昌说。《红楼梦》第十七回写怡红院时,有这样的文字："原来贾政等走了进来，未进两层，便都迷了两层，便都迷了旧路，左瞧也有门可通，右瞧又有窗暂隔，及至到了跟前，又被一架书挡住。回头再走，又有窗纱明透、门径可行，及至门前，忽见迎面也进来了一群人，都与自己形相一样——却是玻璃大镜相照。及转过镜去，一发见门子多了。"第四十一回写刘姥姥误入怡红院："于是进了房门，只见迎面一个女孩儿，满面是笑，迎了出来……刘姥姥便赶来拉他的手，咕咚一声，便撞到板壁上，把头撞的生疼，细瞧了一瞧，原来是幅画儿。刘姥姥自忖道：原来画儿有这样活凸出来的！……双用手摸去，却是一色平的，点头叹了两声。一转身，方得了一个小门……刘姥姥掀帘进去……竟越发把眼花了，找门出去，那里有门？左一架书，右一架屏。刚从屏后得了一门，才要出来，只见他亲家母也从外面迎了进来……忽然想起……这别是我在镜子里头呢罢？"对这一段描写，周汝昌认为与李斗《扬州画舫录》卷十四所记极为相似："（碧云楼）楼北小室虚徐，疏棂秀朗，盖静照轩也。静照轩东隅，有门狭束而入，得屋一间，可容二三人。壁间挂梅花道人山水长幅，推之，则门也。门中又得屋一间，窗外多风竹声。中有小飞罩，罩中小棹，信手摸之而开。入竹间阁子，一窗翠雨，着须而凝。中置圆几，半嵌壁中。移几而入，虚室渐小，设竹榻。榻旁一架古书，缥缃零乱，近视之，乃西洋画也。自画中入，步步幽邃，扉开月入，纸响风来。中置小座，游人可憩，旁有小书橱——开之，则门也。"

据分析，扬州水竹居建成于乾隆中期之前，而《红楼梦》在南方流传是乾隆后期的事，所以徐氏筑园不可能是受到小说的启发。"那么，似乎只有曹雪芹到过扬州，受到'水竹居'实景的启发，这一可能性好像更大些。"

二、维扬何处潇湘馆

前些日子，在一个很正经的场合参加审议一份旅游规划草案，见文本中赫然写着"林如海故居"字样，便不禁感到好笑。觉得把小说人物当成历史真实，如同浙江有"祝英台墓"、河北有"孟姜女庙"一样，是很滑稽的。

然而，最近我忽然悟出，说扬州有"林如海故居"固然失之穿凿，但曹雪芹笔下的林黛玉却端的是著籍姑苏，生长维扬。郁达夫先生当年调侃林语堂，说他即使不来扬州，也可以想象他家黛玉的爸爸，是在扬州撒下了女儿升天成佛的。郁达夫这句戏言的依据，就是《红楼梦》中的林如海曾经在扬州担任过"巡盐御史"。《红楼梦》开头第二回，尚未正式写到贾府，就先写一位穷酸文人贾雨村，"那日偶又游至维扬地方，闻得今年盐政点的是林如海"。因为林如海在扬州做巡盐御史，他的夫人贾敏、女儿黛玉，自然也都一同生活在扬州城。后来，林如海夫妇先后在扬州去世，林黛玉从此成了孤女。曹雪芹对黛玉在扬州痛失双亲一事，显然看得非比寻常，故在回目中特别标出《贾夫人仙逝扬州城》《林如海捐馆扬州城》。这种在小说回目中两次嵌入真实地名的例子，是极为罕见的。如果《红楼梦》小说真的如胡适先生所说，是曹雪芹家史的文学化演绎的话，那么，我想曹雪芹把林黛玉写成扬州姑娘，理应有其真实的生活原型——虽然我并不想成为新的"红学索引派"。

林黛玉的绝顶漂亮、聪敏与耍小性儿，大约都含有扬州姑娘的影子。实际上，曹雪芹的祖父曹寅确实在扬州担任过两淮巡盐御史，其衙门原址就在今文昌阁东北皇宫附近，原新华中学地界。而在此东面不远，则是盐务官员办公和起居之所，至今仍然称为"运司公廨"。运司公廨的地盘原来很大，建筑也很多，现在剩下的只有一些极为残破的老房子，而所传"林如海故居"即是其中最完整的一座古宅。对于"林如海故居"——当然也就是他的女儿林黛玉的故居，我曾经两次前往造访，印象可谓深刻而独特。

从喧嚣的文昌中路钻入安静的运司公廨，便见到一座古老而衰败的宅第，瓦屋和砖墙上缠满了厚厚一层藤萝。看到目前这种破落不堪的样子，你不会相信它和《红楼梦》有什么瓜葛，可能怀疑《聊斋》故事竟是在此发生的。老宅的门牌，现在是运司公廨48号。宅子有厅堂一座，坐北朝南，南面的废园中有苍老的芭蕉、倒塌的假山、零落的荒草，处处显示出它的年迈。出乎意料的是，园中竟然养着一只只活泼泼的蓝孔雀。它们在笼中的美丽和无奈，让我不能不想到在潇湘馆里寂寞度日的林姑娘。记得有一份清代旧档中说，曹家在南方的家产，有"扬州旧房一所"，我怀疑就是指这里了。据说雍正年间，曹家被抄，移居于此，宅为明三暗四，六面板壁。我看到的，正与此相似。这里原是两淮盐官办公地点，说林黛玉曾随父母住在这里，尽管是一种兴会之谈，看来并不完全是向壁虚构。我再次造访此地时，得知园中不仅有孔雀，还有好几只鹦鹉，这更令人想到林妹妹的居止——潇湘馆。

林黛玉和扬州的关系，在《红楼梦》中不止一处写到。如她在京中爱吃的小菜，是扬州特产的五香大头菜。她作的诗《桃花行》，完全用扬州方言来押韵。宝玉为防黛玉饭后闷睡，不利消食，故意向她闲聊"扬州有何古迹？土俗民风如何？"可见黛玉的真正故乡不是苏州和北京，而是扬州。

据说上海早就建起了"大观园"。而我认为最有资格建造大观园的地方，只有北京、南京、苏州和扬州四座城市。在现实世界中，我们也许永远找不到曹雪芹笔下那虚无缥缈的大观园，但我觉得竹影婆娑的潇湘馆应该就在扬州。

三、林黛玉与扬州话

《红楼梦》与扬州的特殊关系，还表现在女主人公林黛玉所操方言上。有的学者形容林黛玉"满口下江官话"，下江是指长江下游，也即扬州、南京一带。有的学者认为林黛玉写的诗"用扬州方言押韵"，只有用扬州话来念才有韵味。

从《红楼梦》的描写来看，林妹妹的确一开口就带着扬州口音，尤其是"这会子""才将""嚼蛆"等扬州土话，几乎不离口。

林妹妹说得最多的是"这会子"，意为这时候。北方话一般说成"这会儿"，但扬州话说成"这会子"。例如她常说："偏说死！我这会子就死！""彼时不能答，就算输了，这会子答上也不为出奇。""你这会子打那里来？""这会子夜深了，我也要歇着。"

还有"才将"，意为不久前。北方话一般说成"刚才"，但扬州人说成"才将"。书中林妹妹说："才将太太打发人，叫你明儿一早快过大舅母那边去。""才将作了五首，一时困倦起来，撂在那里。"

还有"嚼蛆"，更是道地的扬州俗话，出现在林妹妹的口中令人忍俊不禁。书中第五十七回写黛玉和紫鹃有一段对话，黛玉啐道："你这几天还不乏，趁这会子不歇一歇，还嚼什么蛆！"紫鹃笑道："倒不是白嚼蛆，我倒是一片真心为姑娘。替你愁了这几年了，无父无母无兄弟，谁是知疼着热的人？""嚼蛆"本来是骂人多嘴的话，扬州人对那些没话找话、造谣生事、胡说八道的长舌妇，常常斥责为"嚼蛆"。但是，这个词有时候也用于亲密的人之间，是一种善意和亲热的"骂"。朱自清先生在《子恺漫画代序》中说："你这本集子里的画，我猜想十有八九是我见过的。我在南方和北方与几个朋友空口白嚼的时候，有时也嚼到你的漫画。""空口白嚼"即信口而说，也省作"嚼"。如李涵秋先生在《广陵潮》第五十一回写朱夫人骂似珠："看这疯丫头，又来胡嚼了！"扬州方言中又将"嚼蛆"发展成为"嚼大头蛆"。清代扬州人林苏门《邗江三百吟》卷十"嚼大头蛆"条说："蛆分大小。大头者，蛆之肥而大者也。见者趋而避之，谁其嚼之？一人信口而谈，甚至胡言乱语，如嚼大头蛆然。"林妹妹说的"嚼蛆"，是表示亲热或幽默。

林黛玉写的诗，大体也是用扬州话押韵的。第四十五回中，黛玉有一首题为《秋窗风雨夕》的诗，其中有几句是："助秋风雨来何速，惊破秋窗秋梦绿。抱得秋情不忍眠，自向秋屏移泪烛。"这首诗如果用北方话去读，"速"（sù）、"绿"（lù）、"烛"（zhú）几个字并不押韵，但是如果用扬州方言去读，就很押韵。第七十回黛玉有一首《桃花行》，也全用扬州方言押韵的。

据统计，在《红楼梦》中，约有扬州话一百五十多例。

除了上面的例子之外，还有这样一些：

"寻死"，即自杀。第一回："夫妻二人……昼夜啼哭，几乎不曾寻死。"

"消停"，即安逸。第四回："咱们先能着住下，再慢慢的着人去收拾，岂不消停些。"

"这们"，即这么。第六回："你都这们大了。"

"家去"，即回家。第七回："你且家去等我。"

"不是顽的"，不是开玩笑的事。第九回："别和他们一处顽闹，碰见老爷不是顽的。"

"脔鬼"，即怪异。第十六回："我说呢……原来你这小蹄子脔鬼。"

"稀破"，即很破。第三十九回："那庙门却倒是朝南开，也是稀破的。"

"不好过"，即生病。第四十二回："老太太也被风吹病了，睡觉说不好过。"

"挺尸"，即睡觉。第四十四回："下流东西，灌了黄汤，不说安分守己的挺尸去，倒打起老婆来了。"

"浇头"，即加在食物上的菜。第六十一回："通共留下这几个，预备菜上的浇头。"

"后手"，即后来。第六十二回："如今若不省俭，必致后手不接。"

"一递一声"，即一声接着一声依次叫唤。第八十七回：

"忽听房上两个猫儿一递一声厮叫。"

众多的扬州土话出现在《红楼梦》里，从一个侧面表明曹雪芹与扬州有着密不可分的关系。

四、薛宝琴与《广陵怀古》

《红楼梦》中有个美人薛小妹，是薛蝌的妹妹，薛姨妈的侄女，薛蟠、薛宝钗的堂妹，名唤薛宝琴。在第五十一回中，薛宝琴曾挥笔写下《怀古绝句十首》，实际上是十个灯谜。这十首灯谜诗的题目是《赤壁怀古》《交趾怀古》《钟山怀古》《淮阴怀古》《广陵怀古》《桃叶渡怀古》《青冢怀古》《马嵬怀古》《蒲东寺怀古》《梅花观怀古》。众人看了，皆称新巧，但费尽心思也猜不出谜底。在《红楼梦》全书中，曹雪芹始终没有揭出谜底，引得数百年来众说纷纭。

薛宝琴出身于豪商之家，从小跟随父亲走遍南北，到西海沿子上买过洋货，还接触过真真国的女孩子，算是一个见过世面的人物。她生性开朗，又长得漂亮，贾母夸她比画上的美人还好看，王夫人还认她做干女儿。在暖香坞做灯谜时，李纨说："昨日姨妈说，琴妹妹见的世面多，走的道路也多，你正该编谜儿，正用着了。你的诗且又好，何不编几个我们猜一猜？"宝琴笑着应允了，说："我自小儿所走的地方的古迹不少。我今拣了十个地方的古迹，作了十首怀古的诗，诗虽粗鄙，却怀往事，又暗隐俗物十件，姐姐们请猜一猜。"于是便有了十首灯谜诗。其中《广陵怀古》是："蝉噪鸦栖转眼过，隋堤风景近如何？只缘占得风流号，惹得纷纷口舌多。"多年来，人们对此提出了各种谜底，如"箫""柳絮""花篮""柳木牙签"等，但均无定论。

刘心武先生提出，十首怀古灯谜诗不仅"怀往事""隐俗物"，而且有深意藏焉。也就是说，十首诗实际上暗示着书中十位女子的命运。这一点基本上也已成为绝大多数研究者的共识。但在哪一首暗示金陵哪一钗的解释上，却众说不一。那么，《广陵怀古》是写谁呢？刘心武认为是秦可卿。他说，"广陵"这个地名是指古扬州一带，虽然扬州在长江北岸，但在历代人们的感觉上，"烟花三月"所下的那个"二十四桥明月夜"的扬州，实际上江南风味十足，应包括在泛江南概念之中。所谓"家住江南姓本秦"的"江南"，应也是一种相对于北京的南方的泛指。而"隋堤风景"，明点出皇家，但隋炀帝又是一个失败的皇帝，这与秦可卿父兄辈的骄横一时而终于失败恰好对榫。秦可卿寄养在贾府中时，从"江南秦"那边不断传来这样那样的消息，甚至如第十回中所写，还通过他们在京中的盟友冯紫英家，把间谍张友士（明明不是医生，回目中却称"张太医"）直接送到贾府中秦可卿面前，用药方子传递暗语，这确实是"蝉噪鸦栖",在衰败中的一种虚热闹景象。这其实都是暗示着秦氏一族已运衰命蹇,当然,彼时"人还在,心不死",所以虽强弩之末,到底也还不是毫无向往与挣扎。但到薛宝琴写《广陵怀古》时,黄花已谢,白柳亦枯,"莺啼蛮语""蝉噪鸦栖"等虚热闹也都"转眼过","江南秦"的"隋堤风景"真是惨不忍睹了!诗的后两句"只缘占得风流号,惹得纷纷口舌多",安在秦可卿身上更是"扣着脑袋做帽子"。警幻仙姑(她是秦可卿姐姐)让宝玉所听的红楼梦套曲里,唱到秦可卿时明点她"擅风情,秉月貌";她与贾珍的风流韵事,闹得老仆焦大大骂"爬灰的爬灰"。因此,薛小妹的这首诗不只是旧事重提,而是暗示着贾府藏匿秦可卿之事,在后面的情节里将有一个总爆发。

《广陵怀古》也许只是一首普通的诗谜,未必有如此深刻的寓意。但薛宝琴的《广陵怀古》,其实出自曹雪芹的笔下。中国可供怀古的地方太多了,曹雪芹把"广陵"列在其中,足以体现扬州文化在作者心中的重要地位。

五、大观园里的扬州美食

《红楼梦》里的夫人小姐、公子哥儿,虽属贵族,其实也是凡夫俗子,离不开五谷杂粮。但是,大观园里的人究竟吃的是什么东西呢？红学家冯其庸先生说："红楼菜实在是扬州菜的体系。"

所谓红楼美食，在我看来，可以粗分为小吃和大菜两大类。

先说小吃。《红楼梦》第八十七回写林黛玉吃糯米粥，搭的是那种"南来的五香大头菜，拌些麻油醋"。这也就是乾隆年间宫廷里御膳中所谓的"南小菜"。"南小菜"，说白了，就是扬州小菜。《清稗类钞》记京官所雇的庖人，都是"苏扬名手"，连鸭子的制法，都是"清蒸而肥腻者，仿扬州制也"。扬州小吃本来极负盛名，如扬州干丝，一块豆腐干可被剖成十七八层，然后切丝，丝细如发。论扬州的面点，有三丁包子、千层油糕、双麻酥饼、翡翠烧卖、干菜包子、野鸭菜包、糯米烧卖、蟹黄蒸饺、车螯烧卖、鸡丝卷子；论扬州的饼类，有扬州饼、蟹壳黄、咸锅饼、鸡丝卷、鸡蛋火烧、萝卜酥饼、笋肉锅贴、三鲜锅饼、黄桥烧饼、葱油酥饼；论扬州的其他杂食，有豆腐卷、五仁糕、四喜汤团、生肉藕夹、赤豆元宵、桂花糖藕、虾籽饺面、笋肉馄饨、三色油饺、笋肉小烧卖等等。如果林妹妹确实在扬州度过她的少年时代，她一定尝过这些美味小吃。

再说大菜。《红楼梦》里的大菜也许不全是扬州菜，但其主要风味应以扬州菜当家。有专家说过，红楼菜是对扬州菜的一种再加工或者说精致化。从藕香榭持螯赏菊，到芦雪庵割腥啖膻，无不体现一种食不厌精的高消费。而扬州菜的特点，正在于选料严格、刀工精细，主料突出、注意本味，讲究火工、擅长炖焖，汤清味醇、浓而不腻，清淡鲜嫩、造型别致、咸中微甜、南北皆宜。贾母喜欢品尝的风干果子狸，刘姥姥终身难忘的茄子宴，在扬州菜中都可以找到原型。

今天的红楼宴，包括了贾府冷碟、宁荣大菜、怡红点心等系列。这些菜点大抵源自《红楼梦》里的有关描写。如"酒糟鸭信"出自《红楼梦》第八回薛姨妈把自己糟的食物取来给宝玉尝，"胭脂鹅脯"见于《红楼梦》第六十二回柳家送来的一碟腌制胭脂鹅脯，"白雪映红梅"则出自《红楼梦》第四十九回的题目"琉璃世界白雪红梅，脂粉香娃割腥啖膻"。当然，其中少不了今天厨师的创造性想象。以"白雪映红梅"为例，厨师先要将鸡蛋清经制作后装入盘中，呈圆球形，蒸熟备用；再将鸽脯肉切成丝，与药芹炒熟，装入盘中；然后把大对虾去头，留尾壳，在虾肉处装上白鱼肉蓉，用红樱桃、绿叶菜点缀成梅花形；最后上笼蒸熟，再加造型即成。此外，红楼宴中的"金镶银"就是扬州蛋炒饭，"晴雯包"就是扬州豆腐皮包子，"太君酥"实为奶油炸的各色小面果子，"如意糕"乃是一种用米粉加糖类蒸制的糕点——这些东西在扬州街头不难找到。

大观园的地理背景虽无定论，但无非是南京和北京。而南北两京，其实都是扬州菜馆流行的地方。以北京为例，鲁迅先生曾在北京吃过扬州菜。《鲁迅日记》中说："晚胡孟乐招饮于南味斋。"这家南味斋，就是一家北京的扬州名菜馆。在上个世纪初，北方人通常以扬州菜代表"南味"。据《京华春梦录》一书说，南味斋是一家标准的扬州菜馆，它的名菜有糖醋黄鱼、虾子蹄筋等，都是纯粹的扬州菜。胡适先生吃扬州菜的那家馆子，叫广陵春，在北京。据《胡适的日记》写道："午饭在广陵春，客为吴又陵，主人为马幼渔先生。"广陵春显然是一家扬州馆子，可惜这家馆子的具体菜点不详。但是在《胡适之先生晚年谈话录》一书里，曾谈到胡适喜欢吃扬州名菜狮子头，胡适从狮子头想到了孔老夫子的名言"食不厌精，脍不厌细"，以为这正是圣人最合人情之处。胡适先生去过的广陵春，鲁迅先生去过的南味斋，都是北京有名的扬州馆子。朱自清先生在《说扬州》里谈到"北平淮扬馆子出卖的汤包，诚哉是好"，那淮扬馆子其实就是扬州馆子。李一氓先生在《存在集》里还谈到，"在王府井一个小胡同里面，有处淮扬菜馆叫玉华台"。这都是扬州菜流传于京师的蛛丝马迹。

而南京的扬州馆子，因为得地利之便，当然更多。周作人先生在南京读书时吃过扬州的干丝和小菜，到老不忘。打开他晚年写的《知堂回想录》，知道他当时常常到下关去，在江边转一圈后，就在"一家扬州茶馆坐下，吃几个素包子，确是价廉物美，不过这须是在上午才行罢了"。他还说，他有一位同乡也在南京读书，但喜欢往城南看戏。这种时候，唯有对他说："你明天早上来我这里吃稀饭，有很可口的扬州小菜。"才能羁绊住他。事情过去了几十年，扬州的包子和小菜还深深留在周作人的记忆中。清人陆寿光《秦淮竹枝词》云："何处名流到此游？语言约略似扬州。"是说扬州人旅居南京的甚多，他们当然会把扬州人的口味，带到六朝故都。《知堂回想录》说下关的扬州馆子有茶，有干丝，有素包子吃，而且价廉物美，许姬传先生则在《七十年见闻录》里，回忆周信芳先生曾经"到夫子庙一家扬式点心铺吃鸡肉大馒头，可巧老板是熟人，还了账，盘桓了半晌"。这都是扬州菜流传于金陵的兴味之谈。

因此，说大观园里的菜点基本上属于扬州美食，是不会错的。《红楼梦》作者曹雪芹曾在扬州食宿多时，他的爷爷曹寅又曾在扬州设宴款待康熙——这一切给红楼美食的菜系，定下了毋庸置疑的基调。

六、仲振奎与《红楼梦传奇》

《红楼梦》问世之后，各种戏曲纷纷改编演出，从京剧到越剧，从电影到电视连续剧，剧目不计其数。但是，在历史上将《红楼梦》改编成舞台剧的第一人，却是清代扬州人仲振奎。

仲振奎，字春龙，号云涧，别号红豆村樵，乾隆十四年（1749）生于扬州府泰县，监生。他能诗，工文，又善于编剧。据文献记载，仲振奎一生写过十四种剧本，可惜大多没有付梓出版，已经散佚。

仲振奎的《红楼梦传奇》开始创作于乾隆五十七年（1792）秋，也就是《红楼梦》程甲本出版的第二年。他在这一年，先写成了《葬花》一折。而在此之前，从未有人编写过《红楼梦》戏曲。到嘉庆二年（1797），他又一鼓作气，用四十天时间将全部《红楼梦传奇》写成。他在自序里说："丁巳秋病，百余日始能扶杖起……孤独无聊，遂以歌曲自娱，凡四十日成此。成之日，挑灯漉酒，呼短童吹玉笛调之，幽怨呜咽，座客有潸然沾襟者。"次年，因友人帮助，这部剧本刊刻于京师绿云红雨山房。此后，《红楼梦传奇》又有同治十四年友于堂刻本、光绪三年上海印书屋印本，流布天下，影响深远。

仲振奎的《红楼梦传奇》同清代其他《红楼梦》剧本相比，有这样一些特色：一是出现的时间最早，这一点前面已经说过。二是它在舞台上演出过，而不是一般的案头本。据许兆桂在《绛蘅秋序》中说："吾友仲云涧，于衙斋暇日曾谱之，传其奇。壬戌年春，则淮阴使者，已命小部按拍红氍毹上矣。""壬戌"是嘉庆七年（1802），可见这是一个真正演出过的《红楼梦》剧本。三是作者在剧中把贾母作为鞭挞的对象，认为贾母是造成宝黛爱情悲剧的罪魁祸首，这表现了作者的卓越见识。四是作者通晓音律，熟谙曲牌，擅长填词，曲词写得缠绵动人。比如《焚帕》一折中黛玉唱道："俺只为苦仁儿个中如杏，俺只为怕飘风波面吹萍，俺只为靠周亲免叹机丝命，俺只为爱彼温柔心性。谁知道没相干云消天净，还说什么春花结冢、秋雨挑灯、鲛绡寄泪、诗句含情，值不得回头一笑却水冷！"一连串形象的比喻，把林黛玉的悲凉心境倾吐得淋漓尽致。

《红楼梦传奇》分上下两卷，上卷三十二出，下卷二十四出，共计五十六出。上卷敷衍的是《红楼梦》原本故事，下卷敷衍的是《红楼梦》续书故事。《红楼梦》情节纷繁，要在有限的剧本中得到全面反映，几乎不可能。所以，仲振奎对于原书情节多有删削，像宝琴、香菱、鸳鸯等次要人物均未出场，主要人物就是宝玉、黛玉、晴雯等人。因为剧本考虑到舞台表演的种种特点，所以在唱曲之外又增加了通俗对白，在言情之余又添加了热闹场面，使得演出不致于沉闷。正如《藤花曲话》所评价的那样：《红楼梦传奇》"穿插之妙，能以白补曲所未及，使无罅漏。且借周琼防海事，振以金鼓，俾不终场寂寞"。

仲振奎之所以钟情于《红楼梦》，一方面和《红楼梦》早就流传于扬州有关，一方面也和他的身世同曹雪芹仿佛有关。仲振奎出生于官宦之家，他的父亲做过知县，兄弟是进士，也做过官。更重要的是，他的父亲也曾因事获罪，他因此也同曹雪芹一样潦倒一生。他有一句诗写自己的贫困："无复鹅膏同泪日。"是说家中无钱点烛，靠邻人送的鹅油燃灯，一边点一边熄，夫妻相对垂泪。这种情形，同曹雪芹的"举家食粥酒常赊"是很相近的。当然，仲振奎毕竟不是曹雪芹，《红楼梦传奇》最后写了宝黛的团圆，深刻的悲剧被消解在世俗的乡愿之中了。

七、薛玉堂与《红楼梦》

近见报载，扬州樊家园在清乾嘉年间，曾经住过一位薛玉堂，薛家的"三凤堂"匾系《红楼梦》续写者高鹗手书。高鹗书写的匾额虽然下落不明，但薛玉堂其人却很值得一谈。

查有关资料，薛玉堂字又洲，号画水，四川苍溪人，居江苏无锡。少能文，善书。乾隆六十年（1795）进士，授中书，官至庆阳府，以疾归。载书数千卷，足迹不入城市，卒年七十九岁。过去人家均有"堂名"，如韦氏多用京兆堂。薛氏常用的堂号，则有忠谏堂、崇礼堂、慎德堂、三凤堂等。有一副薛氏宗祠通用的对联是："三凤媲美；五隽齐名。"联中用两个薛姓典故：上联说唐人薛无敬，与叔父薛收、族兄薛德音齐名，时称"河东三凤"；下联说晋人薛兼，与纪瞻、闵鸿、顾荣、贺循齐名，号称"五隽"。"三凤堂"之典，盖出于此。

薛玉堂何时寓居扬州，不得而知。但从文献来看，他与扬州的关系也有些蛛丝马迹。例如，清代文士翁方纲藏有一图，绘毛奇龄、朱彝尊二人游杭州湖心亭胜事，为画家郑元庆所作。七八十年之后，扬州八怪罗聘重摹此图，仍为翁方纲收藏。又过了十余年，扬州画家朱鹤年再为翁方纲临摹此图。朱鹤年的这幅图有许多名士题识，其中有扬州人史致俨的长篇题字。紧接着是薛玉堂的题字，署名为"嘉庆丁卯八月朔，无锡薛玉堂"，地点在"宣南坊留琴还砚之斋"。也许那时薛玉堂就与扬州人多有来往。

薛玉堂是一个文献家，《文献家通考》有其小传。学界认为，清代的阳湖文派，以恽敬、张惠言等武进人为主，同时包括薛玉堂、秦臻等无锡人。薛玉堂也是一个书画家，《中国美术家人名辞典》录其生平。《文献家通考》和《中国美术家人名辞典》中的薛玉堂小传，内容相近，似都出于《无锡金匮县志》。在2005年的迎新年艺术品拍卖会上，上海大众拍卖有限公司曾经拍卖薛玉堂书写的一副水墨纸本楹联："书声半窗月；花影一帘风。"款识"玉堂"，钤印"薛玉堂印""薛又州"。书法风流韵藉，是我们近年能够看到的薛氏作品。

　　薛玉堂对于红学的意义，在于他是清代极少几位亲见高鹗的《红楼梦》续书并留下文字的人。高鹗续写《红楼梦》，一向有人怀疑。俞平伯先生晚年曾用颤抖的手写下两句话："胡适、俞平伯是腰斩《红楼梦》的，有罪；程伟元、高鹗是保全《红楼梦》的，有功。大是大非！"多年来，关于"红学"的一个悖论是：被称为中国文学名著的《红楼梦》只残存八十回，而补写后四十回使之成为完璧的高鹗却被视为罪人，甚至有的红学家将高鹗看成居心叵测的文化特务。直到近年，高鹗为《红楼梦》付出的劳动才得到应有的尊重。高鹗一生落魄不遇，与曹雪芹有类似的人生体验。但因资料奇缺，高鹗的生平交往只有一些零星的记载。而薛玉堂，正是高鹗不多的朋友之一。亲眼看到高鹗《红楼梦》续书四十回原稿的，薛玉堂是其中一个。高鹗，字兰墅，一子云士，别号红楼外史。他在自己的《兰墅文存》编成后，曾请老友薛玉堂题词，薛玉堂在《兰墅文存题词》中写道：

　　"相与十三载，论文惬素心。学随年共老，识比思逾深。秋水远浮榷，空山独鼓琴。霓裳当日咏，笙磬愧同音。"

　　"才士粲花舌，高僧明镜心。如何言外意，偏向此中深。不数《石头记》，能收焦尾琴（谓汪小竹）。携将皖江去，山水和清音。"

　　诗后面的落款是："嘉庆丁卯（1807）腊月，将之庐州司马任，次徐广轩同年韵二首，题奉兰墅年大兄大人笑正。愚弟薛玉堂。"行色匆匆，不能篇注数语，殊可恨也。樽酒细论，愿以异日，长毋相忘。玉堂又记。"这些诗文，特别是"不数《石头记》，能收焦尾琴"两句，成为高鹗续写《红楼梦》最有力的证据。

据薛玉堂的后人介绍，薛玉堂与高鹗为同第进士，高鹗为续写《红楼梦》曾专程来扬州向薛玉堂询问曹雪芹的一些旧迹。果真如此，扬州与《红楼梦》的因缘，又多了一份饶有意思的谈资。

辑四

歌吹

《鲜花调》：最早走向世界的民歌

　　《鲜花调》又名《茉莉花》《双叠翠》。1804年，英国人巴罗在伦敦出版的《中国游记》中最先记录了它的五线谱。将近二十年之后的道光元年（1821），中国人贮香主人的《小慧集》刊载了它的工尺谱（另一说是道光十七年即1837年）。1926年4月25日，意大利作曲家浦契尼的歌剧《杜兰朵》在米兰斯卡拉大剧院首演，剧中用了四段中国音乐，其中给人印象最深的是第一幕的童声合唱《茉莉花》。它的歌词是："好一朵美丽的茉莉花，好一朵美丽的茉莉花。芬芳美丽满枝桠，又香又白人人夸。奴有心把你摘下，送给别人家。"这与今天流行的《茉莉花》如出一辙。可以说，《鲜花调》是最早走向世界的中国民歌之一。

一、《鲜花调》与《茉莉花》

　　早在清代中叶，《鲜花调》已在扬州流行，乾隆年间的戏曲集中已有《鲜花调》的记录。清代中后期，随着《鲜花调》演唱范围的扩大，它也逐渐衍化成各种不同的唱法如《武鲜花》《活捉鲜花》《戏叔武鲜花》《好一朵鲜花》等。同治七年（1868），江苏巡抚丁日昌下令查禁"淫词小说"，与扬州清曲有关的曲目有《扬州小调叹十声》《杨柳青》《闹五更》《活捉鲜花》《戏叔武鲜花》等，值得注意的是《活捉鲜花》与《戏叔武鲜花》。另外在余治的《劝收毁小本淫词唱本启》中，也列有《武鲜花》《好一朵鲜花》等曲调。这些所谓《武鲜花》《活捉鲜花》《戏叔武鲜花》《好一朵鲜花》，其实都是《鲜花调》的变种。在现代文学史上，有一位以藏书丰富著称的文学史家阿英，在他的藏书中有不少扬州清曲唱本，特别是《扬州满江红》。他在《满江红杂曲》文中说，他收藏的扬州小曲有《银纽丝》《叠断桥》《满江红》《湖广调》《九连环》《叹五更》《叹十声》《武鲜花》等，这种《武鲜花》正是《鲜花调》的亚种，其得名来自歌唱武松故事的《鲜花调》。

　　一般认为，《鲜花调》就是《好一朵茉莉花》的前身。它的曲调比较质朴简单，而民间歌曲总是由质朴而逐渐发展为华彩的。现在《茉莉花》已经成为扬州的市歌。2002年4

月19日《人民日报》（海外版）发表长篇报导《茉莉花香飘四海》，开头就指出《茉莉花》是"苏北扬州的民歌"。扬州市第五届政协全委会开幕，会议收到的第一份提案，是《建议将〈茉莉花〉定为扬州市歌》。后来，经过扬州市人大常委会通过立法程序，把《茉莉花》确定为扬州市歌。据说在中国，把民歌定为市歌，这是第一次。

从文献记载来看，扬州毫无疑问是最早传唱《茉莉花》的城市。清人钱德苍于乾隆二十八年至三十九年（1763—1774）编纂的《缀白裘》一书，汇集了当时扬州舞台流行的大量地方戏剧目。其中在《花鼓》一剧中，明确标出使用《仙花调》（即《鲜花调》），其实也就是民歌《茉莉花》。《茉莉花》为什么又称为《鲜花调》呢？原来，这首歌本来有几段唱词，前面两段唱词是：

> 好一朵鲜花，好一朵鲜花，
> 有朝的一日落在我家。
> 你若是不开放，对着鲜花儿骂。
> 你若是不开放，对着鲜花儿骂。

> 好一朵茉莉花，好一朵茉莉花，
> 满园的花开赛不过它。
> 本待要采一朵戴，又恐怕看花的骂。

本待要采一朵戴，又恐怕看花的骂。

现在流行的《茉莉花》，其实是第二段唱词的衍变。按照约定俗成，民歌通常以首句唱词作为题目。因为当初歌词第一段首句是"好一朵鲜花"，故历史上被称为《鲜花调》；后来因为第二段歌词更为流行，首句是"好一朵茉莉花"，题目自然就成了《茉莉花》。就音乐的基本旋律而言，《鲜花调》和《茉莉花》实际上是"同一首歌"。根据《缀白裘》所载，《鲜花调》一曲在乾隆年间已经融入戏剧，传唱扬州。据此可以推断，她作为原生态的民歌，在扬州的流传理应更早，因为民歌是戏剧音乐的源头活水。

二、茉莉花香透素襟

数百年来，《茉莉花》民歌一直传唱于扬州人之中。她所歌颂的是茉莉花的纯洁与芬芳，表现的是扬州人对美好的追求、对自然的热爱。几百年来，她的旋律一直水乳交融于扬州的民歌、清曲和扬剧等不同艺术形式之中。像扬州这样，无论在民歌、曲艺还是戏剧的音乐中，都可以找到《茉莉花》的音调和韵味，这是《茉莉花》飘香的其他任何地方所无法比拟的。这也雄辩地表明，扬州是《茉莉花》产生、流行和繁盛的肥沃土壤和真正故乡。

　　艺术源于生活。说《茉莉花》是扬州的歌、扬州的花，还因为扬州人对于茉莉花有特殊的爱。早在明人郝璧所作的《广陵竹枝词》里，就特别提到当时扬州姑娘最喜欢的花是"紫薇白茉建兰香"。在清代，每到夏日，扬州街巷到处有卖花姑娘叫卖茉莉，董伟业《扬州竹枝词》中的诗句"茯苓糕卖午茶风，茉莉花篮走市中"，就是写的此景。扬州姑娘喜欢把茉莉花插在鬓发之间，打扮自己。臧谷《续扬州竹枝词》中有"茉莉花浓插满头，苏妆新样黑于油"之句，生动地描画出了当年扬州的风俗图。扬州人不仅平日如此，郊游时更是如此。张维桢《观音香竹枝词》写扬州妇女到观音山进香，其装扮是："松围雪腕梗黄金，茉莉花香透素襟。好趁观音香火夜，画船接个赛观音！"茉莉花竟然使得扬州女性显得像神仙一般的美丽。芬芳洁白的茉莉花也是扬州青年男女表达爱情的信使。醉月亭生《维扬竹枝词》中有一首《赠鲜花》咏道："钗头花朵赠檀郎，茉莉携归袖底藏。待到五更残梦觉，枕边犹袭夜来香。"诗中就是写古代扬州青年以茉莉花传达爱情。

　　因为扬州人对茉莉花的钟爱，扬州历来有专门栽培和销售茉莉花的花园。近人徐谦芳《扬州风土记略》卷中云：

　　　　江都（扬州）南门外，花院二三，莳茉莉、

珠兰、白兰、香橼花之属。专为贩户采买，制成
花表等品，转售平康乐户，及闺阁媛秀，几四时
无间。或穿花茶、供碟、花篮，制为三星桌围等物，
以备礼品。

扬州风俗，把茉莉花制成花茶、花盘、花篮等，当作礼
品，四季常备。纯洁、优雅、清丽、芳香的茉莉花，是扬州
人倾诉心曲、寄托情愫的崇高信物，也是扬州城向往幸福、
追求美满的浪漫象征。而《茉莉花》民歌，以优美的音乐语
言完满地表达了这一切。唱起了《茉莉花》，会使我们净化
心灵，热爱故乡，呵护自然，憧憬明天。

三、茉莉花香传四方

有一家晚报曾经刊载一篇文章，传出一个耸人听闻的
消息，说民歌《茉莉花》改编自五台山佛乐。据文章报导，
经过音乐界多位专家论证，风靡大江南北的著名民歌《茉
莉花》，原来竟然起源于山西五台山的佛教音乐。其理由是，
佛教源于西域，茉莉花也源于西域；自从东汉时佛教由印
度高僧摄摩腾、竺法兰传到五台山，茉莉花也传入了五台
山；因为茉莉花的颜色代表着圣洁，茉莉花的瓣蕊又是制

造佛香的香料，所以谱写佛乐的僧人便谱写了赞颂茉莉花的《八段景》乐曲；随着五台山僧人的出游四方，此曲传至江南，这才形成了江南民歌《茉莉花》。通读此文，觉得有不少似是而非和语焉不详之处。例如，佛教传入中国的时间，难道恰好是茉莉花传入中国的时间？茉莉花一传入中国之后，难道就出现了赞颂它的歌曲《八段景》？《八段景》和《茉莉花》之间，到底是什么关系？最令人不解的问题是，佛乐和民歌，到底谁是更本源的东西呢？

　　民歌是一切音乐之母。在这个意义上，民歌当然也是佛教音乐之母。佛教音乐也有可能反过来影响民间音乐，但从根本上来说，民歌无疑是更为本源的东西。说佛教音乐流传开来变成了民间音乐，这种观点不免有些本末倒置。《茉莉花》在扬州的流传，有着确凿依据。如前所说，乾隆年间所编的戏曲集《缀白裘》收录当时扬州舞台上经常演出的若干剧目，其中就有采用《鲜花调》的戏曲。无论从当时记录的唱词看，还是从流传至今的曲调看，都可以断定《鲜花调》就是《茉莉花》的原型。戏曲音乐同佛教音乐一样，也是源于民间音乐的。因此可以推断，民歌《茉莉花》基本旋律的产生，当在乾隆年间花部戏曲盛行之前。对于这些确凿的史实，如果要改变它，必须拿出证据来才有说服力。

　　总而言之，一切音乐的起源都在民间。无论是宗教音乐、戏曲音乐，都一无例外地从民歌汲取营养，而不是相反。说民歌源于佛教音乐，犹如说树先长叶子后有根。何况，从《茉莉花》的内容、风格来看，其亲切、优美的特征与宗教所要求的超脱、庄严相去甚远，显然系南方民歌而非北国佛乐。我们怎么能够相信，五台山的和尚会以一个少女的口吻来赞美茉莉花呢？

《茉莉花》几乎在全国各地都有流传。值得注意的是，有些地方公开认为那里的《茉莉花》是来自扬州。如在一本名为《中国戏曲志·福建卷讨论集》的书中说，闽剧音乐由三个组成部分，其中之一称为"洋歌"（另外两种是"逗腔"和"江湖调"）。"洋歌"是指外地传来的曲调。对于"洋歌"的含义，闽剧界人士普遍认为："'洋歌'与扬州有关系，而与扬州更多的关系是扬州小调。所谓闽剧受扬州影响，有据可查的就是扬州小调《茉莉花》《剪剪花》之类。"既然"洋歌"的曲调是从扬州传来，应当正名为"扬歌"。另一本名为《北京传统曲艺总录》的书中，收录了流传于旧北京的各种曲艺，其中有一种"扬州歌"。在"扬州歌"的曲目之中，就有《茉莉花》。原注云："作者无考，《新集时调马头调雅曲》二集选录此曲，此曲纯为情歌。"与这首歌同录的尚有《黄鹂调》《银钮丝》《倒板集》等，均为人们熟知的扬州清曲曲牌。"扬州歌"，其实就是扬州清曲的别称。

记得有这样一句俗语："民歌是有脚的。"这是说，民歌会到处流传。福建和北京的民歌《茉莉花》，就是从扬州流传过去的。

《孟姜女》：迎接春天的序曲

　　《春调》一名《孟姜女》，本是民间歌曲，全国各地都有流传。因南方地区立春时多唱此曲，故名《春调》，意为迎接春天的序曲。后来它被扬州清曲吸收，成为扬州清曲的常用曲调。同时因立春风俗的需要，它也成为扬州花鼓的主要曲调。

一、迎春风俗与《春调》

　　《春调》之所以称为《春调》，因为它与立春的节气有关。江南一带，每逢立春，官民都要举行各种祭祀歌舞活动，称作"打春"或"唱春"。这种风俗在江苏各地尤为流行，所唱的曲调称作《送麒麟》《打春锣》《春田乐》《唱春调》等，统称《春调》。

歌唱《春调》以迎接春天的风俗，在明代初年就已盛行。一般乞丐在行乞时，也会唱《春调》，与唱《莲花落》相似。扬州在迎春时也唱秧歌，清人费轩《扬州梦香词》咏道："扬州好，灯节唱秧歌。一朵花依人面好，九条龙赛月明多。打鼓慢筛锣。"词中唱的就是秧歌。

扬州的立春风俗大致与江南相同。每到立春的前一日，扬州太守都要在城东琼花观举行迎春活动，命令官妓扮演"社火"，其中角色有春梦婆一人，春姐二人，春吏一人，皂隶二人，春官一人。这时候，扬州城里的市民敲锣打鼓，载歌载舞，所唱的歌曲主要是《春调》。清人李斗在《扬州画舫录》记道：

> 国初官妓，谓之乐户。土风：立春前一日，太守迎春于城东之蕃釐观，令官妓扮社火，春梦婆一、春姐二、春吏一、皂隶二、春官一。次日打春官，给身钱二十七文，另赏春官通书十本。是役由观前里正司之。至康熙间，裁乐户，遂无官妓，以灯节花鼓中色目替之。扬州花鼓，扮昭君渔婆之类，皆男子为之。

这段记载说明至迟在清代，花鼓已流行于扬州城乡，并产生了所谓"色目"。"色目"一词出自《礼记·王制》："具执技以事上者，祝、史、射、御、医、卜及百工。"所谓"以灯节花鼓中色目替之"，是指演艺中具有一定技能的人。由此可知，清代中叶扬州迎春表演中已有扮演昭君、渔婆、春姐、春官之类的角色出现。应该说，扬州迎春歌舞演化为戏曲，约在乾隆时期已经具备雏形。此后一直在扬州民间流行，这种情况一直持续到清末民初。演唱班社的特点，是人员相对稳定，演出活动除了应对时节，还在人家婚丧喜庆时应邀助兴，有时也在茶楼酒肆收费公演。不过直至晚清，这种班社尚未完全靠此营生，而是属于半职业性质。由于班社较多，为了争取观众，同行之间不得不争奇斗胜，在剧目上、表演上不断翻新。这促使他们经常吸收兄弟艺术的精华来充实自己，同时也造就了一批表演人才，而《春调》就成了演唱的主旋律而响彻扬州城。

二、扬州清曲《孟姜女》

《孟姜女》《白蛇传》《牛郎与织女》《梁山伯与祝英台》并称为中国古代四大传说。《春调》因多歌唱孟姜女故事，所以又称《孟姜女》或《孟姜女调》。

孟姜女故事在扬州的流传，具有肥沃的土壤。扬州民歌有《孟姜女》，扬州民间故事有《孟姜女》，扬州花鼓有《孟姜女》，扬剧也有《孟姜女》。孟姜女吃尽千辛万苦，只为丈夫送上寒衣，可是等她千里迢迢来至长城，得到的却是丈夫万杞良的死讯。千里寻夫，遭此厄运，孟姜女满腔痛楚，化作泪雨，感天动地，终于哭倒了象征皇权的长城。因此，扬州民间通常称《春调》为《孟姜女》。

扬州清曲以孟姜女为题材的曲目，至少有两种。

一种是清代扬州聚盛堂的刻本《孟姜女过关唱歌》。扬州清曲的刻本，源头应在明代。明人沈德符《万历野获编》记江淮之间俗曲流行，"以至刊布成帙，举世传诵，沁入心腑，其谱不知从何来，真可骇叹"。清人李斗《扬州画舫录》记乾隆年间扬州小唱盛行于市井，"郡中剞劂匠多刻诗词戏曲为利，近日是曲翻板数十家，远及荒村僻巷之星货铺，所在皆有，乃知声音之道，感人深也"。扬州清曲的早期刻本，今已很少见到。现在能够见到的，多为清末扬州聚盛堂刻本。有一种刻本叫作《口传反唱悲调上本孟姜女过关唱歌》，封面中间题《孟姜女过关唱歌》，右为"口传反唱悲调上本"，左署"扬州聚盛堂梓"。正文开始即为歌词，前几段为：

正月里来是新春，家家户户点红灯。

人家夫妻团圆叙，孟姜丈夫造长城。

　　二月里来暖洋洋，双双燕子到南方。

　　新窝做得端端正，对对双双配鸳鸯。

　　三月里来是清明，桃红柳绿正当新。

　　人家坟上飘白纸，孟姜坟上冷清清。

　　一直唱到十二月。与今天流传的《孟姜女》唱词相似。其中唱词有"粗把眼泪"，也即"揩把眼泪"，"粗"是扬州方言。"能可吃奴千滴血"，应为"宁可吃奴千滴血"，"能可"应为"宁可"之误。这都表明，这些唱本曾在文化水平不高的下层民众中盛传。

　　另一种是清代扬州清曲抄本《孟姜女》。如果说上面的《孟姜女过关唱歌》是咏叹调，那么这种《孟姜女》是叙事曲，歌唱孟姜女故事的始末。扬州清曲传统套曲《孟姜女》分为《惊梦》《出关》《寻夫》《哭城》四段。所用的曲牌，除了《补缸调》《跌断桥》《梳妆台》《哭小郎》《剪靛花》《京垛子》《双蝴蝶》《侉侉调》《粉红莲》《银纽丝》《鲜花调》《罗江怨》《耍孩儿》之外，当然少不了核心曲调《春调》。第一段《惊梦》开头唱道："孟姜女独自在兰房，终日里思想我夫万杞良。"写孟姜女与丈夫相见成婚，丈夫万杞良被强征筑城死亡，孟姜女梦见丈夫的不幸遭遇，决计出走寻夫。第二段《出关》写孟姜女跋山涉水，日夜躜赶，在苏州浒墅关唱曲，以期出关，所唱曲调即为《春调》。歌词不是唱"十二月"，而是唱"四季"，如：

> 春季里来梅花独占先，爆竹声中过新年。
> 人家夫妻皆团聚，奴如明月缺半边。
> 夏季里来榴花映窗红，我与杞良初相逢。
> 才定百年鸳鸯谱，忽然打散无影踪。

第三段《寻夫》写孟姜女过江北上，其中特地唱到"足不停留直奔扬州城"。第四段《哭城》写孟姜女"抬头观看好一座长城，既高且厚如生铁铸成。十分坚固，浩大工程，十里一亭，瞭望敌人。但见许多白骨如山堆成，谅来皆是造城工人……可恨昏君伤财劳民，如此戕害百姓，江山怎得太平"。最后孟姜女"整整哭了七昼夜，直哭得铁石流泪草木不忍闻。忽然平地一声响，犹如山崩并地震"。秦始皇和他的长城轰然倒塌，孟姜女却流芳千古。

三、随着花鼓传四方

《春调》在扬州的流传与花鼓分不开，它本身就是扬州花鼓的主要曲调之一。

扬州很早就有民间舞蹈花鼓。扬州花鼓据传始于元代末年，盛于清代中叶。起初，为乡人在年节时自娱自乐，后有乞丐在行乞时为之，再后则沿城乡搭棚唱演。作为舞蹈的花鼓，主要道具有手帕、莲湘、花鼓、夹板、钱串、纸扇、镗锣等。演唱的曲调，为扬州民间流传的花鼓调。扬州花鼓形式多样，流传的有江都花鼓、邗江花鼓等，而《春调》是主要曲调。

江都花鼓又称"四人花鼓""莲湘花鼓"，流传于江都。由一男青年耍小锣领唱，另一男子扮演手舞扇子的三花脸，两女扮演村姑，打莲湘并伴唱。舞蹈表演讲究速度变化和高矮对比，开始节奏缓慢，逐渐由慢变快。收场时男角色吸腿跳落成弓步亮相，与女角形成一高一矮的对比。风格粗犷质朴，动作简洁风趣，对每个行当有不同要求。

邗江花鼓又称"二人花鼓"，艺人常称为"踩双""打对子"或"推珊子"，流传于邗江，尤盛行于杭集乡一带。由二人表演，一旦一丑，一人打锣，一人打竹板。表演时男推女让，女推男让，脚步套脚步，犹如推磨样。舞蹈的主要动作有"跨马""跌怀""撞肩""磨盘"等。男女上身及脸部常常凑在一起，互相对看。特点为划、绕、推、凑、对，唱词多反映劳动生活。

扬州花鼓戏的发展脉络大致是：清中叶，古老的扬州民间花鼓受扬州乱弹影响，由歌舞衍化为扬州花鼓戏；晚清时，扬州花鼓戏与扬州清曲相结合，发展为维扬文戏；民国初，维扬文戏与维扬大班合流，形成维扬戏。

扬州花鼓戏在长期艺术实践中形成的一批传统小戏，具有鲜明的色彩，独特的风格，代表着扬州戏的艺术个性。戏剧史家周贻白在《中国戏剧史发展纲要》一书中说："扬州花鼓戏与扬州清曲相结合，实际较其他花鼓戏家底为深厚。但扬州戏的发展，并未循着这条途径前进，而是既经形成自己的一种风格之后，在民国初年便以'维扬文戏'的名义到上海大世界演出。在这一时期，因受了上海京剧的影响，凡服装、身段、叫板、念白都倾向于京剧的模仿，同时把那些原有的舞蹈性较强的'踩双式''打对子'的小戏，只作为开场的点缀品。"周贻白正确估计了扬州花鼓戏的重要价值，深刻地指出了扬州戏发展的正确道路。可惜，正如他所说，后来扬州戏的发展"并未循着这条途径前进"。除了曲调之外，扬州戏在其他方面都逐渐离开了花鼓戏的独特风格，淡化了它的艺术个性。重新认识花鼓的价值，对于保存花鼓遗产是很有裨益的。

扬州花鼓戏发展史上最耀眼的一笔，是走出扬州，远征上海。后来的维扬戏，虽然由花鼓戏和香火戏合并而成，实际上仍以花鼓戏为主干，具体表现在作为地方戏主要特征的音乐，以花鼓戏为主要曲调。扬州花鼓戏这朵洋溢着泥土芳香、清新秀丽的扬州琼花，迅速开遍大江南北，直到湖北、安徽的部分地区，也留下它的踪迹，《春调》也随之传向四方。

《粉红莲》：明清传唱五百年

　　《粉红莲》一名《四大景》《六段景》《八段景》《小小鱼儿》等，早在明代已经流行。先流行于北方，后传播于南方，明中叶以后盛行于江淮之间，扬州也成为《粉红莲》传唱的中心。

一、江淮竞唱《粉红莲》

　　关于明代俗曲风行南北的情况，明人沈德符《顾曲杂言》说得最为具体："嘉隆间（1522—1572），乃兴《闹五更》《寄生草》《罗江怨》《哭皇天》《干荷叶》《粉红莲》《桐城歌》

《银绞丝》之属，自两淮以至江南，渐与词曲相远，不过写淫媟情态，略具抑扬而已。"值得注意的是《粉红莲》流行的地方——"自两淮以至江南"，正是以扬州为中心的地域。

《粉红莲》最初流行于北方，河北、山西、陕西、甘肃等地都有器乐曲《粉红莲》。王骥德《曲律》说："至北之滥，流而为《粉红莲》《银纽丝》《打枣竿》，南之滥，流而为吴之《山歌》、越之《采茶》诸小曲。"冯梦龙《太霞新奏》也说："北之《粉红莲》，南之《挂枝词》，其佳者，语多真至，正自难得。"表明《粉红莲》一曲是从北方流传到南方的，曲调婉转，长于抒情。

《粉红莲》在清代扬州最为盛行，曲牌通称《四大景》。李斗《扬州画舫录》记载："小唱以琵琶、弦子、月琴、檀板合动而歌，最先有《银纽丝》《四大景》《倒扳桨》《剪靛花》《吉祥草》《倒花篮》诸调。"所谓《四大景》，意为共四段歌词；每段歌词唱一种内容，其间并不一定连贯。后来增加为八段，就叫《八段景》，又衍变为《老八段景》《新八段景》。其实在这过程中，还有《六大景》的说法。最近我们从民国上海百代唱片公司的老唱片中，发现扬州清曲名家陆长山的一段唱词，名叫《六段风景》。这些唱词的第一句分别是："小小仙鹤一点红"，"小小鱼儿粉红腮"，"小小花鞋三寸长"，"小小紫竹瘦苗条"，"小小尼姑下山来"，"小小月亮照高楼"。因为共有六段，故名《六段风景》，也即《六大景》。

　　民歌的发展，通常都经历由简而繁的过程，从当初的"四景"变为后来的"六景""八景"也是符合规律的。1985年上海文艺出版社出版的拙著《扬州清曲》，收录了《八段景》一种，所用曲调标明为《粉红莲》。《八段景》曲词总共八段，大抵以抒写男女相思为全篇宗旨，各段词意并不相连贯。例如，前两段唱词为：

　　　　小小仙鹤一点红，
　　　　一翅飞在半空中。
　　　　张生拿弹打，红娘来取弓，
　　　　被莺莺小姐搂抱在怀中。
　　　　张相公，张相公，
　　　　人生何处不相逢？

　　　　小小鱼儿粉红腮，
　　　　上江游到下江来。
　　　　水中多自在，头摇尾巴摆，
　　　　香饵金钩钓将起来。
　　　　你既不放我，又不将我爱，
　　　　俏人儿，情甘送你做小菜。

可见所谓《八段景》，就是八段意义不相连属，但主题大体相似的系列作品。

《八段景》一作《八段锦》，原是民间沿用已久的名称，其内涵也随境而迁。譬如中国民间有一种传统的健身法，称为"八段锦"，早在宋代已经出现。宋人洪迈《夷坚乙志》云："尝以夜半时起坐，嘘吸按摩，行所谓'八段锦'者。"即谓此。民间文人又喜欢汇集若干短篇文字为一书，称为"八段锦"。例如清代醒世居士编有《八段锦》一书，书分八段，演八个故事，各不相属。引人注目的是《八段锦》书中多写扬州事，如写隋炀帝看扬州景致、杨氏女游扬州钞关等等，说明作者对扬州深有了解。至于其书名是否受了扬州民歌《八段景》的影响，尚待考证。

二、浓艳何如淡色红

《粉红莲》的得名，未见古今文献解释。从字面来看，应是歌咏粉红色的莲花之意。莲花即荷花，有出淤泥而不染之德，自古来为国人歌颂。

扬州人历来爱荷花。以扬州八怪为例，多数画家都画过荷花，或者咏过荷花。在扬州戏曲音乐中，也有《粉红莲》《干荷叶》《莲花落》《采莲调》《青荷叶》等曲词。值得关注的是扬州八怪之一的李复堂，在八怪中画荷特别多。李复堂是兴化人，兴化是水乡，多植荷藕，画家对荷花的千姿百态理解颇深。在李复堂的笔下，有各色各样的荷花。有粉红色的荷花："碧波心里露娇容，浓艳何如淡色红？"有深红色的荷花："休疑水盖染污泥，墨笔翻飞色尽黰。"有纯白色的荷花："冰雪心肠腕下来，一枝清影画图开。""浓艳何如淡色红"又作"浓花何如淡色红"（平仄不协），可谓是对《粉红莲》得名的阐释。

扬州八怪的咏荷作品，金冬心有《西湖莲舫图》，他说："予本杭人，客居邗上，时逢六月，辄想家乡绿波菡萏之盛，因作此图。"金冬心常常提起故乡的荷花，故他的弟子罗两峰用罕见的白话题道："荷花开了，银塘悄悄。新凉早，碧翅蜻蜓多少。六六水窗，通扇底微风。记与那人同坐，纤手剥莲蓬。画冬心先生自度曲。"师生的情意，荷塘的氤氲，都在其中。郑板桥曾为高凤翰《荷花图》题诗："济南城外百池塘，荇叶花荷菱藕香。"高南阜的《荷花图》不止一幅，其中题道："翘翘黄甲，高驾莲芳。青荷扬彩，碧藕飞香。膏凝玕瑂，中澜文章。莲花净界，君子之乡。"歌颂了荷花的静好。华新罗也画过荷花，其中《荷花鸳鸯图》题道："鸳鸯怀春，芙蓉照影。如此佳情，如此佳景。"陈玉几也爱画荷，其《墨荷图》题道："蟋蟀在秋堂，芙蓉出深水。""佳人耻施朱，欲与天真比。"寄托了画家孤傲的心性。边芦雁是淮安人，生活于芦荡之中，对于荷藕各部分的习性也烂熟于心。他画《雨荷》云："最爱闻香初过雨，晚凉池馆越来时。"黄瘿瓢是福建宁化人，对于南方的荷塘也司空见惯。他的《荷花图》只题了七个字："荷叶秋风失翠渚。"秋风劲吹，荷叶乱翻，以至于绿堤都处于一片迷蒙之中。

在扬州流行的戏曲音乐中，有许多曲词与荷花相关。如：

《干荷叶》，元明俗曲曲牌，曾流行于江淮及扬州一带。明人顾起元《客座赘语》载："里巷童孺妇媪之所见闻者……后又有《桐城歌》《挂枝儿》《干荷叶》《打枣干》等，虽音节皆仿前谱，而其语益为淫靡，其音亦如之。"其经典唱词为："干荷叶，色苍苍，老柄风摇荡。减清香，越添黄。都因昨夜一场霜，寂寞在秋江上。"借物寓意，因景生情。

《莲花落》，明清说唱艺术，旧时多为乞丐所唱，与凤阳花鼓相似，流传广泛，在扬州也曾流传。元杂剧《东堂老》中，有人教训扬州破落子弟云："只思量倚檀槽听唱一曲《桂枝香》，你少不得撒摇槌学打几句《莲花落》。"可见《莲花落》在当时的扬州已经流行，直至近代尚有传唱。

《采莲调》，扬州清曲曲牌，后为扬剧吸纳。其经典唱词为："喜鹊站树头，对我叫不休。你又来报的什么喜？想必是叫的明天要过中秋。拿着桨来带着钩，阵阵喜气上心头。忙将莲船解了扣，轻轻划桨顺水流。荷叶向我招招手，莲蓬对我点点头。近处采呀远处勾，采采勾勾把李郎候。"曲调优美，唱词晓畅。

《青荷叶上》，扬州清曲传统曲目，用《南调》演唱。其渊源是冯梦龙《挂枝儿·荷珠》、颜自德《霓裳续谱·荷叶上的水珠儿转》、华广生《白雪遗音·露水珠》。韦人、韦明铧《扬州清曲·青荷叶上》词云："青荷叶上露水珠儿现，痴心的人儿用手去拈。正欲拈，滚得一个都不见。可怜我这一片真心将你恋，你在这边拆散，却到那边团圆。啊呀呀！何苦将我来骗？我这热烫烫的心肠偏被你这冷冰冰的东西骗！"比喻巧妙，堪称绝品。

《粉红莲》则是同类题材音乐的代表作。

三、小小鱼儿游四方

扬州清曲《粉红莲》最流行的唱段之一是："小小鱼儿粉红腮，上江游到下江来。""你既不放我，又不将我爱，俏人儿，情甘送你做小菜。"这段词表现了一个女子无法掌握自身命运的怨恨和不得已而自嘲的心态。因为首句有"小小鱼儿"四字，所以曲牌也称《小小鱼儿》。《小小鱼儿》就是《粉红莲》。

这条"小小鱼儿"也果然游向了四面八方。扬剧吸收了这一曲牌，扬州弹词也借用过这一曲牌，甚至福建闽剧也有扬州游去的"小小鱼儿"。扬州清曲曾经流行全国南北，对各地戏曲产生深远影响。这一点如果只由扬州人自己来说明，说服力还不强。如果由学术界公认的戏剧理论权威周贻白先生来追根溯源，更能使人信服。周贻白是湖南长沙人，早年参加过湘剧、京剧、文明戏演出，后来致力于戏剧史研究。他的《中国剧场史》《中国戏剧史》《中国戏曲论集》等著作，体现了博览群书、勤于调查的治学特色。他在考察各种声腔系统、剧种流变方面，取得了尤为显著的成果。《周贻白戏剧论文选》一书收录了探讨京剧、湘剧、汉剧、楚剧、闽剧、赣剧、川剧等剧种历史的文章。在《闽剧》一文中，周贻白指出，福建地方戏闽剧的声腔分为四类，即"江湖""飏歌""逗腔""小调"，其中的"飏歌"其实就是来自扬州的歌，应该写作"扬歌"。

周贻白先生说，闽剧中的"飏歌"，曾经有人认为是"阳歌"，怀疑其与历史上流传的弋阳腔有关；但飏歌类中又有《银纽丝》《打斋饭》《纱窗外》《小小鱼儿》《花鼓》《看相》《打棍皮》《弥陀寺》之类，其中除《打棍皮》系南罗腔外，他如《花鼓》《看相》《打斋饭》《银纽丝》《纱窗外》《小小鱼儿》等，都是苏浙一带的'滩黄小调'。这类小调在清代乾隆嘉庆之间，曾风行于江苏的扬州一带，一时有'扬州小调'之称。同时，扬州盛行一种清唱，以南北曲为其基本，俗称'扬州唱口'。今'飏歌'一类曲调，既多与扬州小调及清唱相同，然则'飏歌'或当作'扬歌'了。"周贻白在这里追溯了闽剧音乐的重要成分——飏歌的来源，指出它就是来自扬州的歌。这种"歌"有几个不同的名字，如扬州小调、扬州唱口、扬州清唱等，实即扬州清曲。其中，闽剧的《纱窗外》即扬州清曲《王大娘问病》所唱的曲调，闽剧的《小小鱼儿》即扬州清曲的《粉红莲》。

扬州清曲是怎样传播到南方的福建的呢？周贻白说："至于这类声调如何传到福州而搀入'平讲'中去的，意者当为1842年（道光二十二年）以南台辟作商埠，扬州人有挟艺来此谋生者，因而为当地人所传习吧？"文中所说的"平讲"，指福建当地的农村小戏。1842年8月，清朝政府因败于英军，被迫开放广州、厦门、福州、宁波、上海为商埠，上述地方立刻繁华起来，招来大量戏曲艺人。扬州优伶就是那时把扬州清曲转播到福建去的。

实际上，不但闽剧的飏歌源于扬州，福建的小调也多源于扬州。周贻白在《闽剧》中接着说："闽剧中小调一类，包括的曲子有《紫琵琶》《奈何天》《四大景》《叠断桥》《牡丹亭》……其中如《四大景》《牡丹亭》《湘江浪》亦皆扬州小调，尤以《叠断桥》一调现在仍传唱未衰。"他说的《叠断桥》也叫作《红绣鞋》，其唱腔之委婉、曲调之柔靡，足以征服闽人。

清末民初的上海，虽然表面繁华，但市民们的心情是压抑和苦闷的。在此情况下，扬州清曲以其古老的形式、传统的内容，引起了人们的共鸣。黎子云、裴福康、陆长山、葛锦华、钟培贤、尹老巴、王万青等扬州清曲名家的代表性唱段，如《风儿呀》《十送郎》《八段景》等均由大中华、百代等唱片公司灌制成唱片，在上海向全国广为发行。

1962年，中央音乐学院采集各地曲艺音乐，特地来扬州录制扬州清曲《粉红莲》，由清曲名家王万青演唱。王万青十二岁从父学昆曲，十五岁改学清曲。先拉二胡，后学琵琶，初唱阔口（男腔），再唱窄口（女腔）。他嗓音清亮圆润，吐字清晰有力，感情细腻充沛，擅唱的曲目有《黛玉悲秋》《秦雪梅吊孝》《小寡妇上坟》《九腔十八调》和《粉红莲》等。

"小小鱼儿"终于从扬州游向了四海。

《虞美人》：虞姬别后有余韵

　　《虞美人》亦名《玉美人》《玉壶冰》或《虞美人令》，是传统的声乐曲牌和器乐曲牌。唐人《教坊记》记有《虞美人》之名，五代南唐后主曾以《虞美人》词牌作词，清代《九宫大成南北词宫谱》收有《虞美人》曲谱。这些《虞美人》的乐谱虽然不尽相同，但它一直是扬州清曲常用曲调是没有疑问的。

一、神州何处觅美人

　　英雄末路，美人殉情，《霸王别姬》的凄婉故事感动了一代又一代国人，以至于有一次毛泽东在会上对中共高级将领们说："不是有一出戏叫《霸王别姬》吗？这些同志如果总是不改，难免有一天要'别姬'就是了。"

《霸王别姬》的故事出自《史记·项羽本纪》。项羽和刘邦逐鹿中原，自知大势已去，在突围前不得不和虞姬诀别。司马迁的原文是："有美人名虞，常幸从；骏马名骓，常骑之。于是项王乃悲歌慷慨，自为诗曰：'力拔山兮气盖世，时不利兮骓不逝。骓不逝兮可奈何，虞兮虞兮奈若何！'歌数阕，美人和之。项王泣数行下，左右皆泣，莫能仰视。"

《史记》说的是"有美人名虞"，而不是后世流传的"虞姬"。直到唐人《括地志》等书才出现"虞姬"之名，"姬"是通称，并非专名，后世的词牌干脆以"虞美人"称之。据《楚汉春秋》载，在项羽悲歌"力拔山兮气盖世"之后，虞姬也有和歌："汉兵已略地，四方楚歌声。大王意气尽，贱妾何聊生！"但司马迁没有把它写进《史记》。

在古代美人中，虞姬属于美丽而悲壮的那种。史载她是沭阳颜集镇人，一说是常熟虞溪村人。她是项羽的爱姬，容颜绝世，才艺并长。在四面楚歌之际，她依然陪伴在项羽身边，品行已属坚贞绚烂之极。史书没有写虞姬的结局，后人推断她应在楚营自刎而死。我拜谒过虞姬墓，在安徽灵璧。墓庐离大路不远，绿树成林，林中有墓，墓前有碑，碑上有联曰："虞兮奈何！自古红颜多薄命；姬耶安在？独留青冢伴黄昏。"肃穆凝重，不禁恻然。我们绕墓一周，向美人凭吊和致敬。墓侧原有虞姬庙，内塑项羽、虞姬像，早毁。民间相传，虞姬自刎后，项羽带着她的遗体向南驰走，不料汉兵追至，项羽只得单身突围。遗体后被打散的楚兵草草下葬，此处便称为虞姬村。

《虞美人》曲牌旋律优美，和京剧《霸王别姬》中虞姬的剑舞的风格相似。在《霸王别姬》中，虞姬虽然双手舞剑，但是她的动作可谓柔情似水。在力能拔山的西楚霸王面前，虞美人无须炫耀武艺，她不过是在心爱的人儿面临死亡的前夜，在军营这种特殊的场合，用青锋这种无声的道具，来表达自己对人生的无限依恋和对命运的不尽感伤而已。项羽那时的心情肯定是糟透了，而虞姬能做的，就是稍微为他分一点忧，解一点愁。虞姬的剑舞是为了表达情意的缱绻，不是为了显示武艺的高强，《虞美人》曲牌也有怨而不怒、悲而不伤之意。

二、扬州清曲唱虞姬

扬州清曲和其他曲艺形式一样，常取材于历史、传说、小说的故事。如《梁红玉》《霸王别姬》取材于历史人物故事，《孟姜女》《梁山伯与祝英台》取材于民间传说故事，《三国》《水浒》《红楼梦》根据章回小说改编等。扬州清曲艺人在对这些人物故事进行叙述、描绘的同时，也表达了自己的爱憎、扬抑之情。扬州清曲曲目《霸王别姬》歌咏的本事，就是曲牌《虞美人》曲牌所本。

扬州清曲《霸王别姬》是一个中篇曲目，它在叙述霸王别姬故事的过程中，使用了《梳妆台》《银钮丝》《跌断桥》《大补缸》《数板》《京垛子》等曲牌。与一般清曲曲目不同的是，它的唱词是分角色的，角色就是项羽和虞姬。例如一开始，项羽唱道：

> 力拔山兮世无双，横扫千军勇莫当。
> 江东起义争天下，创成帝业号霸王。
> 深悔当年欠主张，不杀韩信与刘邦。
> 一失足成千古恨，放虎归山自遭殃……

虞姬的第一段唱词是：

> 虞姬闷坐中军帐，见大王心情不定神色沮丧。
> 忙起身相迎侍立在一旁，问大王何事犯愁肠？
> 须知道兵家胜负事平常，遭小挫焉能大志丧？
> 我军虽危仍可拼死战一场，定能够突破重围
> 回归故乡。

接下来，项羽心事重重，灰心丧气，而虞姬多方劝解，

舞剑消愁。这时候，忽然四面楚歌响起，项羽惊心动魄，意欲困兽犹斗。虞姬见状，决心以死相报，自刎而亡。虞姬最后的唱词是：

> 臣妾之死如蒲柳，生死关头莫心伤。
> 唯望大王自珍重，含笑诀别刎颈亡！

虞姬从一而终，从传统道德的角度来说，自然是十分完美的。《霸王别姬》好像是用词曲的形式，给虞姬建造了一座传统道德的贞节牌坊。但是从现代道德的角度来看，虞姬的行为其实不足效法。对于任何人而言，生命只有一次，自己的生命只能属于自己，不可随意托付他人，尤其当这个"他人"不值得托付的时候。在现实生活中，把自己的终身托付给不值得托付的男人的女子，下场往往都很悲惨。女子的"从一而终"，也如同史可法为腐朽透顶的弘光小朝廷自甘赴死一样，是一种愚忠，于人于己于国于家全无益处。在现代道德的词典中，应该废除"从一而终"的观念。

三、高邮曾有美人草

唐代的教坊曲《虞美人》已无可稽考，五代的词牌《虞美人》却留下了歌词，最有名的是南唐后主李煜的伤春怀旧之作《虞美人》：

> 风回小院庭芜绿，柳眼春相续。
>
> 凭阑半日独无言，依旧竹声新月似当年。
>
> 笙歌未散尊罍在，池面冰初解。
>
> 烛明香暗画堂深，满鬓青霜残雪思难任。

有人把它译成白话说：春风吹回来了，小院里的杂草变绿了，柳树也生出了嫩叶。独自靠着栏杆半天没有话说，箫声和新月都与往年差不多。乐曲还没奏完，酒宴仍在继续，池中的坚冰已经开始消融。夜深之时，华丽而精美的宫室也变得幽深。我已老矣，哪里受得了这般忧思！全词散发着深深的无奈和忧伤。

李煜是五代时南唐国君，史称李后主。开宝八年（975），宋军破南唐都城，李煜降宋，被俘至汴京，封为右千牛卫上将军、违命侯。后因作感怀故国的名词《虞美人》，而被宋太宗毒死。李煜精书法，善绘画，通音律，尤以词的成就最高。《虞美人》《浪淘沙》《乌夜啼》等均系千古杰作。词人面对生机盎然的春景，心中却充满不堪回首的愁思，在对往昔的依恋中表达了生命不堪承受之痛。

在李煜之后，宋人蒋捷的《虞美人·听雨》也是一首杰作：

少年听雨歌楼上，红烛昏罗帐。

壮年听雨客舟中，江阔云低，断雁叫西风。

而今听雨僧庐下，鬓已星星也。

悲欢离合总无情，一任阶前，点滴到天明。

　　这其实是作者蒋捷一生的自我写照。词人曾是进士，度过几年官宦生涯，宋亡后他在颠沛流离中消遣余生。词以三幅象征性画面，概括出少年、壮年和晚年的特殊感受，可谓言简意赅，令人警醒。少年追欢逐笑，壮年漂泊伤怀，老年寂寞孤独，尽在雨声中体现。"少年不识愁滋味"，成为千古名句。

　　虞美人的故事，本来就饱含着生死离别之意。最奇怪的是，相传自然界还有一种能随音乐舞动的"虞美人草"。《情史》记载："姬葬处，生草能舞，人呼为虞美人草。"旧时我曾在西门贾庄种过虞美人花，但未见过虞美人草。虞美人花与罂粟颇为相似，也有不同：罂粟全植株被有白粉，虞美人花表面光滑细嫩；罂粟叶子基部抱茎，虞美人花叶子基部不抱茎；罂粟花大而鲜艳，虞美人花小而单薄。虞美人花再美也不能随乐而舞，但虞美人草能闻乐而舞，也许美人有灵？

　　说来有趣，据宋人沈括《梦溪笔谈》记载，高邮人桑宜舒性知音，他听说有一种虞美人草，听到《虞美人曲》就枝叶皆动，弹其他曲调则不然，试之，果如所传。后来桑宜舒详究其曲，发现《虞美人曲》属于吴音，凡用琴曲弹奏吴音，虞美人草枝叶皆动，所以琴曲称为《虞美人操》。《梦溪笔谈》说："'虞美人'一名，在乐府中曰'行'，在植物曰'草'，在琴曲曰'操'。考其原，皆由项王'虞兮之歌'而得名也。"今天的《虞美人》未必就是宋代的《虞美人》，但其间自有渊源关系。虞美人草为何能闻乐而舞，至今尚是个谜。

四、《虞美人》与《玉美人》

《虞美人》一称《玉美人》，流传甚广。冯光钰先生《中国曲牌考》说，四川清音、湖南丝弦、山西弹唱、陕西曲子、福建扬歌、北京单线和扬州清曲均称《虞美人》，而海州牌子曲、江西清音、湖北文曲、福建民歌、贵州民歌、湖南民歌等均称《玉美人》，但其词多为七字句及其变化句式。《虞美人》或《玉美人》所唱的内容，其实多与霸王别姬无甚关系，"玉美人"通常是指美人，或者是美人的代称。清代俗曲集《霓裳续谱》中有《玉美人儿娇模样》《玉美人儿梳妆罢》《玉美人在绣房》等曲目，都是情歌，没有提到霸王别姬的事。

为什么这么多地方的民间音乐都有《虞美人》或《玉美人》呢？《中国曲牌考》说："有意思的是，与湖南、湖北相距千里之外的扬州清曲《虞美人》，也与湖南丝弦、湖北文曲的同名曲牌的旋律有惊人的相似之处。"书中比较了扬州清曲《王道士拿妖》中的《虞美人》和湖南丝弦、湖北文曲的同名曲牌《虞美人》,认为三者之间有"颇为相似的地方"。不同之处,主要表现在扬州清曲中有"4"或"#4"音,其他并无差别。《中国曲艺音乐集成·江苏卷》记载,扬州清曲中的《虞美人》源于本地民歌。扬州民歌中确实有《虞美人》,其词是:"正月十五呀闹元宵,王母娘娘坐船上,手捧丝线桃。哎哟哎哟喂,手捧丝线桃……"曲调与清曲《虞美人》如出一辙。

　　《中国曲牌考》据此认为:"如果此说可信的话,那么,湖南丝弦、湖北文曲的《虞(玉)美人》则有可能是由扬州清曲传播去的。因为,扬州清曲的历史比湖南丝弦、湖北文曲久远一些,从牌子曲类音乐的传播走向来说,由东向西的影响更大一些。"《中国曲牌考》还列举了与扬州清曲、湖南丝弦、湖北文曲的《虞美人》相似的曲种,如四川清音的《虞美人》,也是起承转合的四句结构,旋律大体相同。冯光钰在《中国曲牌考》中得出结论说:"可以看出,这几个曲种的《虞(玉)美人》的结构、调式、旋律框架都颇为近似。这可能与流行于长江流域的湖南、湖北、江苏、四川同属牌子曲的曲牌相互传播交流有一定关联。"这句话说得很婉转。其实他的意思是,《虞美人》是从长江下游的江苏,向西传到湖北、湖南、四川的,而在各地曲种之中,最早拥有《虞美人》曲牌的是扬州清曲。

《耍孩儿》：满城传唱老渔翁

　　《耍孩儿》，一名《魔合罗》，是流传久远的词牌和曲牌。作为曲牌的《耍孩儿》，在元明两代已经流行，如著名元代剧作家王实甫《西厢记》中就有《耍孩儿》曲牌。明清时代《耍孩儿》盛行于江淮之间，扬州盛行《耍孩儿》，而以郑板桥的《道情十首》最为知名。

一、渔鼓简板唱道情

　　《耍孩儿》在扬州的流传，可以追溯到元代。元代扬州人睢景臣在他的散曲《高祖还乡》中，已使用《耍孩儿》之曲。但最出名的《耍孩儿》作品，是清代扬州八怪之一郑板桥所作。

我们的祖辈和父辈都见过这样的情景：一个穿着旧道袍，有时还戴着一顶破道帽的人，手里握着渔鼓和简板，挨家挨户地歌唱求乞。当他来到一家门前时，先把渔鼓蓬蓬地敲起，把简板嚓嚓地夹响，然后唱上几段凄清而悠长的歌曲。这就是道情。唱完了，他等候人家的施与。他常常不用手去接钱，而是用两片竹篾做成的"简板"将铜元夹起，再把铜元放进用竹筒做成的"渔鼓"里。陈汝衡先生在《说书史话》里说，道情艺人这样做，是为了表示他们的清高。他们刻意表示自己清高，是因为自己卑贱。旧时的道情艺人，其实与乞丐无异。《珍珠塔》里的方卿高中状元，却不衣锦还乡，而用一身道士打扮来唱道情，因为只有打扮成唱道情的模样才能羞辱姑母。阿英先生在《夜航集》中说及乞讨的事，是："一个作道士装束，有时戴着道帽的人，手里拿着渔鼓和简板，挨门逐户地歌唱求乞。"所以，道情本来并非高雅的艺术。

但是，道情的历史很长。它源于唐代道教在道观内所唱的经韵，后来吸收词调、曲牌，演变为在民间布道时演唱的道歌。"道情"这个名称大约在宋代已经出现，南宋周密《武林旧事》云："后苑小厮儿三十人，打息气，唱道情。"表明宋时已有道情，历元、明、清而至于今，转瞬之间已近千年。

道情在中国南北曾经十分流行。南方的道情后来发展成说唱，北方的道情后来演变为戏曲。扬州作为南方城市，一直流行着道情。徐珂《清稗类钞》说："道情，乐歌词之类，亦谓之黄冠体。盖本道士所歌，为离尘绝俗之语者。今俚俗之鼓儿词，有寓劝戒之语，亦谓之唱道情，江浙、河南多有之，以男子为多。"在江浙一带，扬州是道情最流行的城市之一。

扬州道情的伴奏乐器，主要是渔鼓和简板。现在我们还能看到李斗《扬州画舫录》的记载："大鼓书始于渔鼓、简板说孙猴子。"这就是说的道情。董伟业《扬州竹枝词》咏道："深巷重门能引入，一声声鼓说书人。"这里说的扬州鼓书，也包括了以渔鼓伴唱的道情。

渔鼓和简板是道情所用的特殊乐器。明代小说《西游记》第四十四回写道："好大圣，按落云头，去郡城脚下，摇身一变，变做个游方的云水全真。左臂上挂着一个水火篮，手敲着渔鼓，口唱着道情词。"清代小说《儿女英雄传》第三十八回写道："道士坐在紧靠东墙根儿，面前放着张桌儿，周围摆着几条板凳，那板凳上坐着也没多的几个人……看那道士时，只见他穿一件蓝布道袍，戴顶棕道笠儿……左胳膊上揽着个渔鼓，手里掐着副简板，却把右手拍着鼓，只听他'扎嘣嘣、扎嘣嘣、扎嘣、扎嘣、扎嘣'打着。"就是写道情的伴奏。当然，各地道情的伴奏乐器也不尽相同，如陇西道情用板胡，陇东道情用四弦、唢呐、笛子，渔鼓、简板也间或用之。

道情以七言为主，同时穿插三言、六言、九言、十言等。南方道情常用的曲调，有《耍孩儿》《黄莺儿》《清江引》《浪淘沙》《鹧鸪天》《西江月》《步步高》等。扬州道情常用曲调有《耍孩儿》《黄莺儿》《倒扳桨》《清江引》《浪淘沙》《步步高》《湘江浪》等。北方道情的曲调与南方不同，如陕北道情有《平调》《十字调》《西凉调》《一枝梅》，河南道情有《锁落枝》《银头落》《老桃红》《剪靛花》。扬州道情的主要曲调《耍孩儿》，后来在扬州清曲、扬州弹词、扬剧中得到运用。

道情的曲目，有短篇，也有长篇。长篇如《孙猴子》《雪拥蓝关》《庄子叹骷髅》之类。《孙猴子》，即《西游记》故事，《扬州画舫录》说："大鼓书，始于渔鼓、简板说孙猴子，佐以单皮鼓、檀板，谓之段儿书；后增弦子，谓之《靠山调》。此技周善文一人而已。"可见，清代扬州道情已经说唱《西游记》长篇故事了。《雪拥蓝关》，叙韩愈故事。曲名出自韩愈《左迁至蓝关示侄孙湘》诗句："云横秦岭家何在？雪拥蓝关马不前。"传说韩愈侄孙韩湘子得道成仙，又来度韩愈。扬州书坊旧刻有《新订考据真实湘子全传》道情。《庄子叹骷髅》，叙庄子故事。大意说庄子与道童出游荒丘，路遇骸骨，庄子问道："莫不是男子汉、妇女身、老公公、小小儿？

住居何处何名姓？"并叹喟其生前的种种情状。后庄子以
法术使其还阳，不料骷髅却诬告庄子谋财害命。最后庄子感
叹道："古今尽是一骷髅，抛露尸骸还不修。自是好心无好
报，人生恩爱尽成愁。"又使其现出原形，县官下堂要拜为
弟子，庄子化为清风而去。

二、《板桥道情》独占先

郑振铎先生《中国俗文学史》认为，有清一代，道情作
家虽多，最重要的只有三家，即郑板桥、金冬心和徐灵胎。
按此见解，清代的三家道情，扬州八怪占了两家。

《板桥道情》一经问世，就得到各方面的赞赏。清人牛
应之《雨窗消意录》称它"颇足醒世"，金武祥《粟香随笔》
说它是"富贵场中一股清凉散也"。鲁迅先生在《三闲集》
中说："《板桥家书》我也不喜欢看，不如读他的《道情》。"
傅抱石先生在《郑板桥试论》中深情地回忆："今天五十岁
上下年纪的人，小学时期，大概不少唱过'老渔翁，一钓
竿，靠山崖，傍水湾'这首道情曲的。谁的曲谱，早忘记了。
但是我还依稀会唱几首，尤其是'老樵夫'、'老头陀'、'老
书生'几首。一个刚从私塾里跑出来进'洋学堂'的孩子，
对一天到晚板起面孔的冬烘先生是不怀好感的。'一朝势落

成春梦，倒不如蓬门僻巷，教几个小小蒙童。'尽管那时对词意还不十分了了，却也已把它当作嘲笑先生的武器了。"

《板桥道情》的作者郑燮，字克柔，号板桥，扬州八怪之一。罢官后居扬州，以卖画为生。《板桥道情》自称"小唱"，"小唱"是扬州清曲的俗名，实为十首道情唱词。《板桥道情》开头有一段自白："自家板桥道人是也！我先世元和公公，流落人间，教歌度曲。我如今也谱得道情十首，无非唤醒痴聋，销除烦恼。每到山青水绿之处，聊以自遣自歌；若遇争名夺利之场，正好觉人觉世。这也是风流世业，措大生涯，不免将来请教诸公，以当一笑。"接下来是十首唱词，经过多次修改后的定本是这样的：

老渔翁，一钓竿，靠山崖，傍水湾，扁舟来往无牵绊。沙鸥点点清波远，荻港萧萧白昼寒，高歌一曲斜阳晚。一霎时波摇金影，蓦抬头月上东山。

老樵夫，自砍柴，捆青松，夹绿槐，茫茫野草秋山外。丰碑是处成荒冢，华表千寻卧碧苔，坟前石马磨刀坏。倒不如闲钱沽酒，醉醺醺山径归来。

老头陀，古庙中，自烧香，自打钟，兔葵燕麦闲斋供。山门破落无关锁，斜日苍黄有乱松，秋星闪烁颓垣缝。黑漆漆蒲团打坐，夜烧茶炉火通红。

水田衣，老道人，背葫芦，戴袱巾，棕鞋布

袜相厮称。修琴卖药般般会，捉鬼拿妖件件能，白云红叶归山径。闻说道悬岩结屋，却叫人何处相寻。

老书生，白屋中，说黄虞，道古风，许多后辈高科中。门前仆从雄如虎，陌上旌旗去似龙，一朝势落成春梦。倒不如蓬门僻巷，教几个小小蒙童。

尽风流，小乞儿，数莲花，唱竹枝，千门打鼓沿街市。桥边日出犹酣睡，山外斜阳已早归，残杯冷炙饶滋味。醉倒在回廊古庙，一凭他雨打风吹。

掩柴扉，怕出头，剪西风，菊径秋，看看又是重阳后。几行衰草迷山郭，一片残霞下酒楼，栖鸦点上萧萧柳。撮几句盲词瞎话，交还他铁板歌喉。

邈唐虞，远夏殷，卷宗周，入暴秦，争雄七国相兼并。文章两汉空陈迹，金粉南朝总废尘，李唐赵宋慌忙尽。最可叹龙蟠虎踞，尽销磨燕子春灯。

吊龙逢，哭比干，羡庄周，拜老聃，未央宫里王孙惨。南来薏苡徒兴谤，七尺珊瑚只自残，孔明枉作那英雄汉。早知道茅庐高卧，省多少六出祁山。

拨琵琶，续续弹，唤庸愚，警懦顽，四条弦上多哀怨。黄沙白草无人迹，古戍寒云乱鸟还，虞罗惯打孤飞雁。收拾起渔樵事业，任从他风雪关山。

　　纵观《板桥道情》，警世醒人，深沉宏远，同时又通俗易懂，琅琅上口。因此，它在文人道情中最为流传，不是没有道理的。它强调的是世道的炎凉、人生的短暂，抒发的是散淡的情怀、超然的心境，以及对于青山绿水的精神寄托。

　　道情有过它的辉煌时代，那就是清代中叶。阿英先生有《道情》一文，认为道情这种旧艺术的衰亡是不可避免的。但他又指出，道情"也曾有过一个'盛世'，这盛世是在乾隆，就在郑板桥时代"。那时大概因为是国泰民安，所以高人雅士们常常以道情作为一种"清玩"，一时形成风气，许多文人都写起了道情。阿英指出："当时道情作家虽多，真正成功了的，只有郑板桥一个人。"

三、满城传唱《耍孩儿》

　　扬州道情的盛行，除了郑板桥、金冬心曾创作过道情歌词之外，其他扬州八怪诸家也时有所作。如李复堂《鱼葱图》题词云："大官葱，嫩芽姜，巨口细鳞新鲜尝，谁与画者李复堂。"格律来自《耍孩儿》。华新罗多次画过《说唱图》，道情当也包含其中。边寿民画过一幅《渔鼓简板图》，以素描手法画出道情的主要乐器渔鼓、简板，如不仔细观察过道情，绝对画不出来。经常描绘手执渔鼓、简板的道士形象的，是黄瘿瓢。他在雍正五年（1727）九月所画《八仙图》中，张果老左手持简板，臂中夹渔鼓，右手击之，俨然是一个唱道情者。雍正九年（1731）四月所绘《道情图》中，只有老道一人，姿势与前图相似，应该也是唱道情的张果老，题为"作于广陵美成草堂"。此外，他至少还有两幅画是反映道情的。一幅是《果老仙姑图》，所绘张果老拿着渔鼓、简板，题诗云："昔日骑驴客，人称果老仙。问之言何往，大笑指青天。"又有一横幅《道情图》，绘一道人斜坐石上，左手持简板，右手拍渔鼓，表情似乎在歌唱，旁有一小童谛听。凡此，都是取材于现实生活中的道情。

清代扬州的道情作家，还有许多不太知名的。如清初石成金，字天基，号惺斋，扬州人。生于顺治十六年（1659），乾隆四年（1739）犹在世。他写的《有福人歌》《好男儿歌》《好女娘歌》等，都是真正的道情。有一首《好男儿歌》写道："好男儿，依我言，重伦常，最要先，纲常伦理人争羡。果能做得伦常好，胜积阴功几万千，何须拜佛祈神愿。一处处太平世界，快乐人共乐尧天。"这里用的是《耍孩儿》曲调，与《板桥道情》同一格律。

晚清人宣鼎在《夜雨秋灯录》里，写一个乞儿唱道情，其词云："骚狗山，是俺家，小茅棚，破篱笆，四围乱冢何曾怕？摇铃拍板般般会，艳曲淫歌实可夸。赤条条，妻儿老小无牵挂。讨得些闲钱沽酒，醉醺醺卧倒三叉。"骚狗山在扬州城西，今大学路一带，此地旧时多乱坟野狗，为流浪儿栖息之地。《扬州画舫录》提到扫垢山，并说"扫垢山本名骚狗山"。由此可见，《夜雨秋灯录》所写的道情，乃是扬州人所作的道情，唱的是扬州风光。

清末吴索园《扬州消夏竹枝词》云："月影西斜夜气清，乘凉女伴坐深更。张生不至红娘恼，瞎子先生唱道情。"诗句勾画了一幅清末扬州市井纳凉风俗图：夜色已深，街巷中依然有三五女郎，说笑不寐；远远走来一个盲人，唱着忧伤的道情渐行渐近，歌词是关于《西厢记》中张生和红娘的故事。

扬州道情流传很广，戏曲理论家赵景深先生搜集到一种道情书叫《新编仙家乐事云水道情耍孩儿》，他说："我考查《耍孩儿》的字数，竟与清代郑板桥的《道情》完全相同。"又说："我也买到《庄子道情劈棺传》和《韩湘子九度文公道情》，这两种都是用小曲唱的。前者用了《耍孩儿》《佛偈》《银绞丝》《浪淘沙》《四面静》《黄莺儿》《清江引》《边关调》《梳妆台》《鲜花调》《小郎调》《平调》《京垛子》《剪剪花》《补缸》《返云坡》，看样子好像是扬州小曲。"

人世沧桑，风俗移异，道情这种在民间唱了千年的歌，终于离我们越来越远了。但作为历史，扬州道情确实存在过、盛行过，并且在今天还顽强地活着，使我们不时会想起它的苍凉和悠远。道情那悠扬的旋律和散淡的歌词，构成了与其他曲艺形式不同的审美特性，更容易引起听众对自然的向往、对人生的思考、对天籁之音的共鸣。

一曲道情响起，心情忽然变得开阔，天地仿佛也变得辽远了。

《四季游春》：追求情爱的心曲

　　《四季游春》是扬州清曲的传统曲牌，同时它也广泛流行于江苏、安徽等广袤的江淮大地上。它以流畅简洁的旋律，明白浅显的歌词，大胆直接的表白，倾诉了对情爱的渴望和对礼教的反叛。

一、源远流长的时序歌

　　《四季游春》是按照春、夏、秋、冬的时序，把自然景致与男女情爱结合起来演绎的俗曲。这种按照时间的先后来歌咏的歌曲，是中国民歌的一个基本特色。同类的歌谣，有

《五更》《四季》《十二月》《二十四时辰》等基本形式。

早在南北朝时期，民间已出现《五更转》《四季歌》等时序体歌谣。据朱自清先生《中国歌谣》考证，南朝时候的《月节折杨柳歌》，分十二月来描述情感，并且加上一个闰月，"疑为近世十二月《唱春》一类小调所从出"。朱自清说的《唱春》，并没有具体指明是什么歌曲，但是扬州清曲的《四季游春》按理也包括在其中。

朱自清谈到以数字为特点的俗曲时，提到了《五更调》《十二时》《十二月》《四季相思》等曲目。他所举六朝的《月节折杨柳歌》，其第一段歌词是："【正月歌】春风尚萧条，去故来入新，苦心非一朝。折杨柳。愁思满腹中，历乱不可数。"此后一直唱到十二月，再加上一个闰月，总共十三段。朱自清又举出民国时流行的《莲英十二月唱春》，歌词的内容是近代上海滩流氓闫瑞生杀害妓女王连英的轰动事件，除了序章之外，其第一段歌词是："正月里来是新春，王连英本是杭州人。父死来到上海地，小花园里去做倌人。"下面就叙述王连英怎么认识闫瑞生，闫瑞生怎么杀害王连英，一直到闫瑞生被枪毙的过程。朱自清说，这类以时间为顺序的民间歌曲，还有《七朵花》《十杯酒》《廿大姐》《十把扇子》《二十四枝花》《三十六码头》《三十六虫名》《六十条手巾》等。在扬州清曲中，大都能够找到对应的曲目。

郑振铎先生在《中国俗文学史》里谈到，唐代有一种

"俚曲"，如《叹五更》《十二时》之类。《叹五更》从一更叹到五更，其第一段歌词是："一更初，自恨长养枉生躯。耶娘小来不教授，如今争识文与书。"接下来一直唱到五更。他还列举了《天下传孝十二时》《禅门十二时》《太子五更转》《思妇五更转》等唐代俗曲。其中《思妇五更转》是郑振铎拟的题目，内容写一个被遗弃的妇女，从一更天追忆、叹息、哭泣到五更天的悲戚心声。现举第一段歌词中的几句以见一斑："一更初，夜坐调琴，欲奏相思伤妾心。每恨狂夫薄行迹，一过抛人年月深。君自去来经几春，不传书信绝知闻。愿妾变作天边雁，万里悲鸣寻访君。"可见这是一首被丈夫遗弃的妇女的悲歌。当然，正如郑振铎所说的那样："在那时候，像'俚曲'这样的东西，士大夫们是根本看不起的。"

在韦人先生编撰的《扬州清曲》里，这类按照春、夏、秋、冬的时序来吟咏的曲目，远远不止一首。典型的如《二十四春》《二十四夏》《二十四秋》《二十四冬》《十二月孟姜女》《十二月姑娘绣花忙》等，还有的曲目就叫作《春夏秋冬》。它们歌唱的内容不一。有教育儿童认识季节变化的，如一首名叫《十二月菜》的儿歌唱道："一月菠菜刚发青，二月出土羊角葱。三月芹菜出了土，四月韭菜嫩青青。五月黄瓜大街卖，六月茄子紫英英。七月葫芦弯似弓，八月辣椒满树红。九月大瓜面又甜，十月萝卜瓷丁丁。十一月白菜家家有，十二月蒜苗水灵灵。"其实是一种知识性的教材。但是绝大部分时序歌以情歌为主。

朱自清在《中国歌谣》里引用了这样一句话："一切抒情诗里，爱情占第一位，民歌里自然不会是例外。"扬州清曲亦名小唱、小调，旧称俗曲、时调，是一种传播于市井里巷之间的歌曲。它必然反映城市社会不同阶层的婚姻情爱、离愁别恨、世态人情、娱乐游艺乃至自然常识、生活知识、故事传说、神话寓言等，并将抒情性与叙事性融为一体。从春天唱到冬天，从一更唱到五更，从一月唱到十二月，是最合适于扬州清曲闲适、松散、婉约的歌唱形式的。

二、男女相思的爱情歌

扬州清曲《四季游春》，歌词有多种。有女子思念男子的，也有男子思念女子的。现在常见的流行歌词，口吻是男性的，表达的是男子对女子的思恋。

《四季游春》的格式极为简单，实际上每段只有三句词，最后一句重复一遍，形成四句。比如：

第一段唱的是春天："春天到了，蝴蝶天上飞。思想小妹妹，去年花儿开。你挑菜我拾草，二人初相会。你挑菜我拾草，二人初相会。"

第二段唱的是夏天："夏天到了，荷花出水鲜。二人肩并肩，手拿扇子搧。说多少伤心话，二人泪涟涟。说多少伤心话，二人泪涟涟。"

第三段唱的是秋天："秋天到了，菊花遍地黄。才郎坐河旁，思念女娇娘。虽见那花千朵，你是花中王。虽见那花千朵，你是花中王。"

第四段唱的是冬天："冬天到了，大雪花儿飘。思念女多娇，把我想坏了。约妹妹走他乡，好把婚事逃。约妹妹走他乡，好把婚事逃。"

我们从唱词中的"思想小妹妹""思念女娇娘""约妹妹走他乡"等句子，可以看出唱词是以男子的口吻编的，而这种唱词显然是经过雅化了的。

从音乐旋律来看，《四季游春》的曲调简单明快，通俗上口，所以在民间流行各种不同的唱词。民间流传的原始歌词更为粗犷质朴，比方第一段唱春天的词原是这样的："春天到了，万物皆发情。我郎好狠心，一去到如今。你应该早回来，二人谈谈心。你应该早回来，二人谈谈心。""记得去年，二人在一块。你我多恩爱，没事打牙牌。日里去晚上来，二人睡一块。日里去晚上来，二人睡一块。"下面的夏、秋、冬三段词，也都是以女性思念情郎为线索：夏天回忆与情郎手拉手去乘凉，跷脚到郎腿上的情景；秋天回想落叶萧萧，为情郎害起相思病的情形；冬天生怕情郎在外受风寒，盼望早日团圆的心情。应该说，《四季游春》原本的歌词是直白而大胆的。

《四季游春》的曲调一旦流行开去，它就可以被填成各种各样的歌词演唱。在抗日战争时期，《四季游春》的曲调也曾填上救亡的歌词。如："春天到了，百草都发芽。鬼子闹中华，同胞被它杀。想起真可怕，大家起来吧。抖精神结团体，共同保我家。我中国一寸土，也不能让给它！"建国后，又出现了《四季忙生产》《四季搞积肥》《四季学文化》《四季忙致富》《四季搞计划生育》等宣传品。

《四季游春》的名称，仔细想来并不合理。既然是"四季"，怎么说是"游春"？它的内容其实是"四季相思"。正确的解释可能是，"游春"的"春"其实不是指自然界的"春天"，而是指人类的"春心"。"游春"如果解释为游玩春天风景的话，那是无法解释后面的夏、秋、冬三段唱词的。为什么要叫《四季游春》呢？醉翁之意不在酒。根据歌词的内容，这种"春"不能单单理解为自然界的"春天"，而是男女萌动的"春心"，是对情爱的渴望与追求。同时，"游"也并非是人的游动，而是指心的"神游"，是一种春心的荡漾。这种情爱的骚动、欲望的迸发，一年到头涌动不止，四季常青与日俱增，自在情理之中。这里我们不妨举出扬州清曲的《春夏秋冬》四首曲目中的一首，来说明季节的变换只不过是为情爱的倾吐提供一种背景色调而已。《春》中唱道：

春天里佳人想才郎，百草排芽暖洋洋。

小郎儿！

桃红柳绿清明到，郊外游春多欢畅。

小郎儿！

对对紫燕梁上绕，

口衔泥儿呀，双双黄莺站柳梢。

小郎儿！

佳肴美酒人不到，

你失信了呀！哄妹妹等到四更月已杳。

小郎儿呀！

　　歌词中春天的桃红柳绿、紫燕黄莺，无一不是为了烘托男女相思之情，注意力并不在季节本身。

三、反抗礼教的自由歌

　　《四季游春》不但是扬州清曲的曲调，同时也广泛流传于江苏、安徽等地方。在苏北的淮安、盐城、宿迁一带，一直流行《四季游春》，所以《四季游春》也被称为苏北民歌、苏北小调。

　　作家周作人和他的兄长鲁迅，曾经一道向封建文化发起猛烈的冲击，是新文化运动的骁将。早在五四运动初期，周作人就重视民间歌谣的搜集，后来他又特别关注到"苏北小调"也即扬州清曲，特别赞赏其中的民主因素。

周作人写过一篇短文叫作《苏北小调》，"苏北小调"就是指扬州清曲。他在文中引用朋友的来信说："扬州小调等民间文艺形式在苏北一带流行时间长，传播地区极广，并且亦为全国所闻名。我这一次光是唱本就收到有几十种，部分曾请熟人试唱，至为动人。其中《手扶栏杆》及《五更》《梳妆台》更是妇孺全能上口，可见影响之大。"

《手扶栏杆》等是扬州清曲的常见曲目，内容多反映旧时代女性的心理压抑和精神苦闷。其中最突出的内容，是抒发守寡女子无法排遣的孤独之感。她们怀念亡夫而不可得见，意欲再嫁又畏惧人言，只好通过歌词来吐露自己的心声。与此相类的曲目，还有《五更相思》和《四季游春》，则是以更加直露的语言、更为热烈的情感，表达自己对爱情和婚姻的向往与追求。扬州清曲以市民式的刚健泼辣风格，同贵族式的含蓄蕴藉风格形成了强烈对比。周作人认为，这正是扬州清曲反对封建意识的思想锋芒之所在。他在文中引用朋友的话说："中国自称为有礼教传统的古国，士大夫们口上所说的不离'忠孝节义'的一套。就说'节'吧，我这次在苏北各地见到贞节牌坊数量不少，但是它们树立在那里，只是感到孤单凄凉，与广大人民好像丝毫不相干。在广大人民中流传的只是《五更相思》《四季游春》中的思想意识，人民并不稀奇那块贞节牌坊，却希望有恋爱的自由、结合的自由。"

在《四季游春》的各种版本中，对于男女情爱的大胆追求是一致的，但是袒露心曲的程度有区别。有的含蓄，有的露骨，有的节制，有的放荡。扬州清曲盛行于明清时代，这一时期市民文化发达，社会风气奢靡，思想观念开放，在这种环境中成长起来的扬州清曲也擅长描写欢情。扬州清曲中的一些曲目，明显带有纵情的性质。扬州清曲本身就是市民文化的产物，既包括乡间的民歌，也包括市井的小调。由于城市经济的发展，商贩、工匠、艺人的队伍空前壮大。他们尽管知书识字，但是有着迥异于正统的情趣和审美。加之明末的享乐风气蔚为时尚，社会上形成了纵欲的风气，连唐寅、仇英这样的画坛名流都亲自绘制春宫画，纵情喜色之风必然反映在俗曲之中。可以说，俗曲是批判程朱理学"存天理，灭人欲"理念的急先锋。

周作人一生都在鼓吹"人的文学"。五四时期，中国处在半封建半殖民地社会，礼教观念紧紧束缚着人们的思想，周作人致力于从人性的立场出发去研究人、发现人。他的结论是，人有动物的遗传，即肉体的欲望，但是人的精神生活比动物更高。也就是说，人除了有"兽性"的欲望以外，还有"神性"的一面，人性是"兽性"与"神性"的结合。那么，符合这种人性发展的理想的人的生活，势必既不同于禁欲主义者，也不同于纵欲主义者，而应该是以人为本位的顺乎人性合乎人情的灵肉一致的生活。周作人运用蔼理斯和弗洛伊德的学说，反对封建禁欲主义，主张文学可以大胆描写性爱生活。

周作人认为，性爱的本能在现代文明的环境中，常常不能得到十分的满足，所以必然会无意识地喷发出来，在文艺创作中寻求变相的满足。他多次引用这样的诗："嘴唱着歌，只在他不能亲吻的时候。"意思是只有当人不能亲吻的时候，才需要用唱歌的方式来发泄被压抑的欲望。他认为，其实一切情诗的源起都是如此。正是在这种思想的指导下，他赞赏扬州清曲《四季游春》，认为《四季游春》表达的情爱自由是对于"贞节牌坊"的反抗。

《侉侉调》： 既是北曲 又是南腔

　　《侉侉调》，亦名《卖油郎》《五更里》《无锡景》。之所以叫作《卖油郎》，是因为它最早歌唱的是《卖油郎独占花魁》的故事，出自明人冯梦龙话本小说《醒世恒言》。或称为《五更里》，是因为它通常从一更唱到五更的缘故。又称作《无锡景》，是因为清末民初时以此调演唱无锡风光，其中有一句词是"让我唱一支无锡景呀"，一时流传，四方皆知，故名《无锡景》。

一、《占花魁》与《卖油郎》

　　关于历史上的扬州清曲曲目，《扬州画舫录》说过："于小曲中加'引子''尾声'，如《王大娘》《乡里亲家母》诸曲；又有以传奇中《牡丹亭》《占花魁》之类谱为小曲者——皆土音之善者也。"这说明扬州清曲在两百年前已有长篇曲目如《王大娘》《乡里亲家母》《牡丹亭》《占花魁》。《占花魁》写卖油郎秦钟痴情追求妓女莘美娘，美娘深受感动，终于与秦钟成婚的故事。《扬州画舫录》说它是从"传奇"而来，是指清初李玉的同名传奇剧本。传奇中花魁名王美娘，清曲中花魁名莘美娘，似应直接从冯梦龙《醒世恒言》而来。

话本小说《卖油郎独占花魁》叙述的是才貌双全、名噪京城的名妓莘瑶琴与卖油郎秦钟之间的故事。莘瑶琴出身汴梁城郊一个开陆陈铺的家庭。自幼聪慧，十岁作赋，琴棋书画，无所不通。靖康之难时，汴梁城破，瑶琴在逃难中与家人失散，被卖到临安妓院，改名王美，唤作美娘。美娘凭自己的才艺容貌，成为临安名妓，人称"花魁娘子"，一晚白银十两，仍然慕名者众。临安城外卖油店朱老板有一小厮，姓秦名钟，也是从汴梁逃难而来。某年初春的一天，秦钟送油时偶遇美娘，被其美貌吸引，心想"若得这等美人搂抱了睡一夜，死也甘心"。于是日积夜累，攒得十两银子，要买美娘一晚春宵。然而等到秦钟见了美娘时，美娘正酩酊大醉，并认为秦钟身份低微，不愿接待。而秦钟不以为意，整夜服侍醉酒的美娘。次日美娘酒醒，感到十分抱歉，觉得秦钟是忠厚之人，可惜是市井之辈，否则倒可以委身事之。一年后，美娘被恶公子羞辱，流落西湖，恰遇秦钟。秦钟将美娘送回青楼，美娘为回报秦钟，留他过宿，最终嫁与秦钟。《卖油郎独占花魁》虽然写的是爱情题材，但主角并非习见的才子佳人，而是市民妓女。秦钟对美娘的爱固然出自外貌，但美娘决定嫁给秦钟却出自内心。《卖油郎独占花魁》在清初被李玉改编为传奇《占花魁》，后又为淮剧、粤剧、评剧、杭剧、越剧、扬剧等所演出，并多次拍成电影和电视剧。

　　扬州清曲演绎《卖油郎独占花魁》的曲目有大小两种。小的用《侉侉调》演唱，曲名为《卖油郎五更》，歌词总共五段。第一段唱秦钟在青楼坐看美娘，想象她的身世；第二段唱美娘辗转难眠，秦钟帮她盖被子；第三段唱美娘口渴，秦钟喂美娘茶汤；第四段唱美娘呕吐，秦钟以衣袖承接秽物；第五段唱天亮以后，秦钟收拾房间，始终未曾逾矩。举第一段唱词为例：

> 一更京儿里，月儿照花台。
> 卖油郎坐青楼，观看女裙钗。
> 我看她年纪轻轻，本是良户人家女。
> 却为何流落到，烟花门中来？
> 她年方十六七，一朵花正开。
> 引动了狂蜂浪蝶，来把花儿采。
> 十七八岁的姑娘人人爱，
> 过了二十岁，渐渐下桥来。

扬州清曲另有大套曲《花魁女》，由三组大曲构成。第一组名为《刘四劝妆》，歌词很长，写美娘逃离汴梁，沦落杭州，老鸨强迫她接客，美娘不肯就范。后来老鸨请来刘四娘花言巧语，百般劝说，美娘被迫低头。第二组名为《油郎嫖院》，写秦钟从汴梁逃命到杭州，以卖油为生。秦钟偶闻美娘蓉貌，意欲与其云雨，因囊中羞涩，遭到老鸨讥嘲。后来秦钟终于积攒足够银两，方得与美娘同宿。第三组名为《花魁从良》，写福建吴八公子欺凌美娘，美娘不从，被遗弃在西湖中。幸而为秦钟搭救，美娘感激，终与秦钟结为夫妇，白头偕老。《花魁女》的唱词与《卖油郎五更》的唱词完全不同。

《侉侉调》最初以《卖油郎》之名行世。同治七年（1868），江苏巡抚丁日昌查禁所谓"小本淫词唱片目"，在开列的曲目中有《杨柳青》《闹五更》《十送郎》《剪剪花》《湘江浪》《卖油郎》之名，据考这些都是扬州清曲的曲目。

二、《无锡景》与《秦淮景》

一首好歌犹如一座城市的名片。《康定情歌》《松花江上》《达坂城的姑娘》等歌曲，先是歌为城而唱，后来城因歌而名。由于这些歌曲的广泛传唱，使得歌中所唱的城市成为千百万人向往的地方。近代最能代表无锡的歌曲，要算是

《无锡景》。

《无锡景》作为俗曲，清末已流行于江南一带，所以有人称之为"江南小调"。到了民初，有人写了十余段歌词描述无锡风土名胜，犹如一幅幅水乡风情画卷。《无锡景》本是旧时无锡茶楼里，歌女自弹自唱之曲。"我有一段情呀，唱把那诸公听……"幽雅轻缓的歌声为游客助兴，也为迷人的太湖胜景增色。其曲调温润婉转，行腔丰富细腻，每句的结尾常用吴音衬字，让听者倍感亲切。如今通行的《无锡景》唱词，完成于民国建立之后，头两段歌词是这样的：

> 我有一段情呀，唱把那诸公听，
> 诸公各位静呀静静心呀。
> 让我末唱一支无锡景呀，
> 细细那道道末，唱把那诸公听呀。
>
> 小小无锡城呀，盘古到如今，
> 东南西北共有四城门呀。
> 一到仔民国个初年份呀，
> 新造那个一座末，光呀光复门呀。

其中结尾处的"呀""末""仔"等衬字，最富吴侬软语的韵味。《无锡景》到底是怎么产生的呢？据无锡音乐专家说，《无锡景》是一首典型的江南城市小调，原有很多版本，经过几代人的加工形成现在通行的版本。歌词全部用无锡话演唱，没有具体的作者，其实是几代无锡艺人共同完成的。

因为《无锡景》曲调流畅优美，一些影视剧也喜欢采用。如香港电影《三笑》中，唐伯虎唱的"真心来相诉呀，我就是唐伯虎"，就是用的《无锡景》曲调。前几年风行一时的电影《金陵十三钗》，片中最后一幕由十三钗集体演唱的《秦淮景》，曲调也来自《无锡景》。《秦淮景》用苏州话来演唱，显得更嗲、更糯，也更有味道。《秦淮景》的唱词是：

> 我有一段情呀，唱把那诸公听，
> 诸公各位静呀静静心呀。
> 让我末唱一支秦淮景呀，
> 细细那道道末，唱把那诸公听呀。

> 秦淮缓缓流呀，盘古到如今，
> 江南锦绣金陵风雅情呀。
> 瞻园里堂阔宇深呀，
> 白鹭洲水涟涟，世外桃源呀。

看得出来，《秦淮景》的唱词完全脱胎于《无锡景》。

其实早在1932年淞沪会战时，瞿秋白就以《无锡景》曲调填写《上海打仗景致》歌词，用字完全依据吴语，也用发音衬字"末"。歌词盛赞抗日的十九路军："小兵十九路呀，本领实在大，东洋军队一点无生路呀。日夜末装来三万多呀，冲突那个几天末，仍旧打勿过。"控诉日军的暴行："日本真野蛮呀，飞艇掷炸弹，闸北地方房子在炸坍呀。人家末烧脱交交关（吴语，指很多）呀，害得那个百姓末一齐要遭难。"歌词号召民众加入义勇军："穷人顶要紧呀，万众一条心，对内对外抗日才赞成呀。大家末加入义勇军呀，驱逐那个国贼末，幸福过光阴。"

《侉侉调》流行于南方为《无锡景》，流行于北方则为《探清水河》。《探清水河》唱的是清末发生在北京海淀火器营村的一个类似梁山伯与祝英台的爱情悲剧。火器营本是制造枪炮的地方，这里住着松老三一家，以种大烟、开烟馆为生。老两口膝下无儿，只有一女名叫大莲。大莲长到十六七岁，亭亭玉立，本该论嫁，但是松老三夫妇整天吃喝玩乐，不关心女儿的婚姻大事。大莲与本村青年佟小六偷偷相爱，一次小六到大莲家幽会，被其父母发现，惹下大祸。大莲父亲用皮鞭把女儿打得皮开肉绽，还让她自裁，大莲被逼无奈，跳入门口的清水河。小六得知，也跳河殉情。为叹息这段悲剧，有人编成小曲《探清水河》在北京传唱。《探清水河》源于《侉侉调》，只不过《侉侉调》重抒情，《探清水河》重叙事，如第一段唱词：

桃叶尖上尖，柳叶青满天，

在位的明公，细听我来言。

此事出在京西蓝甸厂，

火器营住着一个长青万字松老三……

三、《侉侉调》与《五更里》

在《侉侉调》的名称中，最核心的字是"侉"。这样一首极富江南韵味的曲牌，为什么叫《侉侉调》呢？

扬州方言中有"侉子"一词。朱自清在《我是扬州人》一文里谈到扬州人的缺点，说扬州人有自卑心理，也有自大心理。他写道："其实扬州人在本地也有他们的骄傲的。他们称徐州以北的人为侉子，那些人说的是侉话。他们笑镇江人说话土气，南京人说话大舌头，尽管这两个地方都在江南。英语他们称为蛮话，说这种话的当然是蛮子了。然而这些话只好关着门在家里说，到上海一看，立即就会矮上半截，缩起舌头不敢喷一声了。"扬州人把扬州以外的人看成不是"侉"便是"蛮子"，这同阿Q一切以未庄为标准没有两样。

在扬州话中，"侉子"指北方人，"蛮子"指南方人，两者均含讥讽之意。"侉子"总是和粗鲁、野蛮相联系。如扬州评话《宋江·推枣包刘唐混西城》中，写"侉子有意和少年人瞎扯蛮，拿他作作耍"；又说"是人都怕侉子，他就沾光是侉子，人吃了苦，反而不和他噜嗦，让他走"。这个侉子是一个"蓝脸红胡子山西侉子"，即赤发鬼刘唐。"蛮子"除了野蛮，更带些诡秘。如扬州评话《皮五辣子·亲友临门》中，写"一位老先生，约有五十来岁，稀稀的老鼠胡子"，"南方口音，是个蛮子"。他的名字叫野飞熊，职业是相命。他曾对人说"要谨防毒手"，结果此人"果然在当夜三更天发疯，跳下清风闸淹死了"。

朱自清对狭隘地方主义的批评，当然是正确的。对与扬州人的这一缺点，扬州的有识之士早有认识，不独朱先生一人而已。如徐谦芳《扬州风土记略》云："世人往往重视其乡，而藐视他邦之人。不独江淮人呼山东人为'侉子'，淮徐人呼浙闽人为'蛮子'，淞沪人呼淮南人为'江北老'，此风自古而然。""侉子"带有轻蔑之意，是指北方之人。据此看来，《侉侉调》应该是北方传来的曲牌，不过在南北流传中名称产生了变异，如在南方称为《无锡景》《苏州景》《五更里》，在北方称为《探清水河》《照花台》《盼五更》。而在苏北的海州，则称为《小京调》。当地学者认为，海州人之所以将《侉侉调》称为《小京调》，是觉得它来自北方京畿的缘故。

清代内廷常把昆曲之外的戏曲声腔称为"侉戏"，含有非正宗之意。如嘉庆七年（1803）南府《旨意档》中有两段圣旨。五月初五日传旨："内二学既是侉戏，那是帮腔的，往后要改。如若不改，将侉戏全不要。钦此钦遵。"十一月二十三日传旨"以后都要学昆弋，不许学侉戏。"皇上虽然

禁止"侉戏"，申明"侉戏全不要""不许学侉戏"，但恰好
证明当时的"侉戏"已经传入官内。

"侉戏"或"侉调"之名，大约产生自明代的北京，清
代沿用。明人《度曲须知》谈到"北调"时说，《罗江怨》《山
坡羊》等曲"虽非正音，仅名'侉调'"。反映了当时以南
北曲为正音，以小曲为"侉调"。清人《阅世编》记词人陈
子龙的话说："大河以北有所谓'侉调'者"，多是"男女相
怨离别之音"。清代扬州最流行《侉侉调》，扬州人张子虚
曾选辑扬州青楼小调八十首，题作《侉调太平歌曲》。

《侉侉调》的曲谱于1901年首现于程仲铨抄录的乐谱集
中。1932年刘复、李家瑞编撰《中国俗曲目录》时，将《侉
侉调》定性为"流行于苏沪一带的俗曲"。《中国民间歌曲
集成·江苏卷》收有《无锡景》曲谱，后面附录《探清河水》
的工尺谱译谱。"侉调"最初可能是对非正宗的俗曲的概称，
泛指昆弋腔和南北曲以外的俚俗歌曲。从这个角度，正好可
以理解《侉侉调》的草根性质。

《侉侉调》在南方称《五更里》，在北方称《盼五更》，
证明了它们之间的内在联系。

《杨柳青》：折一枝杨柳送亲人

　　《杨柳青》，扬州民歌小调。曲名是因为歌词中有"杨柳叶子青啊哪"之句而来。扬州自古多杨柳，宋人沈括《梦溪笔谈》中有"扬州宜杨"之民谚，扬州民歌中歌咏杨柳的不在少数。《杨柳青》亦称《玉美针》和《十把扇子》，因为歌词中唱到一个名唤"玉美珍"的女郎，并且从一把扇子唱到十把扇子，故名。扬州清曲常用此调，以其轻松、活跃、喜悦而受到民间的喜爱，流传于江苏、浙江、安徽等地。

一、《杨柳青》从扬州传到苏州

　　顾颉刚先生是现代著名的历史学家，"古史辨"派的领袖。他的基本历史观，是认为必须打破关于古史的传统说法——打破中国古代民族原来只有一个的观念，打破中国地域向来一统的观念，打破把古代看成黄金世界的观念等等。他在二十世纪二十年代编成的《吴歌甲集》，收集江南歌谣数百首，是当时印行的第一部歌谣专集。正是在《吴歌甲集》中，顾颉刚考证到了"扬州小调"，也即扬州清曲。

《吴歌甲集》本是吴地民歌结集，但文化是封闭不住的，民间文艺更容易发生交流。因此，在苏南的吴歌中，就留着扬州小调的痕迹。实际上有一部分吴歌，就是由扬州小调演变而成的。

典型的例子，是《吴歌甲集》中的一首《杨柳那得青青》。这首歌词的前两句，是"杨柳那得青青，青青那得早起"。歌中写到一位女郎，名叫"女美珍"，其实是谐音曲牌名《玉美针》。值得注意的是，"女"和"玉"在吴语中是不同音的，但在扬州话中却发音相近。因此，顾颉刚在收录这首歌词之后，就感到"歌中有许多不可解的句子，存疑几载了"。一直到后来，有友人董彦堂为他搜集到石印的唱本，其中有《玉美针》一篇，顾颉刚才明白此歌的真相。

原来，这首歌是说一个已嫁的女子恋上了一个人，她幻想事情败露之后，公婆如何打她，丈夫如何休她，回到家中哥哥嫂嫂又如何嫌弃她，于是她只得进了庵堂。但进了庵堂之后，她念佛修行的目的，还是要在来生得到一个有情的郎君。这首歌的意义，在于表现旧时代女性对于自由婚恋的追求。

关于这首歌的来历，顾颉刚在《写歌杂记》之《玉美针》中考证说："这歌是从什么地方传到苏州的，我不敢断说。看其读'玉'为'女'，当是由北方传来的。看'杨柳那得青青'的句调，似是扬州小调。"魏建功在《读歌札记》中说得更加直截了当："'杨柳那得青青'一首，当是扬州曲变为苏州曲者。"

扬州清曲早在清代中叶就流入苏州，深受苏州人欢迎，详见《扬州画舫录》记载。《玉美针》从扬州小调变为苏州吴歌，是其中一例。

二、几种不同的《杨柳青》

《杨柳青》的歌词很多，现在经常听到的歌是：

> 早晨下田露水多哪，嘀嘀依嘀嘀，
> 点点露水润麦苗啊，杨柳叶子青啊哪！
> 七搭七呢嘣啊哪，杨柳石子松啊哪，
> 松又松哪嘣又嘣哪，松松么青又青哪，
> 哥哥杨柳叶子，青啊哪！

这段歌词，看起来是描写农村生活的场景。但从"哥哥"一词可以窥探出，它本应由年轻女性来歌唱的具有情歌风味的小调。

《杨柳青》的另一种流行歌词是：

> 河东的哥哥去远方，呵呵依呵呵，
> 河西的妹妹来送郎呀，杨柳叶子青啊哪！
> 七搭七哪嘣啊哪，杨柳叶子松啊哪，
> 松又松哪嘣又嘣哪，送送么有情人哪，
> 哥哥杨柳叶子，青啊哪！

民歌的曲调可以填入任何歌词，通常因时因人而异。在1979年油印的《扬州地区民间音乐资料》第一集中，由杨正吾作词的《杨柳青》的歌词是这样的：

> 河东的哥哥去炼钢哪，嗬嗬依嗬嗬，
> 河西的姐姐表心肠哪，杨柳叶子青啊哪！
> 七搭七呢嘣啊哪，杨柳石子松啊哪，
> 松又松哪嘣又嘣哪，松松么有情人哪，
> 哥哥杨柳叶子，青啊哪！

这明显是在1958年大跃进时代"全国大炼钢铁"的特

殊形势下改编的歌词，所以其中有"河东的哥哥去炼钢哪"这样的歌词。

　　而在《扬州地区民间音乐资料》第二集里，由高邮龙兆元演唱，徐州张仲樵记录的《杨柳青》原始歌词，是这样的：

> 青青么杨柳青啊，青青么杨柳青啊，
>
> 清晨起早哪么，同人去游春哪！
>
> 有情哎郎儿来，有情的哥哥哎，
>
> 同人去游春哪！
>
> 金裹银啊银裹金，我的人那个还要真，
>
> 咿呀呀子吆，失落玉美珍哪！

　　这是一首更为质朴的唱词，但是曲调与现在演唱的《杨柳青》有别。所以张仲樵先生标明，它"又称《玉美针》。"玉美针"即"玉美珍"。

　　从《杨柳青》的不同唱法和不同歌词，我们可以揣测，它们有一个共同的母本，主题应该是爱情。它之所以用"杨柳"来起兴，是因为古人有折柳赠别的风俗；而杨柳的叶子是青的，"青"和"亲"在扬州方言中发音完全一样。对于"青青"的反复吟唱，是为了表达对于"亲亲"的爱恋。

　　如果我们读完了《杨柳青》的四段原始歌词，我们就明白它就是送别情郎的情歌：

河（啊）东的哥（啊）哥去远方，呵呵依呵呵，

河（啊）西的妹（啊）妹来送郎呀，杨柳叶
子青啊哪！

七搭七哪嘣啊哪，杨柳叶子松啊哪，

松又松哪嘣又嘣哪，送送么有情人哪，

哥哥杨柳叶子青啊哪！

冷（啊）热（啊）我（啊）不多讲，呵呵依呵呵，

送（啊）一双新（啊）鞋表心肠呀，杨柳叶
子青啊哪！

七搭七哪嘣啊哪，杨柳叶子松啊哪，

松又松哪嘣又嘣哪，送送么有情人哪，

哥哥杨柳叶子青啊哪！

南（啊）通的大（啊）姑做（啊）鞋垫，呵
呵依呵呵，

苏（啊）州的妯（啊）娌做鞋帮呀，杨柳叶
子青啊哪！

七搭七哪嘣啊哪，杨柳叶子松啊哪，

松又松哪嘣又嘣哪，送送么有情人哪，

哥哥杨柳叶子青啊哪！

这一双鞋子好（啊）不好哟，呵呵依呵呵，

> 不胖不瘦不长不短呀，杨柳叶子青啊哪！
>
> 七搭七哪嘣啊哪，杨柳叶子松啊哪，
>
> 松又松哪嘣又嘣哪，送送么有情人哪，
>
> 哥哥杨柳叶子青啊哪！

歌词中的"松"就是"送"，"青"就是"亲"。

三、从"隋堤柳"到"欧公柳"

《杨柳青》的更深的渊源，是扬州人对于杨柳的情结。在描绘古运河长堤柳树的诗词中，以白居易的《隋堤柳》最有名：

> 隋堤柳，岁久年深尽衰朽。
>
> 风飘飘兮雨萧萧，三株两株汴河口。
>
> 老枝病叶愁杀人，曾经大业年中春。
>
> 大业年中炀天子，种柳成行夹流水。
>
> 西自黄河东至淮，绿阴一千三百里。
>
> 大业末年春暮月，柳色如烟絮如雪。
>
> 南幸江都恣佚游，应将此柳系龙舟。
>
> 紫髯郎将护锦缆，青娥御史直迷楼。

海内财力此时竭，舟中歌笑何日休？

上荒下困势不久，宗社之危如缀旒。

炀天子，

自言福祚长无穷，岂知皇子封酂公。

龙舟未过彭城阁，义旗已入长安宫。

萧墙祸生人事变，晏驾不得归秦中。

土坟数尺何处葬？吴公台下多悲风。

二百年来汴河路，沙草和烟朝复暮。

后王何以鉴前王？请看隋堤亡国树。

　　白居易在诗中，将隋堤柳视为亡国的象征。诗人竭力渲染隋炀帝大兴土木修凿运河，在运河两畔广植柳树的旖旎景象。然而这番春色烂漫、莺歌燕舞的景象，不但没有成为盛世的标志，反为成为隋朝灭亡的根源。"海内财力此时竭，舟中歌笑何日休"，把炀帝的骄奢淫逸和百姓的民不聊生烘托出来。隋末的大动乱显然不是偶然的。在漫长的运河古道上，炀帝的龙舟还在眼前，然而"二百年来汴河路，沙草和烟朝复暮"，曾经繁盛喧嚣的运河很快为历史尘烟所笼罩。"隋堤柳"意味着古运河，意味着殿脚女，意味着江都宫，也意味着用柳叶喂食拉纤的羊群。总之，隋堤上漫天的青幔与飞絮，除了象征皇帝的权威，也隐含情色的暧昧。

　　扬州人对于柳树的钟情，并不止于"隋堤柳"，还有"欧公柳"。我曾写过一篇文章,叫作《一个人与一棵树》。这源于欧阳修的一个传说。欧阳修在扬州任太守时,在平山堂前栽种了一棵柳树,并被扬州人称为"欧公柳"。很多年之后,有一位姓薛的来扬州做太守,他也在平山堂前种了一棵柳树,并且标榜这棵柳树叫做"薛公柳"。薛公在任时,扬州人不便反对,但待他一离任,"薛公柳"立刻就被砍了,只留下一段笑谈。这个故事说明了沽名钓誉的可笑,也说明了柳树在扬州人心目中的特殊地位。

对于这段传说,我其实并不太认可。我认为欧阳修对于后进的提携,是名垂千古的。同为唐宋八大家的苏氏三杰,都曾得到过他的帮助。欧阳修的心胸,是极为宽广的。倘若欧阳修再世,绝不会介意"薛公柳"的存在。相反,欧阳修更会喜欢现在平山堂前万木葱茏、四季常青的景象。要和高山对话,就要站在平等的高度上。现代人纪念欧阳修,更应该敞开心扉。欧阳修对于扬州的文化影响,千年以来从未断过。从他开始,为"文章太守"树立了一个标准,让后来的继任者有了瞻仰和衡量的尺度。而"欧公柳"除了联系着欧阳修的德政,也和平山堂的风流联系在一起。

"隋堤柳"与"欧公柳",从历史的深处诠释了《杨柳青》产生于扬州的原因。

四、作为乡土教材的《杨柳青》

《杨柳青》旋律明快，节奏简短，热情洋溢，幽默风趣，是最受欢迎的扬州民歌之一。它因为独特的乡土气息而广泛流传。《杨柳青》出现的具体时间不得而知，但它在清代已经广为流传是没有疑问的，因为在清代唱本中已有它的名字。

在小学教育的音乐课程中，有民歌《杨柳青》的教案设计，认为通过学习《杨柳青》可以使学生从中感受到浓郁的扬州民歌风格，通过用扬州话唱《杨柳青》可以让学生增加对民歌的认识，并喜爱上民族文化。

教案认为，《杨柳青》的演唱难点在于运用胸腹式联合呼吸法，而不是传统的自然胸式呼吸方法。用传统的自然胸式呼吸方法来演唱时，会感觉声音有些"飘"，而用胸腹式联合呼吸法会使演唱的声音更加结实有力。《杨柳青》节奏较快，因此换气非常重要。在什么位置换气，如何换气，都要在实际演唱中体会和琢磨。

同时，掌握扬州话的发音对于《杨柳青》的演唱至关重要。在扬州话中，很多字的声调读成阴平声，如歌词中的"早""下""水""麦""叶"等字都读成阴平声，使得扬州味更浓。扬州话多用入声，如歌词中的

"起""点""叶""七""有"等字，都读成入声。扬州话平翘舌不分，如歌词中的"水""晨""石"字等，都发平舌音。扬州话没有声母"r"时，凡是声母"r"的字都读成"L"，如歌词中的"人"字读"len"。最重要的是扬州话前鼻音和后鼻音不分，如歌词中的"青""情"字都读成"qin"，也就是"亲"。"杨柳叶子青啊哪"，其实是借杨柳叶子的"青"，谐音亲亲我我的"亲"，这也是《杨柳青》的点睛之笔。

《杨柳青》里有大量的衬词，似乎并不代表具体的意思，但起了烘托气氛的作用。没有这些衬词，《杨柳青》就没有味道了。这些具有地方色彩的衬词是："七搭七"，"嘣啊哪"，"杨柳石子"，"松啊哪"，"松又松"，"嘣又嘣"，"杨柳叶子青啊哪"。

《杨柳青》在民俗上的起源，应该是前人喜欢折一枝杨柳送别亲人的古风。从《诗经》里的"昔我往矣，杨柳依依。今我来思，雨雪霏霏"，到李白《春夜洛城闻笛》里的"谁家玉笛暗飞声，散入春风满洛城。此夜曲中闻折柳，何人不起故园情"，都是折柳赠别之意。《杨柳青》，可以说是这种古风的遗存。

《知心客》：未成曲调先有情

在扬州清曲的晚清旧抄本中，已见《知心客》之名。"知心客"应是这首曲调最早的歌词的开头三个字。"客"通常是指男人，由此也可知它本是女性唱给男性听的一首情歌。

从《知心客》缠绵悱恻、婉转回环的乐句中，可以分明感觉到它浓厚的抒情色彩。当这首曲调以《知心客》之名流传于世时，可谓是"未成曲调先有情"。

一、江南风月曲中弹

自明清以来，扬州凡有水井处，便有小曲流行。在我的

515

记忆中，从扬州到邵伯或扬州到镇江的轮船上，只要你一上船坐定，船一开始启航，就有随船卖唱的艺人在船舱里唱曲了。他们通常是一对夫妇，男的低头拉琴，女的站着唱曲，女的又多是盲人。他们演唱的歌曲，我少年时印象最深的是《五更里》和《秦香莲》，另外就是"天涯呀海角，觅呀觅知音"，后来才知道它叫作《知心客》。

《知心客》一类小曲在扬州民间的流行程度，超过今天的流行歌曲。李涵秋《广陵潮》第三十五回写道："田恩福一面走，一面将那只手搭在杨靖肩上，口里更唱着《五更里侉侉调》，正唱到'一等也不来，二等也不来，莫不是才郎在外贪恋女裙钗'。"毕倚虹《人间地狱》第九回写道："说着我便将几本书使劲从乱瓶底下抽了出来，一看原来是几本小唱本，什么《五更相思》《十送郎》《摘黄瓜》之类。"这是小曲的流行，在近代扬州鸳鸯蝴蝶派作家笔下的流露。

在扬州文人的竹枝词中，写到不少小曲的名称，如《扬州梦香词》："一班时调唱〔黄鹂调〕。"《广陵古竹枝词》："唱来一曲〔陈垂调〕。"《扬州竹枝词》："满街争唱〔下盘棋〕。"但是未见《知心客》的名字。我分析其原因，可能因为《知心客》这个名字出现得比较晚，而且很可能是从江南传到扬州的。

有一种说法是，《知心客》的作者是太仓民间艺人张仰求。张仰求是一个浪迹江湖的卖唱歌手，擅长民歌小调、江南丝竹，在江南有"琴王"之美誉。二十世纪三十年代，他常在上海为舞女和歌妓编曲伴奏，《知心客》是应她们之请，用民歌素材改编成的曲子。后来贺绿汀等新文艺工作者为给电影《马路天使》配曲，深入搜集有关下层娼妓生活的音乐素材，在花局中偶尔发现了《知心客》，再精心加工成《天涯歌女》，乃至其曲不胫而走，不翼而飞。

《知心客》虽是扬州清曲的曲牌之一，不等于它一定产生于扬州本地，更不意味它只在扬州一地传播。《知心客》在江南一带非常流行，也有人称其为苏州小曲、无锡小曲，或者吴歌。民歌是长脚的，会自行走向四方。在扬州清曲中，来自外地的曲调很多，有的从名字上就带着外地的印记，如《武城调》《泗州调》《凤阳调》《关东调》《湖北调》《天津调》《北方补缸》《江南梳妆台》等。我觉得《知心客》也应该是吸收自江南的小调。

至于《知心客》原本的主题，乃是风尘女子渴望遇到知心人将其从青楼中解救然后从良，这应是毫无疑问的。这类题材在扬州清曲中十分常见。艺术中的杜十娘、现实中的张玉良等，都属于在青楼邂逅"知心客"的例子。

二、《马路天使》与《三笑》的插翼之飞

《知心客》的旋律在更大范围内得到广泛传播，与近现代电影的介入有很大关系。

首先是《马路天使》。这部1937年明星影片公司出品的老影片，由袁牧之执导，赵丹、周璇、魏鹤龄等主演。影片以二十世纪三十年代的上海都市生活为背景，描写了社会底层人民的遭遇以及歌女小红与吹鼓手陈少平之间的爱情故事。1937年，影片在中国内地上映。1983年，影片在葡萄牙获得第十二届菲格拉达福兹国际电影节评委奖。2005年，影片又入选香港电影金像奖协会评出的"百年百部最佳华语片"。剧情写三十年代，小云（赵慧深饰）和小红（周璇饰）姐妹被人骗到上海，卖给卖艺琴师和妓院老鸨。小云被迫做了暗娼，小红因有一副好嗓子，随琴师去茶楼终日卖唱。姐妹俩住在贫民窟，在她们对面住着报贩老王和吹鼓手陈少平（赵丹饰）。因为陈少平常同小红对窗玩闹，两人逐渐产生感情。小红卖唱时，被流氓古成龙缠上，对方欲强霸她为妾。小红找陈少平商量对策，两人本想借助律师之力伸张正义，不料律师只认钱，无奈之下只得逃走。接着故事又发生许多波澜。

影片插曲《天涯歌女》的词曲作者，分别是田汉和贺绿汀，演唱者是著名歌星金嗓子周璇。《天涯歌女》的创作素

材，普遍认为是贺绿汀改编自民间小调《知心客》。《知心客》的旋律，随着《马路天使》的放映和金嗓子周璇的演绎，前所未有地蜚声四方。周璇演唱的《天涯歌女》歌词开头是这样的：

> 天涯呀海角，觅呀觅知音。
> 小妹妹唱歌郎奏琴，郎呀咱们俩是一条心。
> 哎呀哎呀郎呀，咱们俩是一条心。

> 家山呀北望，泪呀泪沾襟。
> 小妹妹想郎直到今，郎呀患难之交恩爱深。
> 哎呀哎呀郎呀，患难之交恩爱深。

后来是《三笑》。1964年，香港戏曲故事片《三笑》首映，剧中运用了众多江南小调，由向群、陈思思扮演的唐伯虎和秋香形象家喻户晓。1979年，《三笑》在大陆公映，立即风靡南北。影片讲述江南才子唐伯虎在苏州云岩寺，与陪同华夫人进香的丫鬟秋香相遇。唐伯虎看见美人秋香，不觉举止失措，引起秋香无意一笑。唐伯虎见状，失魂落魄，一路追随。等华府官船靠岸夜宿时，秋香开窗，将水误泼在唐伯虎身上。秋香望着唐伯虎木讷的样子，忍不住又是一笑。唐伯虎见状，更是喜不自禁。待秋香登岸，唐伯虎抢上前去行礼，又引起秋香三度一笑。一笑二笑连三笑，唐伯虎误以为得到美人垂青，不惜卖身为奴，进入华府为仆。最后他用好友祝枝山之计，在华府丫鬟中点中了秋香。

影片所用江南小调之中，就有《知心客》。这一来，《知心客》的旋律不但风靡江南，而且席卷香港。陈思思演唱的《知心客》歌词开头是这样的：

> 云岩殿，拜坛前，一笑谁知把祸牵。
> 就这样他卖身书僮变，哎呀他是成心来纠缠。
> 哎呀哎哎呀，哎呀这件事儿怎敷衍？
>
> 态轻盈，人俊俏，半傻半呆惹人笑。
> 谁料他这无赖会盯梢，哎呀早知如此不该笑。
> 哎呀哎哎呀，哎呀可恨我二笑连三笑。

除此之外，也许还有电影《色·戒》。在《色·戒》中，王佳芝去日本酒馆赴约，听了易先生对日本人的感慨之后，主动说"我给你唱首歌吧，我比他们唱得好"。这就是著名的"天涯呀海角，觅呀觅知音"。

三、《二泉映月》与《知心客》的无果之争

　　作家陆文夫有一个终身的遗憾：他最想写的作品没有写成。他一直想写瞎子阿炳的传奇，但萦绕心中数十年最终未能实现。他说过，我七十已过，来日无多，有些事情不写下来，恐怕无人能知，终将湮没于历史的风霜尘埃之中。陆文夫年轻时在苏州当记者，偶尔听到二胡曲《二泉映月》，整个身心受到强烈震撼，便专程到无锡访问瞎子阿炳。1950年冬，一场罕见的大雪，天寒地冻，滴水成冰。但是陆文夫来迟了，他没有见到阿炳，阿炳已在半个月前去世。阿炳的老伴对陆文夫说，阿炳是上吊自尽的。他虽给客人——中央音乐学院杨荫浏等录了《知心客》等曲子，却一个铜钱也没有捞到。饥寒交迫，家无粒米，阿炳一时想不开，便自寻了短见。第二年初春陆文夫再去无锡探望阿炳的老伴，才知道她也已不在人世。这对患难夫妇的过世，前后仅相距二十来天。此后陆文夫又专程去过无锡两趟，访问崇安寺雷尊殿的邻居，以及阿炳的亲朋。陆文夫为了写阿炳，反复倾听《二泉映月》，还拜师学拉二胡。他记录了一大本原始资料，拟出了创作提纲，但因左倾思想的粗暴干涉，阿炳传奇没有写成，自己反而锒铛入狱。

　　"文革"后，陆文夫重新登上文坛。他观看无锡市歌舞

团演出的《二泉映月》时，发现剧情胡编乱造。如剧中杜撰了一名叫"琴妹"的妙龄女子，和风流倜傥的"阿炳哥"眉来眼去，卿卿我我，在花前月下载歌载舞，以二胡与月琴相互挑逗，好像是山寨版的"梁山伯与祝英台"。然而面对当时一味拔高阿炳的所谓创新潮流，陆文夫也是欲言又止。那时不但无锡、南京，甚至东北辽宁都在创作有关阿炳的作品，除了戏剧、电影还有芭蕾舞，一个比一个先声夺人。在这种形势下，陆文夫还能说阿炳的眼睛不是被日本宪兵用硝镪水弄瞎的，而是嫖妓得了花柳病致瞎的吗？还能说《二泉映月》并非阿炳创作而是源自风月场中妓女和嫖客调情时唱的淫曲《知心客》吗？

关于《二泉映月》源出《知心客》一说，有人断然否定，理由是音乐家杨荫浏不赞成这一说法。但是，这一理由并不充分。

杨荫浏是音乐学家，无锡人。他与阿炳是同乡，交谊非比一般。杨荫浏很小时就听过阿炳的二胡演奏。有一天，无锡流芳声巷杨家请道士去做道场，在门外临时用毛竹搭了个高台。一个身穿彩服的道士手拿宝剑在台上装神弄鬼，下面穿黑色道服的道士们打鼓、合钹、吹管、拉琴。在人群中，杨家的一个小男孩好奇地看着。这个男孩，就是后来成为中国民族音乐奠基人与开创者的杨荫浏。杨荫浏后来向阿炳学习二胡，只因父亲觉得阿炳缺少教养，不愿让儿子和道士混在一起，才中止了杨荫浏和阿炳的学习。1950年，杨荫浏专程回到无锡，抢救录制了阿炳的六首名曲，整理成《阿炳曲集》出版。

1978年9月27日，杨荫浏在给友人的一封信中说："有人说，阿炳的《二泉映月》脱胎于民间小曲《知心客》。而且说这是无锡市政协地方志编辑委员会肯定了的材料。若让此说成立，则无异于承认阿炳的《二泉映月》一文不值。为此我已写信给无锡市政协，问他们有何根据，是如何肯定的。尚未得回信。"1978年10月11日，杨荫浏又写信说："附上《知心客》的译稿（根据工尺谱）。您看一看就会看出它与《二泉映月》毫无关系。不知无锡政协的地方志编委会何以会'肯定'这样的材料为'可靠材料'的。"

作为音乐家和无锡人的杨荫浏，他对于音乐的造诣和对于阿炳的了解当然无人能比。在《二泉映月》和《知心客》的关系上，一般来说，他也比作家陆文夫更有发言权。但是，《二泉映月》和《知心客》是不是毫无关系，不能轻下结论。到目前为止，这一问题仍是个没有结果的争论。

《哭七七》一名《四季歌》，是带有悲伤情绪和哭诉意味的著名俗曲。

　　嬉笑怒骂本是人类的基本感情。汉乐府民歌《悲歌》云："悲歌可以当泣，远望可以当归。"因为悲歌可以用来代替哭泣，所以在传统文化中如泣如诉的作品并不罕见。关汉卿有杂剧《哭香囊》，石君宝有杂剧《哭周瑜》，京剧有《哭祖庙》，俗曲有《哭皇天》，《哭七七》则是此类作品中流传最广的小调。

一、《哭七七》与祭祀风俗

《哭七七》曲调的产生，与民间的祭祀风俗有直接关系。在民间，亲人亡故之后，家人一般要在四十九天中哭祭七次，七天一期，故称"七七"。扬州风俗，从亲人去世后的第一天开始，满七天则为"一七"，以此类推，直到满"七七"为止。第一个"七"常称"头七"，第七个"七"则称"断七"。在七七四十九天里，遗孀、儿媳、女儿等女眷都要穿戴重孝，早晚在灵前祭拜，以表达对死者的缅怀。遗孀的哭灵，常常在哭诉中加入叙事性的内容，娓娓倾诉丈夫生前的恩爱、离世的不幸，和自己无尽的哀思。此后，每逢"百日"和"周年"以及死后的清明、七月半、冬至等，都要举行哭祭。祭日要烧纸房子、纸箱子和纸钱等，意为让死者在阴间也能像生前那样丰衣足食。此时，生者往往长歌当哭，《哭七七》就是借年轻寡妇的口吻，在"七七"的祭奠仪式中，表达对丈夫的思念的歌曲。

实际上，作为艺术化了的小调《哭七七》，它所表达的感情是复杂的。一方面，寡妇在强大的礼教压抑之下，必须表现出自己的苦痛之情；另一方面，未亡人也常常借此表达向往自由、憧憬未来的真实心声。《哭七七》旋律淳朴优美，民间气息浓厚，在结构上受到《孟姜女调》的影响。

　　《哭七七》曲调不仅流行于扬州，在整个江南都很流行。它优美流畅，如泣如诉，凄婉动人，催人泪下。在江南流传的过程中，还产生了一些哀婉的传说：一个名叫吴渎的年轻女子，因受父母之命、媒妁之言，嫁与一个村野农夫，一年后育有一子，生活还算美满。不料丈夫暴病身亡，吴渎对丈夫思念不已，终日以泪洗面。寡妇门前是非多，因吴渎貌美，被权贵看中，欲纳其为妾，吴渎被逼，无奈顺从。但此事违反妇德，被家族视为耻辱，受到族规的严厉处置，她的财产被尽数剥夺。后来吴渎在丈夫灵前哭别，历数恩爱，其调称为《哭七七》。又传说曾有老尼擅唱《哭七七》，老尼从小出家，深知民间疾苦。她有女弟子数人，也都是命运悲惨的村姑，或因家寒被迫出家，或因无子被逼为尼。按照民间风俗，尼姑常为亡人超度，以"三七""五七"最为隆重。此时，尼僧师徒根据自身遭遇，借曲抒情，声音凄凉，远近传播。因逢"七"便唱，故称《哭七七》。

　　从前扬州的小轮船上常有艺人卖唱，《哭七七》是必唱的曲目。作家汪曾祺擅长描写家乡高邮的往事。他有一篇描写扬州清曲艺人生活的小说《露水》，写从高邮开往扬州的运河轮船上，有两个卖唱的清曲艺人。男的原来开店，因为赌博输了家产，老婆跟了别人，他没法在街上住，只好在船上以竹筷敲瓷盘伴奏卖唱。女的原在里下河草台班子里唱戏，后来戏班子散了，她也到船上卖唱。两人结识后，成为露水夫妻，男的买了一把二胡为女的伴奏。汪曾祺描写男艺人的敲瓷盘是："他从一个蓝布小包里取出一个细磁蓝边的七寸盘，一双刮得很光滑的竹筷。他用右手持磁盘，食指中指捏着竹筷，摇动竹筷，发出清脆的、连续不断的响声；左手持另一只筷子，时时击盘边为节。他的一只磁盘，两只竹筷，奏出或紧或慢、或强或弱的繁复的碎响，真是'大珠小珠落玉盘'。"他们会唱许多曲子，如《卖马》《斩黄袍》《武家坡》《汾河湾》《二进宫》《颠倒歌》《妓女悲秋》《小尼姑下山》之类。在这些曲目之外，便是《哭七七》。

令人感动的是，男艺人死后，女艺人把二胡丢进火里。首先爆裂的是蛇皮，接着是琴筒，然后是担子，最后轸子也烧着了。一个清曲艺人的一生，就此化为灰烬，汪曾祺也成了用白话小说描写扬州清曲艺人生涯的第一人。

二、《哭七七》的各种歌词

《哭七七》的歌词，一般是七段，每段内容按照民间风俗有所变化。

"头七"最为悲哀。按照习俗，死者有几个儿子，棺材上就盖几条被子。所以第一段唱道："头七到来哭哀哀，拿件红被盖上来。风吹红被四角动，好像我郎活转来。"到

"二七"时，年轻寡妇寂寞转深，唱词也显得悲凉："二七到来姐思量，思思量量哭一场。月里点灯空挂名，好像大梦做一场。"按照习俗，"三七"要为死者大做法事，亲戚邻居都来参加，所以歌词唱道："三七到来做道场，诸亲六眷齐来张。和尚师父团团转，小奴打扮去梳妆。"到"四七"时，丈夫去世已近一月，妻子身心疲惫，面容憔悴，故歌词唱道："四七到来姐梳妆，梳妆台上好风光。台上有面生铜镜，只照奴家不照郎。"到了"五七"，死者亲属须到墓地拜祭，实地上坟，俗称"登望乡台"，其唱词云："五七到来望乡台，看见家中哭哀哀。大男小女齐声哭，奴一心想郎活转来。"到"六七"时，亲属往往请来巫婆神汉，通过他们与亡故的亲人见面，或探知亲人在阴间的境况，即所谓"关亡"："六七到来去关亡，关着吾夫见阎王。牛头马面两边立，当中跪着奴情郎。"最后是"七七"："七七到来哭夫君，白头白带白衣裙。我有心戴满三年孝，无心过七就嫁人。"此后，女眷脱下孝服，对于死者的悼念也暂告段落。

这些歌词，与吴歌《哭七七》歌词大致相仿，也稍有不同，如前两段：

> 头七到来哭哀哀，手拿红被盖郎材。
> 风吹红被四角动，好像奴郎活转来。
>
> 二七到来想思量，思思量量哭一场。

三岁孩童无爷叫，千斤重担啥人当。

有一种《哭七七》，民间亦称《孝歌》，与上面歌词都不一样，如前面几段：

亡灵供奉在堂前，可怜亡人实可怜。
满堂儿孙常悲哭，哭得亡灵泪涟涟。

首七你到鬼门关，鬼门关上雾如烟。
日月三光看不见，天昏地暗行路难。

二七你到恶狗庄，庄上狗子赛虎狼。
吓得亡灵心直跳，蹿跳蹦纵将你嚷。

三七你到剥衣亭，饥寒交迫受熬煎。
绸缎布匹不让穿，还向你要过路钱。

四七你到奈何桥，奈何桥来没奈何。
七寸宽来万丈高，行善之人才得过。

最流行的《哭七七》歌词是《四季歌》，一共四段，这也是我从小会唱的歌：

春季到来绿满窗，大姑娘窗下绣鸳鸯。
忽然一阵无情棒，打得鸳鸯各一方。

夏季到来柳丝长，大姑娘漂泊到长江。
江南江北风光好，怎及青纱起高粱。

秋季到来荷花香，大姑娘夜夜梦家乡。
醒来不见爹娘面，只见窗前明月光。

冬季到来雪茫茫，寒衣做好送情郎。
血肉筑出长城长，奴愿做当年小孟姜。

因为1937年电影《马路天使》的摄制和放映，由田汉作词、贺绿汀作曲、周璇原唱的《四季歌》广为传播。《四季歌》的忧伤旋律，随着"春季到来绿满窗，大姑娘窗下绣鸳鸯"的通俗歌词，深深铭刻在人们心中。

三、《哭七七》及同类曲调

古人善哭，有职业性的"哭丧婆"。历史人物中的阮籍、刘备，文学人物中的林黛玉、祥林嫂，都以"哭"出名。在现实生活中，"哭"其实也是一种艺术。清人《竹西花事小录》是一本记载太平天国战争时期扬州风俗的文人笔记，它的写作时间据书前小序为太平军战事爆发之后，序末所署"戊辰冬仲"为同治七年（1868）。作者说："古人千金买笑，而今则缠头之赠，有赏其工于'哭'者。南词中如《哭小郎》《哭孤孀》之类，向为江北擅场。二八佳丽，往往专能。"意思是，其时有一种社会风俗可以称为"千金买哭"，如《哭小郎》《哭孤孀》都是扬州小调中特别著名的，而"二八佳丽，往往专能"。

《哭小郎》在《扬州画舫录》中已有记录，亦称《小郎儿曲》，属于扬州清曲的传统曲目。《哭孤孀》就是扬州清曲《小寡妇上坟》，流行的时间已经不短。此外又有《独上小楼》《独对孤灯》诸曲，大都是悲切、哀伤、叹惜、哭泣之歌。由此可见，《哭七七》的曲调并不是孤立地出现的，而是成群出现的。有人分析，以《孟姜女调》为中心的《梳妆台》《十杯酒》《尼姑思凡》等小曲，抒发的都是同一类悲哀的情绪。小调在流传过程中，由于歌者的个性、习惯、唱词等不同，会发生不同程度的变异，最后形成不同的变体。例如，《孟姜女》与《梳妆台》《十杯酒》《哭七七》等，《剪靛花》与《码头调》《放风筝》《四季歌》等，相互之间都既有派生关系又自成一曲。一首小调流传的地区愈广，时间愈久，它的变体也就愈多。

从广义来说，《哭七七》既然属于江南一带共有的小调，那它也属于"吴歌"的范畴。在历史上，吴歌有过三次大规模的搜集整理。第一次是两汉魏晋南北朝时期，吴歌经过文人整理加工后，变成了乐府文学。第二次是在明朝，通俗文学家冯梦龙等人曾大量搜集整理吴歌，刻印流传。第三次是在民国，历史学家顾颉刚等整理出版《吴歌甲集》等书籍，撰写《吴歌小史》等著作，在学术界影响深远。吴歌对戏曲的发展影响巨大，许多地方戏曲中保留了吴歌的曲调，如《山歌调》《乱鸡啼》《银绞丝》《五更调》《哭七七》等。《银绞丝》《五更调》《哭七七》诸调，在扬剧中都是常用的曲牌。

学者认为，各地的《孟姜女调》在曲调构成和风格变化上，北方风格可以《十杯酒》为代表，江南风格可以《哭七七》为代表。《哭七七》的一二乐句前半句均为一字一音，节奏紧凑；三四乐句则向低音扩展，音程逐渐开放。《哭七七》可以看成《孟姜女调》在江南一带的变体。据统计，全国各种有关孟姜女的故事与说唱达数十种之多，其中包括鼓词、宣讲、南词、宝卷、子弟书以及传奇等，这为《孟姜女调》的广泛流传和各种变异奠定了深厚的基础。

从《孟姜女调》到《哭七七》，其歌唱的主题无非是这几个方面：一是描绘爱情故事，如《十杯酒》《梳妆台》《小五更》《盼情人》等；二是诉说离情别绪，如《孟姜女》《叹十声》《月儿弯弯》《尼姑思凡》等，三是叙述社会新闻，如

《小长工》《小媳妇》《小荡子》《小秧歌》等。尽管它们的体裁特点、歌词内容有所变化，但音乐构成的基本因素并无本质变化。

《哭七七》更多表现的是旧时的社会生活和风俗文化，它可以说是传统乡土文化的精致标本。近代扬州清曲家施元铭先生的曲词手稿，有无名氏的《序》写道："吾尝芒鞋竹杖，历游数省，所经之地，谈者皆以扬州小曲相询。"作者断定："扬州小曲之名誉，愈益震厉，将驾昆曲、皮簧而上之矣。"看来这种说法并非没有根据。"悲歌可以当泣，远望可以当归。"当"哭"都成为一种不朽的艺术时，远方的故乡对于我们来说也不再遥远。

图书在版编目（CIP）数据

帘卷芜城／韦明铧著．—上海：上海三联书店，2017.10
ISBN 978-7-5426-6025-1

I.①帘… II.①韦… III.①随笔—作品集—中国—当代
IV.①I267.1

中国版本图书馆CIP数据核字（2017）第183735号

帘卷芜城

著　　者／韦明铧
责任编辑／陈启甸　朱静蔚
特约编辑／李志卿　王卓娅
装帧设计／阿　龙　许艳秋　苗庆东
监　　制／姚　军
责任校对／王卓娅
出版发行／上海三联书店
　　　　　（201199）中国上海市闵行区都市路4855号2座10楼
邮购电话／021-22895557
印　　刷／山东临沂新华印刷物流集团有限责任公司

版　　次／2017年10月第1版
印　　次／2017年10月第1次印刷
开　　本／787×1092　1/32
字　　数／311千字
印　　张／17
书　　号／ISBN 978-7-5426-6025-1／I·1297
定　　价／58.00元

敬启读者，如发现本书有印装质量问题，请与印刷厂联系0539-2925680。